中国莎士比亚研究

（第2辑）

四川外国语大学莎士比亚研究所
中国外国文学学会莎士比亚研究分会　　主　办

李伟民　　主　编

西南交通大学出版社
·成　都·

图书在版编目（C I P）数据

中国莎士比亚研究：第 2 辑 / 李伟民主编. —成都：西南交通大学出版社，2020.9
ISBN 978-7-5643-7578-2

Ⅰ. ①中… Ⅱ. ①李… Ⅲ. ①莎士比亚（Shakespeare，William 1564-1616）– 戏剧文学 – 文学研究
Ⅳ. ①I561.073

中国版本图书馆 CIP 数据核字（2020）第 161722 号

Zhongguo Shashibiya Yanjiu
（Di-2 Ji）
中国莎士比亚研究
（第 2 辑）
李伟民　主编

责任编辑	居碧娟
助理编辑	张地木
封面设计	原谋书装
出版发行	西南交通大学出版社 （四川省成都市金牛区二环路北一段 111 号 西南交通大学创新大厦 21 楼）
发行部电话	028-87600564　028-87600533
邮政编码	610031
网　　址	http://www.xnjdcbs.com
印　　刷	四川煤田地质制图印刷厂
成品尺寸	185 mm × 260 mm
印　　张	15
插　　页	4
字　　数	381 千
版　　次	2020 年 9 月第 1 版
印　　次	2020 年 9 月第 1 次
书　　号	ISBN 978-7-5643-7578-2
定　　价	98.00 元

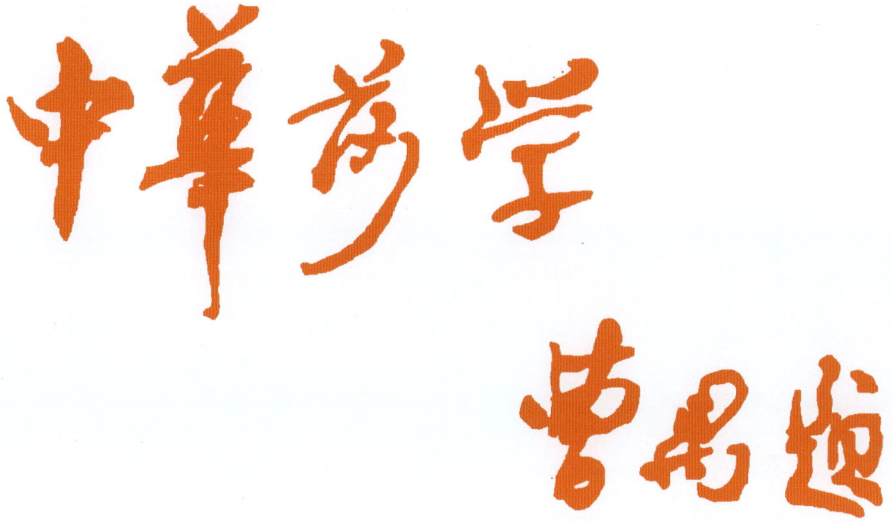
中華药学

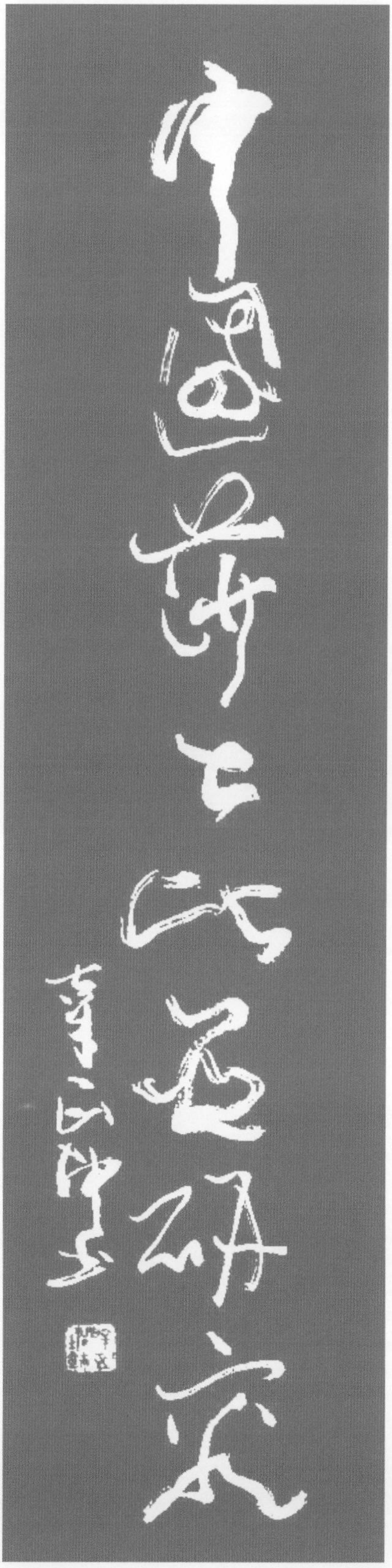
中国诗学研究

百岁著名莎学专家张泗洋教授喜读《中国莎士比亚研究（第 1 辑）》（2019 · 加拿大）

《中国莎士比亚研究》编委会

目　录

第一编　莎士比亚与瘟疫研究

第二编　文本研究

第三编　改编·翻译·阐释

第四编　莎学书简（2）

第一编

莎士比亚与瘟疫研究

放血疗法与政体焦虑：体液理论中的《泰特斯·安特洛尼克斯》

陶久胜

【摘　要】一直以来，学界主要研究莎剧《泰特斯·安特洛尼克斯》中的复仇动机和社会效果，而忽视了剧中频繁使用的体液修辞。从古典医学的体液理论出发，罗马将军泰特斯女儿拉维妮亚遭哥特人皇后塔莫拉两儿子强暴意味着她纯净的血液被敌人的败血所玷污。考虑到人体与政体的对应和托勒密宇宙观、新柏拉图主义强调大小宇宙的类比，源于皇后家族的坏血污染泰特斯家族时，必定感染到整个罗马帝国，泰特斯必须向皇后家族复仇“放血”，从而让罗马恢复健康。剧中罗马患病暗含莎士比亚对英国道德现状的焦虑，罗马康复表达伊丽莎白国民克服社会问题以重振英格兰的理想。

【关键词】罗马；放血；体液理论；《泰特斯·安特洛尼克斯》

【Abstract】Until now, the academic field mainly studies the revenge motivation and social effects in Shakespeare's *Titus Andronicus*, ignoring the humor rhetoric appearing frequently. In light of contemporary humoral theory, Lavinia being raped by two sons of Tamora means her pure blood is polluted by the sepsis of her enemies. Considering the correspondence between human body and body politic and analogy between macrocosm and microcosm proposed by Ptolemy cosmology and by neo-Platonism, while the sepsis coming from the Tamoras pollutes the Titus, it must infect the whole Roman Empire, so Titus has to take revenge upon the Tamoras to release the sepsis, so that Roman Empire can get recovered. The diseased Rome implies Shakespeare's criticism of England society in terms of its moral situations, and Rome's rehabilitation expresses Elizabethans' confidence in overcoming social problems and regenerating England.

【Key Words】Rome; bloodletting; humoral theory; *Titus Andronicus*

捕获了哥特人女王塔莫拉、她的三个儿子和摩尔人艾伦后，泰特斯将军回到罗马皇宫，让议员们选举先皇长子萨特奈勒斯继位。将军用哥特女王大儿子祭奠儿子亡灵，塔莫拉发誓向泰特斯复仇。当将军女儿拉维妮亚默认嫁给巴希阿勒斯时，皇帝盛怒下宣布塔莫拉为皇后，塔莫拉一家亦因此摆脱了俘虏身份。在狩猎森林中，两儿子杀害皇弟，强暴拉维妮亚，剁掉她双手并割掉其舌头。艾伦把皇弟之死嫁祸于泰特斯两儿子，将军决心复仇，派遣卢修斯前往哥特招募军队。皇后装扮成复仇女神，她的两个儿子分别伪装成谋杀神和强奸神，一同前往将军家，宣称为泰特斯复仇，以说服后者叫停卢修斯进攻罗马。皇后前去邀请暴君和重臣赴宴，商讨国家大计，而泰特斯手刃皇后留下的两儿子，制成人肉馅饼。宴席上，他亲手杀害被"玷污"的女儿，以恢复家族荣誉与"健康"。皇后品尝人肉馅饼后遭将军刺杀。卢修斯弑杀暴君，被议会推崇为罗马帝国新皇帝，因为他为罗马清除了腐败和疾病，他"血液中保存着罗马的幸福"[①]，毫无悔意的艾伦受到活埋，皇后被抛尸野外，罗马重获"健康"。[②]

这是莎士比亚《泰特斯·安特洛尼克斯》(1594)的情节片段。一直以来，批评界质疑泰特斯的血腥复仇动机和社会效果，强调泰特斯复仇的邪恶：泰特斯"从无辜悲痛者转化为复仇者"[③]，泰特斯"大笑""标示他的疯癫"[④]，"他最后崩溃为一个疯子"[⑤]，说明"他从人变形为野兽的过程"[⑥]。也有学者在西方食人传统语境中批评泰特斯复仇。譬如，路易斯·诺贝尔认为，泰特斯手刃塔莫拉两儿子、制成肉酱的复仇体现了欧洲文化的种族主义内涵，其结果是血腥复仇的恶性循环。[⑦]当然，也不乏对泰特斯复仇动机的正面看法。例如，哈里·凯伊西昂就指出，泰特斯"大笑"源于他的突然"发现"，"从与腐败罗马的无意义妥协中醒悟过来"，开始自由"追寻一种灵活的、有力的、合理的再生性复仇"。[⑧]

事实上，本剧最大的特点之一在于频繁使用体液修辞，如皇后两儿子"怒液"过剩和卢修斯"血液"中保存罗马幸福，而学界未曾关注剧中的体液话语。考虑到"古典医学知识已经成为16、17世纪英国社会理解国家政治的重要媒介"[⑨]，笔者尝试在古典医学话语语境中解读本剧的体液修辞。据此，如果誓死保卫罗马的泰特斯父子们"流血"沙场暗示血液与个体生命、国家健康之间的关系，那体液理论如何解释拉维妮亚被强暴、泰特斯手刃女儿和萨特奈勒斯的腐败统治？卢修斯的"血液"中保存罗马的幸福，他的弑君行为因此得到赞扬。这是否说明，君王的健康"血液"可确保国家的正义政体，从而为安特洛尼克斯家族复仇辩护？罗马政体最终恢复健康，这是否隐喻伊丽莎白时代人们对英国道德现状的批评和重建帝国的愿望？泰特斯的复仇是否因此取得救赎意义？

1　古典医学的体液理论与剧中皇后家族的"过剩血液"

英国16、17世纪文艺复兴时期，古典医学的体液病理学理论为戏剧家、诗人所熟知。在托马斯·海伍德戏剧《鲁克丽斯强暴记》(*The Rape of Lucrece*，1608)中，复仇英雄朱尼厄斯·布鲁特斯把罗马描绘成一个病态的身体："这个国家完全肿胀，/内有风湿蒸汽，我的剑必须插入，

---

① William Shakespeare, "The Tragedy of Titus Andronicus", in *Shakespeare*: *the Complete Works*, ed., G. B. Harrison, New York, Chicago, San Francisco and Atlanta: Harcourt, Brace & World, Inc., 1968: 294-327, V. iii. 110. 后文引自该剧本的引文将随文标明该著首单词、幕、场及行次，不再另行作注。

② See David Hillman, "Staging Early Modern Embodiment", in *The Cambridge Companion to The Body in Literature*, eds., David Hillman and Ulrika Maude, New York: Cambridge University Press, 2015, 41-57, pp. 53-56.

③ M. C. Bradbrook, *Shakespeare and Elizabethan Poetry*, New York: Oxford University Press, 1952, p. 106.

④ Rober S. Miola, *Shakespeare's Rome*, Cambridge: Cambridge University Press, 1983, p. 58.

⑤ Derek Traversi, *An Approach to Shakespeare*, Vol. 1, 3rd ed., Garden City, NY: Anchor Books, 1969, p. 56.

⑥ Nicholas Brooke, *Shakespeare's Early Tragedies*, London: Methuen, 1968, pp. 37-38.

⑦ See Louise Noble, "And Make Two Pasties of Your Shameful Heads": Medicinal Cannibalism and Healing the Body Politic in '*Titus Andronicus*'", in *ELH*, Vol. 70, No. 3 (2003): 677-708, p. 678.

⑧ Harry Keyishian, *The Shapes of Revenge, Victimization, Vengeance, and Vindictiveness in Shakespeare*, New Jersey: Humanities Press, 1995, p. 41.

⑨ Peter Womack, *English Renaissance Drama*, Malden: Blackwell Publishing, 2006, pp. 75-78.

/清洗被感染血液，/由这些被感染血液的傲慢所致。”[①]因为塔奎斯家族的腐败统治，塔奎斯家族傲慢的“败血”渗透到整个国家，罗马体内因“被感染血液”过剩而身体“肿胀”。在布鲁特斯看来，塔奎斯家族的败血在质上是病态的，在量上是过剩的，已经危害到整个罗马政体，鲁克丽斯被塔奎斯强暴就是重要证据之一。恢复罗马健康的唯一手段是为鲁克丽斯复仇，推翻塔奎斯家族以彻底净化过剩的“被感染血液”。早在 1594 年，作者莎士比亚写了同名诗歌《鲁克丽斯强暴记》。和海伍德相比，莎士比亚更热衷于古典医学的病理学隐喻和转喻意义，注重“放血”疗法的伦理内涵。在诗中，莎士比亚直接援用古典医学术语，把强暴描述为罗马疾病的症状，把布鲁斯特发动的复仇刻画为一项清洗伤口的外科手术。正如批评家凯瑟琳·贝林所说，莎士比亚《鲁克丽斯强暴记》追溯罗马“疾病”传播的几个临床阶段：首先，作为罗马的统治家族，塔奎斯身体携带致病的“肿胀傲慢”病原体；其次，鲁克丽斯因被强暴，她血液被塔奎斯的体液所玷污；最后，感染引发社会危机，激起布鲁特斯采用激进复仇措施，既是谋杀性的也是治愈性的。[②]

在《泰特斯·安特洛尼克斯》中，莎士比亚以类似的方式使用体液术语来书写皇后家族的“污血”和她两儿子的“性欲”。戏剧开始不久，泰特斯从前线胜利班师回到罗马，25 个儿子中，21 个已经战死沙场，为安特洛尼克斯家族赢得了荣誉。遵照罗马风俗，为了祭奠他刚战死的儿子，泰特斯要求处死囚犯——塔莫拉长子阿拉巴斯。塔莫拉这样哀求，“安特洛尼克斯，别用血液玷污了您家的墓地。”（*Titus*：Ⅰ. i. 116）言外之意，塔莫拉自己都认为，自家的血液是不纯洁的，或许她深知自己以前犯下的罪恶而这样苦求和忏悔。从在大殿上见到拉维妮亚的那刻起，塔莫拉（已是皇后）的两个儿子就性欲难耐，艾伦想出了让他们在树林中可能成功强暴拉维妮亚的阴谋，说“皇宫如名誉屋，/充满眼、耳和舌。/树林无情、聋哑而可怕。/那里，你们说话、袭击，勇敢地轮流强暴她；/满足你们的性欲，上天看不见，/在拉维妮亚宝藏中狂欢。”（*Titus*：Ⅱ. i. 126-131）皇后儿子德米特流斯回答道，“不管对错，引导我找到溪流/来冷却我的热气，一服药来平息这些症状。”（*Titus*：Ⅱ. i. 133-134）在德米特流斯眼中，自己就是病人，症状表现为过旺的热气，而这由性欲所致。在林中，皇后唆使儿子杀害巴希阿勒斯以后，纵容儿子们轮奸拉维妮亚，连她自己都这样说，“让我血液（黄胆汁）过剩的儿子们毁掉这朵（处女）花。”（*Titus*：Ⅱ. iii. 191）皇后从医学上解读儿子的“性欲”，坚信这源于某种过剩体液。双手被砍、舌头被割的情况下，在父亲、叔父和侄子的帮助下，拉维妮亚用嘴写出了凶手的名字，叔父马科斯惊呼，“什么，什么！皇后的被性欲驱使的两儿子/是这可恨的、血色行为的施暴者。”（*Titus*：Ⅳ. i. 79-80）马科斯把“性欲”与“血色”联系起来，似乎认为“性欲”与血液过剩直接相关，或者暗示，精液就是炙热血液的表现形式和常态血液的极端表现。

论述“污血”时，古典医学谈到“性欲”问题，从病因和疗法定义它为一种疾病。自古典时代到 16、17 世纪的欧洲，体液理论是主流医学话语，认为人体由四种基本物质黑胆汁、黄胆汁、黏液和血液构成，只有它们处于平衡状态时，人体才是健康的。这四种物质特点相应为冷干、暖干、冷湿和暖湿。所有疾病和身心障碍者都是源于这四种体液过多或不足。伽林医书对情欲与体液之间的关系做了解释：过剩的热体液被扩大化时，人体自然产生愤怒情

① Thomas Heywood, *The Rape of Lucrece* (1608) , in John Pearson, ed., *The Dramatic Works of Thomas Heywood*, Vol. 5, New York: Russell and Russell, 1874, reprinted, 1964, p. 170.

② See Catherine Belling, “Infectious Rape, Therapeutic Revenge: Bloodletting and the Health of Rome’s Body”, in Stephanie Moss and Kaara L. Peterson, eds., *Disease, Diagnosis, and Cure on the Early Modern Stage*, Burlington: Ashgate, 2004: 113-132, pp. 114-115.

感或纵欲愿望。1598 年，托马斯·赖特指出，情欲就是血液过剩所致，是血液刺激内外的感官而产生的反应，表现为一种源自灵魂的强有力的冲动力。当精气与血液相遇时，情欲呈现为一种对身体的作用力。[①]在《男性身体的解剖》一书中，16 世纪医学家托马斯·维卡里论道，性交过程中，男性的精液进入女性身体，而精液由类似沸腾的血液构成，是血液的一种特殊变体。性交之前，男性冷却的精液以血液形式存在。性交结束时，精液排出，热气消除，人体恢复到健康状态。[②]尽管“性交”是对付“性欲”疾病的疗法之一，但这种方式不让人满意，因为情欲虽容易舒缓，却更容易被唤醒。病理学意义上讲，合法婚姻内有规律的性生活是治疗男性“性欲”的理想手段。

西蒙·哈瓦德于 1601 年在一本《静脉切开术》手册中这样描述：“血液过剩”构成一种反叛状态，血管中“包含更多的血液和营养，超出自然的维护和统治能力”。[③]如果疾病是一种体液反叛的话，那么，情欲可理解为一种威胁甚至推翻意志的非道德状态，一种对自然、社会秩序的挑战和扰乱。所以，暴君对臣民妻女的“性侵”由于其非法性，不可能有规律发生，考虑到情欲容易唤醒和反叛自然、社会之特征，彻底治愈暴君的“性欲”疾病的方法恐怕只剩下“放血”，暗示弑君复仇之手段。

暴君的“性侵”行为不仅在法律框架之外发生，且直接源于“血液过剩”，所以他留在被强暴女性体内的精液被称为“坏血”或“败血”。泰特斯这样说：“这里是一股清泉，你们用泥巴玷污了她，/把这美丽的夏天与你们的冬天混合在一起。”（*Titus*：V. ii. 171-172）当时他已把皇后的两儿子诱捕，正准备把他们的血液、骨头和头颅等剁碎，制成人肉馅饼，作为皇后和昏庸的罗马皇帝萨特奈勒斯的盛宴。泰特斯复仇的理由是，女儿拉维妮亚被皇后两儿子强奸后，女儿的纯净的“夏天”血液被皇后儿子的“冬天”血液所“玷污”，如“清泉”被“泥巴”所污染一样，安特洛尼克斯家族蒙受耻辱，整个罗马政体遭到腐蚀。必须给皇后家族“放血”，才能消除坏血，还安特洛尼克斯家族荣誉和健康。这种逻辑认为血液和黄胆汁过剩是人体疾病的主因，透射出近代早期（early modern）医学的体液理论。

实际上，古典医学的体液理论是一套涉及人体、国家政体和宇宙天体的病理理论和修辞话语。当代批评家大卫·乔治·海尔认为，“比起其他任何构建‘伊丽莎白世界图景’的对应关系来说，社会和人体之间的相似性用得更多”。[④]乔纳森·吉尔·哈里斯提出，小宇宙和大宇宙之间的类比关系成为当时占统治地位的概念和话语形式。在自然状态中，小宇宙与大宇宙遵循这种对应关系，和谐与完美为至高状态。然而，当这种秩序被打破时，紊乱和疾病就占主导。以这种方式，伽林医学理论、托勒密宇宙观和新柏拉图主义整合为一体。[⑤]早期现代英国人对疾病的理解是隐喻性的，但更是转喻性的，认为疾病须在以身体为中心的知识体系中澄清，要在大宇宙和小宇宙的内在关联中理解。在类比系统内创建一个复杂的关联网络，让疾病、排泄物、衰退、死亡和罪恶连接起来。他们相信，疾病是内在的、关联的，由内因所致，是“内在的不平衡状态，由体液紊乱或不足引发”，而与外在向量无关。[⑥]正是考虑到疾

① See Thomas Wright, *The Passions of the Minde in Generall*, London, 1598, pp. 1-22.
② See Thomas Vicary, *The Anatomie of the Bodie of Man*, Part 1, eds., Frederick J. Furnivall and Percy Furnivall, London, 1548, p. 76.
③ See Simon Harward, *Harward's Phlebotomy: Or, a Treatise of Letting Blood*, New York: Da Capo Press, 1973, p. 2.
④ David George Hale, *The Body Politic*, The Hague: Mouton, 1971, p. 11.
⑤ See Jonathan Gil Harris, *Foreign Bodies and the Body Politic*, London: Cambridge University Press, 1998, p. 141.
⑥ See Jonathan Gil Harris, *Sick Economies: Drama Mercantilism, and Disease in Shakespeare's England*, Philadelphia: University of Pennsylvania Press, 2004, p. 13.

病在人体、政体和天体之间传染的可能性，泰特斯把皇后家族的血液称为“泥巴”“冬天”，通过强暴行为，它“玷污”了拉维妮亚身体，传染到安特洛尼克斯家族，从泰特斯感染到马科斯、元老院甚至整个罗马。

现在的问题是，皇后儿子遗留的“污血”能否与拉维妮亚体内的纯洁血液分离，让后者健康活着？从医疗实践出发，早期近代英国人认识到，靠“自然”去分辨血液不靠谱，不可能把坏血完全排掉而把健康血液完整保存下来。当时重要医学理论家尼古拉斯·盖尔指出，“不加区分的静脉切开术把血管中好体液与坏体液一起排掉了。在处理疾病腐败体液的构成时，自然不可能如此有节制，因为体液在量方面没有分界点，在质方面没有安全线。”①盖尔认为，一个大伤口足够排出污血，但也可能会让上乘的好血流掉，对健康造成巨大危害；如果采用小口径流血，好血容易丧失，坏血却常常会留在血管中。②换言之，不彻底的“放血”方法，不可能把坏血排尽，让好血全部留下，不可能实现好血与坏血的彻底分离，从而让病人恢复健康。对伊丽莎白时期的人来说，通过性交传播的疾病几乎都是致命疾病，被感染人身上的纯洁血液无论如何也不能与来自暴君或嫖客的“坏血”发生彻底分离。16 世纪 60 年代至 17 世纪初，包括梅毒在内的各种疾病，如瘟疫、天花、伤寒症和疟疾等，导致伦敦总人口减少了一半。在现代医学出现以前，人们用古典病理学理论解读人口高死亡率现象，把因医疗水平限制导致的死亡归结于“坏血”对“好血”的玷污。既然无法让被感染者在活着的条件下彻底清除“坏血”，为避免“坏血”传染更多人，远离更大范围的社会危机，那么，拯救病人和社会的唯一方法就是使他“流血”至死，为他的家族保持荣誉和健康，切断“坏血”通过受害者而传播至社会的途径。

正是认识到皇后两儿子的“污血”无法与拉维妮亚体内的纯洁血液分离，泰特斯残忍地把女儿杀害了。通过装疯，泰特斯把塔莫拉皇后、暴君萨特奈勒斯和其他重臣骗到家中参加他准备的人肉盛宴。马科斯说，为了罗马，让我们放弃分歧，进入宴席。席间，泰特斯对萨特奈勒斯说：

泰特斯：鲁莽的弗吉尼厄斯做得对否，
亲手杀害自己女儿，
因为她被强迫、玷污和摧毁？
萨特奈勒斯：对，安特洛尼克斯。
泰特斯：皇上，您的理由呢？
萨特奈勒斯：因为女儿不应该带着羞耻而活，
她的存在会让他悲伤不断。
泰特斯：有力的理由，强大而有效，
先前的范例，活生生地证明合理
对我这个最可怜的人，类似执行。
死，死，拉维妮亚，你和你的耻辱，
你父亲的悲伤随你的耻辱而死去！[*杀害拉维妮亚*]
（*Titus*：V. iii. 36-47）

① Nicholas Gyer, *The English Phlebotomy*, London, 1592, p. 26.
② See Nicholas Gyer, *The English Phlebotomy*, pp. 26-27.

对现代读者来说，泰特斯杀害女儿违背天理，无法接受。然而，文艺复兴时期，英国人从古典医学的转喻意义出发，认为婚内的性生活受到法律保护，为一种“美德性交”，意味着夫妻共享治理良好的血液。非法性交必定使血液受到污染，而且这种被腐蚀的血液遗留在女性体内，孕育疾病和私生子，感染性病和传播疾病，甚至直接影响到整个社会的道德水平。尼古拉斯·盖尔这样论述，“如果身体中体液被混合、洒在一起，或与某种有毒的污秽物沾湿在一起，如发生的一样……这些类似的蒸汽感染和腐烂精气，有时导致头晕。”① 当女性被强暴后，暴君的“坏血”玷污了女性的纯净体液，而女性又共享父亲的家族血液，且与丈夫有性爱生活，所以被暴君玷污的坏血必定通过女性身体传染到父亲家族和丈夫。泰特斯和暴君对话是有意的行为。泰特斯借此暗示，因为女儿被强暴给自己家族带来了耻辱，让暴君知道自己的“疯癫”疾病也因此事而起，也警示他即将实现复仇。另一方面，借用弗吉尼厄斯的例子，泰特斯旨在说明，自己杀害女儿符合当时的医学伦理，至少得到了皇帝的认可，因为对弗吉尼厄斯的赞许就意味着肯定自己行为的合理性。或者说，他的行为在道德层面，甚至在政治层面，对社会具有救赎功能，因为他阻止了女儿所感染的“坏血”对罗马可能带来的危机。

2　皇室疾病与卢修斯血液对罗马健康的保存

可对于泰特斯来说，杀害儿女是不得已而为之的事情，因为他清楚，真正的凶手是皇后两儿子，是他们污染了她纯净的“血液”，他们才是病原体，他必须向皇后家族复仇。“有其子必有其母”，与两儿子一样，皇后身上流着相同“败血”，血液过剩导致“性欲”过旺。就算成为罗马皇后，皇后仍然利用与皇帝狩猎期间，在林中与艾伦偷情，甚至生下一个黑人婴儿。艾伦这样描述她，“与皇后淫荡，/这个女神，这个塞米拉米斯，这个林中仙女，/这个塞壬，她色情诱惑罗马皇帝/ 等着瞧他的船难和他帝国遭劫。”（*Titus*：Ⅱ. i. 21-24）塞米拉米斯是古希腊神话中的“性欲”美人，亚述帝国的创立者尼诺斯的妻子，塞壬是潜伏在梅西纳海峡海岸上的女子，她们用歌声勾引水手走向毁灭。作为罗马将军，泰特斯最终认识到，皇后家族的“败血”必须根除，否则会像艾伦所预言的一样，让“帝国遭劫”，可谓是后患无穷。因此，他首先把她两儿子制成肉酱让她品尝，然后说，“见证我刀的刀锋！”（*Titus*：Ⅴ. iii. 63）说完，就直接杀害了皇后。这让人想起医生的手术刀。

泰特斯有意使用古典医学词汇，暗示自己扮演社会医生角色，通过手术解剖给她“放血”至死，以解救她的灵魂和拯救罗马。而且，他制作人肉盛宴的过程非常精确，完全遵循古典医学制作人体木乃伊的手术程序，从解剖、尸块切割到把排泄物制作成药材等。② 通常说来，暴力复仇不需要烦琐细节，致命一刀足以完成。然而，泰特斯不一样，他每一个动作都足以暗示他丰富的医学知识和试图摘除社会病毒的决心。例如，在制作人肉前，得到随从帮助，他把皇后两儿子捆绑后，说道：“剩下的这只手留下来切割你的喉咙，/而拉维妮亚两只断手之臂夹住/ 接收你俩败血的盆。”（*Titus*：V. ii. 182-184）这好像是多此一举，但对泰特斯来说，“放血”表演不仅在字面意义上实现了复仇目标，而且在比喻意义上，通过从切开敌人“喉咙”放尽“败血”于“盆”中，完美呈现出清除社会病毒的手术过程。

---

① Nicholas Gyer, *The English Phlebotomy*, pp. 136-137.

② See Louise Noble, “And Make Two Pasties of Your Shameful Heads": Medicinal Cannibalism and Healing the Body Politic in *Titus Andronicus*", in *ELH*, pp. 677-700.

当萨特奈勒斯宣布塔莫拉为皇后时，泰特斯心存幻想，以为塔莫拉会感激他，因为他把她带到了皇宫。由于将军儿子支持拉维妮亚嫁给巴希阿勒斯，萨特奈勒斯怒气之下，发誓要与泰特斯家族为敌，塔莫拉也暗自利用罗马皇后身份实行自己的复仇计划。在皇后的虚假调解下，以为暴君已经放弃前嫌，泰特斯忍辱负重，做出无限退让。直到获知真相后，他才决定复仇。除指向皇后家族外，他决心铲除暴君政权，因为萨特奈勒斯有意纵容皇后家族和艾伦实施系列犯罪，让皇后家族成为暴政工具。如果说皇后的偷情是血液过剩之所然，萨特奈勒斯被背叛则是由血液不足导致。罗马皇家疾病必定带来整个帝国瘫痪腐败。于是，马科斯把罗马称为“忘恩负义的国家”。(*Titus*：Ⅳ. i. 111)。泰特斯悲叹，“冥界与罗马一样，没有正义/……告诉冥王，需要正义和帮助，/说这是来自年迈的安特洛尼克斯，/在这个忘恩之国，他饱受悲伤。”(*Titus*：Ⅳ. iii. 9-17)泰特斯继续说，“这个邪恶的皇帝可能已经把正义女神赶走了，/各位亲人，我们要去把她呼叫回来。”(*Titus*：Ⅳ. iii. 23-24)他要求随从们向罗马皇宫射箭，每把箭射出一封信，求助于一位罗马神，祈求诸神主持正义。然而，接到信的暴君以为泰特斯疯了，说“但他(泰特斯)和他的人应该明白，正义活在/ 萨特奈勒斯的健康里。”(*Titus*：Ⅳ. iv. 23-24)有讽刺意义的是，暴君看不到自己的疾病给国家政体带来的疾病，坚持自己依然健康和正义。因为体液不够而元气不足，萨特奈勒斯在性生活中被妻子背叛，在政治上不作为，似乎失去对强暴和谋杀等社会不公事件的纠错能力。因此，泰特斯发现，“整个罗马的邪恶大街”(*Titus*：Ⅴ. ii. 98-109)充斥着强奸、谋杀、通奸等罪行。

如果说萨特奈勒斯因疾病纵容塔莫拉皇后的肆意妄为，导致国家衰败，那么，新皇帝卢修斯的健康就能确保罗马的正义和兴盛。罗马人都痛恨他们的皇帝，希望卢修斯的军队去解放罗马，整治罗马的腐败。(*Titus*：Ⅴ. i. 3-7)在选举新皇帝时，马科斯对元老院成员说，“他(卢修斯)血液中保存着罗马的幸福”(*Titus*：Ⅴ. iii. 110)，罗马已病入膏肓：

> 沮丧的人，人们和罗马之子，
> 因为毁灭性骚动，如禽鸟飞翔，
> 由大风和暴风式狂风所驱散，
> 噢，让我告诉大家如何再次编织
> 这被驱散的玉米成为一整捆，
> 这些断裂的手臂和四肢再次整合为一个健全的身体；
> 以防罗马遭受毁灭之灾，
> 让诸多强大的王国向她行屈膝礼，
> 不像是一个绝望的弃婴，
> 耻辱自杀。
> (*Titus*：Ⅴ. iii. 67-76)

因为罗马皇室的疾病——血液过剩和血液不足，马科斯把罗马比喻为断臂之躯，四肢需要重新整合和组装为一个“健全的身体”。本剧反复突出安特洛尼克斯的家族墓碑，它位于罗马元老院旁，泰特斯每次胜利班师回朝时，都会当着所有议员的面，把从战场抬回来的英雄之子葬入墓碑下的坟墓之中。安特洛尼克斯家族是罗马贵族精神的象征，他们贞节、守纪、为荣誉和自由而战、为了正义舍弃生命。就此，莎剧批评家罗伯特·米洛指出，“与以前一样，剧中罗马人活在一套严格的伦理宇宙之中，遵守一套军人的荣誉准则，渴望名声占绝对统治地位。”[①]古典医学认为，高尚行为归于高贵血液，而高贵血统仅仅保存在贵族身上，通过选择性的后代繁育和消化最好的饮食得到保障。[②] 在这个问题上，莎士比亚较为保守，从血统视角坚持“贵族美德和百姓非美德”，强调血统秩序，坚持贵族血液通过美德行为为全民树立榜样，产生健康社会。[③]作为安特洛尼克斯家族的重要一员，卢修斯以纯正的贵族血统，必定通过高尚行为让罗马政体恢复健康。所以，泰特斯说，自己在战场上流的血液让罗马平安，而“陷害他的儿子”致使他们流血，会“使大地蒙羞和害臊”。（*Titus*：Ⅲ. 15）

值得注意，泰特斯在剧中多次呼唤天体、大地与罗马诸神，把自己因遭受不公而生发的精神疾病与预示不祥的“天象”联系起来，暗示体液理论的隐喻与转喻之意，说明大小宇宙对应并相互影响。例如，面对拉维妮亚被无辜强奸这一事实，泰特斯痛苦至极，他使用天体与大地之间的关系这样叙述：

当上天哭泣时，大地不会泛滥？
如果大风狂起，海浪不会发疯，
用他胀肿的脸庞威胁天穹？
你有理由退缩吗？
我是海洋——听，她的叹息吹得多响！
她是哭泣的天穹，我是大地：
那么，我的大海必定因她的哀叹而感动；
我的地球必定因为她持续的眼泪
变成一场洪灾，洪水泛滥而被淹没，
因为我的肠胃无法隐藏她的痛苦，
只能像个醉汉，我把它们呕吐。
（*Titus*：Ⅲ. i. 222－232）

泰特斯首先使用“天穹”和“地球”之间关系，用来刻画自己和女儿之间的关系：天穹的眼泪会让地球涨洪水，女儿的哀叹让泰特斯无法承受。与人体一样，大宇宙天穹会哭泣，地球等行星会被感动。情感类比使得大宇宙天体与小宇宙人体完美匹配，暗示他们之间相似的身体结构和体液成分。大小宇宙之间的类比关系被称为身体中心论，成为当时占统治地位的概念和话语形式。[④]托勒密宇宙观、新柏拉图主义自然观和伽林医学的结合为人体和天体中的一切确立了位置和结构关系，从类比发展到关联，从隐喻发展到转喻。转喻涉及“使用一个所指（signified）来代表另一个所指，在某种方式上，后者与前者直接相连或者紧密相关。”[⑤]近代早期英国人在大宇宙和小宇宙的固有内在关联中理解疾病。在自然状态中，小宇宙与大宇宙遵循一种相似与关联的结构关系，和谐与安逸为至高状态，但这种秩序被打破时，就会生

① Robert S. Miola, *Shakespeare's Rome*, Cambridge, New York: Cambridge University Press, 1983, p. 44.
② See David S. Berkeley, “Shakespeare's Severall Degrees in Bloud”, in Peter C. Rollins and Alan Smith, eds, *Shakespeare's Theories of Blood, Character, and Class*, New York: Peter Lang, 2001: 7-18, p. 7.
③ See Dilin Liu and Anumarla Govindan, “From *Rosalynde* to *As You Like it*: Shakespeare's Celebration of Blood Order”, in Peter C. Rollins and Alan Smith, eds, *Shakespeare's Theories of Blood, Character, and Class*: 61-76, p. 62.
④ See Jonathan Gil Harris, *Foreign Bodies and the Body Politic*, p. 141.
⑤ David Chandler, *Semiotics: The Basics*, 2nd ed., London: Routledge, 2007, p. 129.

发紊乱和疾病。相应地，泰特斯强调天体与人体之间的相互关联。“地球”是人类居住的地球，与人体相关，所以“天穹”与“地球”关系可以解读为天体与人体的关系。在泰特斯看来，天体的伤心之泪使大地、海洋发生洪灾。这自然也会使人体遭受疾病或死亡。海浪“发疯”会威胁天穹，那人类的罪恶与疾病也会带来上天的愤怒，因此泰特斯写信给复仇女神以祈求正义。

3 古罗马的不列颠隐喻与英国社会问题

据菲利普·亨斯洛的记载,《泰特斯·安特洛尼克斯》于1594年1月24日首次登上舞台，然后于同年1月28日和29日、2月6日、6月5日和12日等不同时间分别由不同演出公司在不同剧院演出,被认为是1594年第一季度获取利润最高的戏剧。①在庆祝圣诞节期中的1596年1月1日，本剧再次上演，火爆局面一直持续到斯图亚特王朝早期。②剧中的罗马政体重获健康，帝国再次步入正轨，英国观众和读者为此兴奋不已。他们是否把罗马认同为英国，把罗马将军对暴君和皇后的复仇看成铲除英国皇室可能发生的专制腐败，把安特洛尼克斯家族的英雄行为视作英国正义、美德和希望。当“懂一点点拉丁文和希腊文”的莎士比亚开始创作时，有关罗马共和国和罗马帝国通史的古典作品还没有翻译成英文。③通常认为，他的第一部罗马戏剧《泰特斯·安特洛尼克斯》没有一个可以辨析的来源，无法界定它出自哪个罗马历史学家的作品。剧中主要人物罗马将军泰特斯被认为是一个被塑造的人物，萨特奈勒斯和巴希阿勒斯也是想象的人物，整部戏剧没有描写罗马历史中的某一特定时刻。④特伦斯·斯宾塞这样评论，“《泰特斯·安特洛尼克斯》并非刻画一套特别的政治体系，而是包含罗马曾经有过的所有体系。作者似乎很是着急，不是要还原历史，而是要把一切囊括其中。”⑤ 这更能让莎士比亚按照英国现状重构罗马，借用罗马反观英国社会，表达英国人的情感诉求与国家焦虑，参与讨论英国政治和社会。

在剧中，当卢修斯为父报仇而给萨特奈勒斯“放血”后，皇宫一片混乱，马科斯号召侄子卢修斯讲述自己家人如何受到皇后家族迫害的过程，以让罗马人认清谁是罗马的救赎者和正义力量。他说，“当狡猾的希腊人突袭普莱恩国王的特洛伊城时，/告诉我们，哪个塞壬迷惑了我们的耳朵，/或许说，谁把致命的木马带进了城，/使我们特洛伊，我们罗马，国民饱受伤害。”（*Titus*：V. iii. 84-87）不难看出，罗马人把自己认同为特洛伊人，因为根据罗马神话，特洛伊战争后，特洛伊人埃涅阿斯逃难到意大利创建了罗马城。9世纪纳尼厄斯编撰的《不列颠史》和 12 世纪编年史学家杰弗里的《不列颠国王史》，声称英国的缔造者是从燃烧中的特洛伊城逃离的布鲁图斯，与埃涅阿斯一样。

莎士比亚时代，英国人正处在宗教改革的关键时期，外部面临耶稣会和西班牙等天主教国家和组织的威胁，内部有天主教徒阴谋、埃塞克斯派系叛乱和清教势力崛起，以及王权逐

---

① See Alan Hughes, ed., *Titus Andronicus*, *The New Cambridge Shakespeare*, Cambridge: Cambridge University Press, 2006, p. 13.
② William Shakespeare, “*The Tragedy of Titus Andronicus*, ” in *Shakespeare*: *the Complete Works*, ed., G. B. Harrison, p. 294.
③ See Terence J. B. Spencer, “Shakespeare and the Elizabethan Romans”, in *Shakespeare Survey*, 10 (1957): 27-38, p. 29.
④ See Warren Chernaik, *The Myth of Rome in Shakespeare and His Contemporaries*, Cambridge: Cambridge University Press, 2011, p. 8.
⑤ Terence J. B. Spencer, “Shakespeare and the Elizabethan Romans”, p. 32.

渐走向个人专制[①]。这些都严重威胁到英国社会的和谐稳定和正义美德。或者说，莎士比亚有意使用罗马题材让英国读者和观众与罗马发生身份认同，把“我们罗马”等同于英国，安特洛尼克斯家族受难史就是英国当时面临的内忧外患之困境，卢修斯弑君和铲除宫廷邪恶暗指英国已经或即将赢得的胜利。在英国，罗马类比非常流行，詹姆士一世统一了爱尔兰、英格兰、苏格兰和部分法国领土，被赞誉为“英国的恺撒”。1604年詹姆士进驻伦敦时，街道两边装饰着拱形和雕像艺术，呈现一种“极盛罗马风格”，是古罗马的重现。琼森创作了许多罗马主题的假面具戏，在宫中非常盛行，詹姆士一世被比作奥古斯都。在钱币和奖章上，国王被经常再现为着罗马服装、带橄榄桂冠的罗马帝王形象。[②]

16、17世纪的英国存在两种建构古代英国的方式，分别在与罗马的对立和同一关系中定义英王。根据杰弗里的《不列颠国王史》，尽管罗马统治者尤利乌斯·恺撒也是特洛伊人的后代，承认布立吞人王国的合法性，却准备征服不列颠岛。布立吞王卡西维洛纳斯为自由而战，抵御“永恒的枷锁”，领导一支军队在两次战役中击败了罗马人，导致恺撒仓皇逃回欧洲大陆，“当时的不列颠民众是多么了不起！两次赶走征服了全世界的罗马帝王……布立吞人准备为他们的故土和自由而战死。”[③]在卡西洛维纳斯死后，辛白林成为布立吞王。虽然辛白林是罗马大帝奥古斯都·恺撒在家中养大的战士之一，但他与他的后人一样，极力抵御来自罗马大帝克劳迪乌斯的侵略，拒绝向罗马人缴纳任何贡税。承认“布立吞人的英勇”，克劳迪乌斯与不列颠签署和平协议，条件是不列颠承认罗马绝对主权和作为“世界超级霸主”。后来，在亚瑟王的领导下，不列颠重新与罗马为敌，击败和杀害了罗马将军卢修斯，亚瑟王成为不列颠辉煌的化身。杰弗里的叙事受到后世的质疑，他在与罗马永恒对立的模式中定义不列颠，被认为是一种寓言式虚构。然而，杰弗里也强调布立吞王布鲁特斯和辛白林与罗马帝王的亲缘关系，让布立吞王与罗马大帝之间的对立酷似两兄弟之间的吵架，从而暗射不列颠与罗马之间的相似性。

塔西佗描绘了罗马统治者阿古利可拉成功教化野蛮布立吞人，特别是传授他们罗马价值观。塔西佗把阿古利哥拉的措施再现为一种“最受益、最政治的策略”，是他英明和谨慎统治的证据。对布立吞人来说，既受损更获益：

> 布立吞人粗鲁且散漫，他因此利用每个机会发动战争，快乐地诱导他们平静和休息。他私下劝告他们，帮助他们一起修建寺庙、房屋和公共休闲胜地，表扬先进、督促落后，这样为他们施加一种紧迫性，让每人争相获得中尉的好评。而且，他带上贵族们的儿子，教他们自由科学，提升不列颠人的智力……如何好奇地学习罗马人的语言雄辩术。[④]

因为阿古利可拉的文化政策，布立吞人越来越按照罗马模式组织生活，他们开始效仿罗马人的穿着，遵守罗马人的习俗，按罗马人的方式建造房子和城市，和学习罗马人语言文化。

---

① 詹姆士一世从1614年至1621年长达7年从未召开议会。See J. P. Sommerville, “James I and the Devine Right of Kings: English Politics and Constitutional Theory”, in Linda Levy Peck, ed., *The Mental World of the Jacobean Court*, Cambridge & New York: Cambridge University Press, 2005: 55-70, p. 55.

② See Jonathan Goldberg, *James I and the Politics of Literature*, Baltimore and London: Johns Hopkins University Press, 1983, pp. 33-54.

③ Geoffrey of Monmouth, *History of the Kings of Britain*, Part 3, tran, Lewis Thorpe, Harmondsworth: Penguin, 1983, pp. 108, 117.

④ Cornelius Tacitus, *The Life of Julius Agricola*, in *Fower Books*, tran, Henry Savile, London, 1591, pp. 250-251.

让罗马没有料到的是，英国人学到的最重要成果之一就是贵族精神，一种为荣誉、尊严和自由而战的精神。

塔西佗特别提到两位布立吞王，称赞他们以迥异形式表现罗马贵族精神。布立吞王卡拉克塔克斯被恺撒打败，戴上枷锁游街示众，没有表现出任何恐惧，而是保存着他的人格尊严和坚定勇气。塔西佗暗示，这些罗马人把他视为“同类”，因为他是在学习罗马文明中成长起来的。所以，卡拉克塔克斯受到恺撒的赦免，被自由释放，没有接受任何惩罚。拒绝臣服，他保持了尊严和荣誉，他甚至在囚禁中也是自由的。如他自己所说，他获得了永恒的英雄称号，而胜利者恺撒因仁慈而获得后人的称赞：“如果我现在屈服、且落入您的手中；我的命运和您的辉煌都不会为人所知；我被处决后，一切都被遗忘。但是，如果您让我活着，我将永远是您仁爱的一个例证。”①塔西佗也记述了布立吞女王博阿迪西亚。如果说卡拉克塔克斯是荣誉勇士的话，博阿迪西亚就是复仇女王，前者的敌人是公正的罗马帝王，后者的对手是腐败的罗马暴君。博阿迪西亚遭受罗马人的虐待，她的女儿被强暴，她号召国民为夺回“失去的自由”而战，向罗马暴君复仇。②她的复仇正是罗马贵族精神的一部分，体现了罗马的贵族美德。

剧中安特洛尼克斯家族的遭遇是否与博阿迪西亚具有可比性？泰特斯复仇的合理性与博阿迪西亚一样，是一项值得称颂的正义事业。他们的罗马血统或罗马贵族精神驱使他们不自觉地追求自由、美德与社会正义。博阿迪西亚激发了英国人的正义感，鼓励后来君王为英国赢得独立、尊严和秩序而奋战到底。类似地，泰特斯复仇弑君，卢修斯“血液中保存着罗马的幸福”，安特洛尼克斯家族最终使罗马恢复健康，完成了救赎国家的使命。

莎士比亚创作《泰特斯·安特洛尼克斯》时，有关古罗马通史的作品尚还未完全翻译成英文，但 1591 年以后，随着更多古罗马历史作品被翻译过来，英国读者和观众能更好地赏析本剧。他们从罗马史中看到罗马贵族精神并把英国人自身投射进去，读到罗马价值观对大不列颠的影响。他们也许会感觉到，泰特斯似曾相识，不自觉地把他视为偶像英雄，对他的复仇行为甚为推崇。1594 年第一季度，本剧成为获利最高的商业戏剧。这足以说明观众对它的痴迷和对泰特斯暴力复仇的认可。他们把罗马的道德困境看成是英国当前的社会问题，所以，当罗马因为卢修斯的健康身体而给罗马带来幸福之时，他们也希望，道德衰败的英国也会随伊丽莎白身体好转而康复。③埃德蒙·斯宾塞在 1596 年创作的《仙后》后几卷中对伊丽莎白后期的政治腐败和道德下滑进行了批评？此时的女王进入晚年，身体远不如从前，歼灭西班牙“无敌舰队”的英雄行为与清除国内各种叛乱的事迹逐渐淡出人们的视野，朝政由罗伯特·塞西尔势力把持，国家政体处于“疾病”状态。

当时国民祈祷，英国能拥有一位贤德帝王，而新王詹姆士一世酷似剧中的卢修斯，他强壮的体魄能够给英国政体带去健康和活力，詹姆士能像罗马大帝一样振兴大英帝国。国民期待他能做个正义、美德之君王，遵守英国古老宪法，维护政体的体液平衡，而不像罗马帝国后期贪图享乐的糜烂皇室，实行暴政统治。如此一来，借助古典医学体液理论，安特洛尼克斯家族的复仇更具拯救王国之意义，因为它还承载了当时英国人的道德理想。或许，如理查德·布鲁契所讲，在一个怀疑主义时代，“秩序只存在于美学之中，而不是伦理学，生存成了

---

① Cornelius Tacitus, *The Annales of Cornelius Tacitus*, Book 12, tran, Richard Grenewey, London, 1598, pp. 155-156.
② See Cornelius Tacitus, *The Annales of Cornelius Tacitus*, Book 14, tran, Richard Grenewey, pp. 210-211.
③ See David Hillman, "Staging Early Modern Embodiment, " in David Hillman and Ulrika Maude, eds., *The Cambridge Companion to the Body in Literature*, pp. 41-57.

一种怪异的智力较量，而恶毒的复仇提供了一种对付混乱的方法。”①

基金项目：本文为国家社科基金项目“英国十六、十七世纪文学中的疾病意识与国家焦虑研究”（项目编号：16BWW056）和江西省高校人文社会科学研究项目“英国 16、17 世纪复仇剧的暴力叙事研究”（项目编号：WGW1801）的阶段性成果。

作者简介：陶久胜，男，宁波大学外国语学院教授，博士，主要从事英国 16、17 世纪戏剧和英美现代主义戏剧研究。

① Richard T. Brucher, "'Tragedy, Laugh on': Comic Violence in *Titus Andronicus*", in *Renaissance Drama*, New Series 10 (1979): 71-92, p. 85.

灾难，诅咒，宗教话语：莎士比亚作品中的瘟疫意象

蒋　倩

【摘　要】笼罩了莎士比亚一生的瘟疫在莎剧中非常多见。瘟疫在莎剧中的意象代表灾难、诅咒和各教派的宗教话语。宗教界认为瘟疫是因为人道德的不洁受到上帝的惩罚，而当局对瘟疫的隔离政策无效和城市混乱的场面也被宗教界尤其是清教徒攻击。莎士比亚在莎剧中表现出的宗教观念比较模糊，有其经济和政治原因。

【关键词】莎士比亚；瘟疫；意象；灾难；诅咒；宗教话语

【Abstract】The images of plague that haunted Shakespeare's life are very common in Shakespeare's plays. The images symbolize disaster, curse and requests of various religious groups. Religions believe the plague is God's punishment on people's moral uncleanness. Inefficient isolation policy of the authorities against the plague and the scenes of urban chaos are also attacked by religions, especially Puritanism. Shakespeare's religious ideas in his plays are relatively vague, for economic and political reasons.

【Key Words】Shakespeare; plague; images; disaster; curse; religions request

1　引　言

瘟疫笼罩了莎士比亚的一生，并在他的戏剧留下了很多对瘟疫的描述。据哈佛大学斯蒂芬·格林布拉特在《俗世威尔——莎士比亚新传》和彼得·阿克罗伊德的《莎士比亚传》中记载：就在莎士比亚出生的 1564 年 7 月，斯特拉福镇就爆发了黑死病，冬天到来之前，镇上的人死了六分之一，237 名居民丧生（张薇，2020）。1574 年，在一次特别严重的疫灾之后，政府印制了一系列文告，也许是有史以来第一次向居民讲解了防疫注意事项。1583 年，这些文告经过细致的增补，被张贴在各教区和伦敦各处的立柱上，成为官方应对瘟疫的通行模式。1592 年伦敦爆发了大规模腺鼠疫，每 12 位居民中就有 1 位丧生，之后政府开始印制《伦敦死亡名录》（顾春芳，2020）。1593 年伦敦的大瘟疫造成超过 14%的人口死于瘟疫，同时两倍于这一数目的人受到感染。疫情最猖獗时一周夺走 1000 人的性命。瘟疫肆虐期间，戏院关门歇业，直到 12 月 26 日才开放。1594 年圣烛节，瘟疫搅得人心惶惶，各剧场再次关闭，到 4 月才开放（张薇，2020）。瘟疫期间，莎士比亚所在的波贝奇的剧团不能在伦敦演出，不得不进行全国巡演以求生存。莎士比亚当时在赞助人南安普敦伯爵的庇护之下，写了很多十四行诗，其中两部叙事长诗——《维纳斯与阿多尼斯》和《鲁克丽丝受辱记》，令他声名鹊起。1594 年

5 月玫瑰剧院恢复演出，莎士比亚才恢复戏剧生涯。到莎士比亚晚年，1603 年再次爆发大瘟疫，当年伦敦每 5 个人中就有 1 个死于瘟疫，总计至少 25000 人丧生于瘟疫。尽管 1604 年疫情开始得到缓解，但禁止演剧的律令到 1610 年才全面撤销，国王剧团再次踏上巡演的旅途（尼尔·麦克格雷格，2015：271）。

2 作为诅咒的瘟疫意象与当局和教派

面对如此劫难，莎士比亚也好，同代的剧作家也罢，几乎没有在舞台上正面呈现瘟疫这一生活中重要的社会现象呢？最明显的答案是对戏剧演出生意有影响，担心通不过审查（当局担心对民众造成恐慌心理）（胡鹏，2012：29）。

但是，笼罩在莎士比亚、英国人乃至欧洲人头上的瘟疫阴影终究挥之不去。"瘟疫"和"鼠疫"（plague，pestilence）在莎士比亚作品中反复出现，"plague"这个词在莎士比亚作品中出现 98 次，有瘟疫、灾祸、折磨的意思。这些作品有《罗密欧与朱丽叶》《哈姆雷特》《李尔王》《麦克白》《奥赛罗》《雅典的泰门》《科利奥兰纳斯》《亨利四世（第一部）》《亨利五世》《亨利六世（上中下）》《亨利八世》《理查二世》《理查三世》《裘里斯·恺撒》《约翰王》《爱的徒劳》《威尼斯商人》《无事生非》《第十二夜》《终成眷属》《泰尔亲王佩里克里斯》《辛白林》《暴风雨》《特洛伊勒斯与克瑞西达》以及长诗《维纳斯与阿多尼斯》《鲁克丽斯受辱记》《十四行诗》等二十多部。阿克罗伊德说：莎士比亚的戏里多处提到过死亡的象征和瘟疫留下的伤痕（张薇，2020）。

莎剧中出现的瘟疫意象多以灾难、诅咒和宗教话语为目的。瘟疫意象即灾难、恐惧、死亡。在长诗《维纳斯与阿多尼斯》中，即便维纳斯女神对尘世的灾变也心存恻隐，她在恋人耳边呢喃，赞颂他的双唇，使用的意象很不寻常：

> 为你双唇救了我，我祝它们长相接！
> 我祝它们鲜红永不褪，新装永不卸！
> 我祝它们存在时，青春永葆无残缺！
> 把疠疫从应降大灾的年月中祓除绝。
> 这样，星象家尽管已把人们的生死判决，
> 你喘的气，却回天旋地，把人命留，瘟疫灭。
> （莎士比亚，2017：3887）

德克恰切地将瘟疫比作戏剧中常见的人物："死神……（有如能征善战的帖木儿大帝）在……罪孽丛生的郊区扎下营寨。瘟疫身兼两职：既为军需官，又为陆军元帅。"南华克也属罪孽丛生之地（麦克格雷格，2015：261）。瘟疫泛指灾祸之意，对人类社会有非常严重的威胁。同样在《哈姆雷特》的第三幕第二场中有体现："墓园里的枯坟均已敞开，地狱也在吐散瘟疫于人间。"（莎士比亚，2017：2703）《李尔王》中第二幕第四场 "报应哪！疫疠！死亡！祸乱！火性！"（莎士比亚，2017：2953）

莎氏往往把瘟疫作为诅咒语，诅咒别人遭瘟疫和灾难，在《暴风雨》《李尔王》《亨利四

世（上）》《科利奥兰纳斯》《泰尔亲王佩里克里斯》中均有体现。比如《暴风雨》中卡列班说："你教给我语言，我得到的好处就是懂得了怎样诅咒。红瘟病毒死你。"（莎士比亚，2017：3791）又如《李尔王》中李尔王悲愤至极地说："全给我遭瘟吧！杀人的凶犯，奸贼，你们全都是！"（第五幕第三场）（莎士比亚，2017：3023）李尔王在对女儿里根和她的丈夫康沃尔的诅咒中用到了"复仇、瘟疫、死亡、混乱"的词汇，在第二幕第四场中斥责她是"一个藏在我腐败的血液里的瘟疫的痈疮"（莎士比亚，2017：2957）。第三幕第四场"愿旋风不吹你，星星不把毒箭射你，瘟疫不到你身上！愿那弥漫在天空之中的惩罚恶人的瘟疫一起降临在你的女儿身上！"（莎士比亚，2017：2971）再如《亨利四世（上）》中福斯塔夫骂巴道夫和皮托："真是该死，贼跟贼也不讲信用了。呼！你们这帮该死的家伙！把我的马给我，你们这帮混蛋，把我的马给我，然后找死去。"（莎士比亚，2017：216）《罗密欧与朱丽叶》中，茂丘西奥临死诅咒"你们这两户遭瘟的人家!"（莎士比亚，2000：375）1603年莎士比亚的剧团转场里士满、巴斯、考文垂，以及施鲁斯伯里，演出包括人们广泛喜爱的《罗密欧与朱丽叶》（麦克格雷格，2015：267）。不知那里的观众在听到"你们这两户遭瘟的人家!"会有什么样的反应。莎剧中，瘟疫作为诅咒语是用得最多的（张薇，2020）。

对瘟疫、政府当局的态度体现了各宗教教派斗争、改革的要求。首先宗教教义认为，所有人都因为道德的不洁受到上帝的惩罚，于是瘟疫降临。莎剧中最典型的是《罗密欧与朱丽叶》，剧中的背景是瘟疫袭击了维罗那。劳伦斯神父派他的心腹约翰送一封至关重要的信给罗密欧，去送信的约翰恰好遇到这种情况：

> 为了出门有个伴，我去找一位赤脚的苦修僧，跟咱们同一个教派，他正在慰问本城的得病的人家，谁知碰上了巡逻的警官们，怀疑我们进入了染上瘟疫的人家，封住了门，不让我们走出来，本来要赶往曼图亚，这下子就耽搁了……
>
> （莎士比亚，2000：169）

正是由于送信人的耽搁，罗密欧见到"死去的朱丽叶"时，信以为真而选择了自杀，其实朱丽叶只是喝药后的深度昏迷。这直接导致了罗密欧与朱丽叶的殉情悲剧。

苏珊·桑塔格在《疾病的隐喻》中所指出，瘟疫这类疾病的大规模发生"在那时获得的意义而言是群体灾难，是对共同体的审判……不只被看作是遭难，还被看作是惩罚"（Sontag，131）。我们可以看到整部戏剧的悲剧性是必然的，符合宗教神学对瘟疫降临的阐释：所有人都因为道德的不洁受到上帝的惩罚。比如，罗密欧有罪，因为他在见了朱丽叶之后即移情别恋，正如神父所言，"这是天大的变化！你把罗瑟琳就那么容易抛下?——你从前却那么爱她！年轻人的爱情不出于真心，原来全凭着眼睛"（莎士比亚，2000：77）。罗密欧还在命运的捉弄下杀死了蒂巴特。朱丽叶有罪，在婚姻前失去了贞洁，这也表示她失去了尊严。当时女性的贞洁被认为确保了未来夫家家族的纯洁、继承人的合法性及其家族的名声，因此守护贞洁是头等大事。正如玛格丽特·L. 金在《文艺复兴时期的妇女》中指出"一个女人的性荣誉不只是她个人的，首先不是她的；它与一种更为复杂的荣誉计算（calculus of honour）紧密相连，其中既涉及家族荣誉，也涉及支配该家族的男人的荣誉……整个家族以及对家族负责的男人的荣誉都以保持一个女儿的童贞为核心"（1991：30）。罗密欧与朱丽叶两人共同的罪是私订终身，违背了当时的社会核心价值，即年轻人应服从老人，婚姻不是爱情的产物而是财富与地位的巩固与联合（Shakespeare, 2007：1677）。宗教改革家约翰内斯·布伦兹（Johannes Brenz, 1499—1570 年）所强烈谴责的未获批准的婚姻："当两个年轻人出于叛逆和无知，在父母不知晓和不同意的情况下，像着了魔一样，偷偷摸摸，轻率，欺骗——有时是通过一个媒人，甜言蜜语的谎言或其他不正当手段的帮助和教唆——结合在一起，谁会否认这种结合是撒旦而不是上帝带来的呢？"（Ozment, 1983：28）

因此剧中神父亦有罪，故而在为两人私订终身祝福时，其内心极为忐忑："但愿上帝祝福这神圣的结合，没有日后的灾难把我们谴责!"并预告这 "会带来凶猛的结局……乐极生悲"（莎士比亚，2000：94-95）。此剧重要取材来源——布鲁克的《罗密乌斯与朱丽叶哀史》的前言中就这样描述了劳伦斯神父："滥用合理婚姻的神圣名义来掩盖偷换契约的羞耻；最终当然可以让不忠的人生赶往悲凉的结局……试图冒险获得自己期望的欲望，利用听到的忏悔、偶像崇拜与背叛来促进他们的意图实现。"（Brooke, 2003：229-230）而且谴责劳伦斯神父的密室是个"用来利用年轻人的秘密场所"（Brooke, 2003：237-244）。罗密欧、朱丽叶所属的两大家族亦有罪，长期的械斗给整个城市带来巨大灾难。戏剧一开场就发生了两个家族的械斗，但是市民们的反应却是相当奇特的——众市民："有棍子的用棍子，有枪的使枪，打呀！把他们打下去！打倒卡普莱家的人！打倒蒙太古家的人!"（莎士比亚，2000：32）对市民而言，这两个家族就像瘟疫一样让人厌恶，他们的争斗持续到哪儿，哪儿就会有流血死亡。而亲王的谴责也印证了这一点："用乡亲的鲜血把刀剑玷污了……你们这些个畜生！为了给你们满腔怨毒的怒火解渴，不惜叫血管迸射出殷红的喷泉……只为了发泄你们发了霉的仇恨。"（莎士比亚，2000：23）罗密欧一出场就发现满地狼藉还有血迹，于是说道："一切的一切，原来是无中生有啊!"他的话点出了所有人的悲剧源泉："上帝造了他，毁了他的是他自个儿。"（莎士比亚，2000：84）最后亲王哭诉说："是上帝在惩罚你们……我们都受到了惩罚"（莎士比亚，2000：187），意味着所有人的结局都是自己造成的。实际上，当时的天主教、新教、清教派都认为瘟疫是"上帝之怒"（the wrath of God），即神惩罚人类罪孽的工具，身体的受辱是获取救赎所必需的，唯一方法就是忏悔和接受（Hughes，2004：102）。正如剧中神父所说："为我们的罪孽，灾祸从天而降，上帝的意旨要顺从，不能有违抗。"（莎士比亚，2000：161）

在《圣经》深入英国人心的年代，我们不能忽视其中《诗篇》中的话："他必救你脱离……和毒害的瘟疫。"（诗 91：3）对瘟疫时期的信徒而言，《诗篇》提供了特别的保护和希望。那时的瘟疫被认为是普通人的堕落导致的，但是宗教改革则添加了新的内容：在日内瓦的天主教徒将上帝的愤怒归咎为加尔文教徒的异端邪说，而加尔文教徒则指责天主教徒的渎神。他们总是责怪敌对宗教势力带来或延长了瘟疫（Byrne, 2006：29-30）。同样，在玛丽女王治下爆发的瘟疫被认为是之前亨利八世与爱德华六世的新教政策导致的，而重建新教的伊丽莎白一世治下的伦敦 1563 年爆发的瘟疫则被归咎于天主教残余分子（Alan, 1978：322）。可见瘟疫总被看作"对个体的惩罚，也是对某个群体的惩罚"（Susan Sontag, 1991：140）。瘟疫成了宗教宣扬自己的理念，互相攻讦，尤其是清教徒坚定上帝权威、攻讦天主教的有力武器。

3 瘟疫的发生与城市环境

英国当局对瘟疫的隔离政策无效和城市混乱的场面被宗教尤其是清教攻击。英国当局针对瘟疫以隔离为主，于是我们可以看到剧中更多关于罗密欧与朱丽叶被隔离（束缚）的隐喻，正影射了当局的隔离手段：石头的果园围墙、劳伦斯神父的密室、朱丽叶的橱柜、陵墓。蒙太古就描述了罗密欧的隔离："我那儿子……独自躲进房内……紧闭门窗"（莎士比亚，2000：25）。而罗密欧认为自己的心"牢插在地面，一步也不许动"（莎士比亚，2000：44），"比疯子给绑得更紧，禁闭在监狱中……受折磨"（莎士比亚，2000：33-35），最终两人又出现在最后封闭的空间"祖先的坟墓"。而且我们还可以看到瘟疫的爆发完全契合了罗密欧的悲伤："在这儿无论是猫，是狗，是小耗子，不管是多么卑贱的生灵，都生活在天堂里……唯独罗密欧，办不到！就算是最肮脏的苍蝇也比罗密欧活得更光彩，更得意。"（莎士比亚，2000：117）将瘟疫与小动物相联系证明了早先牟克休死前的咒骂："明明是狗，是老鼠，是小耗子，是猫。"（莎士比亚，2000：102）两段话中的相同语言提醒我们在瘟疫爆发期间，城市的自由只属于家畜、蚊虫、苍蝇（Barroll, 1991：92-96）。这部剧虽然描述的不是英国，但这种封门闭户的隔离正是16世纪晚期伦敦瘟疫爆发时的标准做法（Shakespeare, 2000：11）。市政当局通常会"将瘟疫患者封闭在房子里，与社区隔绝让其自生自灭，而门上画十字标明内有病患"（Munro, 2000：258）。因此感染者也只能与感染者接触，这正是剧中约翰神父送信失败的原因。但尽管"花园的围墙那么高，爬墙不容易"，罗密欧仍然能 "轻易地翻过墙"（莎士比亚，2000：67），可以 "趁城门还没有放哨就走"或天亮了"乔装打扮混出城去"（莎士比亚，2000：117），可见瘟疫既不能在隔离房内也不能在围墙内受到控制。当时政府对人们从疫区出逃颇为忧虑。如果你是贵族，乡间有产业，或者你是牧师、医生，在剑桥和牛津有去处，那自然是走的好。但当时大家都担心逃出来的人会加剧疫情扩散，所以政府一口气颁布了很多隔离、幽禁、限制行动自由的规定。那些走不了的人——譬如花一便士买门票的"站站儿"们——的命运是最悲惨的（麦克格雷格，2015：263）。政府一股脑儿地只隔离不管其他的政策加剧了穷人们的悲惨处境。

伦敦当局一直未重视城市公共卫生，民众也缺乏文明和卫生的意识，把粪便都倾倒在河里，泰晤士河臭气熏天。贫民的住房拥挤在一起，街道又窄又脏，鹅卵石的路面到处是垃圾，湿滑难行。街道两旁的露天排水沟里的污泥深达六尺，从沟内和城市屠宰场发出的恶臭令人难以忍受，成堆的粪便阻塞了街上的交通（李伟民，1990：4）。人们向窗外倾倒便壶。剧院里没有厕所，观众要么到剧院外面的泰晤士河边排泄，要么在剧院里面随地大小便。另外瓜果皮和垃圾乱扔，这一切混杂在一起，滋生了瘟疫的温床。瘟疫反复爆发，毫无办法的官方就杀狗杀猫，结果消灭了老鼠的敌人，而老鼠携带了可怕的病菌，导致鼠疫。由鼠至虱，由虱至人。当时医疗水平落后，缺乏对瘟疫的正确认识，仅靠隔离是解决不了瘟疫爆发的。

与瘟疫相匹配的是，城市是一个混乱的所在。莎士比亚进一步创造了一个最终无法控制结局的忙乱环境（Bradbrook, 1951：109），这种背景的表述是人人都被瘟疫感染的状态：所有提到的中毒、瘟疫、感染结合起来组成了维罗那混乱与灾难的中心象征（Marson, 2008：268）。维罗那已经被"两户大族"所分解和削弱，这两个家族"新近的厮杀"可以说重新释放了"两家的诅咒（瘟疫）"，而且散播了污染，因为"私斗叫清白的手把血污染上"（莎士比亚，2000：14）。倘若说维罗那由于两大家族而混乱无序的话，剧中另一城市曼图亚也有类似情况。毒药在曼图亚 "严禁出售，违者处死"，但是贫穷的卖药人依旧出售毒药给罗密欧，剧中指涉了贫穷和随之而来的犯罪行为可能威胁那个城市（克里斯·菲特认为这是当时伦敦的现实情况）（Fitter, 2000：160）。比起维罗那，曼图亚仍然是受法律约束的地方：在布鲁克的作品中，卖药人最后被绞死，但相反的是，莎士比亚的作品中维罗那的亲王任意改变刑罚，并推迟了判决：在“把事谈个透彻”之后“该恕的当宽恕，该罚的就要惩罚”（莎士比亚，2000：187-188）。城市的状况和统治术令人怀疑，正如苏珊·桑塔格指出，“城市自身就已经被看作……一个畸形的、非自然的地方，一个充斥着挥霍、贪婪和情欲的地方”（1991：74）。维罗那和曼图亚的混乱和失序也正是导致瘟疫的重要原因，正是城市生活导致了的诅咒，“A plague o'both your houses”在此也是“瘟疫房子”，因此瘟疫成了双重指向：既是袭击城市疾病，又指向被感染的城市（胡鹏，2012：28）。这不禁让我们想起英国在都铎王朝和斯图亚特王朝，负责隔离检疫的英国皇家警察和抗议的清教徒之间在瘟疫发生后曾发生格斗（Fitter, 2000：155）。国王和市政府对流行病实行了抑制政策，他们关闭城门，禁止商业活动，隔离患者和潜伏期病人。牧师们谴责当局的行为是误导、无医疗意义的，因为它违背了上帝的旨意，又是不虔诚的。清教徒牧师查德顿（Laurence Chaderton）曾悲叹：“能驱散上帝愤怒的不是打扫卫生，保持室内和街道的清洁，而是净化我们的心灵，使我们的灵魂远离罪恶。”真正需要的不是肉体的卫生，是灵魂的圣洁，不是扣押、没收，而是信奉上帝（Palmer, 1982：97）。桑塔格认为这一时期的“（瘟疫）隐喻被用来表达对某种终究会波及个体的总体失调或公共灾难的不满”（1991：74），而且瘟疫隐喻在对社会危机进行即决审判方面不可或缺。联系当时的状况，莎士比亚描绘的隔离措施的无效和城市混乱无序状况显然正是为了“以强化的效果来呼吁人们做出理性反应”并以此来“敦促统治者追求更为理性的政策”（Sontag, 1991：7-79），隐藏着清教追求社会在上帝治下恢复正常均衡状态（即清教徒统治）的要求（胡鹏，2012：28）。

关于劳伦斯神父，莎士比亚对他的态度似乎是矛盾的。我们可知他是天主教的代表，在剧中似乎是被指责的对象，但是另一方面莎士比亚又给予了他同情。保罗·沃斯就指出了莎士比亚对劳伦斯神父的描述是有正面效果的（Paul Voss, 1993：14），而格林布拉特认为“劳伦斯神父有着显著的社会特征，他将集体智慧和团体的圣洁结合在一起……积极参与社会活动”（1997：870）。这种矛盾态度是如何出现的呢?

4 瘟疫影响与莎剧创作

首先是莎士比亚模糊的宗教观念。他对于天主教、新教、清教主义甚至对于基督教的诸异教都保有一定距离，既可说信仰也可说不信仰。正如格林布拉特所分析的，几乎可以确定莎士比亚的家庭倾向天主教，其妻子安妮的家庭则几乎必定倾向于与其相对立的新教，而其父既是天主教徒又是新教徒。莎士比亚拥有多重信仰，或者往不信奉的方向发展（Greenblatt, 2004：113，118）。

其次是经济原因。清教徒的观念在学者、商人之间最先得到庇护，而其主体则是市镇成长的中下层绅士和市民，而这些人正是剧场观众的主体（克莱顿·罗伯茨，戴维·罗伯茨，1987：347）。莎士比亚与清教反对当局对疫情的隔离措施的态度是一致的，因为瘟疫爆发时期莎士比亚被迫关闭剧场，陷入了经济困境，即便是向伊丽莎白一世寻求特许与庇护，也难以改变窘境（Bate, 2008：223-224）。在利兹·巴罗的《政治、瘟疫与莎士比亚剧场》一书中就提到剧场在莎士比亚生前由于五次较大规模瘟疫而关闭（1581-2, 1592-4, 1603-4, 1608-9, 1609-10）。但清教徒激进的观念则让莎士比亚大为恼火，因为他们将剧场与瘟疫等同，宣称要废除剧场。一位清教派牧师声称："如果你仔细留意的话会发现导致瘟疫的原因是罪孽，而罪孽则来源于戏剧：因此导致瘟疫的是戏剧。"（Wilson, 1927：52）

再次则为政治原因。在伊丽莎白女王统治的早期，戏剧演员被无形中鼓励在节目中表现反天主教的情绪，只有在宣传清教主义的坏处大于煽动反天主教情绪带来的好处时，王室才开始采取比较谨慎的态度。在莎士比亚活动时期，演员已经被禁止在戏剧中表现宗教问题（Greer, 2002：26）。因为伊丽莎白不仅要抵抗教会以外的天主教威胁，而且还要与来自教会内部的清教徒威胁搏斗——清教徒攻击主教的权威，并要求引进长老会制的教会政府，使权威归于集会的长老及牧师，对伊丽莎白的统治构成了威胁（克莱顿·罗伯茨，戴维·罗伯茨，1987：389）。为了通过审查，在兼顾经济利益的同时，莎士比亚必然会迎合当局的谨慎宗教态度（胡鹏：31）。

时代历史的大变故可以左右戏剧的兴衰，但无法左右诗人的才华。瘟疫肆虐的时期也是莎士比亚的高产期。就在1594年2月，莎士比亚完成了复仇悲剧《泰特斯·安德洛尼克斯》，这是首部出版的莎剧。紧接着他创作了《理查二世》《约翰王》等几部历史剧。1594年的5月期间，"宫内大臣剧团"成立，莎士比亚是股东之一。1594年，《仲夏夜之梦》《罗密欧与朱丽叶》《理查二世》相继首演。他完成《爱的徒劳》（1594）、《仲夏夜之梦》（1596）、《威尼斯商人》（1596）、《亨利四世》（1596）、《温莎的风流娘儿们》（1597）、《亨利四世》（第2部/1598）、《无事生非》（1598）、《亨利五世》（1599）、《裘里斯·恺撒》（1599）、《皆大欢喜》（1599）等重要的剧目，特别是《哈姆雷特》在1600年首演，1601年《理查二世》首演。莎士比亚的《第十二夜》也在这一年首演。或许是想给瘟疫过后消极厌世的人们带去些许欢乐和安慰，莎士比亚在瘟疫之后创作了许多喜剧作品（顾春芳，2020）。之后他又写出了《一报还一报》（1604）、《终成眷属》（1605）等大量卖座的剧本。

经历过瘟疫和死亡考验的莎士比亚对世界和人生的本质自然有着更加深刻的体悟，他在《暴风雨》（1611）中，借普洛斯帕罗的话说：

> 我们的狂欢已经结束了。我们的这些演员们，
> 我曾经告诉过你，原是一群精灵；
> 都已化成淡烟而消散了。
> 如同这段幻景的虚妄的构成一样，
> 入云的楼阁、瑰玮的宫殿、
> 庄严的庙堂，甚至地球自身，
> 以及地球上所有的一切，都将同样消散，
> 就像这一场幻景，连一点烟云的影子都不曾留下。
> 我们都是梦中的人物，
> 我们的一生是在酣睡之中。
> （莎士比亚，2017：3843）

舞台上的角色和场景如海市蜃楼，转瞬即逝，而人的生命也是如此。瘟疫消除了社会、等级、性别、贵贱和个人之间的差异。在莎翁的这段台词中，"全世界是一个舞台"的深意，比我们从前所意识到的或许更为复杂——伟大的诗人提炼出了"世界"这个"舞台"所寓含的

真相，那就是“无常”（顾春芳，2020）。

参考文献:

[1] Brooke, Arthur. 2003. “The Tragicall Historye of Romeus and Juliet.” G. Blakemore Evans. *Romeo and Juliet*. Cambridge: Cambridge University Press.

[2] Dyer, Alan D. 1978. “The Influence of Bubonic Plague in England 1500 — 1667”. *Medical History* (22): 322.

[3] Frank Percy Wilson. 1927. *The Plague in Shakespeare's London*. Oxford: Oxford University Press.

[4] Fitter, Chris. 2000. “‘The quarrel is between our masters and us their men’: *Romeo and Juliet*, Dearth, and the London Riots”. *English literary Renaissance* (30): 154-183.

[5] Germaine Greer. 2002. *Shakespeare*: *A Very Short Introduction*. New York: Oxford University Press.

[6] Holy Bible. 2000. 中国基督教协会.

[7] Janyce Marson. ed. 2008. *Bloom's Shakespeare Through the Ages*. New York: Bloom's Literary Criticism.

[8] Joseph Patricfk Byrne. 2006. *Daily Life During the Black Death*. Westport: Greenwood Press.

[9] Leeds Barroll. 1991. *Politics, Plague, and Shakespeare's Theater*: *The Stuart Years*. Ithaca, NY: Cornell University Press.

[10] Margaret L. King. 1991. *Women of the Renaissance*. Chicago: University of Chicago Press.

[11] M. C. Bradbrook. 1951. *Shakespeare and Elizabethan Poetry*. London: Chatto & Windus.

[12] Munro, Ian. 2000. “The City and Its Double: Plague Time in Early Modern London”. *English literary Renaissance* (30): 241-261.

[13] Richard A. Hughes. 2004. *Lament, Death, and Destiny*. New York: Peter Lang Publishing, Inc.

[14] Richard Palmer. 1982. “The Church, leprosy and the plague in Medieval and Early Modern Europe.” W. J. Sheils. *The Church and Healing*. Oxford: Basil Blackwell.

[15] Stephen Greenblatt. ed. 1997. *The Norton Shakespeare*. London: W. W. Norton & Company.

[16] Stephen Greenblatt. 2004. *Will in the World*: *How Shakespeare Became Shakespeare*. New York: W. W. Norton & Company.

[17] Steven Ozment. 1983. *When Fathers Ruled*: *Family Life in Reformation Europe*. Cambridge, Massachusetts and London: Harvard University Press.

[18] Susan Sontag. 1991. *Illness as Metaphor & Aids and its Metaphors*. New York: Penguin Books.

[19] William Shakespeare. Jonathan Bate & Eric Rasumussen eds. 2007. *William Shakespeare Complete Works*. Oxford: Royal Shakespeare Company.

[20] William Shakespeare. Jill L. Levenson ed. 2000. *Romeo and Juliet*. New York: Oxford University Press.

[21] Paul Voss. 1993. “The Antifraternal Tradition in English Renaissance Drama”. *Cithara: Essays in the Judaeo-Christian Tradition* (33): 14.

[22] 顾春芳. 2020. “莎士比亚的精神疫苗”光明网. http: //m.gmw.cn/baijia/2020-04/18/33749073.html

[23] 胡鹏. 2012. 医学、政治与清教主义:《罗密欧与朱丽叶》的瘟疫话语. 外国文学评论(3): 19-31.

[24] 克莱顿·罗伯茨，戴维·罗伯茨. 1987. 英国史（上）. 贾士蘅，译. 台北：五南图书出版公司.

[25] 李伟民. 1990. 英国莎士比亚时代的环境及其瘟疫. 环境保护导报. 3 月 28 日（4）.

[26] 尼尔·麦克格雷格. 2015. 莎士比亚的动荡世界. 范浩，译. 郑州：河南大学出版社.

[27] 莎士比亚. 2000. 罗密欧与朱丽叶. 新莎士比亚全集. 第 4 卷. 方平，译. 石家庄：河北教育出版社.

[28] 莎士比亚. 2017. 暴风雨. 莎士比亚全集. 第 10 册. 朱生豪，译. 长春：时代文艺出版社.

[29] 莎士比亚. 2017. 哈姆雷特. 莎士比亚全集. 第 7 册. 朱生豪，译. 长春：时代文艺出版社.

[30] 莎士比亚. 2017. 亨利四世（上）. 莎士比亚全集. 第 1 册. 朱生豪，译. 长春：时代文艺出版社.

[31] 莎士比亚. 2017. 李尔王. 莎士比亚全集. 第 8 册. 朱生豪，译. 长春：时代文艺出版社.

[32] 莎士比亚. 2017. 维纳斯与安东尼斯. 莎士比亚全集. 第 10 册. 朱生豪，译. 长春：时代文艺出版社.

[33] 张薇. 2020“在瘟疫中求生和写作的莎士比亚”. 中国新闻网. http://www.chinanews.com/cul/2020/04-01/9144047. shtml

作者简介：蒋倩，女，重庆人，四川外国语大学副教授，四川外国语大学莎士比亚研究所研究员，美国北卡罗来纳大学访问学者，主要从事莎士比亚研究，文艺复兴时期文学文化研究。

瘟疫阴影下的莎翁书写

张　薇

【摘　要】瘟疫笼罩了莎士比亚一生，在他有生之年，至少经历了 7 年的瘟疫。造成瘟疫的原因有：卫生条件差，公共卫生法规不严，性滥交。他在瘟疫中求生，也在瘟疫中写作。瘟疫像阴影一样萦绕在他的脑海中，他自觉或不自觉地把它写入作品。他笔下的“瘟疫”有四种作用，一是作为情节要素；二是作为意象；三是作为诅咒语；四是比喻为心理癖病。

【关键词】莎士比亚；瘟疫；求生；创作

【Abstract】The plague gripped Shakespeare throughout his life and descended on Shakespeare for at least seven years of his life. The causes of the plague include: poor sanitary conditions, lax public health laws and regulations, and promiscuity. He survived in the plague and wrote it. The plague haunted his mind like a shadow, and he wrote it consciously or unconsciously. “Plague” in his works has four functions: first as a plot element; second as an image; third as a curse; fourth as analogy for psychological addiction.

【Key Words】Shakespeare; plague; survive; creating

瘟疫笼罩了莎士比亚的一生。就在他的出生年 1564 年瘟疫横行，他可以算是大难不死，英国著名传记家彼得·阿克罗伊德的《莎士比亚传》中记载：“1564 年 7 月 11 日的教区记事簿中，在一名高街的年轻织工学徒的葬礼记录旁，记载着这样的文字：‘Hic incipit pestis.’，意思是：瘟疫由此爆发。六个月里，斯特拉特福镇约有 237 名居民不幸丧命，超过其人口的一成；亨利街上和莎士比亚家住在同一侧的一个四口之家，无一幸免，但莎士比亚一家却躲过了这一劫，全都活了下来。莎士比亚的母亲也许带着自己刚出生不久的儿子，逃回了邻近的威尔姆科特村的老家，一直待到危险过去。只有那些一直待在镇上没走的人才染上了瘟疫。”那年镇上出生的婴儿只有 1/3 活到了一周岁。安东尼·伯吉斯在《莎士比亚》中也有相似的记载：“那是 1564 年，在一个疫疠肆虐的季节里。毫无疑问，他的母亲决意保住这第三胎也是第一个儿子的小生命，匆忙把他带到威姆考特，带到远离疫区、空气洁净的地方。”我们不由得感叹：幸亏他母亲的明智，否则我们将失去一个伟大的戏剧天才。

莎士比亚到了伦敦后从事戏剧事业，然而连连遭受瘟疫的威胁。安东尼·伯吉斯在《莎

莎士比亚到了伦敦后从事戏剧事业，然而连连遭受瘟疫的威胁。安东尼·伯吉斯在《莎士比亚》里写道："1592 年是不寻常的一年，上演了一些新戏，发生了瘟疫，死了一位放荡不羁的诗人。1593 年更不寻常，除了又有一些新戏上演外，还发表了一些新诗。疫疠肆虐，最猖獗时一周夺走一千人的性命。"[①]彼得·阿克罗伊德在《莎士比亚传》中记载："1593 年伦敦大瘟疫，超过 14%的人口死于瘟疫，两倍于这一数目的人受到感染。"[②]瘟疫肆虐期间，戏院关门歇业，直到 12 月 26 日才开放。1594 年圣烛节，瘟疫搅得人心惶惶，各剧场再次关闭，到 4 月才开放，因为人们认定戏院是疾病传播的罪魁祸首。导致瘟疫的原因是：首先，卫生条件差。居民把粪便都倾倒在河里，泰晤士河臭气熏天。安东尼·伯吉斯在《莎士比亚》中提道："这座城市街道狭窄，鹅卵石的路面到处是垃圾，湿滑难行。拥挤的房屋之间夹着无数阴暗的小巷。人们向窗外倾倒便壶，或俗称夜壶。路旁没有排水沟，舰队河的臭气令人作呕"[③]。剧院里没有厕所，观众要么到剧院外面的泰晤士河边排泄，要么在剧院里面随地大小便，另外瓜果皮和垃圾乱扔，这一切混杂在一起，滋生了瘟疫的温床。正是这样的人口密度和糟糕的城市公共卫生，才会导致各种疾病泛滥，瘟疫肆虐。这些是伦敦爆发了几次大瘟疫的主要原因。其次，在伊丽莎白时代，英格兰的公共卫生法规很不严格，人们对瘟疫的实际起因没有任何概念，至少是没有任何正确概念。哈佛大学斯蒂芬·格林布拉特在《俗世威尔——莎士比亚新传》中写道："瘟疫造成的死亡事件增多时，官方一贯采用的措施——杀狗杀猫，无疑消灭了老鼠的敌人，而我们现在知道事实上正是老鼠携带了可怕的病菌，造成了情况的恶化。但人们已从痛苦的经验中学到，隔离染上瘟疫的人能延缓疾病传播的速度——他们也学到传染病的传播与人群大量聚集有关。当局没有取消礼拜活动，可当瘟疫造成的死亡人数增加时，他们就不乐意看到其他任何公共集会，等死亡人数达到一定数量（在伦敦是每周 30 个以上），他们就关闭剧院。"[④]猖獗的老鼠携带了可怕的病菌，导致鼠疫。腺鼠疫可能是随货船混入伦敦的病鼠引起的伦敦的鼠疫，"鼠虱吮吸病鼠的血后袭击人类，把鼠疫杆菌传入人体。由鼠至虱，由虱至人，这是鼠疫的标准传播方式。"[⑤]感染的症状先是腋下、腹股沟肿大，然后出现化脓溃烂，直至手足变黑。染上腺鼠疫的人先是发烧高热，呼吸困难，神志不清，感染者最后死于器官衰竭。管理者采用隔离染上瘟疫的人，延缓瘟疫传播的速度。再次，人们认为戏院附近的妓院也是源头，"性与病紧密相关，有人把瘟疫归因于'滥交之罪'"。[⑥]这种传染的性病类似于梅毒，是性交泛滥所致。当亨斯洛妓院不得不关闭并用门板把染病的妓女抬走时，人们议论得更多的或许是上帝的惩罚。

格林布拉特说：瘟疫期间，莎士比亚所在的波贝奇的剧团不能在伦敦演出，不得不进行全国巡演，在乡间能赚多少是多少，求生存。在 1593 年这难忘的一年里，人们认为莎士比亚

---

① 安东尼·伯吉斯：《莎士比亚》，刘国云译，桂林：广西师范大学出版社，2015 年，第 157 页。
② 彼得·阿克罗伊德：《莎士比亚传》，覃学岚主译，包雨苗，王虹，郑璐译，北京：北京师范大学出版社，2014 年，第 137 页。
③ 安东尼·伯吉斯：《莎士比亚》，刘国云译，桂林：广西师范大学出版社，2015 年，第 99-100 页。
④ 斯蒂芬·格林布拉特：《俗世威尔——莎士比亚新传》，辜正坤，邵雪萍，刘昊译，北京大学出版社，2007 年，第 169 页。
⑤ 安东尼·伯吉斯：《莎士比亚》，刘国云译，桂林：广西师范大学出版社，2015 年，第 158 页。
⑥ 彼得·阿克罗伊德：《莎士比亚传》，覃学岚主译，包雨苗，王虹，郑璐译，北京：北京师范大学出版社，2014 年，第 137 页。

当时可能客居在霍尔本或蒂奇菲尔德的骚桑普敦府，成为伯爵的一个家臣，一个驯服的诗人，一个朋友。这段时间他写了很多十四行诗，献给骚桑普敦伯爵，以答谢他提供了躲避瘟疫的避难所。1594 年 5 月玫瑰剧院恢复演出，莎士比亚才恢复戏剧活动。

莎士比亚晚年，1603 年再次爆发大瘟疫，莎士比亚所在的国王剧团则一直待在伦敦享受他们的特权。阿克罗伊德说："约翰·斯托后来估计，20 万左右的人口中，有三万八千人死于这场瘟疫。在此之后，莎剧中所写的瘟疫带上了比之前更黑暗的色彩。莎士比亚的戏里多处提到过死亡的象征和瘟疫留下的伤痕。瘟疫在当地不是什么局部性事件，而是紧迫不祥的现实。"据保守估计，莎士比亚创作生涯中约有七年时间受到当时所谓的"死亡之神"的影响。在疫情暴发期间，国王最终给自己的这些新演员们发放了约 30 英镑的"生活补助费"，这显然不够，这些演员不得不再次出去巡演，在莫尔登、伊普斯威奇、考文垂、什鲁斯伯里、巴斯、牛津等没有疫情的地方巡演，一直到 10 月份瘟疫停止蔓延，所有的剧团都回城。"萨瑟克教区的疫情尤其严重。莎士比亚所属的教区里，仅在六个月时间里就有两千五百多人死于鼠疫。两位莎士比亚的老同事，威廉·坎普和托马斯·蒲伯没能逃过这一劫。他们都居住在萨瑟克区。所以严重的瘟疫迫使莎士比亚离开了一段时间。在这段时间里，他离开了，搬到了伦敦的另一个地区。他的住址从萨瑟克区变成了更上流、更富有的银街区。"有资料显示剧团在 1607、1608、1609 年瘟疫期间在私人剧院进行私人表演。1609 年这一整年，鼠疫在伦敦肆虐，国王剧团再次踏上巡演的旅途。此时的莎士比亚很可能完全失去了表演和创作的欲望，考虑永久搬回斯特拉特福镇，安享晚年宁静的生活。

虽然莎士比亚几次遭遇瘟疫，逢凶化吉，但瘟疫的阴影一直萦绕在他的脑海中，挥之不去，他频频地在作品中提及瘟疫。"Plague"这个词在莎士比亚作品中出现 98 次，有瘟疫、灾祸、折磨的意思。这些作品有悲剧《罗密欧与朱丽叶》（4 次）、《哈姆雷特》（2 次）、《李尔王》（8 次）、《麦克白》（1 次）、《奥赛罗》（4 次）、《雅典的泰门》（12 次）、《科利奥兰纳斯》（4 次）、《裘里斯·恺撒》（1 次）；历史剧《亨利四世》（上）（13 次）、《亨利五世》（1 次）、《亨利六世》（上中下）（6 次）、《亨利八世》（1 次）、《理查二世》（2 次）、《理查三世》（2 次）、《约翰王》（2 次）；喜剧《爱的徒劳》（4 次）、《威尼斯商人》（1 次）、《无事生非》（2 次）、《第十二夜》（4 次）、《终成眷属》（4 次）、《维洛那二绅士》（1 次）、《特洛伊勒斯与克瑞西达》（7 次）；传奇剧《泰尔亲王佩里克里斯》（1 次）、《辛白林》（2 次）、《暴风雨》（4 次）以及长诗《维纳斯与安东尼斯》（1 次）、《鲁克丽斯受辱记》（1 次），还有《十四行诗》（3 次）等 30 部，提到瘟疫总共有 98 次。

在莎士比亚笔下，瘟疫或者作为情节元素，或者作为意象，或者作为诅咒语，或者作为心理癖病的比喻。作为情节元素的最著名的例子就是《罗密欧与朱丽叶》，朱丽叶被父母逼婚，劳伦斯神父想出假死的计划，让朱丽叶喝药假死，并让约翰神父送信给罗密欧，让他赶紧来接朱丽叶出走。可是瘟疫阻挠了送信的约翰神父，他灰溜溜地拿着未送出的信返回。罗密欧惊闻侍从鲍尔萨泽说朱丽叶死了，他万念俱灰，赶回来殉情，朱丽叶也因此香消玉殒。换句话说，如果没有发生瘟疫，约翰神父准时把信送到，也许就可以避免这场悲剧的发生，一对情人不会丧生。瘟疫在该剧中起了至关重要的作用，决定了该剧的性质、主人公的命运走向。

瘟疫作为意象，泛指灾祸之意，这种用法在《哈姆雷特》《奥赛罗》《李尔王》中有体现，比如哈姆雷特对奥菲利亚说："要是你一定要嫁人，我就把瘟疫送给你做嫁奁；尽管你像冰一样坚贞，像雪一样纯洁，你还是逃不过馋人的诽谤。进修道院去吧，去！再会。"（If thou dost marry, I'll give thee this plague for thy dowry: be thou as chaste as ice, as pure as snow, thou shalt not escape calumny. Get thee to a nunnery, go, farewell. ）（第三幕第一场）《奥赛罗》里奥赛罗说："但这是大人物的灾难，比穷人的命更苦——是像死一般不可逃避的命运，我们生下来，注定要戴那倒霉的绿头巾。"（Yet 'tis the plague of great ones; / Prerogatived are they less than the base. / 'Tis destiny unshunnable, like death. / Even then this forked plague is fated to us/ When we do quicken. ）（第三幕第三场）《李尔王》里李尔对女儿里根和她的丈夫康沃尔的责骂中用到了"瘟疫"一词，说她是"一个藏在我腐败的血液里的瘟疫的痈疮（a plague-sore or embossed carbuncle）"（第二幕第四场）。另外，瘟疫作为意象也指折磨，《十四行诗》第137首"我的心和眼真假是非上犯了错，所以现在只好受虚情假意的折磨"。（In things right true my heart and eyes have erred, / And to this false plague are they now transferr'd），这里的"折磨"作名词用，也有作动词用的"折磨"，比如普洛斯彼罗要惩罚那些恶贼时说："我要把他们狠狠折磨一番，直至他们因痛苦而呼号。"（I will plague them all, / Even to roaring）（第四幕第一场）

"瘟疫"一词作为诅咒语，诅咒别人遭瘟疫和灾难，在《暴风雨》《李尔王》《亨利四世》（上）、《科利奥兰纳斯》《泰尔亲王佩里克里斯》中有体现，比如《暴风雨》中卡列班说："你教给我语言，我得到的好处就是懂得了怎样诅咒。红瘟病毒死你。"（You taught me language; and my profit on't / is, I know how to curse. The red plague rid you/ For learning me your language!）（第一幕第二场）又如《李尔王》中李尔王悲愤至极地说："全给我遭瘟吧！杀人的凶犯，奸贼，你们全都是！"（A plague upon you, murderers, traitors all!）（第五幕第三场）再如《亨利四世》（上）中福斯塔夫骂巴道夫和皮托："当了强盗还这么尔虞我诈，真他妈该遭瘟！嘘！你们全都给我遭瘟去！把马还给我，然后去上绞架！"（a plague upon it when thieves cannot be true one to another! / Whew! A plague upon you all! Give me my horse, you / rogues; give me my horse, and be hanged!）（第二幕第二场）通观莎作，"plague"最常见的用法是作为诅咒语用，表达人物内心的极度仇恨。

有时"瘟疫"在莎士比亚笔下作为一种心理癖病的比喻，比如《十四行诗》第141首里"不过我这爱的瘟病也自有其好处；/我犯罪的同时可领略赎罪的痛苦。"（Only my plague thus far I count my gain, / That she that makes me sin awards me pain）再如第114首里"占有了你我便富比王侯，是否我的心灵/便因此染上了帝王自我阿谀的瘟病？"（Or whether doth my mind, being crowned with you, / Drink up the monarch's plague, this flattery）在这些诗句中，莎士比亚把爱与自我阿谀比喻成像瘟病那样的心理癖病。

综上所述，从史料与莎士比亚作品中，我们对莎士比亚时代的瘟疫现象和文学表现至少可以得出四个观点：一是英格兰政府一直未对城市公共卫生重视，没有吸取教训，导致瘟疫反复爆发。二是民众缺乏文明和卫生的意识，不注意卫生习惯，造成脏乱差的环境，滋生了瘟疫的温床。三是莎士比亚对瘟疫显然是惧怕的，瘟疫已进入他的潜意识，成了灾难和恐惧的象征，反射到他的创作。四是瘟疫成了文学中的一种独特的意象，它具有了文学层面的含义和功能，比如情节功能、比喻功能、诅咒语功能。

作者简介：张薇，女，上海人，上海大学文学院副教授，博士，中国外国文学学会莎士比亚研究分会理事，主要从事莎士比亚研究。

瘟神难掩戏剧烟火　文艺筑赋人世悲喜

——莎士比亚戏剧的瘟疫书写

李伟民

【摘　要】莎士比亚的文学创作受到了瘟疫的深刻影响。莎氏可谓在瘟疫的威胁与纠缠中成长起来的一位世界级文学与戏剧大师。我们细读莎作就会领略到其中蕴含的丰富的“瘟疫话语”。研究莎士比亚戏剧的瘟疫叙事，对于莎士比亚戏剧的思想、艺术成就、剧院发展、演出形式，特别是莎剧中的“瘟疫话语”与文艺复兴时期“人的解放”有着极为重要的意义。

【关键词】莎士比亚；瘟疫；戏剧

【Abstract】Shakespeare’s literary creation was deeply affected by the plague. Shakespeare can be described as a world-class literary and drama master who grew up under the threat and entanglement of the plague. When we read Shakespeare carefully, we will appreciate the rich “plague discourse” contained in it. Studying the narrative of the plague in Shakespeare’s plays is of great significance to the ideology, artistic achievements, theater development, and performance forms of Shakespeare’s plays, especially the “Plague discourse” in Shakespeare’s plays and the “emancipation of man” during the Renaissance.

【Key Words】Shakespeare; plague; drama

1　引　言

英国16世纪曾产生了一位文学巨匠——莎士比亚。如今在世界文学和戏剧舞台上，莎士比亚戏剧已经成为人类艺术的经典之作和不可多得的艺术瑰宝。在那一时代，莎士比亚在伦敦的舞台上大展才华，给人类留下了宝贵的精神财富。同时，莎士比亚所处的英国文艺复兴时期又是一个瘟疫不时流行的时代。毫无讳言，莎士比亚戏剧在伦敦舞台上的演出也一直受到瘟疫爆发的干扰。因此在莎士比亚的剧本中留下了不少对很多疾病的“瘟疫叙事”。从莎剧来看，由于当时伦敦的恶劣环境引起令人恐怖的瘟疫，在他的许多剧中都有所反映，因而组成了莎士比亚戏剧和十四行诗中不可缺少的时代与社会特征。毫无疑问，研究莎剧创作、演出和瘟疫之间的关系，将为我们更为深入地理解莎作中对人与人性的描写提供另一种思路，为我们更好地理解蕴含在莎作中的思想与艺术成就提供更为深入和全面的解读。

自 20 世纪以来，《莎士比亚传》的出版层出不穷，中国学者也翻译、撰写了十多种《莎士比亚传》，这些莎士比亚传记在普及莎士比亚研究方面发挥了不可或缺的作用（李伟民，1990：58—62）。但是通观这些传记，它们对“莎士比亚与瘟疫”虽然有所涉及，但介绍不多，尚没有把莎士比亚的创作和莎剧演出与瘟疫的发生、发展联系起来。而研究欧洲中世纪以来瘟疫，特别是黑死病的研究成果则多局限于社会史、疾病史方面，很少把瘟疫特别是鼠疫对文化、文学尤其是对莎剧的影响联系起来，这不能不说是一个缺失。20 世纪 90 年代以来，可喜的是莎士比亚戏剧与瘟疫这一研究课题逐渐进入了人们的视野，在国内的重要报刊上也发表了不多的有关论述“莎士比亚戏剧与瘟疫”的论文，① “莎士比亚与瘟疫”这一广泛涉及社会、政治、经济、文化、文学、艺术、戏剧、诗歌、疾病、法律、历史、地理的有关莎学研究课题正在逐渐进入学界的视野。

2　从瘟疫肆虐到莎士比亚戏剧中的瘟疫书写

从中世纪开始，多少个世纪过去了，瘟疫已经成为经久缠绕着欧洲大陆的可怕梦魇，人们往往谈之而色变。人们把包括鼠疫等烈性传染病称为“大瘟疫”(Plague)、“大死亡”(The Great Death)，后来人们之所以把“鼠疫”命名为“黑死病”，其中的“黑”不但反映了疾病症状中的黑色肿块，而且主要是强调“鼠疫”这种烈性传染病的极端恐怖与可怕。“黑色”往往是双关的，包含了比字面更为黑暗，更为可怕的隐喻，可见人们对其唯恐避之不及。当时的人们已经认识到，黑死病主要是以老鼠和跳蚤为媒介传播的鼠疫，其“症状表现为胳膊、大腿和全身长满黑斑或铅色斑点……在出现上述迹象后三天之内，患者几乎无一例外地死去”（薄伽丘，1999：204）。那么黑死病大约是什么时候传入英国并大规模爆发的呢？面对这一问题我们可以追溯到 14 世纪，“1348—1350 年，黑死病传播到英国并大规模爆发，对社会的发展产

① 在人类历史上发生的瘟疫对整个人类社会带来了巨大的灾难，而且深刻影响了人类社会的发展。我们仅从欧洲中世纪以来到文艺复兴时期反复卷土重来的瘟疫对当时整个社会政治、经济、文化、文学、艺术、戏剧、宗教、环境、卫生、医疗等的影响就可以看出个中端倪。在莎士比亚戏剧诞生、发展的年代，莎士比亚戏剧的演出始终伴随着瘟疫的影响。莎士比亚甚至一出生就碰上了爆发的瘟疫。因此无论是在莎士比亚的戏剧还是十四行诗中都保留了很多对于瘟疫的恐惧与诅咒的描写。莎士比亚通过瘟疫刻画人物的个性，反映人物的不同心理特征，描绘人物的情感。这些瘟疫中的叙事与抒情组成了莎士比亚作品的某些突出特征。因此，研究“莎士比亚与瘟疫”之间的关系，毫无疑问也应该构成莎士比亚研究中的一个重要组成部分。但是，在莎学研究中多年来却对“莎士比亚与瘟疫”研究有所忽略，这方面的研究论文不多，通过检索，我们仅仅发现，发表过“莎士比亚与瘟疫”研究或与疾病有关的论文主要有：李伟民：《英国莎士比亚时代的环境与瘟疫》，《环境保护导报》1990 年 3 月 28 日，第 4 版。胡鹏：《医学、政治与清教主义：〈罗密欧与朱丽叶〉的瘟疫话语》，《外国文学评论》2012 年第 3 期。陶久胜：《放血疗法与王国新生：英国早期现代复仇剧的医学伦理》，《外国文学研究》2016 年第 4 期。陶久胜：《放血疗法与政体健康：体液理论中莎士比亚罗马复仇剧》，《戏剧》2016 年第 6 期。陶久胜：《早期现代英国的爱尔兰空间焦虑：莎士比亚历史剧的地理病理学》，《外语研究》2020 年第 1 期。张薇：《在瘟疫中求生和写作的莎士比亚》，《文汇报》2020 年 4 月 2 日。当 21 世纪的第一个 20 年的春风刚刚吹绿柳丝之际，突然而来的新冠病毒肆虐于人间。为此，我们向中国莎士比亚研究学者发出了研究莎士比亚与瘟疫书写的约稿，约稿得到了广泛的响应与支持。在此，我们从中选择几篇论述莎士比亚戏剧与瘟疫、疾病叙事的论文，以飨读者。

生了重要影响”（李化成，2011：79），并且在随后的世纪里反复爆发，对人们的正常的生活甚至文化艺术活动带来了极大的威胁和深刻影响。特别是对包括莎士比亚戏剧在内的舞台演出限制，持续影响了文艺复兴时期英国戏剧的发展、剧院经营者的营业收入以及从业者的经济利益，自这次大瘟疫之后，瘟疫间歇性的爆发持续了300多年，在整个15—17世纪，同类的鼠疫传染病反复发生，人们一般也以“瘟疫”而称之。

莎士比亚一出生就遇上了瘟疫。1564年，就在莎士比亚出生的这一年英国就发生了瘟疫（安东尼·伯吉斯，1987：9）。一般认为黑死病爆发的原因主要有，过度的垦荒运动破坏了生态平衡，导致了疫病的流行；而且人口的密集和卫生条件的恶劣为瘟疫的大规模流行创造了必要的条件；尤其是贫困与饥馑所导致的普遍营养不良使得人们自身的抵抗力下降；医疗水平的低下与宗教利用瘟疫强化其对人们思想的控制，使人们无力抵抗瘟疫的肆虐（李化成，2006：69-74）。随着城市化的发展，在瘟疫流行的年份，在英格兰的大多数地区，城里人的生活必需品和农产品价格飞涨，瘟疫造成的直接后果就是大量的底层人民短时间内的大量死亡，间接的后果则是瘟疫病的潜伏且随时可能发生，一旦环境条件有利于瘟疫的爆发，就会在人群中又流行起来。

由于16世纪的英国，伦敦的人口增长得很快，30年代人口约有6万，80年代增加到12万，1595年达到15万，到1605年伦敦的人口将近有22万4千人。这使住房日益紧张，一幢房子往往好几户人家居住。由于住房的紧张，一些游憩场所和绿化地带也都迅速地建起了许多简陋的小房子。伦敦城郊的人口也越来越稠密，许多贫民住在肮脏的小屋子里，这些地方成了传染病的发源地，是伦敦贫民的栖身之所，是流浪者、失业者和盗贼的避难所。在瘟疫期间，由于医疗水平极为低下，生活在底层的人民失去了生活依靠，人情也极为淡漠，染上瘟疫者无人护理，缺乏防护意识，导致了大面积的群体感染和出现了惊人的死亡人数。瘟疫通过这样糟糕的生存环境，通过人际间的接触和呼吸、说话中的飞沫进行传播。与欧洲的其他城市相比，伦敦还算是清洁的，但这只是最初的印象。贫民的住房拥挤在一起，街道又窄又脏，街道两旁的露天排水沟里的污泥深达六尺，从沟内核城市屠宰场发出的恶臭令人难以忍受，成堆的粪便阻塞了街上的交通，城里经常流行着传染病。市政当局虽制定了卫生法令，不过从没有认真执行过，所以瘟疫的爆发只是迟早的事情。

瘟疫的肆虐不仅影响到社会经济的发展，还致使英国人口数量长期得不到恢复。瘟疫造成了劳动力数量异常紧缺，雇主们不得不通过各种办法来吸引劳动力为自己服务，例如许诺提高工资水平和生活待遇，减少地租，或者减免承租土地农民的一些繁重的传统工作任务。同时，瘟疫和战争等因素的反复叠加也带来了艺术风格的转型。在艺术创作中产生了突出共性还是突出个性的不同艺术倾向，或分道扬镳或融会贯通式的发展。艺术史家麦斯（Millard Meiss）和施泰因霍夫（Judith Steinhoff）强调：“由于艺术杰出人士的逝世以及资金的锐减，迫使艺术家共同参与到数量减少的艺术工作中，合并使用艺术工具，使不同风格不同理念之间可以相互交流。”（约瑟夫·伯恩，2013：25）瘟疫的产生离不开聚集性环境，无论是人类生活中的聚落还是集会、剧院的定期临时性的聚集，均为瘟疫的传播提供了合适的环境。这种聚落的社会环境甚至“在瘟疫发生之后都未有实质性的改变……全方位、多渠道的交往方式，为瘟疫在聚落之中近距离、多途径的传播创造了条件”（李化成，2011：79）。人口的聚集性和流动性加速了瘟疫的迅速扩展。剧院里的戏剧演出成为形成这种固定、有规律的聚落形式，给瘟疫的传播提供了必要的有利条件。其实当时不仅仅是鼠疫杆菌造成了烈性瘟疫的大流行，“霍乱、炭疽、天花都具有鼠疫病症的某些特征，疟疾、伤寒和腺热也会引起淋巴结肿大”（约瑟夫·伯恩，2013：494），14 世纪肆虐欧洲大陆的瘟疫首推黑死病，17—18 世纪则是天花大流行的两百年，19 世纪在英国伦敦首先蔓延的霍乱和结核，都给当时的社会造成了巨大的灾难。但是，鼠疫仍然是造成瘟疫大规模流行的最主要的传染病。随着现代医学手段的发展和进步，近年来，通过医学考古和分子生物学的检测，造成黑死病的原因大致可以肯定就是鼠疫（蒂凡妮·亨施等，2010：1-8）。

其实，不仅仅是鼠疫才造成了瘟疫的爆发，还有各种传染病潜伏在人群的聚落中。因此除了对鼠疫这类烈性传染病的描写之外，在莎士比亚的戏剧中还有许多对各种传染病的“瘟疫叙事”。那么，这就涉及一个问题。莎士比亚是否具有多方面的医学知识？彭愓强先生在《莎士比亚的医学知识》一文中，曾经就这个问题发表过自己的意见，他认为：在莎士比亚的“37 种剧本和大量诗歌中，约有七百多处涉及医学和精神病学，其描述无不与今日的科学分析和解释相符。……一些心理学家和精神病学家则已将莎翁的有关研论汇编成册，大有奉他为医学先驱的意图。……莎翁的医学知识是多方面的……在医学方面，莎翁在作品中提到了许多疾病，或描述了症状和病因。”[①]我们认为，莎氏的一生包括其戏剧创作始终与瘟疫相伴，莎氏在其作品中也涉及疾病和治疗，但“奉莎氏为医学先驱”则是言过其实了，甚至会误导读者。关于这一点，黄旬在《英美医学期刊中的莎剧引文：亦诗亦哲，非巫非医——〈莎士比亚的医学知识〉读后七年存疑》一文中指出：彭文所列的现代医学家们无一具体人名，而对莎氏医学知识肯定的《新科学家周刊》不见于收录了 136 种医学期刊的 Abbreviations of Titles of the Principal Medical Journals，也不见于国内《英汉医学词汇》书末《常用英语医学期刊名称缩写》共收录的如 Abd. Surg.（Abdominal Surgery,《腹部外科》）等 203 种医学期刊。由此可见《新科学家周刊》并非现代主流医学期刊。根据莎翁在戏剧和诗歌中对疾病症状、影响的描述，莎士比亚“充其量不过是具有一种普通的医学常识”的文学家、戏剧家。这一判断可以说“完全堵塞住了莎士比亚是‘医学家’，是‘医学先驱’的金色大道”。[②]黄旬在《试论医学英语翻译和文学英语翻译的关系——从医学文献中莎剧引文及其名家译文谈起》，经过检索现代医学期刊，曾经提道：Bark 医生 1985 年 4 月发表的一篇医学论文中引用莎剧《李尔王》达到 17 处，用来说明现代医疗与莎剧之间的关系，把《李尔王》中“Poor mad Tom”（Ⅳ.i.26）与疾病并置，并非仅有 Bark 医生，现代医学研究中还有更多的医生在论文中提及莎剧。就连 1823 年创刊的英国医学周刊《柳叶刀》中的医学论文也引用莎士比亚的悲剧《麦克白》。[③]这就说明尽管莎士比亚只是具有普通的医学常识，但并不妨碍他对瘟疫与疾病的叙事，但就是这些有限的医学常识和深刻的瘟疫隐喻也引起了西方医学科学家的重视，显然，在描述疾病原理、病因、症状、预防、治疗时莎作对现代医学也有多方面的启示。这就表明在英国文艺复兴时期的人们始终处于疾病的折磨和

① 彭愓强：《莎士比亚的医学知识》，《光明日报》1990 年 6 月 16 日，第 4 版。

② 黄旬：《英美医学期刊中的莎剧引文：亦诗亦哲，非巫非医——〈莎士比亚的医学知识〉读后七年存疑》，《上海科技翻译》1998 年第 4 期，第 1-4 页。

③《试论医学英语翻译和文学英语翻译的关系——从医学文献中莎剧引文及其名家译文谈起》，《上海科技翻译》 1993 年第 2 期，第 1-6 页。

斗争之中，有时甚至是“谈疫色变”。

经过梳理我们发现，在《哈姆雷特》《李尔王》《奥赛罗》《罗密欧与朱丽叶》《亨利四世》《第十二夜》《特洛伊罗斯与克瑞西达》《裘里斯·恺撒》《约翰王》《无事生非》《终成眷属》《辛白林》《理查二世》《亨利六世》《亨利八世》《安东尼与克莉奥佩特拉》《克里奥兰纳斯》，以及《十四行诗集》中都涉及了“瘟疫话语”的叙事，莎剧中的“瘟疫意象”往往成为莎氏对人与人性的瘟疫隐喻。例如在莎氏历史剧《亨利四世》上下篇之中，我们就会看到，包括了“伤寒病”“斑疹伤寒”“中风”“痛风”“梅毒”“贫血症”瘟疫、怪病、重病、恶病已经成为人们诅咒、发誓时口头语。在《亨利四世》中，瘟疫成为人们经常使用的“口头诅咒语”：例如：“他妈的！我的筐子里的火鸡都快要饿死了。喂，马夫！遭瘟的！你头上不是长了眼睛吗？你聋了吗？”（莎士比亚，2015：134）在福斯塔夫嘴里也随时以“瘟疫”来诅咒人和事，例如：“你们这是遭了什么瘟要这样欺负人呢”（136），“愿一切没胆的懦夫们都给我遭瘟，我说，让天雷劈死他们！……愿一切没胆的懦夫们都给我遭瘟！”（144）“愿一切懦夫们都给我遭瘟！”（145）在《安东尼与克莉奥佩特拉》第二幕第五场中有“The most infectious pestilence upon thee!”，译为“让最恶毒的瘟疫传染到你身上！”；在《克里奥兰纳斯》第四幕第一场中有“Now the red pestilence strike all trades in Rome”译为“现在让罗马所有的手艺人都染上红色的瘟疫”，这些叙事均以诅咒瘟疫或通过瘟疫诅咒人的行为和事情的性质为指向。

莎剧中既有诅咒直白的叙事与隐晦的隐喻，也有对美好爱情的隐喻调侃。在莎剧中也不乏利用“瘟疫”比喻“爱情”“幸福”的隐喻，例如在《第十二夜》第一幕第五场就有“Even so quickly may one catch the plague?”“一个人怎么这么快就沾染上了这种瘟疫？”“爱情”好似“瘟疫”一样难以避免，人们一旦陷入了情网也就很难自拔；该剧第一幕第一场中有：“O, when mine eyes did see Olivia first, /Methought she purged the air of pestilence!”“当我第一眼看奥利维娅的时候，我觉得好像空气里的污浊都给她澄清了”，人们认为“瘟疫”是通过空气传播的，奥利维娅的出现，带来的是洁净的“爱”的空气；在《奥赛罗》第二幕第三场中利用“毒药”隐喻“毒言”：“I'll pour this pestilence into his ear”，“我要往他的耳朵里灌毒药”，在这里“毒药”指“毒言”。在莎剧中以“瘟疫”喻爱情新颖、形象，而且随着语境的变更，“瘟疫”的意象可以随时变化。上述莎剧中的“瘟疫叙事”可谓比比皆是。可见，从莎士比亚的戏剧中，我们已经看到，那时在人们的生活和社会中，对于梅毒、鼠疫——这样的瘟疫的猛烈爆发和普遍的传染性有了“谈疫色变”的恐惧认知，而作为文学大家的莎士比亚则利用这种“瘟疫话语”达到了更为细腻地展示人性、人物性格和人物心理的目的。

3 居住环境、卫生条件与人们对瘟疫的认知

从有关莎士比亚生平的描述中我们不难看到，整个伦敦城的生活环境拥挤、杂乱，空气中散发着泰晤士河的臭气。这条河是伦敦的交通要道，乔叟时代的伦敦人未能在河上架设桥梁，伊丽莎白女王的臣民们把这个梦想变成了现实，但人们还是习惯于乘小船摆渡，听船老

大吆喝："东边去喽！""西边去喽！"河上飘荡着商贩的小船，游弋着豪华的游艇，王室成员间或乘游出游。岸边时而锁着一些囚犯，他们必须经受三次潮水的冲刷。泰晤士河冷眼傲视着象征那个时代残暴的景象——古城门和伦敦桥头的枭首。

伦敦古城在拥挤的房屋之间夹着无数阴暗的小巷。城市里居住环境密集，人口密度大，卫生环境相对更加恶劣，往往牲畜和人都居住在同一个屋檐下，由于其空间环境的比农村相对狭小就更有利于瘟疫的传播。而且当时的居民普遍缺乏卫生环境意识，"人们还习惯往道路上、河道里和沟渠中倾倒各种垃圾"（理查德·布尔特纳尔，2006：135）。人们随便向窗外倾倒便壶，街道上还有人们随手抛弃的腐烂的动物尸体，清理马厩的污物也直接扔到大街上。城市里没有输送洁净水和污水的上下水管和净水处理厂，居民饮用水的主要来源依靠的泰晤士河也统统被居民的生活垃圾和制造业的废水所污染。由于厕所里的粪便直接被排入河流，同时也污染了井水（李伟民，1990：4）。路旁的排水沟不起作用，弗利特河的臭气令人作呕。这是一座喧闹的城市，鹅卵石的路上兽蹄嗒嗒，木轮马车辘辘，"来去大街"上的行人已经比较多了。当然，这还不是真正的大街，而只是一条能通行车马的大道而已。伊丽莎白的父亲亨利八世在位时就开始铺设鹅卵石的街道路面，但只铺了一部分，路面上有许多脏水洼，甚至还有一些很深的水坑，当时警察局的记录上说，黑夜里，醉汉们经常跌倒在水坑里。那时还没有人行道，有身份的人的马车迎面来了，行人就得赶快让到路边，贴紧墙根，以免气味难闻的脏水溅到身上，人们戏谑地称之为"卖给墙壁"（安东尼·伯吉斯，1987：29）。有时两个绅士迎面相遇，谁也不肯让路，因此互相争吵，甚至拔刀相见，结果往往以流血告终。伦敦不是一座我们能够称之为头脑清醒的城市。商贩们的吆喝，徒工们的斗嘴，怕跌入臭水沟而争着依墙走的行人的吵闹声，组成了一支都市交响曲。就是平时交谈，人们也必须粗声粗气，按照今天的标准，他们都带有七分醉意的。那时谁都不喝白开水，茶也尚未传入英国，麦酒是标准的饮料，并且酒味甚浓。早餐喝几盅有助于人们带着悠然自得或寻衅好斗的心绪开始一天的生活，午餐喝几盅可以恢复商务消耗的精力，晚餐喝几盅保证人们在粗重的鼾声中得到安息。上等人家喝葡萄酒，这酒可以增进友好的情谊，也可以导致利剑的交锋（安东尼·伯吉斯，1987：29-30）。

由于生产力的相对低下和人们个人卫生观念的缺乏和洁净水源的有限，以及宗教观念的影响，当时的人们很少沐浴，甚至还因为人群的聚集和集中的社会活动而使瘟疫更加肆虐。"星占学家们成了解释瘟疫发生领域里的权威，要求人们熏香驱毒，少吃肉食，多吃水果，谨慎沐浴，严谨性事等"（卡斯蒂廖尼，2003：298-299）。威廉·莱基认为："肉体的洁净是对灵魂的亵渎，最受崇拜的圣贤之人，就是那些衣服结成硬块的污身。"（李威，2009：98）然而，伦敦街道的卫生环境只好依靠自己的天然清道夫，那雍容大度的弋鹰或动物，它们捡起破布、垃圾，在树杈上筑窠，捡拾人们丢弃的垃圾。动物们津津有味地啄食地上的一切，帮助市民清扫着街道。由于卫生条件的限制，社会上对跳蚤和皮肤感染的穷人和富人来说也已经是见怪不怪的了。加上平时的腹泻、感冒等小病对人们机体的侵扰，人们的抵抗力自然变得极弱。早期城市恶劣的公共卫生状况为瘟疫的滋生、快速发展，乃至集中爆发提供了温床。

4 博弈：在莎剧与瘟疫之间

由于伦敦的住房及卫生条件不断恶化，每隔几年便要发生一次瘟疫，死不少人。清教徒们以此为理由反对演戏和建造剧院。戏班和剧院老板的抵抗办法是将剧院建在伦敦市政当局的行政管理范围以外，所以最初的几座剧院都坐落在城外。1592 年是不寻常的一年，上演了一些新戏，发生了瘟疫。两位放荡不羁的天才诗人、剧作家——格林、马洛相继谢世。1593 年更不寻常，除了又有一些新戏上演之外，疠疫肆虐，最猖獗时一周夺走一千多人的性命。2 月 2 日圣烛节是莎士比亚一对孪生儿女受洗命名的纪念日，那天所有的剧场都关闭了，因为每周都有 30 多人死于鼠疫。春天的到来也没有能使疫情有所缓和。莎士比亚和他的同伴们为了自己的营生，为了戏剧能够继续演下去，并不真想逃离伦敦躲避这场瘟疫，他们继续留在玫瑰剧场演戏（安东尼·伯吉斯，1987：105），观众和演员任凭大街上的收尸车吱吱呀呀的驶过而充耳不闻。而 1603 年，伦敦再次发生了由于鼠疫造成的瘟疫，此时，限于疫情的严重程度，王室和剧团也不得不弃城而往他处（215）。那时，人们议论得最多的“瘟疫”或许是“上帝的惩罚”，而不是由于环境的恶劣造成这种灾祸的小生物——老鼠的泛滥所引起的鼠疫。其实，我们也能从瘟疫对戏剧的威胁中看到，鼠疫早已成为中世纪及包括文艺复兴时期欧洲民间传说和莎士比亚戏剧的一个有机组成部分。当时的人们已经对瘟疫高度的传染性有了一定的认识，但是却对瘟疫的成因茫然不知。由于以鼠疫或其他疾病造成的瘟疫反复发生，“伦敦的议员们对剧院往往持负面的认识，他们不相信剧院的演出有利于公众，甚至非常讨厌剧院中的聚集，把剧院视为传播瘟疫，麇集不轨之徒，嘲弄宗教（演戏就是说谎，这本身仿佛已经构成了犯罪），以及伤风败俗的地方。”（88）尽管，在莎士比亚剧作中，瘟疫的这种神秘的传奇色彩得到进一步的渲染。可是谁也没有把它与鼠类直接联系起来，但正是老鼠引起了疫疠。鼠蚤吮吸病鼠的血后袭击人类，把鼠疫杆菌传入人体。亲历过黑死病的乔叟也曾经提到有人买毒药，其借口就是要灭鼠（杰弗里·乔叟，1854：345-346）。这种疫病在人类中流行是因为它首先在鼠类中流行，而老鼠偷吃被污染的食物乃至人类的排泄物以后，这种交叉传染则起着推波助澜的作用。缺少现代卫生条件的伦敦，阴暗、潮湿、拥挤、肮脏的环境，为鼠疫的发生提供了最理想的场所，瘟疫首先在动物群中传播蔓延，大约两周后即可传到人群中，随后在人群中呈现出爆发趋势，直至造成瘟疫的大规模爆发。这种以定期定时的聚落方式的莎剧演出受到管理当局的限制也就不足为奇了。

从中世纪到文艺复兴时期，由于在几百年的时间里，以黑死病为主的瘟疫反复发生。因此，从出生到青年、壮年、老年时代的莎士比亚可谓终生都伴随着鼠疫的流行与蔓延。这种病在大城市里首先是伦敦尤为常见，市政当局为了阻止瘟疫的蔓延，不准民众聚会，首当其冲的自然是取缔戏剧的演出。由于黑死病成了司空见惯的现象，所以演员们为了自己的生计，甚至在瘟疫流行期间也不得不照常演出，戏院也还是要照常营业，只是在不得已的时候才中断在伦敦的戏剧演出，然后才分赴外省和乡村举行巡回演出（阿尼克斯特，1984：81）。

在文艺复兴时期，医疗救治的水平不高，因此瘟疫之中的病亡率常常居高不下。在英国传统社会里，“英国社会的医疗救治体系以教会为主体，政府救治为辅助，以民间诊治为补充；

民间就是以具有外科特性的理发师、铁匠和少数专门的外科医生以及形形色色的江湖郎中组成，理发师的地位尤其重要，放血、售卖膏药、拔牙、拔火罐以及灌肠都是他们的拿手好戏”（威尔·杜兰，2010：1394）。“黑死病爆发前，英国社会的医疗救治体系以教会医疗为主体，政府救济为辅助，民间诊治为补充……医学成为一种慈善事业，医院建立在修道院周围，教士则表达着神的治愈权力……死亡被归之于罪孽，治愈则是因为忏悔，外科实践被视为‘奇技淫巧’，难登大雅之堂。并且，教会医学行为的目的也似乎并非治愈（cure），而是护理（care），因为后者更能体现出基督的爱……外科离开了医学，成为理发师的一种手艺。”（李化成，2011：35-36）这就是说，人们对瘟疫的认识往往受控于宗教势力掌控的精神世界。教会作为瘟疫流行期间疾病暴发的解释者和精神支柱，“承担了组织丧葬仪式和心理疏导的职能。教会最早提出具有广泛社会影响力的瘟疫成因解释，在各地设立医院提供力所能及的护理和救治，根据宗教的认知提供防治措施，并制定了详细的护理和救治方案，而且还派遣教士上门为感染了瘟疫者提供医疗服务。”（李化成，2007：197）虽然群众的愚昧和极端的宗教运动，热衷于相信和推销“惩罚论”，但是。一批先知先觉者对这种归因于宗教的解释：瘟疫是上帝的惩罚却存在着普遍的怀疑。

本尼迪克特曾经在《黑死病全史》统计了 10 个主教区的受俸教士死亡率汇总统计后，得到了“教士死亡率在 46.5%的结论”。（Ole J. Benedictow，2004：356）教士在大瘟疫面前具有这么高的死亡率，使他们对瘟疫的种种解释显得极其苍白无力，也让在死亡线上挣扎的人们彻底失望。因为宗教根本就解释不了，是什么引起了上帝的震怒？为什么连教士自身也不能避免瘟疫的侵袭？反而是由于教士不懂瘟疫产生的原理和具有的极强的传染性造成了自身群体的大量死亡。黑死病这种瘟疫爆发凶猛，能够在极短的时间里夺去大量鲜活的生命，因此也抑制了人口的增长。黑死病以后，英国人口的发展数量长期停滞。“人口下降一直持续到 15 世纪最后 25 年，直到该世纪的 70 年代或者是 80 年代，人口数量才开始恢复”。（M. M. Postan，1975：41-43）民众和教士在瘟疫期间也大量死亡，黑死病的威胁可谓时隐时现，反复而频繁的爆发，致使人口数量的增长长期停滞不前，一直到了“15 世纪中期以后人口数量才得以恢复”（A. Clark，1984：14）。

现代医学依据流行病学、传染病的发生，认为传染病“是病原体、宿主和人频繁互动的结果；其流行过程必须具备三个条件，即传染源、传播途径和易感人群”（王建华，2008：124—132）。而在莎士比亚生活的年代，医生在瘟疫的终极原因上多秉持“神谴说”，或者是“星占说”“毒气说”，医生认为空气由于被污染而有毒，有毒的空气被人吸入后，就会染病，表现为吸入了毒气，或者接触了病人的熏香、唾液或体液，接触了病人的皮肤或使用过的物件（Fabbri. C. N，2006：52-53）。当时虽然医疗水平不高，人们对瘟疫的认知能力有限，但人们已经认识到，瘟疫即“疠气为病而传染者”（谢观等，1994：1479），也就是说瘟疫有很强的传染性。在黑死病这种瘟疫爆发期间，医生一般均认为，瘟疫主要是通过空气传播的，避免被瘟疫传染的方法就是选择一个空气没有被瘟疫感染的环境，“净化已经变质的空气和避免与瘟疫感染的人群接触”（高建红，2015：96-100），为消除瘟疫的传播，人们往往以浓烟来熏蒸住房，或在大街上和住房中点燃烟火以消除房间和城市中的臭气；同时也意识到，要尽可能地避免政治集会，避免被瘟疫感染的人与尚没有被瘟疫感染的人群之间的接触。强调在瘟疫来临时，要吃比较容易消化的健康食物，饮水必须是透明、流动和洁净的，适当进行不那么剧烈的运动，不能洗热水澡甚至主张不洗澡，白天也不能睡觉，睡觉不能仰卧，不要在瘟疫期间发生性行为。这些对人性的抑制，在瘟疫爆发的过程中尽管有一定的作用，但是从根本上来说，在瘟疫缓解以后，也会促使时代风气发生根本的变化。

5　瘟疫的蹂躏与莎士比亚对人的解放

随着时代的发展，越过中世纪的黑暗，到了文艺复兴时期，人们逐渐认识到基督教所提倡的禁欲主义的虚伪与可笑，对人、人性和生命的价值做出了重新肯定，追求现世生活的快乐，尤其是那些经历了瘟疫中劫后余生的人们，在从死亡的威胁中逃离以后，对生命更加珍惜，认为人生的幸福来之不易，值得用毕生的精力去积极追求人生的欲望。但是，瘟疫也并没有就此偃旗息鼓，而是销声匿迹隐藏在人与动物之中，一旦环境条件合适，就会显露出它可怕狰狞的面目。黑死病期间造成了对社会人口结构的显著影响，大量的男性人口死亡，抛下了很多或青年或中年的妇女。妇女在社会上的地位得以提高，尤其是妇女在家庭中的经济地位超越了以往，因此这些妇女手上拥有了相对丰厚的财产，因此她们的再婚率很高，甚至达到了50%以上（李化成，2006：85-91）。年少的丈夫娶了年长的妻子，丈夫与妻子的年龄差距被拉大。这一点，我们从莎士比亚的婚姻中也可以窥见端倪。甚至有些学者称为这是“14世纪末和15世纪是女人的黄金时代”（Linda E. Mitchell，1999：44）。14世纪中叶，发生的席卷整个欧洲的大瘟疫，“标志了中世纪的结束”（N. J. G. Pounds，1979：150），尽管作为14世纪大瘟疫的余绪，各种“烈度”不同的瘟疫在欧洲各国反复发作，但是随着欧洲从14世纪大瘟疫后社会动乱的风暴中恢复过来以后，人的精神也在瘟疫过后而焕然一新。从这时起“西欧突然迸发出一群光辉灿烂的名字……这个时代就是文艺复兴时代。文化、艺术、科学、哲学、天文学、地理学、语言学都出现了星汉灿烂的成就……人文主义文学运动在作品内容上反对神权、神性，而宣扬人权、人性，申扬人道、强化人道、捍卫人道。无论是斯宾塞、薄伽丘还是乔叟、莎士比亚都诅咒教会对人的精神奴役，而大力强调人的尊严，肯定人的价值，赞扬人的力量。”（宋耀良，1988：262—265）面对教会权威的相对衰落，在“瘟疫”方面的无所作为和失望，人们逐渐改变了对教会所宣扬的，面对现世生活要求人们“苦修”，对人世悲观绝望的态度，人类文学艺术的创造性得到了空前肯定，人的天性得以解放。“莎士比亚的戏剧创作反映了时代的新的世界感”（И. 阿尼西莫夫，1964：123）。

在文艺复兴思潮的影响下，人们从匍匐在神的脚下昂起头来，挺直了自己的身躯，从关注神转向关注人，关注自身，从关注来世到关注现世，对人的重新肯定和发现，对文艺复兴运动和莎士比亚戏剧对人性的深刻认知起到了巨大的推动作用。由于黑死病造成人口大量的死亡，瘟疫的肆虐也成为封建农奴制最后终结的原因之一。瘟疫以后“农奴的主体权利意识得到了提高，农奴摆脱了束缚他们的人身枷锁”（雍正江，2017：57-63），他们的人身依附关系和个性得到解放，行动也更加自由。

到了莎士比亚戏剧大发展时期，“艺术中的悲剧意识重又复苏，莎士比亚将它发展到了一个崭新的高度，他的《哈姆雷特》《麦克白》等悲剧又重新恢复了艺术的雄强刚健之气，达到了欧洲人文主义文学的顶点”（宋耀良，1988：262—265）。莎士比亚创造了成为高举起“人性解放”戏剧艺术之纛的时代，他的一系列悲剧、喜剧和历史剧一举创造出人类戏剧艺术史上的高峰。“莎士比亚是从社会本质上看问题。……文艺复兴时代，由于封建基础的瓦解，随了知识上和地理上的新发现，产生了既不是中世纪制度（宗教的和世俗的）所能束缚，也不是市侩见识所能限制的大气磅礴的人物。这种人物是相信人类力量无限，价值无限，前途无限的人文主义理想的依据，同时又受了人文主义理想的推动。他们的性格必然同有声有色的环境和经历也分不开。”（卞之琳，1958：45）在这些经典的莎剧中仍然还蕴含着莎士比亚对瘟疫的深刻记忆，以及瘟疫对人的命运和人生的巨大影响。甚至，我们可以毫不夸张地说，莎氏的经典戏剧对瘟疫的天才叙事，正是莎剧获得世界性艺术成就的原因之一。

这里，我们以《罗密欧与朱丽叶》为例。莎士比亚的戏剧《罗密欧与朱丽叶》创作于1595年，而这正处于1593年的烈性瘟疫爆发的时间段，莎士比亚在这部戏中特别“明显有突出‘瘟疫’之意”（胡鹏，2012：19-31），可以说，在《罗密欧与朱丽叶》中，瘟疫所造成的悲剧与两位主人公的命运始终形影不离。正是剧中的送信人被瘟疫阻隔在路途中，传递重要信息的信件被耽误了，才造成了罗密欧与朱丽叶之间的爱情悲剧。甚至更可以据此认为，瘟疫也如封建“家庭世仇”一样，也是扼杀他们之间生死爱情的主要帮凶。在《罗密欧与朱丽叶》第五幕第二场中送信人约翰告诉神父劳伦斯：

我临走的时候，因为要找一个同伴，去看一个同门的师弟，他正在这城里访问病人，不料给本地巡逻的人看见了，疑心我们走进了一家染着瘟疫的人家，把门封锁了，不让我们出来，所以耽误了我的曼多亚之行。……我没有法子把它送出去，现在我又把它带回来了；因为他们害怕瘟疫传染，也没有人愿意把它送还给你。（莎士比亚，2015：124）

从约翰的话中，我们看到当时的人们对瘟疫如影随形般的恐惧，害怕被瘟疫传染，不愿意接触被已经瘟疫感染的人，如果不幸感染了瘟疫，会被人们隔离和封门的。所以“《罗密欧与朱丽叶》看起来更像一部瘟疫戏剧”（胡鹏，2012：19-31），而且在莎剧中，“瘟疫”“鼠疫”“梅毒”这样的字眼已经成为诅咒他者、社会、仇人、罪恶、灾难、报应、痛苦、折磨、烦恼、疾病、惩罚等经常采用的一种叙事方式。从这种经常性叙事意象的指向出发，我们认为解读莎剧，决不能忽视其中所蕴含的“瘟疫叙事”。因为“文艺复兴能够大规模发展的机遇在于14世纪欧洲大瘟疫的出现和黑死病的产生”（赵红，2004：44）。

在《雅典的泰门》第四幕第一场中，我们也可以看到泰门通过瘟疫对世人和城市黑暗的诅咒：

加害于人身的各种瘟疫，向雅典伸展你们的毒手，播撒你们猖獗传染的热病！让风湿钻进我们那些元老的骨髓，使他们手脚瘫痪！让淫欲放荡占领我们那些少年人的心，使他们反抗道德，沉溺在狂乱之中！每一个雅典人身上播下了疥癣疮毒的种子，让他们一个个害起癞病！让他们的呼吸中都含着毒素，谁和他们来往做朋友的，都会中毒而死！除了我这赤裸裸的一身以外，我什么也不要带走，你这可憎的城市！（莎士比亚，2015：544）

在这里，泰门在诅咒中，指出了多种瘟疫的特征。首先提到的就是“热病”。热病于1485年在英国首次爆发，在极短的时间里夺去了无数英国人的生命。在那时的人们看来，它突如其来又会突然消失，而且似乎特别偏爱英国人。一般认为热病是由于人的免疫力下降、垃圾、污水、人口迁移等环境原因造成的。热病的发作短暂而迅猛，能在数小时之内造成死亡。热病的病菌携带物不是人，而是多年寄生在鸟或小动物身上的虱子。热病的第一次爆发的原因，猜测是通过法国雇佣兵从法国带来。这些雇佣兵是亨利八世用来获得英国王位的法宝。1485年8月，亨利·都铎在博思沃思原野上打败了约克王朝的国王查理三世，结束了英国的“玫瑰战争”。但当凯旋的军队进入伦敦时，热病也被带了进来。在短短的三个星期内，该病夺去了伦敦两个市长、四个高级市政官、许多贵族和无数英国平民的生命。亨利·都铎七世的加冕典礼也不得不推迟；其次，泰门提到了“风湿”病，风湿病可以致人瘫痪和手脚畸形；再次泰门提到了“性病”，描述了性病的特征是身上“疥癣疮毒”的癞皮病。而且这些瘟疫都有可能通过空气传染。泰门在这里表面上诅咒“城市”和“世人”，实则是诅咒居住在城市中像豺狼一样的人：元老、奴才、傻子、娼妓、债主、强盗。例如在《雅典的泰门》第四幕第三场中，泰门说：“More man? Plague，Plague!”，把来人视为“瘟疫”，可译为“又有人来了？瘟疫，瘟疫！”；此外涉及“瘟疫”的还有，“Yonder come a poet and a painter. The plague of company light upon thee!”“那里有一位诗人和一位画家来了，愿瘟疫一般的同伴来陪陪你吧！”在第五幕第一场中，“I thank them, and would send them back the plague, /Could I but catch it for them. ”“我感谢他们，要是我能够替他们感染上瘟疫，我愿意把它再送还给他们。”在该剧中，莎氏还提到了痛风病，“你这强悍的贼人，一点患通风病的看守者站不起来的时候”（547）此处的“通风病”，应译为“痛风病”，因为后面的“站不起来”已经充分说明了痛风病的临床特征。甚至，牲畜也能够感染瘟疫。在第五幕第四场中，元老甲说：“你可以走到羊栏里，把那些染疫的牲畜拣出，可不要漫无区别地一律杀死”（564）。当泰门已经葬身大海以后，士兵把他墓石上镌刻的话语用蜡拓了下来：

残魂不可招，
　空剩臭皮囊；
莫问其中谁，
　疫吞满路狼！
生憎举世人，
　殁葬海之滑；
悠悠行路者，
　速去毋相溷！（565）

“莎士比亚的主人公对自己的人的尊严，具有极其高度的认识”（A. 阿尼克斯特，1964：147）。他通过这个士兵赞美道：高贵的泰门死了；他的记忆将永留人间。只有凶猛的瘟疫会惩罚那“豺狼一般的恶人”。人们应该一手高举着橄榄枝，一手紧紧地握着宝剑。虽然你看不起我们人类的悲哀，蔑视我们凉薄的天性里自然流露出来的泪点，可是你的丰富的想象使你叫那苍茫的大海永远在你低贱的坟墓上哀泣。战争孕育着和平，同时和平也孕育了战争。

只有“安不忘危”，才能巩固国家的基础。咚—咚—咚，来，擂起我们的战鼓，兄弟们啊，前进！前进！（莎士比亚，2015：565）这里一番鼓舞士气的话，表明了在面对瘟疫、战争、罪恶的时候，莎士比亚对于人性如“财狼”之人的诅咒，以及对人类社会的光明充满的无比信心。

6　政府对演出场所的管控与限制

剧院是每天都要演戏的，这是从业者的生活依靠和衣食父母。决定莎士比亚戏剧的哲理观念表明：“生活的自然法则遭到破坏，结果造成灾难与死亡，但是生活是力求恢复事物与关系的正常状态的。……人身上存在一种巨大的、战无不胜的力量，一种能使他与外在世界和他自身最可怕的一切东西和对抗的力量。”（A. 阿尼克斯特，1964：146-148）莎士比亚没有停止他的戏剧演出。如果每天进行戏剧演出，那么每天散布在伦敦的各类剧院都会定时在剧场这个聚落内聚集大量的观众和演职人员，显然这对防控疫情是不利的，也是政府要严加管控的。包括莎剧在内的各种戏剧在剧院中的演出，为瘟疫的传播提供了传染的环境，戏剧演出的聚集造成传染源会迅速扩散开来。因为“瘟疫在聚落内爆发的同时，亦会在聚落间乃至地区间长距离的流传……鼠疫的长距离传播，归根结底还是与人类自身的流动有关。”（李化成、沈琦，2012：5-15）当时，为了对付这种可怕的传染病，首先是戏剧演出时间受到了严格的限制。由此，我们也可以看到莎剧演出的艰难。爆发的瘟疫形成了对莎士比亚戏剧演出的严重挑战，他们首先面临的就是吃饭和活下去的问题。疫情肆虐，“1593 年，将近 10662 人死于一场特大的瘟疫，占伦敦当年所有死亡人数的三分之二”（海伦 · 海克特，2018：56）。为此，英国的枢密院规定严禁于安息日及四旬斋节（复活节以前 40 天）期间演戏，如果瘟疫流行，每周死亡多达 80 人时，亦不准演戏。对于演出时间也有明文规定，冬季下午两点开始，夏季下午三点开始，可以连演二至三小时，必要时可使用灯笼或蜡烛。1593 年 9 月伦敦发生的大瘟疫。托马斯 ·纳什的书《基督泪洒耶路撒冷》中云及“瘟疫乃是罪恶应得之惩罚”（安东尼 ·伯吉斯，1987：88）。枢密院发布命令，严禁“各戏院与演员之过分活动”，除政务大臣剧团、财富戏院及环球剧院仍许继续营业外，其他剧团及戏院一律禁演，即使是特许营业的剧院每周亦只许上演两次。1603 年 7 月 13 日，伦敦又爆发了更大规模的瘟疫，每周死亡率高达 1100 百余人，死亡总人数达到 15000 人，罹难者当中包括了伦敦的市长以及四位议员。本 · 琼生之子亦于此次死于疫疠。一时伦敦市民皆以“迷迭香”辟邪，此香的价格竟由 12 便士一大包涨至 8 先令一小包。瘟疫的流行使国王被迫逃离了首都，避居于威尔特郡。议会将鼠疫归咎于“舞台”亵渎的表演（161）。

当鼠疫的扩散超越出最初的自然疫源地，扩散到人群中发生流行以后，人们发现其主要的传染源包括野生动物、家畜、人。“传染源的存在，这些瘟疫病菌一旦传入英国社会后，便会迅速找到立足之地，并借此大肆向外传播，从而造成瘟疫的快速蔓延。而这一瘟疫蔓延是否顺利，程度如何，就与传播途径所处的环境密切相关了。”（李化成、沈琦，2012：5-15）瘟疫的传播与剧院的聚集有关，伦敦的教士宣称：“鼠疫缘起于罪恶，而罪恶缘起于戏剧……故瘟疫缘起于戏院。”莎士比亚和他的剧院同事只好到别的地方巡回演出。他们在乡间小路上骑着毛驴，推着手推车独行，“演员们在谷仓、市场用木板和大桶搭建的舞台上表演……成群结队的巡演演员将火炬从英格兰农村的城镇和村庄传递到文艺复兴时期的法兰克福或格但斯克的市场和宫殿”（罗南・帕特森，2018：11-20）。瘟疫既限制了莎剧的演出，也为“驴行天下”的莎士比亚戏剧巡回演出带来了更多的机遇。伦敦的各剧院虽然关闭了，但由这些瘟疫所造成的可怕的场面，作为特定的时代背景，在莎士比亚的剧作中也被抹上了浓重的色彩（阿尼克斯特，1984：81）。

7 结语

实际上，莎士比亚一生的文学创作都受到了瘟疫的影响。莎氏可谓在瘟疫的威胁与纠缠中成长起来的一位世界级文学与戏剧大家（李伟民，1990：4）。正如白居易在《与元九书》中云：“文章合为时而著，歌诗合为事而作”。其实，我们今天研究“莎士比亚与瘟疫”也是“合时”“为事”而作。鉴古知今，读史明智，读莎作使人明心，观莎剧使人鉴理，诵莎诗使人怡情，研莎作使人悟道。毫不夸张地说，如果我们细读莎作也会领略到其中蕴含的丰富的“瘟疫话语”；如果我们通过把莎作的创作与“瘟疫医学地理学”这一研究领域结合在一起，就可以看清文艺复兴时代莎士比亚戏剧受到了当时经常发生包括多种疾病在内的瘟疫的深刻影响，特别是鼠疫（腺鼠疫）影响的程度；就可以深入了解瘟疫与莎士比亚戏剧、戏剧与治疗、聚集与隔离、剧院演出与走江湖的草根演出之间的各种关系，这不仅对于莎士比亚戏剧，而且对于莎士比亚的同时代戏剧作品的思想、艺术成就、剧院发展、演出形式，特别是这些戏剧与时代和社会的关系都有着极为重要的意义。

参考文献：

[1] 李伟民. 1990. 简评几种莎士比亚传记. 绵阳师专学报（1）：58-62.

[2] 薄伽丘. 1999. 十日谈. 南京：译林出版社.

[3] 李化成. 2011. 论 14 世纪英国的聚落环境与黑死病传播. 世界历史（4）：79-88.

[4] 安东尼・伯吉斯. 1987. 莎士比亚传. 刘国云，译. 北京：北京出版社.

[5] 李化成. 2006. 试论黑死病爆发的偶然性. 东北师大学报（哲学社会科学版）（1）：69-74.

[6] 约瑟夫・伯恩. 2013. 黑死病. 王晨，译. 上海：上海科学院出版社.

[7] 蒂凡妮・亨施等. 2010. 耶尔森氏菌的不同菌株造成了黑死病. 科学公共图书馆（10）：1-8.

[8] 莎士比亚. 2015. 莎士比亚全集（第二卷・历史剧）. 朱生豪，陈才宇，译. 杭州：浙江工商大学出版社.

[9] Britnell, Richard. 2006. “Town life.” in R. Horrox and W. M. Ormrod. (eds.) A Soual History of England: 1200-1500. Cambridge: Cambridge University Press.

[10] 李伟民. 1990. 英国莎士比亚时代的环境与瘟疫. 环境保护导报. 3-28（4）.

[11] 卡斯蒂廖尼. 2003. 医学史.（上册）. 程之范，等译. 桂林：广西师范大学出版社.

[12] 李威. 2009. 中世纪英国医疗研究. 博士学位论文. 北京：中国人民大学.
[13] 杰弗里・乔叟. 1854. 坎特伯雷故事. 伦敦.
[14] 阿尼克斯特. 1984. 莎士比亚传. 安国梁，译. 北京：中国戏剧出版社.
[15] 威尔・杜兰. 2010. 世界文明史・信仰的时代（下）. 台湾幼狮文化，译. 北京：华夏出版社.
[16] 李化成. 2011. 黑死病期间英国的社会救助与整治. 经济—社会史评论（第四辑）：35-36.
[17] 李化成. 2007. 黑死病期间的英国社会初揭（1348—1350）. 中国社会科学（3）：197.
[18] Benedictow, Ole J. 2004. *The Black Death 1346-1353, The Complete History*. Woodbridge and Rochester: The Boydell Press.
[19] Postan, M M. 1975. *The Medieval Economy and Society*. Harmondsworth: Penguin Books Ltd.
[20] Clay, C G A. 1984. Economic *Expansion and Social Change*: *England* 1500-1700: vol 1. Cambridge: Cambridge University Press.
[21] 王建华. 2008. 流行病学. 北京：人民卫生出版社.
[22] Fabbri, C N. 2006. *Continuity and Change in Late Medieval Plague Medicine*: *A Survey of 152 Plague Tracts from* 1348 to 1599 (Doctoral dissertation). Yale University.
[23] 谢观，等. 1994. 中国医学大词典. 北京：中国中医药出版社.
[24] 高建红. 2015. 试论黑死病对西方医学发展的影响. 韩山师范学院学报（6）：96-100.
[25] 李化成. 2006. 论黑死病对英国人口发展之影响. 史学月刊（9）：85-91.
[26] Mitchell, Linda E. ed. 1999. *Women in Medieval Western European Culture*. Now York: Ratledge.
[27] Pound, N J G. 1979. *An Economic History of Medieval al Europe*. New York: Longman Group Ltd.
[28] 宋耀良. 1988. 黑死病与文艺复兴运动. 社会科学战线（3）：262-265.
[29] И. 阿尼西莫夫. 1964. 苏联报刊纪念莎士比亚四百周年论文选译・乐观的人道主义. 李珍，译. 现代文艺理论译丛（4）：123-128.
[30] 雍正江. 2017. 黑死病与英国农奴主体权利格局. 历史教学（20）：57-63.
[31] 卞之琳. 1958. 莎士比亚的悲剧《奥瑟罗》. 文学研究集刊（第四册）北京：人民文学出版社.
[32] 胡鹏. 2012. 医学、政治与清教主义:《罗密欧与朱丽叶》的瘟疫话语. 外国文学评论（3）：19-31.
[33] 莎士比亚. 2015. 莎士比亚全集（第二卷・悲剧）. 朱生豪，陈才宇，译. 杭州：浙江工商大学出版社.
[34] 赵红. 2004. 论黑死病对欧洲社会的影响. 史林（8）：44.
[35] A. 阿尼克斯特. 1964. 苏联报刊纪念莎士比亚四百周年论文选译・人的尊严. 李珍，译. 现代文艺理论译丛（4）：147.
[36] 李化成、沈琦. 2012. 瘟疫何以肆虐？——一项医疗环境史的研究. 中国历史地理论丛（3）：5-15.

[37] 海伦·海克特. 2018. 英国文艺复兴戏剧简史. 顾春芳，译. 北京：化学工业出版社.
[38] 罗南·帕特森. 2018. 驴行天下——莎士比亚戏剧的巡回演出. 中国莎士比亚研究通讯（1）：11-20.

作者简介：李伟民，男，四川成都人，四川外国语大学教授，中国外国文学学会莎士比亚研究分会副会长，《中国莎士比亚研究》主编，主要从事莎士比亚研究与比较文学研究。

第二编

文本研究

A Study of the Maternal Absence in *Much Ado about Nothing*

《无事生非》中母亲缺席的研究

温惠越

【摘　要】威廉·莎士比亚，英国文学史上最杰出的戏剧家，1600年左右出版的《无事生非》凭借其中鲜明的人物塑造和狡黠的台词，成为莎翁浪漫爱情喜剧代表作品之一。本文着重关注《无事生非》中希罗母亲缺席的现象，从南希·乔德罗母亲角色再生理论的角度分析《无事生非》中希罗母亲在场的缺席对希罗认识性别身份和性别关系的影响，从而指出女性的自我认同和性别平等的实现，需要从女性自身自我意识觉醒开始，比如对母亲角色和性别身份在母女关系中再生的反思。通过莎士比亚及作品《无事生非》，阐明了目前的研究现状，阐释了南希·乔德罗母亲角色再生理论。探究希罗在母亲缺席的情况下对女性角色的认识。分析希罗在母亲缺席中对男性角色的认识。分析希罗在母亲缺席中对性别关系的认识。总结出《无事生非》中的母亲在场式缺席对希罗的影响，揭示了性别角色和性别关系在母女关系中继承和再生，呼吁对此进行反思，从女性自我意识觉醒开始去实现女性的自我认同和性别平等。

【关键词】莎士比亚；《无事生非》；母亲缺席

【Abstract】William Shakespeare, the most prominent dramatist in British literature, is famous in the world for his 38 plays and 154 sonnets. Published approximately in 1600, *Much Ado about Nothing* is one of the master romantic comedies of Shaskepeare for the well-portrayed characters and witty lines. The present absence of Hero's mother is emphasized in this thesis from the perspective of Nancy Chodorow's mothering reproduction theory to analyze the influence of such maternal absence on Hero's recognition of gender roles and gender relationship, thus indicating that the achievement of self-identification and gender equality needs to start from female's self-awareness, such as the introspection of mother's role and the inheritance of mother-daughter identity. The thesis consists of five parts. The first part is a brief introduction to Shakespeare and *Much Ado about Nothing* as well as literature review, including an explanation of Nancy Chodorow's mothering reproduction theory and the significance of this study. The second part analyzes the female roles in the maternal absence. The third part focuses on the male roles in the maternal absence. The fourth

part addresses the gender relationship in patriarchy. Based on the analysis hereinbefore, the fifth part concludes that by analyzing the influence of maternal absence on Hero it is revealed the inheritance and reproduction of gender roles and gender relationship in mother-daughter relation together with the introspection of this phenomenon and female self-awareness are demanded in order to achieve self-identification and gender equality.
【**Key Words**】Shakespeare; *Much Ado about Nothing*; maternal absence

Introduction

In the past four hundred centuries, William Shakespeare has been widely regarded as the greatest writer in the English language and one of the most extraordinary dramatists in the world, being famous for his 38 plays, 154 sonnets, two long narrative poems and a few other verses. Among his comedies, *Much Ado about Nothing* is an outstanding one for its witty dialogue and romantic story as well as impressive characters. This play tells a story that when Don Pedro, a Spanish prince from Aragon, returns from a successful battle and visits Leonato, the governor of Messina in Sicily, with his soldiers Claudio and Benedick, Claudio falls in love with Leonato's only daughter Hero while there is a kind of merry war between Benedick and Beatrice, Hero's cousin. Then Benedick and Beatrice are tricked into confessing their love for each other, by hearing others' talk about the other deeply falling in love with him and her respectively, while Claudio is tricked into rejecting Hero at the wedding ceremony on the erroneous belief that she has been unfaithful, resulting in that Claudio vows to humiliate Hero publicly. In the end, Benedick and Beatrice join forces to set things right, and all people celebrate the marriages of the two couples.

During the recent fifteen years, more than one hundred and forty researches on *Much Ado about Nothing* have been done domestically, more than one hundred and twenty researches overseas, according to the statistics on CNKI. Most of them focus on the linguistic aspect, such as "On (Im) politeness of Discourses in *Much Ado about Nothing*", and on Shakespeare's realization of love, such as "An Exploration of the Love Stories in Shakespeare's comedies".

However, little research has been made about the phenomenon of maternal absence in this play. It is widely accepted that in *Much Ado about Nothing* Hero is an obedient and virtuous lady because she is a woman in high class at that time, concluding all the causes of personality formation to the environmental elements, like social convention and moral principles, in the 16th century and neglecting that Leonato, Hero's father, has a silent wife named Innogen (Shakespeare 2014: 7) who does not have a single word in this play and forms a kind of maternal absence.

Besides, a great number of feminism theories focus on the relation between mother and daughter and its influences. For instance, taking its cue from psychoanalytic object relations theory, *The Reproduction of Mothering: Psychoanalysis and the Sociology of Gender* (1978) by Nancy

Chodorow indicates that relying on the foundation of taking a prior place in family, females as mothers have the significant influence on the next generation in the aspect of identity, personality and other realization materially and psychologically in a reproduction way, and a daughter has more recognition about the mother image in many perspectives. Specifically, Chodorow explains her ideas in this profound book: "Women's mothering is central to the sexual division of labor. Women's maternal role has profound effects on women's lives, on ideology about women, on the reproduction of masculinity and sexual inequality, and on the reproduction of particular forms of labor reproduction." (Chodorow 1978: 11)

Therefore, by analyzing the influences of maternal absence on Hero in *Much Ado about Nothing* from the perspective of Nancy Chodorow's mothering reproduction theory, it is revealed that the achievement of self-identification and gender equality needs to start from female's self-awareness, such as the introspection of mother's role and the inheritance of mother-daughter identity.

1 The Female Roles in the Maternal Absence

As a well-known saying goes "like father like son", the influences of parents on children are too significant to be ignored. Nancy Chodorow believes that "Externality and internality, then, do not follow easily observable physiological boundaries but are constituted by psychological and emotional processes as well (Chodorow 1989: 103)." And here "internality"—Hero's understanding of female roles (mother, daughter and wife) is under the circumstance of maternal absence.

1.1 Inactive Mother

Most of the readers and audiences of *Much Ado about Nothing* realize that there is a phenomenon of maternal absence in this play, but hardly know that Hero's mother does exist. Many people notice that the heroine Hero seems to have no mother and her cousin Beatrice seems an orphan, never observing that Hero has not only one parent Leonato in this play, because there is not any word or diction of her mother but "Innogen, his silent wife" four words in the list of characters. Consequently, indeed many a stage or film adaptations of *Much Ado about Nothing* even does not have an actress to play Hero's mother.

There is no single letter in the plot that can trace what Hero's mother might think or do. Chronologically she meets her future son-in-law Claudio, knowing that they make efforts to make her niece Beatrice and Benedick, a close friend of Claudio, fall in love with each other, attends her daughter's wedding ceremony while witnesses that her only child is framed up and insulted of adultery, falsely announces her daughter's death, sees all the misunderstandings ironed out and joins the dance on the two-couple's wedding ceremony. For people who are living, it is impossible to feel nothing when encountering all sorts of events. Nevertheless, during the whole story there is no slight evidence of her reaction.

Hero's mother becomes a present absentee in the play. It is totally fine with everyone in this play that Hero's mother is silent about everything, given the fact that no one has an idea to ask what she may feel or for her help, which is an evidence of patriarchal culture: females' personal thoughts cannot be expressed and have no importance. This kind of well-accepted phenomenon can be supported by Luce Irigaray, a French feminist, philosopher, linguist, psycholinguist, psychoanalyst and cultural theorist. She gives a bold perspective that the establishment of western culture is based on matricide: to found the primal horde and to establish a certain order in the polis, matricide is more archaic than patricide that Freud describes and theorizes as the root (Irigaray 1991: 36).

Furthermore, American feminist sociologist and psychoanalyst Nancy Chodorow has some ideas in common: "We find the notion that having a child is enough to kill a woman or make a woman into a murderer. Being a mother is a matter of life and death; having a child destroys the mother or the child (Chodorow 1989: 87-87)." For years and years the most important mission for women is giving birth, and when the mission is completed they inevitably become unimportant. Yan Liu shares some identical ideas in her book *Research on the Identity of Mother in Modern Western Drama*: For the male fertility is one of significant values of the female. However, the role and identity of mother are decided, judged and regulated by the male. This identity requires the female giving birth and raising children for the male, reducing the female to simple tool of fertility without independent thoughts. The individuality of the female is destroyed in such a social role (Yan Liu 2004: 65).

Thus, the female role that Hero first gets to know is mother, an extremely inactive, silent and submissive image. What a mother needs to do is nothing but giving birth and any other active behavior is unnecessary and unwelcome.

1.2 Obedient Daughter

The first gender role for Hero is daughter and from the script obedience is the most outstanding feature of Hero as a daughter. Her cousin Beatrice says: "it is my cousin's duty to make curtsy and say 'Father, as it please you' (Shakespeare 2014: 23)." When men plan to trick Benedick and Beatrice falling in love, she answers: "I will do any modest office (Shakespeare 2014: 23)." And when she is framed up at the wedding ceremony, she does not clarify herself clearly mainly because arguing with others is obviously a disobedient action. She always completes the task appointed by others and never has any quarrel with others.

It is not only merely because obedience is a general merit of a lady in that period, but also maternal absence contributes to her such recognition. Nancy Chodorow demonstrates: both good and bad aspects given by mother or primary caretaker, feelings in caretaking experiences and the mothering relationship together form the self and a relational ego structure through unconscious mental processes that appropriate and incorporate all above. With maturation, these early images and perceived experience fragments are integrated into a self (Chodorow 1989: 105).

Her mother, the only role model for her to learn how to behave, leaves her a silent and submissive image to internalize and duplicate. Hero perceives her silence and forms obedience as a part of her self from this person, the first one whom she knows has the same sex as she does. Thus, unconsciously the obedience becomes Hero's "true self" or "central self".

The first core gender identification for Hero can accord with the further analysis of Chodorow:

> It is built upon, and does not contradict, her primary sense of oneness and identification with her mother and is assumed easily along with her developing sense of self. Girls grow up with a sense of continuity and similarity to their mother, a relational connection to the world. For them, difference is not originally problematic or fundamental to their psychological being or identity. They do not define themselves as "not-men," or "not-male," but as "I, who am female." (Chodorow 1989: 110)

Thus, the development of Hero's gender identification stems from her mother due to the sense of continuity and similarity between mother and daughter. Because of this fundamental interconnectedness, the similarity between Hero and her mother inevitably enlarges from the same sex to the identical gender identity. She identifies her mother's inactiveness and submissiveness and internalizes into her core gender identity: obedience.

1.3 Virtuous Wife

Another important role of Innogen is wife, a role that Hero will be in the future and by which she would be influenced, and a prominent feature of wife is virtuous. Based on the analysis on Innogen's inactive role of mother before, there is little possibility that she has any power over her husband or is unchaste.

As a matter of fact, Hero does have such sense of identity of virtuousness and virginity. When she is framed of adultery, she answers to Friar Francis that "They know that do accuse me; I know none: If I know more of any man alive than that which maiden modesty doth warrant, let all my sins lack mercy (Shakespeare 2014: 71)!" On the one hand, it can be regarded as her explanation of being framed up, on the other hand, it shows that she has such understanding that virginity is the greatest thing for a woman. Furthermore, even after being insulted greatly by Claudio at wedding ceremony, Hero is still willing to marry him, which reveals one of the virtuousness: being faithful to one's husband unto death.

In woman's life, the role of wife seems the one between daughter and mother, containing the obedience as a daughter and laying the foundation of the inactiveness of a mother. A woman holds and cherishes the virginity conventionally ruled by father through the life as a daughter then gets transferred from origin family to another one by her father, still being confined in family and dominated by males. The idea that the virginity is the most important value of a woman and can only be disposed by her husband consolidates in woman's mind when she acquires the role of wife.

In Nancy Chodorow's mothering reproduction theory, "women's mothering, like other aspects of gender activity, is a product of feminine role training and role identification (Chodorow 1978: 31)." Individuals' personalities stem from the structure of the family units in which children acquire gender identities then components the social organization of gender — it is the major feature of the gendered society (Chodorow 1978: 39). As a daughter Hero is trained to become a wife by growing with a role model like her mother. She gradually understands every aspect of a wife from her mother in the family, such as the view that virginity is the most important part of a woman to be a wife. Therefore, even Hero is not a wife yet she has already acquired all the virtues for a wife: obedience, inactiveness and valuing virginity, never questioning the following path to become a wife or mother just like her mother.

2 The Male Roles in the Maternal Absence

Correspondingly, Hero also gets to know males under the circumstance of maternal absence, which promotes her understanding of male roles in a traditional way under the patriarchy system. Hero perceives male roles in family mainly from Leonato and Claudio and understands that the powerful statuses and roles in society are males' and they belong to males.

2.1 Commanding Father

Naturally the first male role that Hero understands is the role of father, a commanding image. In a family where mother has no influential power at all and the only person who is in charge is father, like a great number of families in that period, Hero has acquaintance with the role of father as a commanding leader of the whole family.

Quite a few lines in *Much Ado about Nothing* can prove the commanding figure of Hero's father Leonato. Having known that Claudio is qualified as his son-in-law, Leonato tells Hero: "Daughter, remember what I told you: if the prince do solicit you in that kind, you know your answer (Shakespeare 2014: 23-24)." When Claudio interrogates Hero in the wedding ceremony, he says to Leonato: "By that fatherly and kindly power that you have in her, bid her answer truly (Shakespeare 2014: 66)." And then Leonato tells Hero that "I charge thee do so, as thou art my child (Shakespeare 2014: 67) ". In addition, Hero herself entreats her father by saying: "O my father, prove you that any man with me conversed at hours unmeet, or that I yesternight maintain'd the change of words with any creature, refuse me, hate me, torture me to death (Shakespeare 2014: 71) !" It is conveyed that daughter belongs to father and can be disposed by him at his will, and Hero understands as well as accepts it as the convention.

Maternal absence is a greatly influential factor of the male's commanding role of father. It is said in Nancy Chodorow's *Feminism and Psychoanalytic theory*: "Another important aspect of internalized feelings about others in relation to the self concerns a certain wholeness that develops through an internal sense of relationship with another (Chodorow 1989: 106)." On the basis of continuity and similarity as well as the maternal identification, the lack of speech and action of mother in the relation between Hero's parents, develops the realization of males in Hero's mind, leaving an impression of commanding, august, powerful and dominant. She perceives that in patriarchal system, father, a family supporter and controller, is the lord and commander of the universe who can never be challenged and whose wisdom and rule are absolute and should be obeyed by females with gratitude and respect.

2.2 Dominant Husband

The second male role that Hero gets contact with is the role of husband. Still the first impression of husband is from her father, for he combining these two roles and demonstrating in the interaction with her mother though it is an unseen relation in the play. Because there is not any reaction from the wife, it can be concluded as the one-over-the-other marital relation for Hero's parents, which is not unusual under the patriarchy system, constructing Hero's realization of the role of husband.

From Hero's perspective, husband is the principle, dominating his wife. When Claudio insults her tremendously at the wedding ceremony, such as "But you are more intemperate in your blood than Venus, or those pampered animals that rage in savage sensuality", she replies: "Is my lord well that he doth speak so wide (Shakespeare 2014: 66) ?" And the truth that she tells is as pale as paper. Even though they are only engaged at that time, Hero has already regarded Claudio as her lord, her dominator, and cannot speak anything against the judgment of her "new-trothéd lord (Shakespeare 2014: 45)."

Hero's conception of dominant husband relates to the maternal absence. Nancy Chodorow's mothering reproduction theory reveals that "More generally, women's mothering as an organization of parenting is embedded in and fundamental to the social organization of gender (Chodorow 1978: 34)." It is partly because as mothers, women give their daughters the mothering capacities and the desire to be mothers that are based on and grow out of the mother-daughter relationship itself (Chodorow 1978: 7). Chodorow further quotes Robert Jay's opinion that during the growth of a daughter before her marriage the mother remains a girl's "primary figure of confidence and support (Chodorow 1989: 61)." Therefore a present absentee mother in family becomes Hero's primary figure about the wife image during her growth, creating the corresponding husband image in the dominant position. The husband takes over the commanding position of the father in a woman's life through marriage, continually ruling and disposing the woman after she acquires the new role of wife. Hero's mother exists but generally is invisible, living in a situation dominated by the male, her husband, thus a certain unequal marital relation created and projected to Hero's understanding of husband, which naturally seems an unquestionable moral truth to Hero through the mother-daughter relation and daughter's mature process in the maternal absence.

2.3 Powerful Social Men

In *Much Ado about Nothing*, all the powerful characters who have social influences are male. The heroes in this play, Benidick and Claudio are companions to Don Pedro, the prince of Aragon, and together they win a war before the story happening then visit Hero's father Leonato, the governor of Messina. And even the villain in this play is the illegitimate brother of Don Pedro – Don John, who is caught by two funny characters who are constables in charge of the Watch. All female characters, however, are confined within family and lack of influence. It is heart-broking but predictable that Hero fails explaining her innocence on wedding, yet her cousin Beatrice, a woman with some self-awareness, still cannot make men believe Hero's virtue.

Then, what are the social roles for women? Luce Irigaray points out that "Mother, virgin, prostitute: these are the social roles imposed on women (Irigaray 1985: 186)." And obviously, these are decided by males judging from the usage of female's bodies. Thus, in the play under this discourse system it can be interpreted that as a virgin who will become a mother, Hero confronts with the frame-up of prostitute accusation, showing a process of deciding and disposing by males – a contrast in weak females and powerful males.

Or in other words, apart from the roles in family, there is no place for women in society, which is also an approval for most of women. The conception that all the jobs in society should be done and can only be done by males and females are completely incapable to do them and should not do too, is a general acceptance for both males and females for a long time. Presumably, Hero's mother Innogen is such a believer. She never questions it and nothing (even the malice of slander on her daughter hardly) can change her mind and stop her from being a present absentee. The preconception that all the coils need, should and can only be solved by males eliminates her speech and action through the play.

The direct influence of that is that it is solidly planted into the next generation by growing with a present absentee mother, which exactly is the form of labor reproduction that Nancy Chodorow argues. "Legitimating ideologies themselves… and families which perpetuate ideologies, contribute to social reproduction (Chodorow 1989: 35)." Certain expectations are created in people about what is normal and appropriate in the society and how they should act–men play the key role in the society while women are confined to the family chores. Therefore, mother's inactiveness causes the reproduction in social division: Hero who inevitably has a second place in the society for the labor division under the patriarchy system and has the recognition of such division, naturally holds the view that those positions in the society belong to males, and never thinks about stepping out of family. She believes that there is no place that is made for females except family and that the well-known pattern of breadwinning men and homemaking women is the indisputable arrangement for the society.

3 The Gender Relationship in the Patriarchy

Facing with and having all the typically patriarchal social statuses, Hero naturally accepts the gender relationship in patriarchy. Approving all the social rules and social roles for both males and females, she never questions the situation of male's dictatorship and discourse power like Beatrice does. Based on the inheritance of mother-daughter identity, she obeys them, enjoys the sisterhood and submits to the male.

3.1 Inheritance of Mother-Daughter Identity

Not only Hero's personality and gender identification are influenced by her mother, but also what Hero pursues is quite identical with the life of her mother. As it is discussed above, lack of subjectivity, Hero is obedient and submissive to males, directly inheriting the inactive characteristic of her mother. Besides, the main position for her mother is in the family, leaving Hero no other thought of being outside of family. A significant part of domestic life for a woman is marrying a decent husband, who almost provides security of everything for his spouse at that time, like Hero's father Leonato, the governor of Messina. Therefore, she commonly accepts the arrangement of Claudio, a companion to Don Petro, as her future husband. Out of the sense of maternal identification, inevitably Hero inherits the mind of her mother and pursues the life that her mother has.

It is because the mother's role shows the daughter a female' social statuses and recognition of such identity. Having the same sex, Hero doubtlessly has all the social statuses of a female like her mother does. Moreover, she acquires the recognition of female roles and male roles in the maternal absence. There is a vivid description in *The Second Sex* (1953) by Simone de Beauvoir, a French existentialist philosopher, political activist, feminist and social theorist: "The mother likes to rule alone over her feminine universe; she wants to be unique, irreplaceable; and now she finds herself reduced by her young helper to the status of one among many who merely perform a general function (de Beauvoir 1953: 580)." Moreover, to some degree, mother shares the "primary identification (a sense of oneness) " (Chodorow 1978: 59) with daughter and daughter has sort of recognition with mother correspondingly. The social statuses and identity that once mother has will come to daughter one day, thus daughter becomes "really her double, a substitute for herself" (de Beauvoir 1953: 580).

Because Hero's mother exists as a present absentee in the family, "a central agent of women's oppression as well as the major institution in women's lives" (Chodorow 1978: 13) , Hero perceives certain "feminine role training and role identification" (Chodorow 1978: 31) , which become a certain inheritance and reproduction, in the relationship between mother and daughter. It can be supported by Nancy Chodorow's ideas:

> Women grow up to have both the generalized relational capacities and needs and how women and men come to create the kinds of interpersonal relationships which make it likely

that women will remain in the domestic sphere–in the sphere of reproduction –and will in turn mother the next generation. Women's mothering as an institutionalized feature of family life and of the sexual division of labor reproduces itself cyclically. In the process, it contributes to the reproduction of those aspects of the sexual sociology of adult life which grow out of and relate to the fact that women mother (Chodorow 1978: 38-39).

Hero's mother sets a fixed life pattern for her. "Now she is married, and before her there is no other future, this is to be her whole lot on earth. She knows just what her tasks are to be: the same as her mother's (de Beauvoir 1953: 444)." She maintains this basic position that is unknown by the society and the culture, given the fact that "the maternal function underpins the social order and the order of desire, but it is always kept in a dimension of need (Irigaray 1991: 36)." So the family-confined position together with inactiveness and obedience of Hero's mother that accords with the social need is the following path for Hero who inherits all of them and maintains the social order without any interference or change.

3.2 Sisterhood Among Females

Hero, an obvious obedient and passive girl, shares a sort of sisterhood with other female characters in *Much Ado about Nothing*, showing a lively side of her personality. About her cousin Beatrice, she can openly speak her judgment "she is too disdainful; I know her spirits are as coy and wild as Haggards of the rock (Shakespeare 2014: 45)." Correspondingly, Beatrice can joke with her by saying "Speak, cousin; or, if you cannot, stop his mouth with a kiss, and let not him speak neither (Shakespeare 2014: 31)." With her gentlewomen Margaret and Ursula, she can freely discuss her dresses together with ornaments and even things about love-making. And in the scene of frame-up on wedding ceremony, even without solid proof, Beatrice chooses to believe in Hero and stands out to defend for her virginity.

"Because women experience themselves as part of a relational triangle in which their father and men are emotionally secondary, or at most equal, in importance to their mother and women" (Chodorow 1989: 71) , they need and tend to be intimate with other women. Nancy Chodorow further explains that female self-relationship is a product of development, related to her mother's sense of self, not just to gender identity or gender-role learning. The object-relation-cultural perspective also regards the conscious gender identity and the gender construction or the unconscious meaning of them (Chodorow 1989: 187). After internalization of the gender relations and the maternal identification, there is a kind of sense developed in Hero, which is a more comfortable feeling when being among women. In patriarchy, the female becomes an oppressed group that shares a united sense of sisterhood: empathy, sympathy, intimacy, dependence and assistance. This sisterhood provides females a room of their own to speak comfortably and freely without any interference from males. Developed in the patriarchal system, the realization of gender relationship of a female naturally circles females in the same camp. Also, out of the identity of the same sex, females feel inclined to relax themselves and behave livelily among females. And in the case of Hero "differentiation happens in relation to the mother" (Chodorow 1989: 102). She grows with a present absentee mother, a victim of patriarchal world, and directly faces up with the oppressive side, naturally becoming one of the oppressed sides and never doubting whether it is right. Therefore, she seems a divine woman who is perfectly obedient and has no sort of self-awareness in the eye of males, but speaks and performances more livelily among females out of the sense of sisterhood, which is an exact gender relation among females. Such sisterhood is the only place to express oppressed mind.

3.3 Males and the Other

3.3.1 The Father Dictatorship in the family

In *Much Ado about Nothing*, as a woman, Hero's main activities are about family and controlled by males. To show her unwillingness of getting married, Hero's cousin Beatrice speaks: "Would it not grieve a woman to be overmastered with a piece of valiant dust? To make an account of her life to a clod of wayward marl (Shakespeare 2014: 23) ?" It can also reveal that the actual situation under the patriarchy system is women being "overmastered" by men. Hero's marriage needs her father Leonato's approval, and after Leonato saying "Count, take of me my daughter, and with her my fortunes" (Shakespeare 2014: 31) her fiance Claudio becomes a new dictator in her family and life. She has no power to indicate her husband's mistake, even it concerns herself. To a male, a female is sex– absolute sex. Her definition and distinction refer to male, not the otherwise; she is the secondary and oppressed side, neither important nor essential. "He is the Subject, he is the Absolute – she is the Other (de Beauvoir 1953: 16)."

A standard example of a female in patriarchy given by Hero's mother, accompanied with the maternal identification which "represents and is experienced as generically human for children of both genders" (Chodorow 1989: 111) , makes Hero comprehend the status quo of father dictatorship in the family, and then accept it as well as become one victim of it. Mothering contributes to the reproduction of sexual inequality through its effects on masculine personality (Chodorow 1978: 32). She has no different opinion about the patriarchal family distribution and willingly accepts it because both gender roles and gender relations have been demonstrated for a long time by mother, a role model of daughter, thus generating a sense of recognition of the father dictatorship. Plus the main activities of Innogen are confined in family, as Nancy Chodorow points out that family and kinship along with family life are still vital to women. And because production has moved out of the home, reproduction has even more directly defined and restricted the life activities of women and women themselves (Chodorow 1978: 13). After internalization of the submissive position of women and the dominant position of men, there is a kind of recognition of father dictatorship in family developed in Hero.

3.3.2 The Male Discourse Power and Female Silence

All females in *Much Ado about Nothing* cannot escape from the man-submitted situation because the discourse power is exclusive to males in the society. During the whole act one scene one, except her explanation of Beatrice's satire of Benedick before the arrival of Don Petro, she speaks nothing during the whole scene in which she presents from the beginning to the end. Moreover, the obedience to father and no action against husband mentioned above are the evidences of deprival of female discourse power. In the play, after the conflict wedding scene Hero's cousin Beatrice who has sharp wits and independent thought shouts: "O god, that I were a man (Shakespeare 2014: 76) !" And she feels sorry for Hero because after that "She is wronged, she is slandered, she is undone (Shakespeare 2014: 76)." Not only can the grievance of the man-dominated world from Beatrice be inferred from the lines, but also it reveals that the discourse power in society does not belong to females, even those with independent minds.

For gentle and obedient Hero, "Desire for her, her desire, that is what is forbidden by the law of the father, of all fathers (Irigaray 1991: 36)." She gets used to and accepts male discourse power by growing with a present absentee mother in the family, for "woman is traditionally a use-value for man, an exchange value among men; in other words, a commodity (Irigaray 1985: 31)." The absence of Hero's mother indicates the female silence and the fact that women do not have any place or work outside family and the one and only valuable labor for female is fertility. Because the ability of fertility belongs to females, they are directly decided to hold the position in family. This is the basic constitution characteristic of sexual division of labor. As part of such labor division of sex, it relates to other institutional arrangements and ideological rules in structure and causality, which justify the sexual division of labor (Chodorow 1978: 32). And any fundamental change in the social relations of production cannot guarantee the change of these domestic production relations. Nancy Chodorow explains:

> Women's mothering and the sexual division of labor are also structurally linked to other institutions and other aspects of social organization. In industrial capitalist societies, women's mothering is central to the links between the organization of gender—in particular the family system—and economic organization. Sexual inequality is itself embedded in and perpetuated by the organization of these institutions, and is not reproduced according to or solely because of the will of individual actors (Chodorow 1978: 34).

And when criticizing female position in family, British professor, psychoanalyst, socialist feminist Juliet Mitchell says that this is the place of all women in patriarchal culture. In one of the most common ways to look at the matter: men into the structure of society through all history, while women, regardless of what their actual works are, are still deprived by the kindred organization (Mitchell 1974: 405-406). The difference of class, historical period and certain social situation may change the expression of femininity, but in our society, the kinship system is in the family—in this family, where shapes a woman is where she is destined to stay. Based on such division of labor, the male "by wanting to be the sole creator... superimposes upon the archaic world of the flesh a universe of language and symbols (Irigaray 1991: 41)." The following archetype is formed: mother, the source of angelic love and forgiveness, is left in an increasingly ruthless and impersonal world; the feminine, dynamic and emotional element in the society is ruled by male's "objective" and "rational" judgment; the symbols and remnants moral values and tenderness are left in a world of wars, cruel competition and contempt for human frailty (Rich 1976: 52). Then the male discourse power and female silence are constructed in society and contributed by female's obedience to father and submission to husband.

Under the influence of the maternal absence this sexual inequality situation which is caused by father dictatorship and male discourse power naturally becomes an unquestionable and unalterable social rule that Hero recognizes, accepts, stands by and fulfills. Accordingly, Hero accepts such situation and submits to males, then becomes part of such rule and victim of it. Females are silenced in patriarchal society. A female cannot form her own taste. She must fit in the values of male and male's opinions are hers too. Females are unable to express independent ideas and thoughts, not possessing the right of speech, for that the voice of male is the only dominant one in society.

Conclusion

In *Much Ado about Nothing* written by the one and only William Shakespeare, the heroine named Hero experienced engaged with Claudio a dissent young man, publically shamed of the frame-up unchaste by Claudio and other men at the wedding ceremony, faking death, being alive again and in the end getting married with Claudio, showing the great passiveness and dependence. After analyzing the influence of maternal absence on Hero in the aspects of gender identities and gender relationship by mainly using Nancy Chodorow's women's mothering reproduction theory, it is revealed that to achieve female self-identification and gender equality it should begin with their own self-awareness, such as the introspection of mother's role and the inheritance of mother-daughter identity.

In the first place, Hero understands the female roles through her mother's existence of present absentee. Neglected by both characters in the play and readers, Hero's mother Innogen is invisible, insignificant and inactive except giving birth to Hero, which is the only value and the most extraordinary part of her. In this maternal absence, Hero perceives female and male roles in a reproducing way. The first role for her is daughter and out of her maternal identification she becomes as obedient as her mother, thus correspondingly having recognition of the commanding role of father for males. Besides, her mother sets a model as a virtuous wife dominated by husband, which makes Hero understand gender roles in marriage.

On top of that, Hero knows the gender relationship in maternal absence in an inheriting way. Basically, Hero inherits the female identities and personalities in the mother-daughter relationship. Then the situation of maternal absence makes Hero form some sisterhood among females and submission when confronted with males. Caused by the male dominance, the maternal absence contributes to it backwards by reproducing the recognition into the next generation.

In a nutshell, the maternal absence in *Much Ado about Nothing* reproductively influences Hero's conception of gender identities and gender relationship. It is an unconscious and natural inheritance from mother to daughter, causing female's ignorance of gender inequality and reproduction of this insensitivity. Because of this endless woman-mothering cycle that reproduces patriarchal gender roles and gender relationship, females themselves aggravate their unequal position in both family and society. It is impossible to achieve females' self-identification and gender equality without the awareness of the phenomenon of reproduction in mother-daughter identity. Females should begin introspecting the mother's role and the inheritance of mother-daughter identity as a united group, to help both mother and daughter become independent existences with independent consciousness. It is just like Luce Irigaray speaking in the tone of a daughter to mother: "What I wanted from you, Mother, was this: that in giving me life, you still remain alive (Irigaray 1981: 67)." If a woman still has self-awareness rather than to become a present absentee when she is a mother, she can turn the viscous cycle of mothering reproduction to a virtuous one: the daughter inheriting independent consciousness, knowing the gender inequality and trying to achieve a better world.

Bibliography

[1] Chodorow, Nancy. 1989. *Feminism and Psychoanalytic Theory*. New Haven: Yale University Press.

[2] Chodorow, Nancy. 1978. *The Reproduction of Mothering*: *Psychoanalysis and the Sociology of Gender*. Berkeley: University of California Press.

[3] De Beauvoir, Simone. 1953. *The Second Sex*. Trans. H. M. Parshley. London: Jonathan Cape.

[4] Irigaray, Luce. 1981. "And the One Doesn't Stir without the Other." *Signs*: *Journal of Women in Culture and Society* 7, No. 1 (Oct.), 60-67.

[5] Irigaray, Luce. 1991. "*The Bodily Encounter with the Mother*." Trans. David Macey, in *The Irigaray Reader*, ed. Margret Whitford, 34-46. Cambridge, Mass.: Blackwell Publishers.

[6] Irigaray, Luce. *This Sex Which Is Not One*. Trans. Catherine Porter and Carolyn Burke. New York: Cornell University Press, 1985.

[7] Liu, Yan. 2007. *A Theoretical Reader in Motherhood*. Wuhan: Wuhan University Press.

[8] Liu, Yan. Qiu, Xiaoqing. and Zhan, Junfeng. 2007. *A Theoretical Reader in Female Identity*. Wuhan: Wuhan University Press.

[9] Mitchell, Juliet. 1974. *Psychoanalysis and Feminism*: *A Radical Reassessment of Freudian Psychoanalysis*. London: Penguin Books.

[10] Rich, Adrienne. 1976. *Of Women Born*: *Motherhood as Experience and Institution*. New York: W. W. Norton & Company Inc.

[11] Shakespeare, William. 2014. *Much Ado about Nothing*. Beijing: Foreign Language Teaching and Research Press.

[12] 刘岩. 2004. 西方现代戏剧中的母亲身份研究. 北京：中国书籍出版社.

作者简介：温惠越，女，重庆人，东莞市海德双语学校戏剧教师，四川外国语大学教师，英国埃克塞特大学戏剧学硕士，主要从事莎士比亚戏剧和音乐剧研究。

环境美学视角下的《仲夏夜之梦》

刘晓倩　李新德

【摘　要】《仲夏夜之梦》主要讲述了四个年轻人在森林里发生的一系列奇妙故事。莎士比亚在剧中用大量的自然描写塑造了一个生态的"绿色世界"，把人与人、人与精灵、人与自然密切联系在一起。通过对莎士比亚向往自然及思考人类与自然关系的呈现，反映了莎士比亚超前的生态意识。环境美学关注人与自然的关系，探讨欣赏自然。《仲夏夜之梦》中呈现的生态思想，与环境美学相契合，主要表现为对于人类参与自然的生态思考、积极的生态审美及天地神人合一的生态理想，表达了希望人类与自然和谐共处的美好愿景。

【关键词】《仲夏夜之梦》；莎士比亚；环境美学

【Abstract】*A Midsummer Night's Dream* tells a series of wonderful stories about four young people in the forest. Containing plenty of natural descriptions, Shakespeare successfully created an ecological "green world" that links people with people, fairies, and nature. Through the representation of Shakespeare's yearning for nature and his consideration of the relationship between man and nature, the whole drama reflected Shakespeare's advanced ecological consciousness. Environmental aesthetics focuses on the relationship between human and nature and explores appropriate modes to appreciate nature. Ecological thoughts incarnated in this play correspond to environmental aesthetics. These ecological thoughts are mainly manifested in the ecological thinking on human engagement in nature, the positive ecological aesthetics, and the ecological ideal of the unity of heaven, earth, god, and people, thus to express a beautiful vision of the harmonious co-prosperity between human and nature.

【Key Words】*A Midsummer Night's Dream*; William Shakespeare; environmental aesthetics

1　引　言

《仲夏夜之梦》是莎士比亚青年时期的最后一部创作，也是最成熟的一部喜剧。与其晚年的一些喜剧作品不同，《仲夏夜之梦》里面几乎没有悲剧元素，整部戏剧洋溢着喜悦与浪漫的色彩，森林、夜晚、想象、梦境四种元素贯穿整部戏剧。莎士比亚将戏剧主要场景置于森林，向观众展示了一个可爱和睦的自然世界。虽然《仲夏夜之梦》没有像梭罗的《瓦尔登湖》和奥尔多·利奥波德（Aldo Leopold）的《沙乡年鉴》那样将自身置于大自然与其朝夕相处、亲密接触，但是其中大量的环境描写，对人与自然关系的勾画，体现了莎士比亚对自然的爱好和人与自然关系的思考，呈现出超前的生态意识。环境美学所倡导的一些欣赏自然的方式在《仲夏夜之梦》里得到了充分体现。

人类世界的不断进步造成了自然的不断被破坏。面对日益恶化的自然环境，近半个世纪以来人们开始思考，我们是否该与赖以生存的自然环境换一种相处方式？环境美学对这一问题做出回答，填补了关于自然与环境研究方面的理论空缺。环境美学兴起于二十世纪后半叶，它成功地把西方一直以来关注艺术的焦点转向了自然，主要就如何对待自然以及如何对其进行恰当的审美欣赏展开探讨。环境美学家们纷纷就自然的审美欣赏提出自己的观点，其中有阿诺德·柏林特（Arnold Berleant）的参与美学（Aesthetics of Engagement），提倡浸入式的自然审美体验；齐藤百合子（Yuriko Saito）的“从自然本身欣赏自然”（appreciate nature on its own terms），要求发掘自然本身的价值与功能；艾伦·卡尔松（Allen Carlson）的积极美学（positive aesthetics），主张自然全美；奥尔多·利奥波德的土地伦理（Land Ethic），认为人与万物共处于一个平等和谐的共同体。

莎士比亚在他的时代里看到了人与自然的不断脱节，于是开始思考人与自然的关系。与早期敬畏自然、与自然疏离的观点相比，莎士比亚更希望人类走近自然，用心感受、体验自然。他反对将人与自然主客二分的思想，主张人与自然的积极沟通。在人与自然打交道的过程中，积极的方式就是美化自然。莎士比亚笔下的自然美丽、秩序、生机、活力、欣欣向荣。他跳出固有的人类中心观念，关注自然本身的历史与功能，从自然本身欣赏自然，展现了积极的生态审美。通过对人与自然关系的思考，表达了天地神人合一的生态理想。莎士比亚在《仲夏夜之梦》里创造了一个美丽和谐的“绿色世界”，夹着一些类似于精灵和“爱的魔汁”的荒唐元素，让观众和读者直面自然，感受自然的力量。这种自然的神奇力量不仅丰富了整个戏剧，更是给予了角色们圆满的结局。近年来对于《仲夏夜之梦》的研究多集中于语言特征和喜剧效果，鲜少关注其中的自然描写。自然、环境、生态、人本就是四个紧密联系不可分的元素。因此，本文运用环境美学相关理论，通过《仲夏夜之梦》中自然描写的解读，研究其中蕴含的生态思想。希望本文可以为莎士比亚的戏剧研究提供一个新视角，引起人们对自然环境的关注，也为应对当今环境问题提供一些新的思路。

2 参与自然的生态思考

相对于中国历史上大量描绘山水之美的诗词歌赋与画作，西方对自然美的关注不算太多。但是在人类发展进程中，自然是绝不可脱离的一种存在。某种程度上说来，人类的发展历史其实就是人类与自然关系的演变史。在西方相当长的历史上，人们都奉行人类中心主义的思想，即万事万物以人为中心，人凌驾于自然之上，自然受人类的支配和控制。人类长期被敌对的自然包围，并且奋力想击退荒野（Watson，2011：53）。于是，人们不断扩大对自然的入侵，造成自然环境的严重破坏。自然环境的急剧恶化迫使环境学家们开始思考人类是否应该介入自然。就这个问题而言，伯克（Edmund Burke）与康德（Immanuel Kant）一致认为自然是崇高的，居于人类掌控之外，应是我们害怕与恐惧之源，所以我们面对自然时要怀着庄严与敬畏（Carlson, 2008：217）。齐藤百合子提出，佛教禅宗体现了一种与伯克、康德相对的自然欣赏观，提倡人全身心地融入自然，与自然亲密接触（Saito, 2008：158）。伯林特主张参与自然，认为环境并非独立的个体，不应把人类剔除在外而言自然欣赏。他把景观比作衣服，如果没有穿衣服的人，衣服就失去了它本身存在的意义（Berleant，1997：18）。由此可见，自环境问题出现以来，人们对待自然的态度是从敬畏自然，与自然保持距离，逐渐走向参与自然，与自然共荣共生的。莎士比亚的《仲夏夜之梦》就是把人带入自然的一部典型作品。

从戏剧情节看，《仲夏夜之梦》跳出了人类中心主义，将人置于自然世界之中，重新审视人与自然的关系。不管是仙国精灵与人的相亲相爱，还是人在进入自然后获得真爱与心灵的归属，都蕴涵着一种对于自然参与的生态思考。莎士比亚希望人们能走近自然，聆听自然，与自然对话。通过描写人与自然的交流，莎士比亚传达的是一种贴近自然，而非与自然疏离的生态理念。这种参与自然行为首先建立在对自然保持敬畏、尊重自然的基础上。

> 铁达尼亚：毒雾落在地上，（戏剧译文均为笔者自译，下同）
> 使每条小河流都骄大起来，吵着要淹了大陆：
> 因此公牛也枉自丢开轭木，
> 农夫白白淌了汗水，
> 青色的小麦还没有开始茁壮生长就腐烂了：
> 淹没的田里的羊栏也空了，
> 乌鸦都被瘟死的羊群给喂肥了；
> （Shakespeare，2008：378）

以上场景虽是出现在戏中的“雅典”，但其实它与莎士比亚所在的英国十分相似（Garber，2005：220）。身为精灵的仙王和仙后被赋予了人类情绪，他们会大笑、唱歌、跳舞，也会不高兴、争吵。一方面，莎士比亚创造他们作为“人化的自然”，是拉近人与自然关系的表现。另一方面，他们还拥有着大自然的神奇魔力。反常的天气、疾病、无序在“混乱世界”里肆虐，这一切都源于仙王和仙后之间的争执；仙王仙后的不当行为，好比亚当和夏娃在伊甸园犯的错，扰乱了他们周围的世界（Garber，2005：221）。自然以其自身独有的方式表达着不满：洪水、瘟疫、四季混乱、颗粒无收。莎士比亚相信自然有着神奇力量，这种力量不是人类所能掌控的，因此人类在与自然相处时首先要保持谦逊和敬畏的态度。但是，敬畏自然并不代表自然对人类的完全奴役。简言之，人在参与自然时既不能把自己置于中心去控制自然，也不能把自然神化而一味地敬畏与崇拜自然，而是应该与自然保持平等和谐的伙伴关系，走进自然，了解自然。《仲夏夜之梦》里的主人公们走进森林，与自然朝夕为伴。赖桑德与荷米亚逃到森林后，以山坡为床，以青草为枕：“我就睡在这块坡上。一簇草足够我们俩共枕眠。一颗心，一张床，两个胸怀，一个承诺。”（Shakespeare，2008：40）与草同眠，与花同笑，与精灵同言，人类在参与自然中享受着自由，亦获得了不可比拟的愉悦体验。将故事背景置于雅典城外的森林，让主人公们走进森林，就是莎士比亚参与自然的一种独特方式。

另外，莎士比亚并不满足于仅仅同外在自然的沟通（Watson，2006：77-107）。他想要的是深入自然，与自然进行心灵的交融。霍尔姆斯·罗尔斯顿三世（Holmes Rolston Ⅲ）说过，“我们想要欣赏和保护的不是自然，而是人与自然的关系。”（Rolston Ⅲ，2008：328）《仲夏夜之梦》体现了莎士比亚对人与自然关系的独特思考。他用一种十分夸张的艺术方式呈现了人与自然的对话，跳出了人类中心主义，用心体悟自然，与自然进行交流。《仲夏夜之梦》的主人公们参与自然，与自然对话，既是对人渴望征服自然、将人类置于自然万物之上的对抗，也是对一味地神化自然、贬低人类的抗衡。莎士比亚在人与自然之间创建了一种平等对话的伙伴关系，这种平等对话的关系正是审美发生的基础。

3　积极的生态审美

《仲夏夜之梦》里的主人公们走进自然，欣赏自然，呈现出积极的生态审美观。这种生态审美首先将人放在同自然平齐的位置参与自然，其次聆听自然诉说的关于其本身的故事，在倾听的同时理解和领会自然，最后发掘自然的积极审美特征。齐藤百合子说过，我们应把自然当作自然看待，从自然本身欣赏自然。这种看待自然的方式意味着承认并发掘自然本身独特的历史与功能，它们独立于人类赋予其的历史、文化及文学意义之外（Saito，2008：155）。但是，承认自然实体的存在并不意味着将自然与人类割裂，而是希冀在人与自然之间找到一个和谐共处的平衡点。莎士比亚承认自然实体的存在，他笔下的自然世界就是一个活灵活现的自由王国。同时，他也十分重视自然的内在价值与功能，因而创造精灵们作为自然的代言人，借精灵之口说出自然的故事。一方面，《仲夏夜之梦》诉说着自然本身的故事，另一方面，它将人类置于自然世界，以发掘自然的积极审美特征。

齐藤百合子提道，“我们应在较大的环境中看一个自然物或自然现象，以便更好地理解自然的真正角色。”（Saito，2008：242）莎士比亚创造了一个大环境——森林，仙王、仙后以及所有的小仙们无拘无束地生活在这个“绿色世界”中。“绿色世界”象征着自然本身的快乐与自由。通过仙界王国的呈现，《仲夏夜之梦》让人们联想到一个充满着活力和精神力量的世界；它发现了世界万物与神之间的对应关系（Bate & Rasmussen，2008：365）。精灵算得上是这个世界的首要代表，自然孕育他们来传递信息：

小仙：我为仙后服务，
　　　在绿色仙人圈里滴甘露。
　　　高高的樱草守卫着她，
　　　你看，金袍上有着斑斓的点缀，
　　　那些是红玉，是小仙们喜爱的标志，
　　　那些斑点里藏着他们爱的甜蜜，
　　　我必须在这里找到些甘露，
　　　为每个侍卫的耳朵，挂上一颗珍珠。
　　　（Shakespeare，2008：376）

仙后铁达尼亚在此初次登场。小仙们簇拥着她，“樱草”为她的侍卫，“甘露”为她的点缀。结合上文莎士比亚对参与自然的思考，可以看出他眼里的自然绝非疏离不可攀的，而是能够为人所理解和领会的。环绕在花草之中的仙后，不管是在剧里的小仙们心中，还是在剧外的观众眼里，都是美的。利奥波德曾在《沙乡年鉴》里谈道：“我们感知自然品质的能力，就像艺术一样，是从美开始的。”（Leopold，1989：96）仙后从一出场便向人们传递着自然之美。值得一提的是，莎士比亚的另一部作品《安东尼与克莉奥佩特拉》也刻画了一个与仙后铁达尼亚类似的女王角色——埃及女王克莉奥佩特拉。但两者传递的美是截然不同的。克莉奥佩特拉的美是妖艳、高高在上、有点距离感的美；而仙后的美是亲近、可以与之接触交流的美。在莎士比亚眼里，仙后代表的自然是能够为人所理解和欣赏的。欣赏自然的方式各种各样，莎士比亚选择贴近自然、感知自然。在他的笔下，绿色森林是大自然的产物，森林又造就了仙界王国，花草树木环绕着仙后，一切自然都流露着美丽与和谐。

诉说自然本身绝不意味着将人类完全剔除于自然之外。相反，人类扮演了倾听者的角色，聆听自然的故事。讲述者与倾听者和平共处、互相依赖。《仲夏夜之梦》里的自然拥有神秘力量，时常给予人类帮助。例如，仙王偶然碰见海伦娜对地美特利阿斯爱而不得，便决定用自己的力量（“爱的魔汁”）帮助他们。只要将这种“魔汁”点在睡着的人的眼皮上，醒来的他便会疯狂爱上所看见的第一人。莎士比亚在剧中创造的“爱的魔汁”是大自然的奇妙产物，它不仅使有情人终成眷属，还在人与精灵之间建立起十分友好的关系，旨在呈现人与自然间的生态和谐。

精灵们所在的“绿色世界”十分美丽。卡尔松主张一切自然世界皆是美丽的。据此观点，未经人类涉足的自然环境大多具有积极的审美特征，比如它是优雅的、精美的、强烈的、统一的和有序的，而非乏味的、晦暗的、枯燥的、不连贯的或混乱的。总之，一切原始自然本质上都是美的（Carlson，2008：211）。他强调不被人类触及的自然最美，虽然完全把人类排除在自然美之外的观点并不可取，但是他自然全美的主张本质上也是对自然世界的积极审美反应。《仲夏夜之梦》大量地描写森林中的动植物，勾画了一幅幅精美的风景图画。通过一个自由自在的仙界王国的建构，莎士比亚呈现了一个多彩、充满生机与活力的自然世界。他对自然的审美欣赏恰与自然全美的观点相契合。

> 奥伯龙：我知道有个坡上开满了百里香，
> 还有那满山坡的高报春和摇曳的紫罗兰，
> 上面整片整片地覆盖着繁茂的忍冬，
> 还有芬芳的野玫瑰和多花蔷薇。
> （Shakespeare，2008：381）

莎士比亚十分热爱大自然。这种热爱体现在他对动植物的细心观察中。“百里香”“高报春”“摇曳的紫罗兰”“繁茂的忍冬”“芬芳的野玫瑰”“多花蔷薇”，这些植物也许并不会引起人们的注意，但莎士比亚却能一一辨认出来，捕捉它们的姿态，发现它们的美丽。自然万物在莎士比亚的笔下欣欣向荣。他以审美的眼光看待它们，以肯定的语言赞美它们，表达了他对自然的喜爱之情。其实莎士比亚在作品中提到的很多花草都能在他的出生地花园中找到。从小与自然相处的经历一定程度上促成了莎士比亚对自然的细致描写。无论是莎士比亚的出生地花园还是《仲夏夜之梦》里雅典城外的森林，内部都存在着一个和谐平衡的生态系统，依照着生态尺度，也遵循着生态秩序。莎士比亚以积极的态度审美自然，既向观众展示了一个美丽的自然世界，又获得了自身独特的审美体验。

4 天地神人合一的生态理想

人与自然的关系一直是环境美学与生态文学的关注点。早期，人类中心主义思想奉行以人为中心，认为自然万物皆是为人而存在。这种把人与自然主客二分的思想生生地割裂了人与自然之间的联系。马丁·海德格尔（Martin Heidegger）不赞同这种思想，他认为人应“诗意地栖居”于自然界。在描述这一栖居生活时，海德格尔创造性地提出了一个由“地、天、人、神”组成的“四方”世界（Palmer, 2001：192）。《仲夏夜之梦》一共讲述了三个故事：两对雅典年轻人的爱情故事；一套仙界王国的神仙故事；一群业余演员排演戏剧的故事。它呈现了三个平行世界，分别有着三个统治者或舞台监督决定着一切：一个是提西阿斯公爵掌控的，等级森严的现实世界；一个是以仙王奥伯龙为首的自由仙界；再就是木匠管理着的，虚构的艺术世界（Garber, 2006：221）。不难看出，莎士比亚最推崇居于林间的自由仙界。他抛开了以人类为中心的传统观念，否定将人与自然主客二分的做法，转而以自然为中心，构建了一方天地神人合一的和谐世界。莎士比亚在此构建的和谐世界与海德格尔所谈的“四方世界”不谋而合：城外森林象征天地，四位年轻人和业余戏剧班子为人，仙界王国里的精灵们代表神。莎士比亚把剧中的主要人物置于自然世界，让他们在森林里发生一系列的奇妙故事。故事开场，所有一切都呈现着不和谐元素，比如荷米亚对父亲包办婚姻的反抗和海伦娜的爱而不得。故事高潮，所有人物在一片拥有魔力的奇妙森林里上演着一系列啼笑皆非的故事。故事结尾，一切以和谐告终：有情人终成眷属，戏中戏也得以成功上演。

赖桑德：这正是掩藏情人们私奔的好时候，
　　　　我们计划从雅典的城门偷偷溜走。
荷米亚：就在那片森林里，你我常常
　　　　躺在浅浅的樱草花床上，
　　　　互相吐露着内心深处的思想。
　　　　（Shakespeare，2008：373）

这段对话发生于年轻人赖桑德和荷米亚决定逃脱世俗制度的束缚，奔向森林追寻真爱之时。如果说公爵的世界是建立于理性、法律、秩序、等级与父系权威之上，那么奥伯龙的神仙世界就恰恰相反（Garber，2005：223）。两个世界在剧中形成了鲜明对比。公爵世界里，提西阿斯公爵和义济阿斯（荷米亚的父亲）曾不止一次强调雅典的法律。在雅典法律下，如果荷米亚不按照父亲意愿嫁给地美特利阿斯，她的结局只能是“或受死刑，或永远弃绝与男子往来”（Shakespeare，2008：370）。对于这对相爱的年轻人来说，雅典城是残酷的人类世界，规则森严、缺乏自由，他们无法在城内追求理想的生活。与之相反，雅典城外的那片森林给予了他们一个自由自在的空间。追随着赖桑德和荷米亚一起逃离的还有海伦娜和地美特利阿斯。年轻人们为着各式各样的目的逃进森林，有反抗，有挑衅，还有肉欲（Garber，2005：223）。正如线团所说，“理智与爱情难得碰头”（Shakespeare，2008：387）。在现实世界，人们被法律约束，受规则制约；在自然世界，人们享受自由，不必束缚于世俗规则，可以随心所欲追寻心中所爱。现实世界难容他们，于是年轻人抛下理智，从人类世界逃离，转而去自然中找寻爱情，回归真正的自我。他们躺在樱草地上互诉衷肠，感受自然的包容与友好。最终，一切的不圆满都在自然中归于和谐。主人公们逃向森林，从公爵掌控的理性世界奔向森林中神仙的自由世界，可以看作是从以人类为中心向以自然为中心的转换。自然给予了人类一片自在天地，人仿佛只有置身于自然中才能找到自我，获得真爱。

铁达尼亚：我不是一般的神灵，
夏天为我永驻；
我真爱你：所以，同我走吧；
我会让小仙们侍候你，
他们将从海底为你取来珠宝，
他们将唱着伴你在花床入眠：
我也将洗去你的凡人俗气。
最终你也将像精灵般轻盈不留踪迹。
（Shakespeare，2008：387）

在仙后身上，神性和人性相通。从源头看，仙后本就是天人合一的产物。在“爱的魔汁”的作用下，仙后铁达尼亚爱上了织工线团。即使线团在精灵的恶作剧下变成了驴头，她依旧大胆地向线团表达自己的爱意，愿同线团分享拥有的一切。精灵与人的爱情，虽有些啼笑皆非，却展现出莎士比亚对人与自然和谐关系的向往。除开爱上人类，仙后还曾与人类结成亲密的朋友。“在印度夜间芳馥的气氛里，她常在我的身边聊着，陪我坐在海边的黄色沙滩上，看着海上航行的商船”（Shakespeare，2008：379）。仙后口中的人类是她的信徒。她们是很好的朋友，互相陪伴着度过了一段美好的时光。仙后的人类朋友难产死后将孩子托付给了她，她尽心尽力地照顾着这个小孩，甚至不惜和仙王发生争吵。仙后与人类的爱情与友谊是人与神在天地之间关系均衡的完美呈现。莎士比亚超越了人与自然主客二分的理念，把人置于天地自然之间，体现了天地神人合一的和谐思想。

通过一系列神奇的故事，莎士比亚营造了一个平衡、和谐的生态系统。这一生态系统中，人与自然，人与人，人与神和谐共处。利奥波德曾提出土地伦理的概念，这种土地伦理扩大了共同体的范围，包括土壤、水、植物和动物，统称为土地；它把人类在共同体中征服者的角色变成这个共同体中平等的一员（Leopold, 1989：204）。《仲夏夜之梦》里的动植物富有灵气，有着各自独特的生活方式。剧中的人和物平等相处，相亲相爱。人与环境形成一个休戚相关的共同体，共同构造了一个天地神人合一的四方世界。即便《仲夏夜之梦》里没有明确写出一些呼吁人们保护环境、告诉人要与自然和谐共处的文字，但是莎士比亚在这部剧里创造的艺术世界恰巧与利奥波德的共同体遥相呼应，呼吁人们尊敬世界上的每一类生物，与自然和谐共处。我们不得不承认，莎士比亚并未直接地表现出他对自然的期许，但他的确十分敬重这个隐藏在夏夜之梦里，万物共生的宇宙（Watson，2011：55）。通过生态理想王国的构建，莎士比亚表达了自己希望世间万物和谐共生、天地神人合一的生态理想。

5 结 语

鉴于所处时代的限制，莎士比亚并未直接在作品中呼吁保护自然环境，算不上一个真正的生态学家。但是《仲夏夜之梦》中蕴藏的生态思想却不容小觑。莎士比亚将故事背景置于森林，鼓励人们走进自然，参与自然，聆听自然，与自然对话。在这个夏夜之梦里，动植物们生机勃勃，精灵们与人类相亲相爱。莎士比亚反对把人类与自然主客二分的做法，坚持人与自然万物共属一个休戚与共的共同体。在他看来，只有在人与自然地位平等的前提下，人类才能够真正对自然做出无偏私的审美欣赏。莎士比亚在剧中将人、神、自然三种元素混合，成功创造了一个生态平衡的有机体、一方天地神人合一的生态世界。再看当下，台风不断，洪水肆虐，世界各地自然灾害频发，人类在自然面前何其渺小。自然灾害无疑是自然对人类只顾经济发展而忽视环境健康的报复。如何与自然和谐相处已经成为亟待解决的问题。环境美学给出了答案。尊重自然、参与自然、审美自然，《仲夏夜之梦》中对待自然的方式恰与环境美学的观点遥相呼应，两者都希冀在人类与自然之间建立起一种友好可持续发展的关系，而这种关系的确立需要依靠全人类的共同努力。总之，《仲夏夜之梦》完整地呈现了莎士比亚对人类与自然关系的生态思考以及积极的生态审美观，体现了他极具前瞻性的生态意识，更是表达了渴望融入自然，与自然和谐共生的美好期许。

参考文献：

[1] Berleant, Arnold. 1997. *Living in the Landscape*. Lawrence: University Press of Kansas.

[2] Carlson, Allen. 2008. "Nature and Positive Aesthetics". Allen Carlson and Sheila Lintott. eds. *Nature, Aesthetics, and Environmentalism*: *From Beauty to Duty*. New York: Columbia University Press.

[3] Garber, Marjorie. 2005. *Shakespeare After All*. New York: Anchor Books.

[4] Leopold, Aldo. 1989. *A Sand County Almanac and Sketches Here and There*. New York: Oxford University Press.

[5] Palmer, Joy A., ed. 2001. *Fifty Key Thinkers on the Environment*. London: Routledge.

[6] Rolston Ⅲ, Holmes. 2008. "From Beauty to Duty: Aesthetics of Nature and Environmental Ethics". Allen Carlson and Sheila Lintott. eds. *Nature, Aesthetics, and Environmentalism*: *From Beauty to Duty*. New York: Columbia University Press.

[7] Saito, Yuriko. 2008. "Appreciating Nature on Its Own Terms". Allen Carlson and Sheila Lintott eds. *Nature, Aesthetics, and Environmentalism*: *From Beauty to Duty*. New York: Columbia University Press.

[8] Saito, Yuriko. 2008. "The Aesthetics of Unscenic Nature". Allen Carlson and Sheila Lintott. eds. *Nature, Aesthetics, and Environmentalism*: *From Beauty to Duty*. New York: Columbia University Press.

[9] Shakespeare, William. Bate, J. and Rasmussen, E., ed. 2008. *William Shakespeare*: *Complete*

Works. Beijing: Foreign Language Teaching and Research Press.

[10] Watson, Robert N. 2006. *Back to Nature*: *The Green and the Real in the Late Renaissance*. Philadelphia: University of Pennsylvania Press.

[11] Watson, Robert N. 2011. "The Ecology of Self in Midsummer Night's Dream". Lynne Bruckner and Dan Brayton. eds. *Ecocritical Shakespeare*. Farnham: MPG Books Group, UK.

作者简介：刘晓倩，女，湖南衡阳人，温州大学外国语学院硕士研究生，主要从事自然文学研究。

李新德，男，安徽临泉人，温州大学外国语学院教授，文学博士，主要从事当代英语文学、比较文学研究。

莎剧《亨利六世·上篇》中的贞德：“国族”建构与“他者”形象

费君箫

【摘　要】贞德是《亨利六世·上篇》的重要角色，是一个在新教伦理意义下英吉利民族史诗中出现的“他者”形象。莎士比亚对她的塑造，相比于历史上的真实形象，表现出明显的二重性：一方面，作为英吉利民族的敌人与被旧天主教“规约”的“妖女”，贞德在莎剧中毫无疑问是狡猾诡诈、花言巧语且“不敬基督”的；另一方面，作为英吉利民族形象的“隐射”与人文主义兴起背景下的女性，贞德又具有爱国主义情怀和浓郁的女性自我意识。这样的二重性，深刻反映了这一时期英吉利民族“在上帝与恺撒”之间的摇摆挣扎。这一研究有助于深化对文艺复兴时期欧洲民族国家观念的认识，并助推莎剧中贞德人物研究的细节化。

【关键词】贞德；《亨利六世·上篇》；国族建构；“他者”形象；二重性；英吉利民族

【Abstract】Jeanne is a vital role in *The First Part of King Henry VI*. As a mirror of “the other” in the English national epic from the perspective of t*he Protestant Ethic,* she is characterized by Shakespeare in a striking duality. On one hand, as an enemy of the English nation and “evil spirit” defined in the ancient Catholics, Jeanne is cunning, deceptive, and “disrespectful of Christ”. On the other hand, as a “reflection” of the English national image and women in the age of the rising humanism, Jeanne holds patriotism and femininity. This duality shows well the hesitation in a struggle of the English nation amid “God and Caesar” during this period. The present paper may help deepen the understanding of the concept of European “nation-state” in the Renaissance and promote a study of Jeanne more intensive and comprehensive in Shakespeare’s playwriting.

【Key Words】Jeanne; *The First Part of King Henry VI*; the construction of a nation-state; mirror of “the other”; a duality; the English nation

1　引　言

《亨利六世·上篇》作为莎士比亚历史剧名篇，展现了 13 世纪英国社会发展变迁的深刻历史风貌。英国经过 14、15 世纪文艺复兴与宗教改革运动的蓬勃发展，进入了 16 世纪的英国，正处于近现代威斯特法利亚（Westphalia）民族国家体系形成的前夜，莎士比亚作为这个时代的文学家，自然也免不了要面对英吉利民族意识觉醒与传统政教观念变革的挑战。

政治学有时会从比较的维度来研究问题。而“他者”（the other）的形象正是比较研究的重要参照物，“贞德”作为在英法百年战争中与英吉利民族长期作战的法国民族英雄，在莎剧《亨利六世·上篇》第一幕中被浓墨重彩地描绘。英国历史学家琳达·科利在《英国人：国家的形成》一书中提出：“英国新教徒懂得，在特定的敌人手下遭受特定的审判，是被选中的民族必然的宿命和最终的拯救。遭受痛苦和时常面临危险，是获得恩典的征兆。并且，带着勇气和信仰去面对，是在上帝的庇护下获胜必不可少的序幕。”（琳达·科利，2017：54）可见，宗教改革后的新教恩典，赋予了英吉利民族以高度的“神圣合法性”。而韦伯也在《新教伦理与资本主义精神》一书中曾指出，“人们履行天职的责任”（马克斯·韦伯，2012：49）恰恰是“资本主义文化的社会伦理中最典型的特质”（马克斯·韦伯，2012：49）。这也是从资本主义文化共同体的角度，论证了新基督教伦理对欧洲国家形成的影响。因而，关于这一时期英吉利民族意识的觉醒问题研究，一是离不开民族意识觉醒本身的维度；二是离不开英国国教启蒙意识下，英国人民族使命感的建构。换言之，民族和宗教是两个理解这一时期英国人“国族”观念的重要维度。

本文拟从内生的英国民族意识觉醒和动力上的新宗教伦理形成的两大维度，详细探讨作为“他者”的贞德在形象塑造上的二重性及其逻辑关联。

2 “民族”构造视角下的贞德形象二重性

2.1 基于英吉利民族立场的负面“贞德”

《亨利六世·上篇》中，贞德参与的几场对英国的战役，是莎士比亚对贞德个人品性进行“文本批判”的重要“场域”。奥尔良战役中，贞德通过心理战术，制造恐惧使奥尔良失守，使得英国将领萨立斯伯雷不得不向上帝祈祷：“主啊，对我们这些可怜的罪人大发慈悲吧！”（莎士比亚，1984：22）英国将领塔尔博怜悯不幸惨死的萨立斯伯雷，以至于加深了对贞德等来自敌国的“坏人”的仇恨，说出了以下话语：“我要像罗马的尼禄王一样，一面弹着琵琶，一面观赏那燃烧着的城市。只要有我在，就叫法兰西遭殃。”（莎士比亚，1984：23）随后，塔尔博等将领再次被贞德的军队袭击，英军再次感受到恐慌：“（一阵鼓角声，天空鸣雷闪电）这阵骚乱是怎么一回事？天上怎么也是乱七八糟的？哪里来的这阵鼓角声和喧哗？”（莎士比亚，1984：23）通过这样的表述，一个善于制造恐惧，心狠手辣的敌国将领形象，就在英国将领们的叙述中得以“铸就”。

卢昂之战中，莎士比亚又详细描述了贞德用“计”的细节：“你们行动要小心，说话要谨慎。你们要装作乡下人的口气，装作是进城卖玉米的。如果我们混进了城——我想我们是能混进去的——要是这些懒散的守兵们防卫不严，我就用暗号通知我们那边的人，请查理太子来攻城。”（莎士比亚，1984：50-51）卢昂城被顺势攻下后，对几次战役中常被贞德打败的英国将军塔尔博，莎士比亚也以同情的口吻，通过他说的话，予以塑造：“贞德是进了奥尔良城了。唉，我宁愿和萨立斯伯雷一同阵亡！这种败阵的耻辱简直使我抬不起头来。”（莎士比亚，1984：

25）塔尔博还说："法兰西呀，你施用诡计，不要自鸣得意，只要塔尔博还活着，以后你要懊悔不迭、痛哭流涕的。"（莎士比亚，1984：25）

勃艮第战役中贞德被俘，莎士比亚借此机会揭开了贞德仰仗幽灵获胜的"秘诀"："众位熟识的精灵们，你们都是从地下王国精选出来的，请再帮一次忙，使法国获胜。"（莎士比亚，1984：83）贞德的城府、狡猾不言而喻。幽灵们因此不再眷顾贞德，纷纷离她而去："（幽灵等离去）不好了，他们把我抛弃了！看起来是运数已到，法兰西必须卸下她颤巍巍的盔缨，向英格兰屈膝了。我往日使用的咒语都已不灵，我无法抵挡来自地狱的强大势力。法兰西哟，你定是一败涂地了。"（莎士比亚，1984：84）显然，贞德这一代表法国高尚民族精神的英雄的"符号"，逐渐遭到解构。贞德劝降勃艮第公爵的一番话，更能说明这一点——"真像一个法国人干的，今天吃东家，明天吃西家，说变卦，就变卦。"（莎士比亚，1984：58）通过对英国将领悲惨命运的叙述以及建构的"靠幽灵巴帮助才打胜仗"情节，莎士比亚成功完成了对贞德作为法兰西民族象征的批判。随着贞德的被解构，法兰西民族也成了英国人争相抗争的邪恶"对象"。

2.2 作为影射英吉利民族形象的正面"贞德"

莎士比亚在丑化贞德的领导战争能力的同时，也认可了贞德作为法兰西民族英雄所具有的胆识与才华，使之成为一种对本民族衰朽政治现实的"反衬"。在贞德与法国查理王子的初次见面时，二者经过相互试探，最终，查理王子难掩对贞德的爱慕之情："不管助你的是谁，反正你是非给我助力不可了。我心头燃烧着爱慕你的烈火，你不单降伏了我的手，你也降伏了我的心。超群绝伦的贞德呵，假如你的名字是这两个字，不要把我当作你的君主，把我当作你的臣仆吧。法国太子在这里向你求爱了。"（莎士比亚，1984：14）而在查理王子想与她有"儿女私情"时，贞德严词拒绝："我乃是奉天意前来救世，在此刻谈不到儿女私情；等我把国境内狼烟扫净，那时节再和你叙叙衷情。"（莎士比亚，1984：15）真是"不让须眉"的"巾帼英雄"！在与英国作战时，贞德冲锋陷阵，勇往直前的英雄创举，帮助法国人取得开门大捷。奥尔良战役大胜后，她获得查理王子的一片赞誉；"贞德圣女将成为法兰西的保护神。随我来吧，在这黄金般的胜利日子里，让我们举觞痛饮吧。"（莎士比亚，1984：26）

卢昂战役失败后，贞德继续保持冷静的头脑，让查理王子及时维修防御工事，避免敌人的二次进攻："大人们，我看不必再推敲这个问题了。不管他们是从哪儿来，是怎样来，反正敌人是找到了一处守卫力量薄弱的地方攻进来的。现在也没有其他办法，我们只得重新集合我们溃散了的兵丁，再定计策，重创敌人。"（莎士比亚，1984：28）而作为贞德对手的小塔尔博也因为蔑视了作为女性的贞德而最终招致失败；"我曾和他（塔尔博的儿子——引者注）遭遇，我对他说：'乳臭未干的小伙子，叫你败在姑娘的手里。'他却昂然不屑地回答我：'天生我堂堂男子，岂肯和你这浪妇交锋！'说完他就冲到我军的核心里去，傲慢地离开了我，似乎我是不值他一顾的。"（莎士比亚，1984：77）在这里，贞德的冷静与因轻敌而丢掉了性命的小塔尔博，形成鲜明对比。

之后，因为被勃艮第公爵出卖，并且幽灵们不再为法国军队助阵的危急时刻，贞德依旧勇敢地带领军队，与英国总管的军队交战，并劝查理王子不要放弃。她始终无所畏惧，不屈不挠，通过精彩的演讲，激励查理王子克服恐惧，继续战斗："在一切卑劣的情感之中，恐惧是最最要不得的。殿下，只要您号召一声，说是非胜不可，胜利就是您的。我们要叫亨利坐立不安，要叫全世界都为他气沮。”（莎士比亚，1984：83）颇有气吞山河之势！与贞德英勇无畏的形象相对应的，则是众多被莎士比亚“哀其不幸”“怒其不争”的萨立斯伯雷、塔尔博父子等英国贵族及将领。在这样一种广泛的背景下，贞德这样一个“他者”形象，表达了作者对当时英国政治现实的影射与反讽。贞德，也因此成了隐射英吉利民族的一面“镜子”，是一个反光的“他者”。

3 新教伦理过渡下的贞德形象二重性

除了在民族层面上对贞德形象进行二重性塑造，服务于本民族国族建构以外，莎士比亚也从民族的“宗教使命感”上对贞德的二重性形象进行塑造，完善英吉利民族的“国族”信仰。这一时期形成的英国国教，既包括了对旧基督教基本道德的继承，也包括了人文主义启蒙下的新教伦理特点。

3.1 在旧基督道德体系上对贞德的“审判”

莎士比亚在文本中也对贞德进行了“宗教信仰”上的审判。在被英国总管打败被俘后，贞德不断地就自己的感情经历撒谎，称自己与法王查理、阿郎松以及那不勒斯国王都有过交往且身怀有孕，但旋即又否认：“我是骗你们的，我的孩子不是他的，阿朗松才和我有过爱情。”（莎士比亚，1984：92）贞德还说：“啊，对不起，我又骗了你们了。也不是查理，也不是阿朗松，是那不勒斯的国王瑞尼埃。”（莎士比亚，1984：92）这一切的一切，最终使得她成为一个被人们认为时刻谎称自己为“童贞女”的宗教骗子。

贞德的口才成为莎士比亚对她进行“丑化”的切入点，她在剧中不仅巧舌如簧，而且在临死之前还喜欢说一些刻薄的话，咒骂亨利六世及其下属约克：“把我带走吧，我要咒骂你们一顿：叫你们居住的地方永远照不到太阳的荣光，叫你们的周围尽是黑暗和死亡的阴影，叫各种各样的灾祸逼你们去上吊，或者折断你们的颈项！”（莎士比亚，1984：93）这使得约克勃然大怒，因此回击道：“你这来自地狱的恶阴差，叫你碎成齑粉，化为灰尘！”（莎士比亚，1984：93）贞德的泼辣，可见一斑！

此外，莎士比亚还设计了“父女认亲”的情节，来表现贞德对于基督的亵渎。贞德的父亲是一位牧人，他在贞德临死前提出要与之相认：“贞德，你怎么这样倔强？上帝鉴察，你明明是我的亲骨血，我不知为你哭过多少次啦。我求求你，我的好贞德，认了我吧。”（莎士比亚，1984：91）但他的行动却招致贞德的“唾弃”：“乡下人，走开！你是故意替他们做假证人来诬蔑我的高贵出身的。”（莎士比亚，1984：93）牧人的形象其实不仅仅代表着贞德的父亲，其实也是基督教中一个常见的隐喻，因为善良的“好牧人”是《圣经》中常见的耶稣象征。比如，有人就详细阐述过《约翰福音》中“基督”的两种角色：“羊的门”和“好牧人”（马有藻，1985：125-129）。而贞德为了所谓的“皇室高贵”而背叛父亲，某种意义上，也是对耶稣基督的背叛。

安东尼·伯吉斯曾谈及莎士比亚家族的宗教信仰：“约翰·莎士比亚（莎士比亚的父亲—

—引者注）是个商人，则很可能赞成布朗教派或清教徒的严肃的教义，这一教义最终在英国中部迅速盛行，把英国变成了神圣的共和国。”（安东尼·伯吉斯，1983：7）可见，严肃的清教徒教义对莎士比亚家族影响依旧深刻，进而使得莎士比亚更有理由去坚决维护过去英国给予贞德的宗教审判结论。最终，莎士比亚生动塑造了一个“不敬父母，玷污基督”的妖女“贞德”形象。这也是将宗教的道德审判“武器”用于本民族抗争的论述之中，提升了民族抗争的正当性。

3.2　作为人文主义新女性的“贞德”

剧本开始，贞德传奇般地“出场”：“我们有了救星了。我带来了一位圣女，她受到上苍的启示，奉命前来替这危城解围，还要把英国兵逐出我们的国境。她具有很深的道行，比古罗马的九天仙女的道行还要高。无论往古来今，她都洞如观火。请殿下降旨，可否由我引她来晋见？请您相信我的报告，并无半句虚言。”（莎士比亚，1984：14）这也使得读者对即将登场的贞德充满了期待。

见过查理王子的贞德又勇敢地向查理王子提出比“比武”更能证明自己能担当大任的想法：“假如您有胆量和我比武，您可以试试我的勇力，您会发现我绝非寻常女流可比。只要您下定决心，和我结为战友，包管你无往不利。”（莎士比亚，1984：14）在比武中，贞德打败了查理王子，查理王子赞赏不已：“你是一个女英雄，使其剑来赛过底波拉。”（莎士比亚，1984：14）我们在前文中分析了查理王子内心深处对贞德的爱，但事实上，不仅查理王子被贞德的魅力打动，他的部下阿郎松和瑞尼埃也被贞德魅力深深打动：“他总有他的道理，我们这些可怜的人是猜不透的。这种女人口齿利落，怪会迷人的。”（莎士比亚，1984：15）战争中，贞德的女性魅力甚至获得敌军将领的“欣赏”。值得注意的是，塔尔博一旦说到法国的太子、士兵等男性，都是辱骂和仇恨的话。而关于法国人，一提到贞德，他就称之为“贤良的贞德”（莎士比亚，1984：31），至于其他的法国人，却被他称作“奸诈的党羽”（莎士比亚，1984：31）。

而在兵败卢昂时，贞德又似乎成为鼓舞法国将士士气的一盏“明灯”。在所有男性都垂头丧气时，贞德以独特的女性魅力鼓舞法国人，作了慷慨激昂的演讲：“别看狂妄的塔尔博暂时趾高气扬，像一只孔雀摇晃着尾巴，我们不久就要拔掉他的羽毛，剪除他的羽翼。只要太子和诸公慎重行事，定能成功。”（莎士比亚，1984：55-56）之后，法国人被贞德的言辞打动，重整旗鼓，为大败塔尔博“鸣锣开道”。而在杀死塔尔博之后，面对敌军将领路西前来讨要尸体，贞德满足了路西的愿望，虽口吻依旧饱含讽刺，但依旧充满女性的悲天悯人之气：“这个莽汉一定有老塔尔博的鬼魂附在身上，你听他说起话来，好大的口气。看在上帝的分上，把尸体给他吧，留在这里，只能发臭，把空气都弄得污浊了。”（莎士比亚，1984：79）一个非常具有立体感，带有强烈自我意识的人文主义形象，跃然纸上。较之第一幕中出场的玛格莱特、奥帆涅伯爵夫人等传统意义上的“大家闺秀”，贞德可以说是《亨利六世·上篇》第一幕中最具自我意识的女性角色。 可见，人文主义思想冲破了旧宗教的“藩篱”，也在莎士比亚笔下生成为“贞德”这样一个富有新教“祛魅”特长的形象。这对于近代欧洲的“国族”观念的建构来说，足以成为一种“神话”的民族叙事。

4 结 语

本尼迪克特·安德森（2011：6）曾说："民族国家是'想象的政治共同体'"。在西方文明视野下，作为经典的"特殊的文化的人造物"的"民族"概念，始终离不开基督教文化对"本民族认同疆界"的构建与嵌套，所以，西方民族始终无法摆脱在"二元（教权与王权——引者注）政治"（丛日云，2004：1）中的摇摆挣扎。通揽贞德在《亨利六世·上篇》中的二重形象，透过民族国家观念逐渐形成的时代背景，可以完整认识这一时期英吉利国族观念的过渡特征。在民族的维度上，莎士比亚先是通过对贞德形象的反面塑造，维护本民族的历史叙事并解构法国人的民族自信，此后又通过塑造贞德英勇顽强且富于智慧的形象，来嘲讽亨利六世时期腐化堕落的英国政治现实。在宗教的维度上，莎士比亚先是将贞德置于"旧基督教伦理"道德体系下去进行"审判"，阐发了英国人处决贞德这一行为在宗教使命上的合理性，通过大量的细节铺排，含蓄表达了新教伦理人文主义思潮影响下贞德所具备的独特"女性魅力"。这对于丰富我们认识近代欧洲民族国家体系的形成过程，以及深入挖掘莎士比亚的人物形象塑造，有着深厚的文本价值。

参考文献：

[1] 安东尼·伯吉斯. 1986. 莎士比亚传. 王嘉龄，王占梅，译. 天津：天津人民出版社.

[2] 本尼迪克特·安德森. 2011. 想象的共同体. 吴叡人，译. 上海：上海人民出版社.

[3] 丛日云. 2003. 在上帝与恺撒之间. 北京：生活·读书·新知三联书店.

[4] 琳达·科利. 2017. 英国人：国家的形成，1707—1837. 周玉鹏，刘耀辉，译. 北京：商务印书馆.

[5] 马克斯·韦伯. 2012. 新教伦理与资本主义精神. 马奇炎，陈婧，译. 北京：北京大学出版社.

[6] 马有藻. 1985. 真理的脚踪：约翰福音诠释. 香港：宣道出版社.

[7] 威廉·莎士比亚. 1984. 莎士比亚全集（六）. 章益，译. 北京：人民文学出版社.

作者简介：费君箫，男，重庆人，华中师范大学政治科学高等研究院政治学硕士研究生，主要从事国家理论、民主理论、政治文化研究。

论《亨利五世》的历史叙事①

彭建华

【摘　要】莎士比亚的历史剧生动地叙述了历史上的战争故事。莎士比亚历史剧的题材来源显然是很丰富的。它们基本遵循都铎王朝（Tudor Dynasty，1485—1603 年）的历史观念及其偏见，这些历史剧的主题是强化亨利七世以来的"都铎王朝的神话"，或者建构英国的民族性。《亨利五世》叙述了 1415—1420 年英王亨利五世发动的围攻哈夫勒尔、阿金库尔战役（Battle of Agincourt）到特鲁瓦条约（Treaty of Troyes）签订等历史事件。

【关键词】历史剧；阿金库尔战役；特鲁瓦条约；都铎神话；民族性

【Abstract】Shakespeare's historical plays vividly narrate the war stories in history. Their sources are obviously very rich. These plays basically follow the historical concepts and prejudice of Tudor Dynasty (1485-1603). The themes are to strengthen the "Tudor Myth" since Henry Ⅶ, or to construct the nationality of England (or Englishness). *The Life of King Henry the Fifth* narrates the historical events such as the siege of Harfleur, the battle of Agincourt, and the "Treaty of Troyes" initiated by King Henry Ⅴ.

【Key Words】historical plays; battle of Agincourt; "Treaty of Troyes"; Tudor Myth; nationality

伊丽莎白时期，英国历史普遍被用到叙事诗和戏剧的叙述中。伊文·利柏内《莎士比亚时代的英国历史剧》之"一些早期英国历史"（Some Early English History Plays）认为，1590 年以前出现的英国历史剧显然启发了莎士比亚。② R. L. 斯莫尔伍德《莎士比亚的历史材料运用》（R. L. *Smallwood，Shakespeare's Use of History*）认为，与过去叙述（then-narrative）的编年史不同，莎士比亚历史剧是努力把历史事件与人物在舞台上再现出来，即剧作家追求的是"现在叙事"（now-narrative）或者生动有力的"戏剧模仿"（now-theatricality）。③

莎士比亚的历史剧是一种艺术化的历史写作，它们生动而有力地呈现了被讲述的历史故事，尤其是充满想象力的事件细节。D. S. 凯斯坦（David Scott Kastan）《莎士比亚和英国历

① 本文主要参考 Charles Praetorius 编辑的第 1 四折本、第 3 四折本《亨利五世》（1886），B. Nicholson 编辑的第 1/第 3 四折本及第 1 对开本对照版《亨利五世》（1877），Ernest Roman 编辑的第 3 四折本&第 1 对开本对照版《亨利五世》（1908）。

② Irving Ribner. *The English History Play in the age of Shakespeare*, 2nd edition, Princeton: Princeton University Press, 1965.

③ Stanley Wells. ed. *The Cambridge Companion to Shakespeare Studies*, Cambridge: Cambridge University Press, 2000: 146.

史》的（*Shakespeare and English History*）写道："当然，对于莎士比亚时代的大多数英国人，重现过去是一种极为严肃的关切。历史无疑是最具影响力的写作形式之一，广泛流传于越来越有文化教养的群体中。写作历史剧不仅仅是为了在剧院里乘机利用人们对历史的热情，正如它常见于书店一样。然而，要理解这些戏剧的观众如何看历史剧是（或不是）什么，则需要思考如何理解和评价更多历史写作的传统形式。""而后，编年史以各种不同的表现方式来书写民族/国家（事件）。越来越明显的是，不仅仅是单一的过去，而且，表现的是多种不同的过去，不同的民族/国家观念却是显然可见的，也得到了论证的支持。……整个十六世纪，编年史被越来越广泛的阅读，最初主要是贵族和富裕商人阶层，在十六世纪的最末二十五年可以发现日益增长的更广泛的读者，阅读着各种相互关联的英国史，它们表现出繁多的形式和版式，并且是清晰易懂的。"①

《亨利五世》可能创作于1599年，1600年8月14日该剧首次出现在伦敦书业公会的登记簿上，注册人为书商托马斯·帕威尔（Thomas Pavier）。同年，书商托马斯·米灵顿（Thomas Millington）、约翰·毕思柏（John Busby）、出版商托马斯·克利德（Thomas Creede）刊印了第一个四折本，原题为《亨利五世纪事，在法国的阿金库尔战役，旗官皮斯托参加此役》(*The Chronicle History of Henry the fifth, With his battell fought at Agin Court in France. Togither with Auntient Pistoll.*) 。1602年帕威尔刊印了第二个四折本，1619年刊印了第三个四折本，即收入威廉·迦噶德（William Jaggard）刊印的伪对开本中，二者都沿用了旧题名。而后收入1623年第一对开本中，更名为《亨利五世》（*The Life of King Henry the Fifth*）。

1　叙事中的围攻哈夫勒、阿金库尔战役

历史剧《亨利五世》叙述了1415—1420年英王亨利五世发动的围攻哈夫勒尔、阿金库尔战役（Battle of Agincourt）到特鲁瓦条约（Treaty of Troyes）签订等历史事件。该剧主要取材于霍林谢德《英格兰、苏格兰和爱尔兰历史》、哈勒《兰开斯特和约克两大家族的和解》，以及萨缪尔·丹尼尔《内战》（Samuel Daniel, *Civil Wars*, 1609）。创作于1583—1587年的《亨利五世的战胜》（*The Famous Victories of Henry the fifth: Containing the Honourable Battel of Agin-court: As it was plaide by the Queenes Maiesties Players*）对莎士比亚历史剧《亨利四世》和《亨利五世》有深刻的影响。托马斯·贝坎《虔诚的祈祷者之花》（Thomas Becon, *The Flower of Godly Prayers*, 1561）、约翰·李利《优弗伊斯和英格兰》（John Lyly, *Euphues and His England*, 1580）之"蜜蜂的群体社会"（The Commonwealth of Bees）对莎士比亚《亨利五世》一剧也有不可忽视的诸多启发。

《亨利五世》叙述的历史事件始于从1414年英格兰下议院重启剥夺教会地产的议案，这个议案是在亨利四世时期提出来的（1410年）。由此坎特伯雷大主教被迫向亨利王捐献了大批教会土地，坎特伯雷大主教进而提出亨利五世根据爱德华三世而来的王位继承权可以要求法国几个公国的宗主权，甚至法国的王冠与王位。《亨利五世》戏剧化地表现了亨利五世指挥，最终获胜的围攻阿夫勒尔、阿金库尔战役。该剧突出了亨利王在战场上奇迹般的胜利，而不

① Margreta de Grazia, Stanley Wells. eds. *The Cambridge Companion to Shakespeare*, Cambridge: Cambridge University Press, 2006: 167, 173.

是战斗策略本身和战斗本身。第一幕第一场到第四幕第八场主要叙述了亨利五世在汉普顿挫败三个背叛的贵族、英格兰军队围攻阿夫勒尔、英国军队与法国军队在阿金库尔的会战，包括全剧的序曲（对法战争的起因、战争的准备）、故事的发展（在汉普顿惩罚反叛的贵族、围攻阿夫勒尔、撤退到加莱）、戏剧的高潮（抵近阿金库尔、阿金库尔战役）、结局（亨利五世率领的英军大获全胜）。

梁实秋认为,《亨利五世》的整个情节没有曲折的穿插，舞台上没有刀剑打斗场景。该剧表现的是一连串会议、行军、围城、谈判、议和等伟大的场景,虽然第三场骑士弗鲁林(Fluellen)、高沃、詹姆斯、麦克毛利斯提到了现代战术、罗马兵法等。

第一幕（Actus Primus）有两场，坎特伯雷大主教说，基于传统的王位继承制英国国王亨利五世是法国王位的合法继承人，后者决定远征法国，教会人士支持远征法国，防范苏格兰的入侵。法国王储道尔芬则用侮辱性的网球礼物回答亨利的要求，亨利决定对此复仇，并把远征法国称为“公正的行动”。第二幕有四场，合唱队的进场歌如下：“现在全英格兰的青年炽烈如火，卸下了丝绸的衣物放进衣箱里——如今铸造兵器则市利三倍！荣誉之思想占据了人人的心怀，他们卖掉了牧场去买战马，脚跟像生了翅膀似的去追随那位基督教国王中的典范，有如英国的信使麦丘利。因为，如今‘希望’从柄到梢把长剑从眼前掩蔽了，叫人只见那皇冠、王冕、贵族的盔饰加在亨利和他左右的头上。法国人机智地探听可怕的备战的消息，惶恐而战栗，用懦弱的计谋把英国人的意志扭转。啊英格兰！您是内心伟大的典范，恰似小小的身子有着一颗强大的心怀！您将所做的事是‘荣誉’愿您去做的，但愿您的子孙善良而合理合情！可是看呀，法兰西在你那儿发现了纰漏，一窝虚空伪善的家伙，它用毒药般的克朗来填满他们——三个被收买的人：一个是剑桥伯爵理查；第二个是马沙珊勋爵斯克鲁帕；第三个是诺森伯兰的爵士托马斯-葛雷，只为了贪图法国人发亮的金币——啊，实实的罪恶！——跟那恐惧的法国人暗订阴谋，由他们亲手害死这伟大的君王，似乎叛逆与地狱之魔可以坚持这允诺？趁他登船航向法兰西之前，逗留在汉普顿的时候。……贿赂已经交付了，叛徒们都商量好了，国王已从伦敦出发。”[①]

《亨利五世》摒除了福尔斯塔夫的出现，(侍童报告约翰爵士病重，而后皮斯多宣称后者已病死)，第一、三场福尔斯塔夫的伙伴皮尔斯、尼姆、巴多夫在伦敦东市的喜剧行为，第二场与法国暗订阴谋的剑桥伯爵理查、马沙姆的斯克鲁帕爵士亨利和诺森伯兰爵士托马斯·格雷在南安普敦暗杀亨利五世，亨利严厉处置了他们。第四场法国国王查理六世、贝利公爵、不列颠公爵、法国元帅等准备防御英军的入侵。第三幕有七场，合唱队的进场歌如下：“试想你们已经看到装备齐全的君王在多弗码头登上了皇家舰船，他的雄壮的舰队飘扬着丝般的旌旗，被初升的朝阳照耀。展开你们的幻想（Fancies）吧：在你们的眼前的是，水手们忙碌地爬行在帆索上的景象；听见尖锐的笛哨声，那是在发号施令，在一片喧闹声中；看见那些厚实的篷帆承受了那无形无影、缓缓吹动的风，拖着这些大船逶迤穿行海上，冲破汹涌的波浪，在汪洋大海里犁出了一条路。啊！就这样想象吧，你们是站在海岸上，远望起伏不定的浪涛中，有一座城市在跳舞——这雄伟的舰队就是这样显现，竟直驶向哈弗勒。跟住它，跟住它！把你们的心灵贴近在舰船的后梢；离开你们的英格兰像在死寂的子夜一样。然而，那防守国土的全是老人、儿童和妇女，他们不是年迈力衰、就是尚未成年；试想还有谁，哪怕他的下

---

① 莎士比亚全集·亨利五世，梁实秋译，北京：中央广播电视大学出版社，2001：47.

巴只是钻出了一根胡须，谁不乐意地追随那精选的军队到法兰西去？努力，努力地想呀，在想象（Thoughts）中看见一次围攻：看见炮车里大炮正张开致命的大口，对准被围的哈弗勒。假想使臣已从法兰西回来，报告哈利王：法兰西国王愿意把凯瑟琳公主嫁给他，公主的陪嫁却只是几个区区不足道的公国。这条件不能叫人满意，敏捷的炮手拿着引火绳的铁杆伸向那可怕的炮口。（警报声，炮声大作）一霎时只见对方墙坍城倒。还请多多原谅，我们演出的不足需要你们的想象（mind）。"① 英国军队围攻法国的哈弗勒尔港，亨利五世在哈弗勒尔演讲，侍童称巴多夫等三人是吹牛的、过时的家伙；而后亨利决定进攻加莱，军队前往阿金库尔镇，第七场法国元帅、朗布雷斯爵士、奥利恩斯公爵、王子道芬等在阿金库尔准备作战。第四幕有八场，合唱队的进场歌如下："嘁嘁的低语和顽劣的昏暗充满了宇宙和船舰。双方的阵地，营帐接着营帐，穿过夜的邪恶的子宫，传播着两军战马变得喑哑的声音；站岗的哨兵们几乎可以听见对方在私下传达口令。

火光对着火光，通过他们手握的火把，每个小队可见对方黝黑色的脸。战马在威胁战马，高声的嘶鸣好像在咆哮，刺破了黑夜的迟钝的耳朵。在营帐里，侍从为骑士把盔甲装束停当，不住地用锤子敲打扣紧的铰钉，正做着可怕的战前准备。乡下村子里的鸡在叫，时钟敲响，正是昏沉的凌晨的第三个时辰。法国将士仗着人多数众，满以为这一回准能得胜，自信而过分得意的法国人，用掷骰子的法子低估了英国士兵，他们咒骂这又瘸又慢、魔人的黑夜，像是可恶的丑陋的巫婆。那些可怜的必将失败的英国人，像是牺牲物，耐心地坐对着警惕的营火，反复筹谋明天清晨到来的危险；他们那凄厉的神情，加上瘦削的脸颊和破损的战服，呈现在注视的月光底下，像是一大群可怕的鬼影。啊，现在有人将看见这个备受打击的军队的威严的统帅，正在来回巡视，从一个哨防到一个哨防，从一个营帐到一个营帐，让他高呼："祈祷与荣耀归于他一身!"他巡行着，走遍了全部军营，用和悦的笑容问候大家早安，称他们"兄弟""朋友""同胞"。他高贵的面上毫无惧色，尽管环拥他的军队有些恐惧；他没有减少一点儿壮色，看上去精力十足，未露一丝疲惫的痕迹，他有和悦的外表和甜美的威严。那些可怜的、痛苦、苍白的人，一看到他，就从他的形貌得到了鼓舞。像太阳一样的、雄伟的天人，他的眼光毫不吝惜地把勇气赠予每个人，融解了人们心头寒冷的恐慌。"英军在阿金库尔被法军阻止，亨利五世在圣克里斯宾日作了第二次演讲，最后用长弓武装的英国军队在阿金库尔镇取得了惊人的胜利，剧中写道："没有任何机谋，只凭公平的对杀对打，几曾听见过一方面损失如此之巨，另一方面损失如此轻微？"②

2 多重的叙述模式

詹姆斯·费伦《作为修辞的叙事》写道："认为叙事的目的是传达知识、情感、价值和信仰，就是把叙事看作修辞。……'修辞的叙事'指的是写作和阅读这一复杂和多层面的过程，要求我们的认知、情感、欲望、希望、价值和信仰全部参与的过程。"③ 无论当初阅读活字印刷的莎士比亚戏剧四折本/对开本的读者，或者在伦敦南岸区剧场观看戏剧表演的观众，剧作

① 莎士比亚全集·亨利五世，梁实秋译，北京：中央广播电视大学出版社，2001：85.
② 莎士比亚全集·亨利五世，梁实秋译，北京：中央广播电视大学出版社，2001：133，199.
③ 詹姆斯·费伦. 作为修辞的叙事：技巧、读者、伦理、意识形态，陈永国译，北京：北京大学出版社，2002：23-24.

者对故事（fabula, histoire, story）的叙述同样是一种说服行为，（但不是说服论证），或者说，是一种快乐/乐趣味引发行为，作者总是努力去发现一种有效的方式，使得隐形读者能够同意/同情所讲述的故事或者事件的观点，而不是相反。

莎士比亚的戏剧创作与舞台表演积极接受了中世纪（市民）闹剧、宗教戏剧（神秘剧、奇迹剧）、（古希腊罗马）古典戏剧和外国戏剧（意大利、西班牙）的影响，其历史剧的叙述模式显然是多重的：基督教和宗教戏剧（尤其是道德剧）的影响，欧洲大陆式的整体历史观，马里雅维利主义与实力性策略的社会视角，悲剧/喜剧模式，骑士精神与史诗性叙事等或隐或现的交织着，而这些叙事聚合成为历史题材的说教戏剧。王宁《作为历史主义者的莎士比亚》认为，莎士比亚的“戏剧叙述并非总是忠实于真实的历史记载，但是它们确实是‘文本化’或‘戏剧化’的历史叙述”。[①]

理性的思想（君王的智慧、来自上帝的正义观、英国贵族对国家的关切等的结合体）几乎主导了所有莎士比亚历史剧，《亨利五世》一剧突出了亨利五世两次奇迹般的转变，并暗示它与中世纪的宗教奇迹剧的叙述模式无关，正如第一幕第七场（Actus Primus, Scœna Prima）中坎特伯雷大主教所宣称的“因为奇迹不会再有：所以我们应该承认这些事物，怎样的方法才会有完美的结果。”虽然《亨利四世 第二部》中叙述了蒙茅兹的亨利由王子到君主的转变，《亨利五世》通过坎特伯雷大主教、伊雷主教重申了亨利五世转变为理想的君王，“他的父亲刚一断气，他的野性就收敛了，好像是也死了；是的，就在那时节，深谋远虑之心像是天使似的到来，赶走了人的原本种种讨厌，使他的身体有如天上乐园，容纳着天堂般的精神。从没人如此突然地变成为博学斯文的人；从没有改过自新像是一股洪水，以激流冲洗掉一切的缺点；戾厉难除的七头怪兽般的野性，从未如此之快地突然失势，像这位国王一样。”第二次奇迹般的转变是英军在阿金库尔战场上的胜利，这是百年战争时期极其重要的一场战役。亨利五世不允许士兵夸耀战斗的胜利，却把它归于上帝，“接受这战果吧，上帝，这完全是属于您的”。[②]

亚里士多德《诗学》强调戏剧的本质（精神）是模仿而不是叙述，即戏剧“模仿行动中的人物”，“悲剧的模仿方式是借助人物的行动，而不是叙述……情节是对行动的模仿，这里说的情节是指事件的组合”，悲剧是“一种通过表演来表现一切的模仿”。[③] 伦敦环球剧院的舞台给莎士比亚提供了再现历史事件的真实场所并暗示了观众的期待与想象，宫内大臣剧团显然致力于实现观众的要求。《亨利五世》等历史剧并不着意于建构英国的史诗性的历史场景，而是努力戏剧化的表现中世纪的、传统的政治景象。莎士比亚在这个历史剧中采用了多重的叙述模式，并一再重申需要观众的想象与耐心，该剧的叙事在时间上往往表现出较大的时距和跳跃；他把英国历史题材的表现指向非宗教的说教戏剧。罗伯茨、比松《英国史》之“亨利五世与对法开战”写道：“1414 年 8 月，一支赴巴黎的英国代表团提出亨利应当迎娶查理六世的女儿凯瑟琳（Catherine）为王后的建议，并收回在诺曼底、都兰、缅因、安茹、布列塔尼、佛兰德以及整个阿基坦的宗主权。法国拒绝了这一无耻的要求。1415 年 6 月，亨利提出了类似的要求，并附加威胁，如果法国拒绝，他将以武力征服那些领土，并将夺取法国王位。法国再次拒绝了，因此亨利在南安普敦亲率他的军队。……英国对于法国王位和土地的要求

① 王宁. 作为历史主义者的莎士比亚——兼论莎士比亚历史剧对我们的启示，外国文学研究，2016（6）：8-15.

② 莎士比亚全集·亨利五世，梁实秋译，北京：中央广播电视大学出版社，2001：21，199.

③ 亚里士多德. 诗学，陈中梅译，北京：商务印书馆，1996：42，63，190.

看似是浅薄的和编造的，但是亨利从未怀疑过他的事业的正当性。亨利率领 2000 名重骑兵和 6000 名弓箭手，在 1415 年 8 月从南安普敦起航。这是一个经过周密计划的远征，反映出亨利对细节及条理的把握。”① 《亨利五世》第一幕第二场法国使臣的回答论及 1415 年亨利五世提出的要求，“陛下最近派人到法国，根据您的伟大的祖先国王爱德华三世的权力，要求某几处公国。”在英军围攻阿夫勒尔之后，第三幕第四场表现了法国公主凯瑟琳与女侍爱丽丝在鲁昂王宫中学习英语，凯瑟琳说道：“我不怀疑我可以学习，有上帝帮忙，而且在短期内可以学好。”②这场景暗示 1414 年亨利五世既已向法国提出向凯瑟琳公主求婚，而且法国已同意求婚的请求。

莎士比亚历史剧是以戏剧舞台来再现历史重大事件的，与其说它们是对英国历史事件的模仿，还不如说它们是高度舞台化的历史书写。《亨利五世》一剧有意模仿了古典悲剧，其中有 6 次合唱队的出场（入场与退出），而且剧中用拉丁语表示了各幕（Actus）的划分，但各场没有场（Scœna）的划分，在形式上与拉丁五幕剧近似。合唱队的第一次出场（Enter Prologue）即是全剧的序幕，“愿火光炎炎的诗神给我们灵感，一同上升到想象的、最光明的天上；把整个王国当作舞台，由君王们来充任演员，让君主们观看这些伟大的场景吧！——如此，英勇的亨利，才像他本人，才具备着战神的雄姿；紧接着在他的脚后的，‘饥馑’‘利剑’和‘火焰’像是套上皮带的猎狗一样，蹲伏着，只等待一声命令。可是，在座的诸位，请原谅像我们这些低微的小人物斗胆在这简陋的舞台上，扮演什么轰轰烈烈的事迹，这个‘斗鸡场’容得下法兰西的广大战场？我们这个木头的圆框子里塞得进那么多将士？——只消他们把头盔晃一晃，管叫阿金库尔的空气都跟着颤动！请原谅吧！一个小小的圆圈的数字，凑在数字的末尾，就可以变成个一百万；因而让我们就凭这渺小的作用，来激发你们庞大的想象力吧。假想在这团团一圈的围墙内拥有着了两大王国：国境和国境（巉岩对峙的兀地）被波涛汹涌的海水（一道海峡）从中间隔断。用你们的想象来弥补我们的缺陷——一个人，把他分身为一千个，组成了一支幻想的大军。我们说到战马，你们便假想万马奔驰，在泥地上留下印痕。现在，凭借你们的想象来装扮我们的君王，让他们来来去去，跨越时间，把数年的事迹在一个小时里演完。”③ 最后一次出场则是剧末的致谢词，特别预告了《亨利六世》的演出，“凭一支疏略的、笨拙的笔，作者就把故事写到这里，在这小小的剧场，却容纳了这么些大人物；他们荣耀的全部过程只得概略述说！时间很短，场地很小，这颗英国的星座则灿然照耀——命运成就了他的利剑，通过它，赢得了世界上最美的花园——后来留给了他的儿子继承这帝国。亨利六世还在婴儿时期，就加上王冠，登上宝座，统治法兰西和英格兰。只可叹国政操在许多人手里，到头来丧失了法兰西，又害得英格兰遍地流血。既然我们在舞台上演出过那段事迹，敢想公正中允的诸君也会接纳这部戏。”④

剧中合唱队（Chorus）在其余的 4 次出场主要是预告舞台上场景（地点/空间）的变换，并补充说明了两幕之间所发生的事件，合唱队实际上起到了分幕的作用，梁实秋的汉译本称之为“剧情说明”。值得指出的是，每次合唱队的入场歌都强调，历史事件/行为仅仅在舞台上

---

① 克莱顿·罗伯茨、戴维·罗伯茨、道格·R. 比松. 英国史（上册）——史前—1714 年，潘兴明等译，北京：商务印书馆，2013：225.

② 莎士比亚全集·亨利五世，梁实秋译，北京：中央广播电视大学出版社，2001：41，105.

③ 莎士比亚全集·亨利五世，梁实秋译，北京：中央广播电视大学出版社，2001：15.

④ 莎士比亚全集·亨利五世，梁实秋译，北京：中央广播电视大学出版社，2001：233.

再现，理解戏剧的场景需要观众的想象。例如，第二幕（Actus Secundus）合唱队的入场歌写道："请你们耐心观看，在我们穿插剧情的时候，请注意地点的变换。……诸位，场景现已换到汉普顿。这是我们的剧场，你们现在是在这儿安坐，我们将马上前往法兰西，我们将平安地把你们带往法兰西，然后把你们从那里带回。让我们祝告那狭窄的海（海峡）让你们舒适往返，只要我们能做得到，我们这戏决不会让人晕船呕吐。可是必须等到英王登场，我们才能换景到汉普顿。"① 第三幕（Actus Tertius）合唱队的入场歌写道："我们的场景在飞一样的转移，凭着那想象的翅膀，动作的速度并不比想象（Thought）慢。试想你们已经看到……还请多多原谅，我们演出的不足需要你们的想象（mind）。"② 第四幕（Actus Quartus）合唱队的入场歌写道："现在请[诸位]想象（conjecture）这样的时辰……你们看见这些笨拙而低微的表现，我们无法表现出来[那壮丽的场景]：这是哈利在夜晚巡视的零星半点，如今我们的场景必须飞往战场——唉，老天可怜，我们对不起阿金库尔这个地名，这四五把生锈迟钝的圆头剑，东倒西歪，[演员]在舞台上吵吵嚷嚷！诸位请坐下来看这是他们可笑的演戏，却能记起真的[战争]事件。"③ 第五幕（Actus Quintus）合唱队的入场歌写道："请容许我为没有读过这故事的列位做必要的提示；而读过的诸君呢，我谦卑地祈求他们顾念到时间这么长，人物这么多，故事的取舍，难以按照实际的、庞大的生活图卷在这里上演。现在我们正载着国王向卡莱奔赴，在那里欢迎他。在那里看到他；请展开你那思想的翅膀（winged thoughts），护送他飞渡海峡。……其间发生的一切事件，不问大小，全都一笔略过。我们必须在法国再见到他，如此就算对过去种种做了个交代。请原谅这许多的删节省略，让你的眼光跟随着思想，重回看到法兰西的土地上。"④

3 叙事中的特鲁瓦条约

《特鲁瓦条约》作为中世纪的法律文件，并不是一个公正的和约，亨利五世取得了法国的统治权，勃艮第公爵在事实上分裂了法国。弗雷奥利《圣女贞德与百年战争》写道："1420 年 5 月 21 日签订的《特鲁瓦条约》……是由老病衰弱的查理六世、他的妻子伊莎贝拉皇后、英格兰国王亨利五世以及勃艮第公爵好人腓力共同签订的……亨利五世作为摄政王管理法国直到查理六世去世，之后他将作为君王统治英格兰和法国。将交战的王国归于一个统治者将会取得和平。条约还定下了法国公主凯瑟琳与亨利五世之间的婚约，他们将诞下一半法国血统，一半英国血统的继承人，其后代将永远统治联合王国。为了避免凯瑟琳后代继承王位的权利遭到女性继承原则的否定，亨利五世被法国国王王后收养为他们的儿子。法国的皇太子查理不是签订条约的见证人，他被这个条约剥夺了继承的权利。"⑤ 罗伯茨、比松《英国史》写到了亨利王再次入法战争，"1417 年当他返回法国的时候，他推行一个接一个的包围政策，主要针对用于防御诺曼底的城镇。经过长达 8 个月的谨慎围攻，他占领了卡昂、法莱斯、瑟堡以

① 莎士比亚全集·亨利五世，梁实秋译，北京：中央广播电视大学出版社，2001：47.
② 莎士比亚全集·亨利五世，梁实秋译，北京：中央广播电视大学出版社，2001：85.
③ 莎士比亚全集·亨利五世，梁实秋译，北京：中央广播电视大学出版社，2001：133.
④ 莎士比亚全集·亨利五世，梁实秋译，北京：中央广播电视大学出版社，2001：201.
⑤ 弗雷奥利. 圣女贞德与百年战争，刘晶波译，上海：上海社会科学院出版社，2013：176-177.

及鲁昂，但是他只有依赖勃艮第公爵（Duke of Burgundy）向巴黎推进，他才有可能获得成功。巴黎在 1418 年被勃艮第公爵攻占。”“1419 年，法国王太子（查理）的一个追随者谋杀了勃艮第公爵，骤然使法国再次陷入纷争。新的勃艮第公爵（好人菲力），渴望报仇，联合亨利，并在 1420 年强迫法国疯癫的国王签订了《特鲁瓦条约》（Treaty of Troyes）。依据该条约，亨利将娶国王的女儿——凯瑟琳，并将在法国国王死后继承法国王位。亨利将他短暂一生中余下的时间全部用在围攻法国城镇这一乏味的事情上。”① 麦克多诺《世界战役史》写道：1419 年英军夺取了鲁昂城，并与勃艮第公爵联盟，“1420 年《特鲁瓦和约》（Treaty of Troyes）签订后，亨利被指定为查理六世的继承人，并娶了凯瑟琳为妻，而法国王太子（即后来的查理七世）则被剥夺了王位继承权。亨利后来率军围攻默伦，1420 年 12 月一举战胜了统治者巴尔巴藏（Barbazan）陛下，而后乘胜进军巴黎。亨利的辉煌仍在继续：1421 年他解了沙特尔（Chartres）之围，把法国王太子赶回卢瓦尔河对岸，又夺取了莫市（Meaux）”② 弗雷奥利《圣女贞德与百年战争》（*Joan of Arc and the Hundred Years War*）写道：1419 年 9 月勃艮第公爵与亨利五世在阿拉斯（Arras）分别签订了两个单独的协定，“勃艮第与英国的合作最亲密时期的标志是 1420 年 5 月签订《特鲁瓦条约》，条约规定将法国境内腓力已经占领的所有土地，都给予腓力爵位。在 1420 年夏天，腓力参加了亨利五世的军事行动，这次军事行动赢得的城镇可以在英属法国领土与勃艮第公国之间扫除其他势力。腓力的支持，对于亨利五世十分有益，但是公爵对此联盟仍然并不情愿。正如彼埃尔·香槟所写的腓力‘源自法国，心系佛兰德斯，为利益与英国为友’”。③

《亨利五世》第五幕有两场，第五幕合唱队说道：“现在就让他处于伦敦，法兰西新败的哀叹让英格兰的国王安居在国内——于是神圣罗马皇帝为了法兰西，来到英格兰替两国把争端调停，直到哈利（Harryes）重又回到法国为止。”④ 第一场的叙事发生在法国某地，“圣大卫节已过”，亨利王的扈从上尉弗鲁哀伦、高渥在英军守卫室惩罚了冒犯者旗官皮斯托，后者以英格兰式的浮夸挑衅了弗鲁哀伦的威尔士传统荣誉，这是虚构的/想象性的喜剧场景。第五幕第一幕没有明确指出亨利五世再次对法国的征服战争：从 1417 年 8 月亨利五世在低地诺曼底登陆，到 1419 年 1 月 19 日鲁昂向英军投降。第二场的场景是在法国香槟省特鲁瓦王宫，英国和法国签订特鲁瓦条约（1420 年），亨利五世向法国公主沃勒瓦的凯瑟琳求婚并成功举行婚礼，亨利成为法国王位的继承人，英法和解。在《特鲁瓦条约》中强调了“美好的和平”，英格兰国王亨利和凯瑟琳的婚约。然而，第五幕的叙事中没有提及亨利五世作为法国国王查理六世的摄政王、养子身份，也没有提及 1419 年查理王太子既已被剥夺王位继承权，而后者却是《特鲁瓦条约》所重申的约定权限。

在第五幕第二场，叙述的主要部分是亨利王以国王骑士的身份向凯瑟琳公主求婚，尤其是插入英语-法语的文字游戏，并以婚礼的筹备而结束，法国王后说道：“把你们俩的心结合在一起，把你们的国家结合在一起吧。”由于《特鲁瓦条约》是法国国王、王后与亨利五世、勃艮第公爵三方签订的，因而勃艮第公爵菲力是这一幕中不可或缺的人物，较多表现了他与亨

① 克莱顿·罗伯茨、戴维·罗伯茨、道格·R. 比松. 英国史 上册 史前—1714 年，潘兴明等译，北京：商务印书馆，2013：226，227.

② 吉尔斯·麦克多诺. 世界战役史·还原 50 个历史大战场，巩丽娟译，北京：金城出版社，2015：124.

③ 弗雷奥利. 圣女贞德与百年战争，刘晶波译，上海：上海社会科学院出版社，2013：132.

④ 莎士比亚全集·亨利五世，梁实秋译，北京：中央广播电视大学出版社，2001：201.

利王的优雅的对白。亨利五世说道："勃艮第公爵，我要特别向你致意，你是这个王族的一员，这次盛会是由你筹划成功的。"剧末写到亨利王的誓约："勃艮第公爵，我要听取你的宣誓，还有所有的贵族们宣誓，作为我们友爱的保证。然后我对凯特，凯特对我，互立誓言；愿我们的誓约永守勿渝，顺利实现！"①

4 余 论

莎士比亚《亨利五世》是伊丽莎白时代很受欢迎的历史剧，他充分表现了那个时代英国人的国家/民族精神。19 世纪英国批评家把《亨利五世》等历史剧类比为史诗，把戏剧化的表现历史事件称为史诗性叙事是不恰当的。E. 贝利《二十世纪莎士比亚研究：历史剧》(Edward Berry. *Twentieth-century Shakespeare criticism*：*the Histories*) 认为，"迄今为止最具争议的历史剧《亨利五世》仍然是长期批评的争论中心。"② 詹姆士·卡尔德伍德《莎士比亚"亨利亚德"中的元戏剧》(James Calderwood，*Metadrama in Shakespeare's Henriad*，1979)、哈里·贝格《成长的哈里：莎士比亚"亨利亚德"中的冒犯的技巧》(Harry Berger Jr.，*Harrying*：*Skills of Offense in Shakespeare's Henriad*，2015) 则表明，莎士比亚并不是以严肃而崇高的史诗风格叙述中世纪末期到都铎王朝的历史事件，相反，他的"亨利亚德"中有戏剧人物 (Falstaff and Harry)、小丑 (The Clown as Dog)、狂欢化场景 (Falstaff，Carnival)，甚至动物寓言 (Rabbits，Ducks，Lions，Foxes：A Henrician Bestiary) ，莎士比亚只是通过这些历史事件来阐述人文主义的历史主义观念。③

基金项目：本文为国家社科基金项目"莎士比亚戏剧的早期版本研究"(项目编号：18BWW082) 的阶段性成果。

作者简介：彭建华，福建师范大学文学院副教授，主要从事欧洲文学、翻译研究。

① 莎士比亚全集·亨利五世，梁实秋译，北京：中央广播电视大学出版社，2001：231，209，233.
② Stanley Wells. ed. *The Cambridge Companion to Shakespeare Studies*, Cambridge: Cambridge University Press, 1986: 255.
③ Robin Headlam Wells, (1985). "The Fortunes of Tillyard: Twentieth-century critical debate on Shakespeare's history plays". *English Studies*. 66 (5): 391–403.

“小他者Ⅱ”在哈姆雷特主体性建构过程中的功能及功能实现

廖金罗

【摘　要】主体性建构过程是人的感性存在被社会规则代替的过程，也是人的真实性存在被社会规则的自动言说所代替的过程。哈姆雷特王子在回国之后重新经历主体性建构。即哈姆雷特王子的真实存在需要被克劳狄斯代表的社会规则重新代替的过程。哈姆雷特王子的主体性重建受到已经进入无意识的社会规则的抵制，不仅面临着主体和作为大他者的克劳狄斯之间的对话（$a_1a_1^{/}$），而且面临着主体和作为大他者的老哈姆雷特之间的对话（$aa^{/}$）以及主体和两个大他者之间对话（$aa^{/}$和 $a_1a_1^{/}$）。哈姆雷特王子因为认同老哈姆雷特和不认同克劳狄斯而陷入彷徨和苦闷之中。对老哈姆雷特的认同被出现的老哈姆雷特鬼魂激活之后，小他者Ⅱ趋于活跃，牵动主体性建构。因此，$aa^{/}$，而不是 $a_1a_1^{/}$主导着哈姆雷特王子的主体性建构过程，哈姆雷特王子的主体性建构受到小他者Ⅱ$^{/}$的和 $a_1a_1^{/}$对话的影响。海盗船上，书信的拆封导致国王阴谋的败露。决斗中，被告知剑上已经涂上毒药，酒中放入毒药，克劳狄斯的罪行已经完全败露。小他者Ⅱ主导着小他者Ⅱ$^{/}$的影响，$aa^{/}$对话主导 $a_1a_1^{/}$对话的影响，哈姆雷特王子果断地刺杀凶手。因此，哈姆雷特王子的复仇行为受到小他者Ⅱ和 $aa^{/}$对话支配。

【关键词】小他者Ⅰ；小他者Ⅱ；大他者；主体建构

【Abstract】The process of subjectivity construction is the process where perceptual existence of human being is replaced by the social rules, where human existence is replaced by the automatic speaking of the social rules. Hamlet’s subjectivity construction is his re-entry into the Oedipus Complex because Prince Hamlet had experienced the Oedipus Complex before his going abroad, the social rules presented by language had entered into the individual unconsciousness. Prince Hamlet has to re-experience the subjectivity construction after returning. That is, the real existence of Prince Hamlet needs to be replaced by the social rules represented by Claudius. Because the second subjectivity construction has been resisted by the social rules that have entered his unconsciousness, Prince Hamlet has been faced not only with the dialogue between the subject and Claudius as the Other, but also the dialogue between the subject and the old Hamlet as the Other (aa/) , as well as the dialogue between the subject and the two Others. Prince Hamlet is at a loss and depressed for his agreeing with old Hamlet and

disagreeing with Claudius. After his identity is activated by the presence of the ghost of old Hamlet, little other Ⅱ tends to be active and leads the subjective construction. Thus, aa/, rather than $a_1a_1{}^{/}$, leads the subjective construction. Prince Hamlet's subjective construction is influenced by little other Ⅱ and the dialogue $a_1a_1{}^{/}$. In the pirate ship, the opening of the letter leads to the disclosure of the king's plot. In the duel, he is told that poison has been applied to the sword and has been put into the wine, and the crime of Claudius has been completely revealed. When the other Ⅱ agrees with the influence of the other Ⅱ$^{/}$, the $aa^{/}$ dialogue overcomes the influence of the $a_1a_1{}^{/}$ conversation, and Prince Hamlet decisively assassins the murderer. It is obvious that Prince Hamlet's revenge was greatly influenced by the other Ⅱ and the $aa^{/}$ dialogue.
【Key Words】other Ⅰ; other Ⅱ; Other; subject construction

1 引 言

四百多年以来，关于哈姆雷特王子犹豫和延宕的根源的争论一直没有停止过[1]275。歌德（Johann Wolfgang von Goethe, 1749—1832）[2]227、柯勒律治（Samuel Taylor Coleridge, 1772—1834）[3]37、别林斯基（В. Г. Белинский, 1811—1848）[4]51、西格蒙德·弗洛伊德（Sigmund Freud, 1856—1939）、厄内斯特·琼斯（Ernest Jones, 1879—1958）[5]79-83、孙家琇[4]51、方汉文[6]等国内外学者发表了相关观点。他们的观点一方面忽视了文化认同导致的哈姆雷特王子内心世界的矛盾。出国之前，哈姆雷特因经历过的事而有俄狄浦斯情结，认同作为大他者的老哈姆雷特。回国初始，哈姆雷特王子需要认同作为大他者的克劳狄斯。因此，面临认同困境。老国王哈姆雷特鬼魂的出现激活哈姆雷特王子和作为大他者的老哈姆雷特的认同。处于主导地位的小他者Ⅱ受到小他者Ⅱ$^{/}$的影响，处于牵引作用的$aa^{/}$对话受到$a_1a_1{}^{/}$对话的影响。只有在小他者Ⅱ克服小他者Ⅱ$^{/}$，$aa^{/}$对话摆脱$a_1a_1{}^{/}$对话的影响时，哈姆雷特王子才确认自己和作为大他者的老哈姆雷特的认同，最终完成复仇大任。这些观点另一方面忽视特定语境中能指对无意识的影响，无法说明哈姆雷特王子犹豫和延宕的真正根源。

2 小他者Ⅰ和小他者Ⅱ

雅克·拉康（Jaques Lacan 1901—1981）的“他者”包含“小他者”和“大他者”。小他者包含小他者Ⅰ和小他者Ⅱ。小他者Ⅰ是镜像自我，是想象中的“他者”。小他者Ⅱ“并非某个真实的他人，而是主体折射和投射的自我”[7]。“大他者”是一种根本性的异在。生命个体和这一系列的“他者”的认同便生成主体性。

作为雅克·拉康“三界说”中的一界，实在界并不是现实生活中的客观现实，而是一种无法用语言表达的缺场的在场，是一种脱离思维符号秩序的原始的无知和无序，真实域的存在是符号界产生的必然预设。

关于想象界的理论是镜像理论。1949年，拉康在《镜像阶段作为精神分析经验中揭示“我”的功能构型》中认为：在脑海中没有一个统一的和整体性的观念的0到6个月的婴儿对外界的感知是片段的和零散的，只能被动地接受外界的各种信息，无法界定自己的身体和外界的区别，无法协调自己复杂的身体行动，充其量不过是肢体器官的分散组织。这种“破碎的身体”被称为“过早出生的结果。”[8]355 6到18个月的婴儿第一次见到自己的镜中影像时无法辨认镜中影像到底是谁；再次见到母亲和镜子时，婴儿仍然无法区分自己和自己的影像，但可以区分母亲与母亲的影像；随后，通过自己的眼睛看见另一个不同于父母并且与自己身上可以看到的部分行动相同的镜像。通过镜像整合的镜像，婴儿“要在玩耍中证明镜中形象与所反映的环境的关系以及这个虚假复合体与现实的关系，即与他的身体、其他人甚至周围物件的关系”[8]75 婴儿在镜子中看到的“镜像自我”标记为小他者Ⅰ或者a。

进入俄狄浦斯阶段之后，随着父“法”的介入，母亲—婴儿组成的二元世界被父亲—母亲—孩子组成的三元世界所取代，婴儿意识到母亲具有自己的欲望，而自己无法满足母亲的欲望。因此，为了满足母亲的欲望，婴儿必须成为母亲欲望的对象。“如果母亲的欲望是菲勒斯，那么幼儿则希望成为菲勒斯以满足她的这一欲望。”[9]159 这时候，孩子所欲望的并不是父亲，而是“母亲的菲勒斯”。母亲的菲勒斯被父亲占有。因此，孩子把自己定位为他者欲望的对象，与父亲陷入一种认同性的竞争。孩子对父名的认同其实就是孩子对大他者的认同。大他者可以从两个方面理解。第一、“大他者既是另一个主体，它以其根本的他异性和不可同化的唯一性成为一个主体，又是中介主体和其他主体之关系的象征命令。”[10]136 第二、大他者是一个场所。在想象界中，主体获得真实自我的认同。在象征界，主体只能屈从于大他者的要求，接受语言规则的制约，因此，开始学习和模仿“父亲”，试图获得“父亲”的认同而确立起自己在象征界的独立的主体性人格。婴儿镜像在大他者中的映射被标识为小他者Ⅱ或者a′。

3　消隐在无意识之中的主体

西格蒙德·弗洛伊德之所以从语言角度探讨无意识，特别是，从语言障碍处寻找无意识，一是因为无意识不是混沌一团的能指集块，而是一种被语言结构化的东西，只能通过语言解释。从结构的历时态角度看，无意识“指称链”根据韵律变化规则活动。二是因为无意识就是在语言障碍这一裂口之中呈现的闪烁躲避之物。它的显现的基本形式是不连贯性。那么无意识是什么？在谈论无意识之前，我们首先谈论人的异化之路。

人的异化之路就是主体和一系列“他者”的认同之路。在想象界，“真实自我”认同“镜像自我”。在象征界，主体认同作为大他者。“大他者”本身是一个纯粹的能指。主体与大他者的认同之所以是主体和作为能指的大他者的象征性认同，是因为“大他者”是一种无法通过认同而被同化以及超越想象他者的他性。这种根本的他异性是一种通过语言表达的社会规则。“大他者指示了一种根本性的他异性，它不是主体可以认同的对象，而是主体服从/取悦的对象。”[7]作为能指的“大他者”就是“大他者”的话语。“小他者Ⅱ”是“镜像自我”在“大他者”的映射。主体和“大他者”的认同是通过“小他者Ⅰ”和“小他者Ⅱ”之间的想象性对话实现的。与“大他者”的认同就是与作为能指链的“大他者”话语的认同。无意识是“大他者”的话语或象征界的声音。婴儿通过认同父法而进入象征界。进入象征界意味着婴儿进入语言领域，进入通过语言实现欲望的过程。主体对“大他者”的认同过程就是主体的真实性存在不断地屈从于社会规则的过程。因此，从“真实自我”到“小他者Ⅰ”再到“小他者Ⅱ”（aa/）的主体性建构过程是镜像自我在想象域中窃取真实自我的位置以及大他者在象征域谋杀主体的过程，是人的感性存在被无意识呈现的社会规则取代的过程，是人的真实性生存被社会规则通过无意识自动言说代替的过程，即人的感性生命的能指化过程。

无意识就是在语言障碍这一裂口之中的闪烁躲避之物。无意识总是偏离主体的努力和摆脱主体的操控。当主体的意识试图捕获它时，它逃离主体。当主体的意识不再试图表达它时，它又回到主体面前，甚至控制主体。言说中的主体总是被一种不可知的，不可控的，无法预测的力量控制。主体不知道他自己没有控制自己的言行，不知道他只是通过自己的嘴巴说别人的话。尽管主体总是以为他在说自己的话，但是他是言不由衷地说话。主体在言说中所遵循的语言规则和社会规则之间存在一定差异。主体不由自主性的言说表明主体所遵循的语言规则和社会规则之间的高度契合。无意识体现的他者性，即主体的言说过程，就是大他者的呈现过程。从个体生命的感性存在到无意识的言说过程就是个体生命的真实性存在不断地让位于社会规则通过语言的不由自主的言说过程。真实的主体就消隐在无意识之中，消隐在社会规则的不由自主的言说之中，消隐在社会规则的个体自觉地遵循过程中。人的异化之路所遮蔽、消隐和隐藏的是无法用语言表达，又不得不用语言表达的人的欲望。

人的欲望包含需要（need），要求（demand）和欲望（desire）。需要指人和动物所共同拥有的生物性需要。单纯的需要是短暂的。与动物需要的实现方式不同的是，即使婴儿，当需要时，它也会发声音。一旦发出声音，这就是要求。正是在这里，以多样化语言呈现的要求开始疏离与需要之间的对应。要求使人的本性决定了“欲望是人的存在本质”。[11]275 在“要求从需要那里分离出来的边缘地带，欲望开始形成。”[8]欲望是要求减去需要所得的差。[12]580 欲望是“大他者”的欲望。严泽胜博士认为这一观点包括四个方面的含义：欲望是对另一个欲望的欲望。主体总是以大他者的身份来欲望着。欲望总是对别的东西的欲望。欲望是在具体语言构造的大他者中产生的。人和动物不同的地方就是动物没有文化性需要，人具有成为“他者”欲望对象的欲望以及获得他者承认的欲望。尽管欲望不是语言，但是欲望只能通过语言表达。不是所有的欲望都可以通过语言得到满足。欲望，一经语言表达，就会被扭曲和阉割。通过语言得到表达的欲望开始走上异化的道路。没有通过语言得到表达的欲望被排斥到无意识里。尽管不是语言，但是无意识只有通过语言才能得到解释。既终结又撒播了个体的真实欲望的语言文字网络令真正的欲望对象永恒消隐。主体在欲望时思索着“大他者”究竟欲望着我是什么。“大他者”语言方式所呈现的东西就是作为“大他者”的语言规则对我的要求，就是人的欲望。主体的欲望是大他者的欲望。处于大他者的控制之下的主体的语言规则和行为指令阉割了和扭曲了欲望。因此，被主体异化之路所遮蔽、所隐匿和所消隐的是人既只能通过语言表达，又没有被语言表达，被排斥到无意识中的欲望。

4　小他者Ⅱ在哈姆雷特王子复仇过程中的作用

自始至终，人的异化过程被语言规则牵引着。小他者Ⅰ是主体异化的起始点，小他者Ⅱ始终是主体性建构之旅的引领者。大他者始终是人取悦的对象。人的真实的存在不断地屈从于和取悦于作为“大他者”的社会规则。被社会规则通过主体的自动言说过程遮蔽，屏蔽和隐匿的是人的欲望和人的真实的感性存在。

4.1 充当指导、拒绝认同新的大他者

小时候，和父母生活在一起，耳濡目染老国王哈姆雷特的言行，受到宫廷文化氛围的熏陶，小哈姆雷特经历过俄狄浦斯情结。小哈姆雷特在老国王哈姆雷特、王后葛特鲁和朝廷大臣等人眼中看到另一个小哈姆雷特的存在，并且认为那个小哈姆雷特就是他自己。这个小哈姆雷特被标识为小他者Ⅰ（a）。作为独生子，被期待成为未来接班人的小哈姆雷特认同了作为大他者的老国王哈姆雷特。作为大他者的老国王哈姆雷特被标识为大他者Ⅰ。文艺复兴时期，无论是作为场所，还是作为主体，占主导地位的基督教就是大他者。因此，小哈姆雷特和作为大他者的老国王哈姆雷特的认同就是小哈姆雷特和基督教文化的认同。小他者Ⅱ是作为对象的小他者Ⅰ在大他者中的映射，也是基督教文化对作为王子和未来国王的小哈姆雷特的要求。小哈姆雷特懂得父亲的意愿，希望自己能够成为一个好王子，一个未来的好国王。哈姆雷特王子在大他者Ⅰ中的映射被标识为小他者Ⅱ或者 a'。留学期间，作为父亲和父名的老国王哈姆雷特是不在场的。回国之后，老国王哈姆雷特已经死亡。作为镜子，老国王哈姆雷特的缺位导致哈姆雷特王子无法找到镜像自我。作为父名，他的缺位导致哈姆雷特王子无法在大他者Ⅰ中找到小他者Ⅱ。显然，哈姆雷特王子无法通过小他者Ⅰ和小他者Ⅱ实现主体和大他者的对话。老国王哈姆雷特死后，克劳狄斯登基成为国王，并且和葛特鲁结婚，成为母亲的菲勒斯，成为名义上的父亲和大他者。这个大他者被标识为大他者Ⅱ。与作为大他者的克劳狄斯的认同也就是与理性的认同。哈姆雷特王子在克劳狄斯、葛特鲁和波洛涅斯等大臣眼中看到另一个哈姆雷特王子。这个哈姆雷特王子被标识为小他者Ⅰ′（a_1）。与哈姆雷特王子的小他者Ⅰ′在大他者Ⅱ中相适应的自我被标识为小他者Ⅱ′或 a_1'。因此，哈姆雷特王子面临着主体和大他者Ⅱ之间的对话（a_1a_1'）。因为不认同作为大他者Ⅱ的克劳狄斯，哈姆雷特王子无法通过小他者Ⅰ′和小他者Ⅱ′进行对话从而实现主体和大他者之间的认同。哈姆雷特王子面临着自己在两个大他者之间的对话（a_1a_1'和 aa'）。小他者Ⅰ已经在第一次主体性建构过程中的想象域窃取了哈姆雷特王子的“真实自我”的位置，大他者Ⅰ在象征域中已经谋杀了作为主体的哈姆雷特王子，作为小他者Ⅰ在大他者Ⅰ中的映射，小他者Ⅱ牵引着哈姆雷特王子的第一次主体性建构。被大他者Ⅰ俘获了的真实的哈姆雷特王子已经被作为大他者Ⅰ的社会规则控制着。不断言说的哈姆雷特王子无意识成为第二次主体建构必须面临挑战。这也是哈姆雷特王子内心世界的困境。一方面，他认同的大他者是缺位的；另一方面，他不认同在场的大他者。因此，他陷入无意识的言说和有意识的个人行为之间的矛盾。这个时期，丹麦社会和丹麦宫廷发生剧烈变化。首先，那位相貌高雅和优美的父亲已经在“硫磺的烈火里”“受煎熬的痛苦。”[1]116过去那个人们“对他扮鬼脸”[1]139的克劳狄斯成为享受生活的美食家、成为名副其实的国王、成为处理外交事务的能手，成为人们喜爱的对象。昨日那个哈姆雷特王子已经变成实际上受人监控的囚犯一样的王子。哈姆雷特王子需要在新的环境中重新确认自己的认同对象。两个大他者中究竟哪一个是真正的大他者？因此，认同对象的不确定性导致哈姆雷特王子在社会剧烈变化面前经历内心矛盾。一出场，哈姆雷特王子就道明他和家庭成员之间存在的文化疏离感。作为同一个家庭的成员，哈姆雷特王子、葛特鲁和克劳

狄斯是最亲密的亲人，本应该有同样的价值、言语和行为；然而，他们完全是两个不同世界的人。丈夫新亡，葛特鲁本来应该悲痛万分，伤心欲绝，严守妇道；然而，匆忙再婚，把丈夫的死亡看成“一件很普通的事情”。克劳狄斯本应该尊兄敬嫂。然而，弑兄娶嫂，夺侄王位。因为父亲的突然死亡，母亲的匆忙改嫁以及宫廷气氛的变化，哈姆雷特王子的处境被彻底地改变了，与被彻底改变的处境相匹配的是哈姆雷特王子需要进行与其当下地位相适应的第二次主体性建构，即心理世界的重建。在第一次主体性建构过程中已经进入主体的无意识，在那里驻扎的社会规则成为主体的审美价值参考体系和是非判断标准。无意识根据相容性原则进行信息接收、排斥和分类。在主体性重建过程中，哈姆雷特王子和现实社会之间不仅在信息接受方面，而且在主体性的价值体系和审美方面存在差异。一个明显的例子是哈姆雷特王子在母亲寝宫中把克劳狄斯比作“一株糜烂的禾穗”[1]173，把老国王哈姆雷特描写成“太阳神的鬈发，天神的前额，像战神一样威风凛凛的眼睛，像降落在高吻穹苍的山巅的神使一样矫健的姿态。”[1]173 正因为这种思维存在和社会存在之间存在差异，哈姆雷特王子被称为英国的堂吉诃德。

老国王哈姆雷特葬礼之后，哈姆雷特王子本来打算前往德国威登堡大学继续尚未完成的学业。然而，在被劝阻不前往德国威登堡大学，同意留在丹麦宫廷之后，哈姆雷特王子之所以不得不进行第二次主体性建构，是因为哈姆雷特王子不再是指点江山，评论国政的王子，而是克劳狄斯统治下的驯服的身体。不管是否认同作为大他者的克劳狄斯，哈姆雷特王子不得不面临现实的存在。人的主体性建构受到语言规则的引领。作为大他者Ⅱ的克劳狄斯曾经试图通过哈姆雷特王子的小他者Ⅱ′引领他的主体性建构。然而，克劳狄斯失败了。哈姆雷特之所以不认同引领第二次主体建构的“大他者Ⅱ”，是因为在无意识之中沉淀的曾经引领第一次主体性建构的“大他者Ⅰ”抵制第二次主体建构。哈姆雷特王子的无意识根据相容性原则排斥，甚至拒绝第二次主体建构过程的能指。大他者Ⅰ的不在场导致小他者Ⅰ和小他者Ⅱ之间无法进行对话；对大他者Ⅱ的不认同也导致哈姆雷特王子的小他者Ⅰ′和小他者Ⅱ′无法进行对话。另外，哈姆雷特王子无法在两个大他者之间进行对话，即 aa' 和 a_1a_1' 之间的对话。一旦履行大他者Ⅱ的指令，小他者Ⅱ就对小他者Ⅱ′进行价值质疑。一旦履行大他者Ⅰ的指令，小他者Ⅱ′就对小他者Ⅱ进行理性质疑。镜子的变形，移除以及能指的失去导致哈姆雷特王子无法与这两个大他者中的任何一个认同，无法正常思维，无法正常思考以及无法正常认知。这种状况的典型表现就是哈姆雷特王子个人的话语体系被不断地打断，呈现出两种不同的话语交替出现的现象。例如：当葛特鲁希望哈姆雷特王子留在丹麦宫廷时，哈姆雷特勉强服从母亲的意志。一旦哈姆雷特的小他者Ⅱ′或者 a_1' 勉强答应留下来，哈姆雷特的小他者Ⅱ或者 a' 就开始质疑小他者Ⅱ′或者 a_1'。并不认同小他者Ⅱ′行为的哈姆雷特王子的小他者Ⅱ开始反思小他者Ⅱ′的行为。在众人离去之后，控制着哈姆雷特王子的小他者Ⅱ或者 a' 通过哈姆雷特王子言说：“啊，但愿这一个不太坚实的肉体会融解、消散，化成一堆露水！”[1]P105 这种言说主体的不断转换表明哈姆雷特王子小他者Ⅱ′和小他者Ⅱ之间的矛盾以及它们对真实哈姆雷特王子身体的争夺。在老国王哈姆雷特的鬼魂出现之前，哈姆雷特王子面临认同谁是真正的大他者，谁是真正的小他者Ⅱ的问题。无法确认谁是真正的大他者以及谁是真正的小他者Ⅱ导致哈姆雷特的镜像自我和自我之间无法对话。因此，哈姆雷特王子的无意识阻止了哈姆雷特王子和大他者Ⅱ的认同。

4.2 指明复仇方向

言说的连续性说明无意识呈现的社会规则的可接受性，言说的不连续性说明言说所呈现的社会规则的不可以接受性。哈姆雷特王子的主体性矛盾性表现在哈姆雷特王子有意识的言说被哈姆雷特王子不由自主地言说所打断。哈姆雷特面临困境是需要重新确定母亲两个欲望对象中究竟哪一个才是真正的欲望对象，哪一种社会规则才是可以被接受的社会规则。一方面，哈姆雷特王子不再完全接受父亲法则中新的内容，即大他者欲望中新的内容，不再完全认同原来的父名。习惯了用过去的语言表达过去的现实的哈姆雷特王子并不完全清楚过去的语言和现实的社会存在之间的关系，一直用过去的语言来描述现实的社会存在，现实的社会和哈姆雷特王子的个人语言规则之间存在张力。老国王哈姆雷特鬼魂的出现激活哈姆雷特王子和作为大他者的老国王哈姆雷特的认同。牵动哈姆雷特王子主体性重建过程的不是大他者Ⅱ，即作为大他者的克劳狄斯，而是大他者Ⅰ，即作为大他者的老国王哈姆雷特。一旦选择认同老国王哈姆雷特，哈姆雷特王子通过小他者Ⅰ（或者 a′）就和小他者Ⅱ对话实现主体和大他者的认同，小哈姆雷特就确认自己作为王子的主体性，就决定要在一个颠倒混乱的时代负起重整乾坤的责任！随着哈姆雷特的小他者Ⅱ（a′）活跃起来，哈姆雷特小他者Ⅱ′（a_1'）也活跃起来。一旦开始复仇，哈姆雷特的小他者Ⅱ′就指使哈姆雷特王子怀疑父亲鬼魂和鬼魂话语的真实性。矛盾的结果是哈姆雷特王子既在小他者Ⅱ的引导下开始复仇，又在小他者Ⅱ′的引导下怀疑鬼魂的真实性。哈姆雷特既决定报仇，又装疯卖傻避免暴露自己的动机。因此，哈姆雷特王子决定安排戏中戏来验证老哈姆雷特鬼魂语言的真实性。在排练和练习念台词的演员们退下之后，被大他者Ⅰ俘获的哈姆雷特王子独自地陷入沉思。控制着哈姆雷特王子的小他者Ⅱ通过哈姆雷特王子说道："可是我，一个糊涂颟顸的家伙、垂头丧气、一天到晚像在做梦似的，忘记了杀父的大仇。"[1]146 认为犯罪的人会因为巧妙的舞台表演良心发现，当场供认他们的罪恶的哈姆雷特王子的小他者Ⅱ′质疑哈姆雷特王子小他者Ⅱ的话，想要得到"一些比这更切实的证据。"[1]147 受到小他者Ⅱ′影响的哈姆雷特王子决定通过观察克劳狄斯在观看戏剧表演时的外在行为和表情的变化，推测基内心世界的真相，判断鬼魂言语的真实性。即将开始的演出激活了哈姆雷特王子的小他者Ⅱ和小他者Ⅱ′之间的矛盾。哈姆雷特王子陷入自我矛盾之中。"生存还是毁灭，这是一个值得考虑的问题。"[1]150 这段内心独白显示哈姆雷特的小他者Ⅱ在矛盾中处于主导地位。观看戏中戏时，克劳狄斯谋杀老哈姆雷特的阴谋已经败露。哈姆雷特王子对大他者Ⅰ的认同处于上风，处于主导地位的小他者Ⅱ，而不是小他者Ⅱ′，引领哈姆雷特王子的主体性建构。戏中戏之后，哈姆雷特王子前往母亲寝宫。途中，遇见正在祷告的克劳狄斯。趁克劳狄斯没有注意，哈姆雷特王子已经溜进屋里，拿着出鞘的剑，直到身边。然而，刹那间，哈姆雷特王子突然收回出鞘的剑，停止复仇，并且说道："不，那还要考虑一下：一个恶人杀死我的父亲：我，他的独生子，却把这个恶人送上天堂。啊，这简直是以恩报怨了。"[1]170 "收起来，我的剑，等候一个更残酷的机会。"[1]170 显然，哈姆雷特王子的无意识出现了。

4.3 指导主体性建构

一方面，因担心哈姆雷特王子继续留在宫廷中给自己带来伤害和麻烦，克劳狄斯决定巧妙地借英国国王之刀除掉哈姆雷特；另一方面，因为误杀波洛涅斯没有，哈姆雷特王子没有拒绝被派遣去英国的借口。出国之际，见到了为了弹丸之地而不惜耗费巨资和生命的福丁布拉斯以及他带领的挪威军队。哈姆雷特看到的和听到的一切都在鞭策他赶快进行他的复仇大业。哈姆雷特的小他者Ⅱ和小他者Ⅱ′开始统一起来。在去英国途中，哈姆雷特王子发现了克劳狄斯的阴谋，立刻置信使于死地；回国后，被人怂恿陷入一场精心安排的决斗。当被告知比赛使用的刀剑的剑锋上以及准备休息时饮用的白酒里已经涂上（投入）了剧毒，哈姆雷特王子的小他者Ⅱ和小他者Ⅱ′才完全统一起来。这种完全统一标志着主体性的重新确立以及哈姆雷特的小他者Ⅱ在矛盾中占所主导地位。一旦主体性重新确立，哈姆雷特迅速开始复仇行动。立即刺死元凶。

5　在主体建构过程中小他者Ⅱ的功能的实现

在《欲望及对哈姆雷特的欲望的阐释》中，拉康认为导致哈姆雷特王子犹豫和延宕的原因有两个：一是与他者的欲望，即与他母亲的欲望有关的哈姆雷特王子的依赖状态。 二是哈姆雷特王子一直在他者的时间内延搁。显然，除了上述两个因素之外，还有一个重要因素，即在一定语境中，能指激活个体无意识，被激活的个体无意识控制个人的言语和行为。

作为基督徒，哈姆雷特王子的欲望就是实现基督教对他的欲望，也就是以基督教文化符号方式呈现的哈姆雷特王子的欲望。在哈姆雷特王子看来，人的悲剧在于现世生活就是“塞在酒桶口上的泥土”。[1]208 人的短暂的和有限的尘世生活应该奉献给上帝的使命。“一个人要是把生活的幸福和目的只看作吃吃喝喝，他还算个什么东西？”[1]184 人渴望永恒，渴望把短暂的人生活成永生的记忆。为了生命意义的永恒，哈姆雷特王子决心接受上帝的使命，成为真正的基督教教徒。因此，哈姆雷特王子的欲望就是大他者Ⅰ对哈姆雷特王子的欲望。大他者Ⅰ的欲望就是哈姆雷特王子的语言所呈现的欲望。人的有意识的言说和社会规则的自动言说之间的一致性表明个人的语言规则和社会规则的一致性。哈姆雷特是一个受过良好教育，具有较好的语言表达能力的年轻人。然而，哈姆雷特王子的言语存在语言阻碍。例如：“我欢迎你们，可是我的叔父父亲和婶母母亲可弄错啦。”[1]139 “你是王后，你的丈夫的兄弟的妻子，你又是我的母亲——但愿您不是！”[1]171 无意识就是在语言障碍的裂口处显现的某种摇摆不定的东西。哈姆雷特王子的语言障碍表明有意识的言说行为和无意识的自动言说之间存在裂缝。那么裂缝是什么？是什么阻隔着“父亲”和“叔父”、“母亲”和“婶婶”这些能指在能指链上滑动？作为内化的基督教关于婚姻和伦理的社会规则，无意识在裂缝中显现。是什么触动哈姆雷特王子的无意识，致使他停止自己的复仇和抽回出鞘的宝剑？这个问题的实质就是能指在特定语境中如何激活个体无意识以及被激活的无意识怎样控制和支配人的言语和行动？

作为能指的能指链和作为所指的能指链是两条漂动着的，互不重叠的能指流。只有“锚定点”才能把能指和所指扭结在一起。与视觉和听觉有关的能指强调符号的外在物质性与社会性；作为能指所产生的效果，所指更多地指向符号的内在精神性与个体性。拉康的能指链不是线形的结构，能指就像是“项链上的一环，而这项链又是合拢在由环组成的另一条项链的一个环上的”。[13]116 在能指链中，一个能指滑向另一个能指，能指处于一个连绵不断的能指网络中。单个能指的意义之所以是不确定的，是因为缺少一个固定点来明确单个能指的意义。这个内在的空缺表现为语言的模糊性。在与网络中诸多能指的关系中，能指找到其“固定点”，所指才固定下来。“意义事实上来自大他者”。[13]207 在能指网络中存在纯粹能指或者主人能指。能指的意义是由大他者来决定的。所有的能指在主人能指的统领下具有一种隐匿的向心力，一种语境意义的统一。能指还是能指链中的能指，因此，产生于能指链中的所指和上下文紧密联系：在当前的上下文以及与社会文化性的规约的对话中，所指通过反溯性的回顾才会确定。受到诸多因素的影响，能指和所指之间的相遇只是一种临时的、不牢靠的偶遇关系。鬼魂的出现表明作为大他者的老国王哈姆雷特的出现。大他者Ⅰ对哈姆雷特王子的欲望就是基督教对哈姆雷特王子的欲望。演员的排练和即将开始的演出激活哈姆雷特的小他者Ⅱ。小他者Ⅱ通过哈姆雷特王子思考人生的意义。观看演出之时，良心受到刺激，克劳狄斯匆忙离开，因此，罪行得到证实。演出结束之后，因为找到可以证明克劳狄斯犯罪的证据，哈姆雷特王子十分激动，小他者Ⅱ正处于较活跃时期。遇见正在祷告的克劳狄斯时，哈姆雷特王子正准备刺杀。圣像、十字架、跪倒、眼神、表情和祷告这些作为能指的能指和诸如“忏悔”“悔罪”等作为所指的能指相遇，形成锚定点，产生意义。之所以形成锚定点，一是因为在教堂这种特定的语境中隐匿的向心力影响作为能指的能指和作为所指的能指相遇；二是活跃的小他者Ⅱ促成作为能指和所指的交叉，促使主体突破小他者 1 和小他者Ⅱ之间的语言之墙，实现其和大他者的认同。生成的意义迅速激活哈姆雷特王子的无意识，控制着哈姆雷特王子，阻止哈姆雷特的刺杀行为。不是克劳狄斯本人，而是克劳狄斯通过祷告、跪到和表情等一系列能指给哈姆雷特王子造成一个作为能指的克劳狄斯的影像，支配着哈姆雷特王子言语和行为的哈姆雷特王子的小他者Ⅱ通过哈姆雷特王子的身体说道：“等候一个更残酷的机会吧……”[1]17 大他者Ⅰ的隐匿的向心力影响作为能指和所指的相遇，从而，影响锚定点的形成。在哈姆雷特王子的语言和行为不一致处显现的是哈姆雷特王子以基督教语言形式呈现的无意识。小他者Ⅱ在促成能指和所指的相遇、主体和大他者Ⅰ的认同以及主体对大他者Ⅱ的不认同方面起了重要作用。

6 结 语

人是什么？人从来就不单纯是生物学意义上的人，而是一种语言的建构物，一种文化的建构物，一种社会规则的建构物。在中世纪，处于主导地位的基督教建构生命个体的无意识长达一千年。文艺复兴时期，尽管人的自我意识开始觉醒，理性开始复苏，迅速发展的资本主义迫使人们了解现实世界的生产规律，注重现实社会的生活，面对现实问题，追求在现实世界中的幸福，这是一场包括人的身体行为的矫正，价值体系的改造运动。但是，作为长期受到基督教影响的个人，哈姆雷特王子的灵魂深处仍然保存着基督教文化的痕迹，在关键时刻，能指激活哈姆雷特王子的无意识，被激活的无意识控制他的复仇行为。哈姆雷特这一艺术形象深刻地再现文艺复兴时期基督教对人们心灵深处的影响。

参考文献：

[1] 威廉·莎士比亚. 2014. 莎士比亚全集（第九卷），朱生豪，译. 北京：人民文学出版社.

[2] Goethe, Johan Wolfgang Von. 1873. *Wilhelm Meister's Apprenticeship*, translated by R. Dillon Boylan. Bell & Daldy. London: Sampson Low. Marston. Low & Searle.

[3] Coleridge, Samuel Taylor. 1930. "Notes on the Tragedies of Shakespeare: The Character of Hamlet", in his *Shakespearian Criticism*, Vol. 1, edited by Thomas Middleton Raysor, Cambridge, MA: Harvard University Press.

[4] 孙家琇. 1998. 论莎士比亚四大悲剧. 北京：中国戏剧出版社.

[5] Jones, Ernest. 1949. "The Psyche-Analytical Solution" and "Tragedy and the Mind of the Infant." in his *Hamlet and Oedipus*. London: W. W. Norton & Company, Inc.

[6] 方汉文. 2001. 哈姆雷特之谜新解：拉康的后精神分析批评，外国文学研究（1）：1-6.

[7] 马元龙. 2014. 无意识就是大他者的话语，中国人民大学学报（5）：137-146.

[8] Lacan, Jacques. 2006. *Ecrits*: *The First Complete Edition in English*. trans, Bruce Fink. London: W. W. Norton & Company, Inc.

[9] 严泽胜. 2007. 穿越"我思"的幻象：拉康主体性理论及其当代效应. 北京：东方出版社.

[10] Lacan, Jacques. 1966. *Ecrits*. Paris: Editions du Seuil

[11] Lacan, Jacques. 1971. *Ecrits*: *A Selection*. trans, Alan Sheridan. London: Tavistock.

[12] Lacan, Jacques. 1973. *Les quatre concepts fondameitaux de la psychanalyse*. Paris: Editions du Seuil.

[13] Lacan, Jacques. 2011. Ecrits: *A Selection*. New York: Routledge.

作者简介：廖金罗，男，湖南湘阴人，中南大学英美文学博士在读，主要从事英美文学，西方文论研究。

第三编

改编 · 翻译 · 阐释

莎士比亚的春天在中国

——记 1986 年首届中国莎士比亚戏剧节

江俊峰　孙福良　曹树钧　姚扣根　刘明厚（口述）

【摘　要】1986 年，具有长久影响、令人震撼的中国“首届莎士比亚戏剧节”在中国举办，上海、北京两地同时演出了 25 台莎士比亚戏剧，在中国文化领域和莎学界，戏剧界和外国文学界产生积极的文化效应。在中国莎剧舞台上，不仅有话剧莎剧，还有采用多种戏曲形式演出的莎剧。这些莎剧采用现实主义与浪漫主义相结合的表现方式诠释莎剧，以写实与写意兼具改编形式，表现出中国莎剧导表演在借鉴经典中充分的文化自信与民族自信。

【关键词】莎士比亚戏剧；莎士比亚戏剧节；演出

进入改革开放新时期的上海，人们的思想从“四人帮”的禁锢中被解放了出来，纷纷把目光投向已经变得陌生的那个世界，于是一波波热潮被掀了起来——在出版界，掀起了世界名著出版热；在电影界，掀起了世界名片放映热；在广播电台，掀起了世界名曲播放热；在戏剧舞台上，掀起了世界名剧演出热。正是在这样的时代背景下，莎士比亚“登陆”上海了——1986 年上海举办了首届中国莎士比亚戏剧节。由此，莎士比亚“四大悲剧”“四大喜剧”成为人们热议的话题，莎士比亚戏剧节成为人们瞩目的一件盛事，在国内外产生了广泛的影响。

首届中国莎士比亚戏剧节是怎样成功举办的？我们采访了当事人江俊峰（原上海戏剧学院副院长、首届莎剧节秘书长）、孙福良（上海戏剧学院创意学院常务副院长、原首届莎剧节办公室主任）、曹树钧（上海戏剧学院教授，原首届莎剧节《简报》组负责人）、姚扣根（上海戏剧学院教授，原莎剧节办公室副主任）和刘明厚（上海戏剧学院教授），他们向我们回忆了那段让人难忘的历史。

上海在筹备莎剧节，北京也想办，但不宜临时改变计划，最后决定分为两个演区，北京一个，上海一个，首届莎士比亚戏剧节就这样红红火火搞起来了。

江俊峰：中华人民共和国成立后，莎士比亚戏剧一直是上海戏剧学院教学的必修教材，我院也多次上演过莎剧。然而在“文化大革命”期间，这却变成了一种“罪行”，已印刷的《莎士比亚全集》也都堆积在仓库里，一睡十几年。

粉碎“四人帮”后，尤其是 1978 年党的十一届三中全会以后，党的文艺政策开始真正得到贯彻，我国文艺呈现欣欣向荣的气象。在艺术教育上百废待兴，我院开始招收专门攻读莎士比亚的硕士研究生，特邀在杭州工作的张君川教授为研究生导师，招收了李如茹、俞唯洁等第一批研究莎士比亚的研究生。在一次欢迎酒会上，张君川教授同我协商一件事。他说，长期以来，我国的莎学研究和莎剧演出大大落后于国际水平。以往国际莎士比亚协会开会，我国只能通过外交部派观察员旁听。作为有五千年历史，人口占世界首位，领土面积为世界第三的大国，不是国际莎士比亚协会的成员国，没有全国性的莎士比亚研究会，这与改革开放后我国的地位，与我国文化事业的发展显然太不相称了。张先生希望我能助他一臂之力，帮助他解决成立“中国莎士比亚研究会”（以下简称“中莎会”）这一难题。

张君川先生是驰名中外的莎学专家，是中莎会筹备组秘书长，我的导师。他跟我讲起中莎会筹备工作遇到的一些困难，我就想能不能由上海戏剧学院牵头来成立这个研究会，把中国莎学力量整合起来，获先生首肯。于是我就到北京拜访了季羡林等一批北大、清华和中央戏剧学院的专家，他们听说中莎会总部要放在上海戏剧学院，都表示同意，因为上海本身就是开放的一个窗口，又有对外文化交流的传统。研究会的总部定下来后，我们又商定，请中国戏剧家协会主席、《罗密欧与朱丽叶》的翻译者曹禺先生担任会长。

筹备中莎会的几位老专家张君川、黄佐临、孙家琇、方平，包括杰出的戏剧家曹禺，都一致认为中国的莎士比亚研究会要区别于外国莎学研究组织，它应该将莎学研究与莎剧演出结合起来。因此，“中莎会”成立前夕，筹委会便委托秘书组曹树钧同志起草一份《关于举办中国莎士比亚戏剧节的决议（草案）》，以便递交成立大会讨论。

受“中莎会”筹委会委托，我在成立大会召开之前还专程赴京，邀请胡乔木同志参加研究会成立大会。乔木同志因 12 月另有其他的工作，不能与会。但他在 1984 年 11 月 13 日特地写了一封贺信给曹禺、季羡林、张君川同志，在信中他“对于我国莎士比亚研究会的成立，谨表热烈的祝贺”并“希望这个研究会能在世界的莎学研究上做出无愧于莎士比亚、无愧于世界数百年来的莎学研究成果、无愧于研究会参加者多年劳绩，也无愧于中国学术地位和国际地位的贡献。”

1986 年首届莎剧节能够成功地举行，应当说依托了一个平台，这个平台就是中莎会。

1984 年 12 月 3 日，中莎会成立大会暨首届年会在上海戏剧学院隆重举行，很多文化、宣传方面的领导，如上海市文联主席夏征农、中共上海市委宣传部部长王元化、浙江省文联主席黄源等出席了大会，还有如全国文联主席周扬，全国文联副主席、中国作协主席巴金，中国艺术研究院、话研所所长、《外国戏剧》主编葛一虹等则发来贺信。在成立大会上，代表们一致鼓掌通过了关于举办首届莎士比亚戏剧节的决议。

首届莎剧节举办地本来只定在上海，1986 年 1 月，我去北京出差时，突然有人来找我商量，说上海在筹备莎剧节，北京也想办，是不是可以合起来办。我回来后把这个事情跟中莎会主要领导一商量，大家都觉得北京方面的积极性可以理解，但戏剧节还有三个月就要开幕，不宜再临时改变计划。通过跟北京方面的多次沟通，最后决定分为两个演区，北京一个，上海一个，首届莎士比亚戏剧节就这样红红火火办起来了。

“我相信在莎士比亚戏剧的整个历史中，从来没有过这么多的剧目在一起上演，中国的莎士比亚戏剧节应当为此而自豪。”

孙福良：筹备工作非常艰苦，特别是钱从哪里来是个大问题。文化部拨款 1 万元；上海市政府拨款 4 万元，这当然远远不够，我们下决心要自筹，想了很多办法，包括争取企业赞助。一次，我向10位企业家宣传改革开放后举办这一活动的重大意义，同时请市领导同志接见他们，希望他们给予支持，终于感动了这些企业家们，取得了他们在经济上的大力支持。这在当时是非常需要勇气的。同时，我们也在积极地协调与北京相关单位的关系，力争两边一起把这个事情做好。

莎剧节原先准备演七八台剧目，但事实上大大突破了，正式公演剧目上海14台，北京11台，还有一些参演剧目。莎士比亚的剧本一共37个，我们一口气居然演了25台，这个世界上是没有的，堪称空前绝后。因此，国际莎士比亚协会会长菲利浦·布罗克班克参加莎剧节后，非常动情地说："我相信在莎士比亚戏剧的整个历史中，从来没有过这么多的剧目在一起上演，中国的莎士比亚戏剧节应当为此而自豪。"更出乎意料的是，英国艺术大臣露斯特地到上海出席了闭幕式并宣读首相撒切尔夫人写给中莎会会长曹禺的贺信。撒切尔夫人在贺信中，对中国莎士比亚戏剧节剧目"所表演的丰富的想象力以及丰富多彩的表现形式"而感到惊奇。贺信的最后，她引用了莎剧《暴风雨》中的一段台词，称颂中国莎剧节的成功。她说："人是多么美好！哦！神奇的新世界拥有这样美好的人们。"

曹树钧：1984年我应邀参加了中莎会成立大会的筹备工作，以后又自始至终参加了1986年首届莎剧节全过程的活动。在负责莎剧节简报工作的同时，我观摩了上海地区演出的全部莎剧。首届莎剧节为世人瞩目，在艺术上首先是由于它演出了一系列高质量的、堪称第一流的莎剧剧目。有几台戏给我印象极深。开幕式剧目是上海戏剧学院的《泰特斯·安德洛尼克斯》，这个戏在中国是第一次上演。许多代表反映，大幕一拉开，他们就被恢宏的气势镇住了。

《泰》剧不仅气势磅礴、场面浩大，更可贵的是主创人员在人物形象上的精心刻画。主演王熙岩是上戏表演系毕业的校友，他努力通过人物大起大落的命运，揭示他那丰富复杂的内心世界。这位罗马大将为了他的名节，可以手刃自己的儿子；为了使女儿摆脱痛苦，他又将匕首插入女儿的胸膛；为了复仇，他不惜忍辱负重，装疯卖傻。这个动则兵戎相见的军人，在对待苍蝇的议论中，却流露出人道主义色彩："我的眼睛已经看饱了一切残忍的恶行，杀戮无辜的人是不配做我的兄弟的。"王熙岩反复钻研剧本，他又从一句台词中发现"泰特斯"并非纯粹的赳赳武夫。他对女儿说："你要看书，到我书斋来挑选，你要读高深一点的书。"他的发掘使角色更加丰满，终于在舞台上成功地塑造出了一位有城府、有韬略、有头脑的罗马大将。

在莎士比亚原作中，《泰》剧结束在"从今起惩前毖后，把政事重行整顿；不要让女色谗言，动摇了邦基国本"这一点上。现在的演出处理改为：当众士兵三呼万岁，拥戴罗马新君之时，让年幼的小路歇来到遍地横尸前，最后一束光照在孩子深思的脸上，渐渐熄灭。这一结尾发人深思，导演徐企平让代表未来的孩子来询问：人类暴力的历史是否还将继续下去？突出了莎士比亚对人类永久和平的渴望，也使演出获得今天时代意义上的升华。

这个戏充斥着残酷的描绘和血腥气，但导演在艺术上却强调艺术美感，将真、善、美有机地统一起来。观众一走进剧场就被舞台上那血与火交融的浓烈气氛所裹卷，一下子把人带到了古罗马的战场上。整个场面宏伟而不混乱，调度颇见功力，分寸把握得也恰到好处。又如在舞台上当众杀卡特女王的两个儿子时，既表现出复仇的残酷性，又不失戏剧演出的美感要求，没有过分的血淋淋的渲染。看完演出后，两位专程从福建赶来的美国学者对我赞不绝口，一致夸奖观看此剧是一次美的享受。

《泰》剧演员阵容有180余人，其中有150余名业余演员是上海工交财贸系统的普通劳动者。他们兴致勃勃，为了能登上莎剧舞台，有的甘心情愿放弃休息和企业奖金；有的白天参加排练晚上再去上夜班；有的丈夫抱着孩子送妻子到剧场排练；有的半夜回不了家，只好在火车站候车室过夜；有的为了不误排练，请事假，调休；有的排练到后半夜，无公交车只得步行几小时回家……这些“莎迷”，唯一的要求是请莎剧导演签名，作为参加首届莎剧节的永久纪念。上海百余职工自豪地登上莎剧舞台，这是我国话剧史上演莎剧的一次创举，这也意味着四百年前欧洲世界文化名人莎士比亚的名字，已经铭刻在世界东方当代中国普通职工们的心里，莎士比亚不仅属于英国，而且属于全世界人民。

《泰》剧的演出还为重大文化活动的开幕式提供了一个新的创意，这么大一个戏剧节就以一台戏来开幕，没有花里胡哨的东西，很简洁。一位外省市的文化厅领导跟我讲，这样搞开幕式也是一个创举，我们有的文化活动的开幕式过分追求形式，钱花得多，结果一会儿就没有了。莎剧节的这个开幕式，却以戏本身来征服观众。因此，我给当时出版的第一期简报起了一个题目就叫作《了不起的壮举》。

在莎剧节期间，组委会领导十分支持、爱护各演出代表团在艺术上的探索与创新。一天我在秘书组办公室编简报，西安话剧院队长郭达（即后来在中央电视台春节联欢晚会上多次演出喜剧小品的郭达）来找我。他是我院表演系的校友，在校期间听过我的课。他直率地向我诉苦，他们带来的莎剧《终成眷属》，尝试“中国化”的改编方法，戏剧节中心评论组从改编角度批评甚多，缺少对演出整体的评述，对剧组的探索有些苛求。我听了之后觉得他讲得有道理，便立即向组委会做了汇报。

当晚，“中莎会”会长曹禺，以及组委会其他领导张君川、江俊峰、孙滨等在长江剧场观看了他们的演出，并会见了西安话剧院全体演职人员。曹禺说：“你们演出这个戏很大胆，演得不错。舞美好、导演好，尤其是演员好。”并对该院院长张克瑶说：“老演员陪年轻演员演戏，培养青年演员，这样很好。”在和全体演职人员合影留念后，曹禺还当场挥笔题词：“西安话剧院演出《终成眷属》为首届中国莎士比亚戏剧节添了极大的光彩。”

首届莎剧节最令我难忘的还是反响特别热烈，到了“一票难求”的地步，就连著名演员李默然要看戏也很拿到票。

姚扣根：我当时是组委会办公室副主任，负责宣传和接待工作。参加莎剧节，很多同志都是从外地来的，接待任务很重。那时，全国许多著名的戏剧家都云集在上海，真是大雅咸集，群贤毕至。只见他们晚上看演出，白天开研讨会，这样浓郁的文化氛围，至今仍能让我感受到强烈的震动。我是上戏戏文系毕业的，在校期间，知道莎士比亚是一位著名的戏剧家，但他有如此大的魅力，吸引这么多学者、观众看他的戏，研究他的艺术，那么全身心的投入，这是我从未感受到的。

20多年过去了，首届莎剧节最令我难忘的还是观众的反响特别热烈，确实到了“一票难求”的地步。就连著名演员李默然要看戏也很难要到票，我好不容易拿到一张座位较靠后的票，不好意思交给他，他二话没说坚持要去看。

开幕式前夕，我专程赴京拜见曹禺先生，催取他所做的开幕词，并向他汇报有关准备情况。曹禺对戏剧节在上海演出，从经费、剧目、宣传、来宾接待，学术交流、电视录像等各方面一一做了详细询问并做了指导。他称赞说，上海搞得很扎实，上海市委、市政府领导大力支持莎剧节，是有魄力、有眼光的。这是一次踏踏实实的艺术活动和学术活动，这样的风气将弥漫于全国。

曹禺同志反复强调戏剧节一定要确保演出质量。他说："我在这次莎剧节的说明书前言中写道：'这次由中国最优秀的戏剧工作者来演出莎剧'，我是想到了李默然、胡伟民这些人。这次不仅是向中国观众演出，也是向世界最权威的莎学家展示中国戏剧水平，千万要把好质量关。"从我看过的大部分莎剧和各地代表反应来看，我们演出剧目的质量没有辜负曹禺同志的殷切期望。

前国际莎协主席布洛克班克教授说："在莎剧研究和演出方面，中国搞得很有生气。莎士比亚的春天在中国。"

曹树钧：除演出活动外，莎剧节期间还展开了大规模、高层次的学术研讨活动，仅上海地区就有黄佐临、张君川、方平、索天章、陆谷孙、胡伟民、徐企平等莎学专家、学者和莎剧艺术家做了13场学术报告，另有国际莎协主席布洛克班克教授以及英国导演高本纳等特邀嘉宾作的专题学术报告会。此外，还在上戏四楼排演厅等处举行了16场学术研讨会，讨论的专题包括"莎剧中国化""戏曲音乐与莎剧""莎剧与舞台美术""莎剧的表导演艺术"；中心评论组举行了五场剧目学术评论会。以上这些学术活动，使本届莎剧节充满浓郁的理论思辨空气，实现了莎剧演出者与理论研究者两支大军的汇合，有力地推动了我国莎学研究与戏剧理论研究工作的进一步开展。

1978年以来，已先后出版了40部左右莎学专著和文集，《莎士比亚在中国》（中莎会主编）、《中国莎学简史》（孟宪强著）、《莎士比亚在中国舞台上》（曹树钧、孙福良著）、《中国莎学年鉴》（吉林莎学会主编）、《中国莎学发展历程》（孟宪强著）等著作就是首届莎剧节延伸出来的直接学术成果。1995年我专程赴京与孟教授一起看望曹禺先生，孟教授向曹禺赠送《中国莎学简史》一册。曹禺翻阅之后，大加称赞，说："有40万字，简史不简，我向你深深致谢。"

莎剧节期间展开的莎学讨论充分体现了百家争鸣的精神。记得昆曲《血手记》演出结束后，我协助陈多教授主持了关于此剧的研讨会。当时我清晰地听到了会场上两种截然不同的声音，有的专家说这个戏把莎士比亚"吃"掉了，没有莎士比亚了，但也有人不同意，认为这样尝试很好，双方争论得很激烈。时间证明，这个戏在用中国戏曲演绎莎士比亚戏剧方面确实有许多独到之处。现在国际上讨论莎士比亚，往往都要提到这个戏。去年（2007年12月），我参加苏州国际昆曲研讨会，台湾师范大学陈芳教授宣读她的论文，题目就是"演绎莎剧的昆剧《血手记》"，文长一万余字，对《血手记》的成就和不足进行了详尽的探讨，引起了与会学者浓烈的兴趣。这个戏无疑是上海昆剧团创造的一个经典，可以继续保留下去。

莎剧节带来的学术研究与出版的热潮，使其与莎剧演出实践更紧密地结合起来，将许多有实际意义的课题纳入了理论梳理与引导的范畴。已故的前国际莎协主席布洛克班克教授说得好："在莎剧研究和演出方面，中国搞得很有生气。莎士比亚的春天在中国。"

孙福良：文化部原副部长高占祥评价说，这个莎剧节绝对是国家级的。上海市领导认为，首届莎剧节开创了上海举办国际艺术节的先河。

首届莎剧节的影响多年以后还在延续。1991年，我应邀到莫斯科参加苏联国际莎士比亚学术研讨会。在这次会议上我做了"华夏文化与莎士比亚演出"的报告，介绍了莎士比亚对中国戏剧的影响和莎士比亚作品在中国演出的情况。当我发现演讲时间离规定只差5分钟时，就遗憾地告诉台下听众关于首届莎剧节的盛况，只能以后有机会再详细介绍。不料，会场内一下子举起二三十双手，要求我继续讲下去。后来，这个演讲就被大大延长了，当我讲到1986年中国莎士比亚戏剧节，有25台剧目在京沪两地同时上演时，台下一片掌声，还伴随着“乌拉”的欢呼声。演讲结束后，一位来自格鲁吉亚的女士激动地跑上台，大声对我说：“中国，太令人神往了。”

1994年，我们延续首届莎剧节的热潮，又办了一届，称为“’94上海国际莎士比亚戏剧节”。这一届，台湾和香港都派团参加了，然后就提出来希望我们帮助他们在当地成立莎学组织。于是我就去了台湾，没想到莎剧节效应居然在岛内如此强大。本来是台湾大学邀请我去的，但去了之后一下子又有12个大学请我去介绍莎剧节盛况，原定一个星期的行程只能延长到两个星期，他们称之为“彼岸吹来的莎剧旋风”。台湾方面至今仍认为岛内莎学组织是在我们的促进下成立起来的。香港方面的情况也有类似之处。

曹树钧：1995年，中莎会准备组团应邀参加在美国洛杉矶举行的第六届世界莎士比亚大会。这是中国第一次派出代表团参加世界莎士比亚大会。当时我们几个赴美参加会议的同志看望了曹禺先生。已经85岁高龄且在住院的曹禺先生听说我们将去参加世界莎士比亚大会，非常兴奋。他特别强调，“首届莎剧节办得很成功，莎剧节结束后我们也产生了很多学术成果，包括第一部中国莎学简史等都是那以后出来的，我们做了很多工作，但是外国人还不了解，你们这次出去应该好好地向世界宣传中国莎学事业取得的成就，让中国莎学走向世界”。后来，我们在美国出席这次会议时，特地准备了一些学术专著、莎剧节简报、剧照、说明书等资料赠给了当时国际莎士比亚协会秘书长罗杰·普林格。普林格先生也很震动，他说，前任国际莎士比亚协会会长菲利浦·布洛克班克去世前，还向他们提起中国的莎剧节，并且再次强调“莎士比亚的春天在中国”。

首届莎剧节的举办，对学生演剧的影响也不容忽视。山东艺术学院戏剧系师生七十多人，莎剧节期间大队人马开到上海观摩学习，表演班学员倪萍回校后组织了一个十人“开拓剧社”，演出《奥赛罗》全剧，自己主演《奥赛罗》中的苔丝德梦娜，受到好评。多年后，已是中央电视台著名主持人的倪萍光临上海，回忆起在莎剧节上第一次观摩莎剧的情形，还是非常激动与留恋。在莎剧节推动下，不少学校的课余戏剧活动也蓬勃开展起来，好多大学、中学当时都排演了《哈姆雷特》《威尼斯商人》以及莎剧片段，培养了很多校园文化骨干。

刘明厚：首届莎剧节的举办，让很多学术界、戏剧界专家、学者认识了上海这座城市的组织能力和上海人的工作热情，对此深感敬佩。我的导师、中央戏剧学院的廖可兑教授有一次来上海，在送他去火车站时，他还一路对我提起1986年的莎剧节，说“我从来没有在一周内看过那么多戏，而且还天天参加学术研讨会。上海人是实干的，你们不是光说空话，也没有总是停留在畅想阶段，真正把事情做了出来。”

1994年莎剧节是1986年莎剧节的延续，其国际化色彩更加明显。通过两届莎剧节，我们的戏剧观念、演出观念、学术观念都得到一定的转变，充分活跃了我们的头脑，在思想的相互碰撞中达到了一个全新的认识高度，这在以前是从来没有过的。

莎剧是经典，经典也要创新，莎剧演出不能只单纯地停留在原著基础上。1994年莎剧节时，我们看到了德国纽伦堡青年剧团演出的《罗密欧与朱丽叶》。大家都知道，这个戏原来的结尾是两人双双殉情而亡，但他们的演法却是朱丽叶不甘心罗密欧死去，就狠狠地踹罗密欧的背，这一踹让罗密欧把喝下去的毒药全吐了出来，结果死里逃生，非常具有戏剧性。北京学者看了后，特别震惊，外国人都可以对原著进行自己的解释和颠覆，那么我们是不是也应该重新思考这一问题呢？这种戏剧观念、艺术观念的碰撞，无论对戏剧学院师生还是对上海的艺术家都是一种全新的理念。

黄桂英、曹树钧（采访）

曹树钧、方军（整理）

2008 年 1 月

The Story of Hamlet and the Voice of "Bujin" in Korean Drama *Tamra, the Island*

韩国电视剧《垂涎之岛》中哈姆雷特的故事和"泊珍"的声音

申惠媛

【摘　要】莎士比亚笔下的哈姆雷特，在其父亲——仁慈而受人爱戴的丹麦国王——突然去世之后，极度渴望找出背后隐藏的真相。他制定了审慎的计划，以验证刚刚亡故父亲的鬼魂所讲述的离奇故事。《垂涎之岛》中威廉·J. 斯宾塞（William J. Spencer）横跨海洋到达了地球另一侧，他在朝鲜王朝仁祖（1623—1649）的宫廷中将莎士比亚著名的《哈姆雷特》（1602）的故事作为宫廷娱乐活动进行展示。然而威廉的哈姆雷特戏剧表演却"大大冒犯"了国王及其朝臣，国王决定处罚无辜的威廉。剧中有一位朝鲜女性主角，她并不像奥菲莉娅那样被塑造成消极的角色。这位朝鲜女主角拒绝接受早期现代朝鲜社会所赋予的性别角色以及不公平的阶级系统。《垂涎之岛》这部现代浪漫喜剧将背景设置在17世纪的朝鲜王朝仁祖统治时期（1623—1649），是2009年韩国最受欢迎的电视剧之一。它探究了诸如政治阴谋和较量、性别和阶级不平等、排外和欧洲殖民者在远东的扩张等主题。在本文中，笔者将探讨《垂涎之岛》这部韩国流行电视剧把韩国和莎士比亚之间的戏剧化相互联系的方式。

【关键词】莎士比亚；《哈姆雷特》；韩国；《垂涎之岛》

【**Abstract**】Shakespeare's Hamlet, desperate to find out the truth behind the sudden and unexpected death of his father, the benevolent and loving king of Denmark, makes a deliberate plan to put to test the troubling story of the apparition of his recently deceased father. Across the ocean — the other side of the world — William J. Spencer, in *Tamra, the Island*, tells the story of Shakespeare's famous *Hamlet* (1602—) as a courtly entertainment at the court of King Injo (1623—1649) in Korea. However, William's theatrical rendition of Hamlet "has much offended" the King and his court and leads to the King's determination to get rid of the innocent William. There is a Korean female protagonist in *Tamra, the Island*. Unlike Ophelia who is often represented as passive, the Korean female protagonist (nick-named "Virgin") refuses to accept gender role and unfair class system given by early modern Korean society. *Tamra, the Island* — the modern romantic comedy historically set in the seventeenth century Korea during the reign of King Injo (1623—1649) , *the Sixteenth King of the Joseon Dynasty* — is one of the most popular 2009 Korean television series. It explores several themes, such as political intrigue and rivalry, gender and class inequality, xenophobia and the European colonial expansion in the Far East. In this essay, I will examine the ways in which the popular Korean TV series titled *Tamra, the Island* dramatizes interconnections between Korea and Shakespeare.

【Key Words】 Shakespeare; *Hamlet*; Korea; *Tamra, the Island*

Hamlet. For murder, though it has no tongue, will speak
With most miraculous organ. I'll have these players
Play something like the murder of my father
Before mine uncle. I'll observe his looks,
I'll tent him to the quick: If he but blench,
I know my course.
...
The play's the thing
Wherein I'll catch the conscience of the king. (Shakespeare's *Hamlet* 2. 2. 605-610)

William. I will tell the story of *Hamlet* to entertain the king. (*Tamra*)

Ophelia. I do not know, my lord, what I should think. (*Hamlet* 1. 3. 104)

Bujin. I *do* know what I want...I want to find what I want and who I am, not what you want me to be or what society expects me to be. I want to live a life to be true to myself. (*Tamra*)

Shakespeare's protagonist Hamlet, desperate to find out the truth behind the sudden and unexpected death of his father — the benevolent and loving king of Denmark — makes a deliberate plan to put to test the troubling story of the apparition of his recently deceased father. The Ghost urges Hamlet to avenge the tragic murder committed by Claudius, his own brother and Hamlet's uncle, who *unlawfully* usurped the throne and married the widowed queen Gertrude. Determined to verify the Ghost's story, Hamlet decides to use "the play within a play" (titled *The Murder of Gonzago*) to "catch the conscience of the king". It turns out his play reveals what he might have been running away from, and he gets the grim truth out of the secret darkness.

On the other side of the world, William J. Spencer, in *Tamra, the Island*, tells a story similar to Shakespeare's *Hamlet* (1602—) as entertainment for the court of King Injo (1623—1649) in Korea. Like Hamlet, William's theatrical rendition of *Hamlet* "much offended" the King and his court, which leads to the King's determination to get rid of the innocent William.

There is a Korean female protagonist in *Tamra*. Unlike Ophelia in *Hamlet* who appears to be a symbolic representation of the idealized female passivity as women's virtue in early modern England — at least until act four when she becomes deranged and eventually expresses her own pain and loss — [①] the Korean female protagonist (nicknamed "Bujin") in *Tamra* refuses to accept

① Goodland, Katharine. "The Gendered Poetics of Tragedy in Shakespeare's *Hamlet*. " In *Female Mourning in Medieval and Renaissance English Drama*: *From the Raising of Lazarus to King Lear* (Aldershot, U. K.: Ashgate, 2005) , 171-99.

the strict gender role and unfair class system prescribed by early modern Korean society.

Tamra, the Island — the modern romantic comedy historically set in the seventeenth century Korea during the reign of King Injo (1623—1649) , the sixteenth King of the Joseon Bynasty — is one of the most popular 2009 South Korean television series. It explores several themes, such as political intrigue and rivalry, gender and class inequality, xenophobia, and European aspiration for colonial expansion in the Far East. *Tamra* creates a riveting world replete with rivalry, greed, and betrayal, but eventually shows an idealized comic world filled with hope, forgiveness, and faith in the goodness of mankind. More like Shakespearean romantic comedies such as *Twelfth Night* and late romances such as *All's Well That Ends Well*, the Korean romantic comedy ends with hope, reconciliation, and an unlikely marriage between the low-born poor Bujin and the high-born aristocrat Park Gyu, just like the poor Helena who manages to marry the wealthy smug aristocrat Bertram in *All's Well*.

It has been a cliche to say that "Shakespeare belongs to the world" in the age of globalization (31). [①] For example, recent Asian adaptations of Shakespearean theatrical works have enjoyed a great deal of artistic and commercial success.[②] Plenty of research on global Shakespeare has been devoted to the political meanings of staging Shakespeare's plays on foreign soil. For example, André Lefevere argues for the legitimacy and necessity of the political use of literature as a way of effective struggle against Western ideology. [③] Harold Bloom creates the idea of literary universalism, applies the theory of universalism to Shakespeare, and explains the very reason for Shakespeare's uncanny longevity.[④] In a counter movement, scholars, such as Huang, departed from politicized, institutionalized Shakespeare to more personalized adaptations of Shakespeare, claiming the significance of "individual engagements or re-framings of Shakespeare's plays that reaffirm local reading positions" (33).[⑤] Martin Orkin also brings our attention to a more personal and localized understanding of Shakespeare in his book titled *Local Shakespeares*.[⑥]

1 Hamlet and William

For a long time, it appeared that Shakespeare remained unknown in the Korean Peninsula but in 1906 "the name of Shakespeare appeared for the first time" in a magazine titled *Joyangbo*, where the famous Bard's name was not written as Shakespeare, but as "Saygusbeea" — an indication of the heavy influence of Japanese colonization (Kim 38).[⑦] Given the fact that Shakespeare appears to

① Alexa Huang "Shakespeare, Performance, and Autobiographical Interventions" in *the Shakespeare Bulletin: A Journal of Performance Criticism and Scholarship* 24. 2 (Summer 2006): 31-47.
② Ibid. 31-33.
③ Lefevere, Andre. "Why Waste Our Time on Rewrites? The Trouble with Intrepretation and the Role of Rewriting in an Alternative Paradigm, " *The Manipulation of Literature: Studies in Literary Translation* Ed. T. Hermans. London: Croom Helm, 1983.
④ Bloom, Harold. *Shakespeare: the Invention of the Human*. New York: Riverhead, 1998.
⑤ Alexa Huang "Shakespeare, Performance, and Autobiographical Interventions" in the Shakespeare Bulletin: A Journal of Performance Criticism and Scholarship 24. 2 (Summer 2006): 31-47.
⑥ Orkin, Martin. *Local Shakespeares: Proximations and Power*. London: Routledge, 2005.
⑦ "Shakespeare in a Korean Cultural Context" by Jong-hwan Kim in *Asian Theatre Journal*, Vol 12, no 1 Spring 1995, pp 37-49.

have been unknown to the general public until the early twentieth century, it is quite intriguing to see *Tamra*'s dramatic representation of perhaps the first possible encounter—at least at the court — between King Injo along with his high officials and Shakespeare's *Hamlet* during the seventeenth century.

Koreans might not have known Shakespeare before 1906, but they did know about Western world and its unique culture as early as the middle of the sixteenth century (Seth 217).[①] For example, around 1627, a group of Dutch sailors were captured and ended up living in Korea for about a decade. Hendrick Hamel (1630—1692) was the first Westerner to write his first-hand experience of living in Korea during the Joseon Dynasty era. Hamel wrote a diary based on his life experiences, which are known as "the earliest report in a western language on the land, people and customs of Korea" (Underwood ix).[②] His book, titled *Hamel's Journal and a Description of the Kingdom of Korea, 1653-1666*, was eventually published after his returning to his homeland, the Netherlands. Hamel describes in his journal of "what happened to the surviving officers and sailors of the ship Sperwer (Sparrow Hawk) from the time this ship was lost on August 16, 1653 on the island Quelpaert (belonging to the King of Korea) until 14 September 1666, when eight of the crew escaped to Nagasaki in Japan, and what happened in the Kingdom of Korea" (1).[③]

Tamra's dramatic portrayal of its fictional character, William, and his unexpected arrival at Tamra (now called "Jeju Island") has many surprising similarities with Hamel's historical account of his equally unexpected visit to Jeju Island, and his forced stay in Korea during the period from 1653 to 1666. Both Hamel and William found themselves shipwrecked ashore on Jeju Island off the southern coast of Korea and captured by its inhabitants. After that, they both were sent away to the King to be investigated about the purpose of their visits, since the Joseon Dynasty operated under a strict foreign policy that prohibited any trade with Westerners, earning it the nickname "the hermit kingdom." Eventually both Hamel and William managed to escape to Japan after years of several escape attempts in vain.

In *Tamra*, William is portrayed as a young British aristocrat living in the 1640s with a fascination for East Asian arts and culture. Initially he left for Japan; however, on his way to Japan, he suffered a shipwreck off the coast of Jeju island, captured and sent to the court of King Injo for interrogation. At the court, the captured, desperate William uses a pivotal scene from Shakespeare's *Hamlet* — "the play within a play"—to please the King and his court so that he could survive in captivity. His theatrical attempt to please the King reflects his growing desperation to leave Korea and continue his interrupted journey to Nagasaki, Japan, his original destination, to "pave the road

---

① Read Michael J. Seth's *A concise History of Korea: From the Neolithic Period to the Nineteenth Century* (Lanham, USA: Roman and Littlefield, 2006) . Seth argues that the first known Westerner to visit Korea was Gregorio de Cespedes, a Jesuit priest that accompanied the Japanese during the Japaneseinvasions in 1597. The Koreans' first personal interactions with Westerners would not actually occur in Korea, but in China and Japan since they opened their doors to Westerners first. For Example, one Korean named Antonio Corea was baptized in Japan and eventually made his way to Italy and lived where he met Matteo Ricci, a Jesuit priest that was living in China, met a Korean scholar named Yi Su-kwang. From Ricci, Yi learned about western technology and maps and later published what he learned in his own encyclopedia") .

② Read *Hamel's Journal And A Description Of The Kingdom Of Korea 1653-1666* (Royal Asiatic Society, Korea Branch; 3rd Revised edition, 2011) by Hendrick Hamel (Author) and Jean-Paul Buys (Translator) .

③ Read *Hamel's Journal.*

between East Asia and England" (*Tamra*). Another reason for his travel to the East was that he wanted to escape his domineering mother and an arranged marriage forced by his family upon him. However, his royal entertainment efforts backfire since the play *Hamlet* he reenacts resonates with all the terrible things King Injo has done in the past and desperately wants to put behind him. The things he did in the past continue to haunt him and his court, reminding them of his relentless political ambition, his usurpation of King Kwanghae, his own brother, and later his murder for the sake of his new kingdom. However, William unknowingly brings these tragic events to light.

The drama moves swiftly from the chaotic political scene of the Joseon Dynasty to a more personal account of the lowly born, uneducated, poor young female heroine Beo-jin (or "Bujin"). The story follows her determined search for "true" love and her own identity through her personal journey. It is surprising to see the lowly born, poor young woman appears as a central figure in the drama given the fact that a woman was only valued as a caretaker of a family, such as a wife, a daughter, or a mother during the Joseon Dynasty.[①] However, her personal journey to find her own identity on her own terms succeeds not in relation to her familiar duties, but through her surprising friendship with the unwelcomed British visitor William — despite a deep seated sense of cultural fears, fear of foreigners or xenophobia — and later her romantic involvement with the well-educated handsome aristocrat Pak Hyun.

2 Bujin

The Korean drama *Tamra* subverts many of the traditionally held Confucian values represented during the Joseon Dynasty. First, it employs a strong-willed female as its protagonist. Women did not have strong presence in ancient Korean history and literature due to the long held influence of Confucianism, which viewed women as weak and incapable.[②] The principles of Confucianism, therefore, highlighted the significance of women's submission to men (as men's property) and female chastity.[③] However, the drama *Tamra*, based upon the seventeenth century Joseon Dynasty, defies society's prescribed and predetermined strict gender roles by allowing the heroine actively to find her own true identity. It was considered untraditional for early modern Korean society to witness women consciously making choices for themselves; however, she refuses to see herself as "passive, silent, and victimized objects" and bravely takes life-threatening risks to participate in the process of shaping her own destiny.[④] It would be highly idealistic to have a lowly born poor young female to overcome the oppressive cultural environment of the Joseon Dynasty. Jahyun Kim Haboush argues in "Versions and Subversions: Patriarchy and Polygamy in Korean Narratives":

① Yung-Chung Kim, *Women of Korea: A History from Ancient Times to 1945* (Seoul: Ewha Womans University Press, 1979.

② Michael J. Seth, *A Concise History of Korea: From the Neolithic Period throughout the Nineteenth Century* (Oxford: Rowman & Littlefield, 2006).

③ Ibid, 155.

④ There are so many similarities between early modern Korea and early modern England in terms of gender inequalities. Read Valerie Wayne's "Some Sad Sentence: Vives' Instruction of a Christian Woman" in Margaret Patternson Hannay, ed., *Silent But for the Word: Tudor Women as Patrons, Translators, and Writers of Religious Works* (Kent: Kent State University Press, 1985) 15-29.

"The modern view of premodern women as helpless victims devoid of agency who could write only to express their victimhood...Korean thinkers of the early modern era portrayed traditional Korean women as an oppressed lot without autonomy or agency" (Haboush 282). ① However, *Tamra* creates an unlikely heroine who defies the hierarchical class system and gender roles, and who argues that she is as autonomous as her male counterparts and determined to create her own destiny. *Tamra*'s portrayal of Bujin is the anti-embodiment of the idealized womanhood created by the Confucian Korean society of the time period.

During the Joseon Dynasty era, most of books and pamphlets that were written, published, widely read, and highly emphasized the significance of moral values and social norms. *Elementary Learning* was one of the "required" books, compiled by the Chinese philosopher Zhu Xi in 1189, and it became a major textbook of the Chinese New-Confucian education for children in Korea. *Elementary Learning* was brought to Korea probably in the early fourteenth century and it quickly became "compulsory reading for beginners in 1407" (Deuchle 145). ② The book, *Illustrated Guide to the Three Bonds* (Samgang Haengsilto) , probably written in 1432, was brought to the attention of the public in 1434 by King Sejong, who was determined to teach "the book's basic message to all members of society regardless of social status" (Deuchler 146). ③*Illustrated Guide* served as one of the most popular moral guidelines during the Joseon Dynasty. These books, originally written in Chinese, were later translated into Korean in order to provide accessibility toa wider audience, including the less educated, the socially Deprived lower class, and women. It helped inculcate conservative, traditional values of Confucianism to maintain the social and cultural norms. In particular, the Joseon Dynasty of this time period was concerned about women and their "proper" roles in society, defined as limited to the domestic sphere away from the public eye. During the late Joseon Dynasty, more progressive Confucian scholars such as Yi Sangjoung actively advocated for education regardless of gender, social or economic class: "Moral principles are rooted in a person's heart; whether they are fully or poorly developed does not depend on being high or low in status, or male or female. Thus, without instruction of books and practice, or without the guidance of teachers and friends, it is not possible to develop innate nature."④ However, it was clear that educational opportunities for women were more readily available to the elite women of higher social status, who were born and raised in the scholarly ambience of their parents' households.

There were several books on moral guidelines exclusively for women, such as *Instruction for Women* complied by Queen Consort Sohye, Lady Han, the mother of the King Songjoung in 1475. Unlike most of the conservative books, Lady Han argued for the necessity of women's education: "All human beings were born with the spirit of Heaven and Earth, and all are endowed with the virtues of the Five Relationships...there is no difference between jade and stone, yet whether... an orchid or a bitter smelling shrub depends entirely on the method of self-cultivation... The rise or

---

① Jahyun Kim Haboush "Versions and Subversions: Patriarchy and Polygamy in Korean Narratives" in *Women and Confucian Cultures in Premodern China, Korea, and Japan* (Berkely and Los Angeles: University of California Press, 2003) , 279-303.

② P.145, read Martina Deuchler's "Propagating Female Virtues in Choson Korea" in Women and Confucian Cultures in Premodern China, Korea, and Japan (Berkely and Los Angeles: University of California Press, 2003), PP. 142-169.

③ Ibid., p. 146.

④ Yi Sangjong, "So Im Yolbujon Hu, " *Taesan sonsaeng munjip*, 45: 19a-b.

fall of the political order, although connected with the husband's character, also depends on the wife's goodness. She therefore must be educated."① Though she advocated for women's education, her argument was limited in a sense that it would be only valuable if it lies in line with domestic duties, such as those of a wife, mother, and daughter.

Unlike the depressing social milieu of the early modern Joseon Dynasty, the modern Korean drama *Tamra* creates a surprisingly positive, passionate, and strong-willed female heroine who, despite mounting private and public obstacles, refuses to see herself as a poor, vulnerable, compliant, socially isolated victim and makes enormous efforts to create her new identity. She cries out that she is valuable and she proves that she can be independent.

Bujin is from the lower-class background, and her "lowly" social status makes it much more difficult to navigate: "the inequalities imposed on women and their offspring by Confucian ideology, thus, were much more pronounced than in China. The Confucian social system as it emerged in Korea tightened the native criteria of aristocratic status and reached its fullest elaboration in the second half of the dynasty. Despite important economic developments in late Joseon that gave rise to a degree of social diversification, Korean society remained highly stratified and never had the fluidity and mobility of late imperial China" (Deuchler 144). Depressingly harsh social immobility in the Confucian class system coupled with patriarchal propaganda, forced lower class Koreans—in particular, poor women — to conform to those values and find their socially approved and "appropriate" places in society with contentment.

In addition, Bujin and her mother, Choi Jang-nyeo, are "Haenye" (or called "Jam-Nyo" in the drama). The women divers called "Jam-Nyo" in Jeju Island were oftentimes frowned upon by Korean society since the sea women or women divers were the main breadwinners in their households and provocatively represented the *sort of* the matriarchal family structure in the deeply patriarchal Joseon society. Their independent spirit and strong-willed nature must have raised eyebrows of the conservative male-dominated Korean society. However, there was a reason for their independent spirit.

Since sea related products were the main sources of their income and basis of their livelihood in Jeju Island, the roles of these female fishers became significant and subsequently challenged the gender dynamic. Therefore, the reversal of gender roles in Jeju island might have collided with Joseon's rigid binary gender and social hierarchy, which was deeply rooted in Confucian culture in which women were considered to be inferior to men and thus expected to be compliant, obedient, and submissive to every needs of their male counterparts and their in-laws, similar to the way the Yangban (the ruling upper class) were expected to be "masters" to the sangnom (the lower class of the society). The self-sufficient and financially independent female divers might have been perceived as a grave threat to the social norm.

Tamra represents the reversed gender-roles through Bujin and her family. Bujin's mother plays the role of a strong matriarch, a respected leader of the "haenyes" in the community. Bujin herself is

---

① Preface, *Naehun in Naehun-Yosaso* (rpt. Seoul: Asea Numhwasa, 1974) .

encouraged and expected to follow in her mother's footsteps to continue family tradition of "haenye." Due to this expectation, Bujin becomes a frequent target of harsh punishments both verbally and sometimes physically by her mother — not by her father — when she fails to do what has been expected of her. Her father plays the role of a married woman, responsible for taking care of the household in a passive and silent manner. During this time period, harsh punishments were often times reserved for male children. However, the mother's desperate desire to have her daughter well-trained shows how much she "values" independence.

The mother becomes the head of the household, the leader of her coworkers, a respected member of the community, and a strong, affectionate parent to her daughter. Even though she plays a disciplinarian role to her daughter, the mother is willing to provide full support to her daughter when the unmarried young Bujin, without any necessary resources, plans to run away with William, a captured foreigner, and take an unexpected journey to find her "true love" and self-worth. During this time period, women traveling without the protection of family members was culturally prohibited or strongly discouraged due to the danger of rape, harassment, death, etc. Nevertheless, Bujin takes extra precautions and decides to do a male disguise to protect herself. Women, in general, were supposed to be confined to the areas of the inner home to prevent contact with the outside world. When Bujin leaves behind her family, she expresses her deep desire to leave her small hometown: an isolated, poor, and vulnerable island that she believes cannot provide any valuable opportunities for her.

> I do not want to live a poor, tough, wild life like you, mom. I'm just so sick and tired of this way of life as haenye in the island. I want more… I want to have a taste of a bigger and better life for me. I want to find what I want and who I am, not what you want me to be or what society expects me to be. I want to live a life to be true to myself.

Although confronted with her mother's strong opposition, Bujin decides to strike out on her own along with her two unlikely male companions, William (a shipwrecked British foreigner who runs away from the nationalistic Korean government) and later Park Gyu (a wrongfully accused high level government official who also runs away from his political opponents). This desire to leave her home with the British fugitive William illustrates her deep wish for a change in scenery, even if that means living in a foreign place where she has absolutely no history and no sense of belonging.

Bujin searches for her own individual identity, veering away from the collectivist culture of Korea. Her willingness and determination to carve out her own path despite mounting challenges demonstrates her strong sense of independence and will to write her own story — one that is the exact opposite of what the society expected to see from women of the time period. She realizes that she does not have to follow the social norm expected for women and put up with unfair and abusive treatments by both men and society. Thus, as she continues on this untraditional path, she develops and fosters her confidence and self-worth.

In the finale, it is Bujin who is able to save the lives of Park Gyu and William when both of them face the death sentence because of a false accusation of high treason by Park Gyu's political opponents and corrupt government officials who manipulate the King. Although she is a commoner without any political power who is not able to get access to the King in the court, she manages to infiltrate into the court as one of "court maids" and tell the King the truth. *Tamra* depicts Bujin as someone who is not only able to defend herself, but is also a fierce advocate for the interests of her dear friend, William, and her future husband, Park Gyu, before the King. Courageously revealing her true identity that she is not a palace maid, and thus, not supposed to be at the court at all—a lie punishable by death, Bujin desperately cries out to the King for "justice" and declares the innocence of the wrongfully accused men. Like a lawyer, Bujin pleads with the King:

> I am not a palace maid and I am a female diver from Tamra...I am here to save their innocent lives and I can put my life on it. Please spare them. Unlike your court filled with political intrigue, rivalry, greed and manipulation, in Tamra, we do not fight or murder each other. We do not care if someone is a member of the nobility like Sir Park Gyu or a commoner like me, or a foreigner like William. We treat each other as human beings with respect.

Ultimately, she proves their innocence before the King and is portrayed as an active participant in the lives of her close allies, not as a hapless victim who blindly follows and obeys social convention and accepts her given destiny.

As she progresses on her journey, she continues her personal development by finding her own voice. When she comes back to Tamra with Park Gyu and William, Bujin is informed of the forced labor experienced by many of the Jeju inhabitants, their fear of the East India Company, and the Seo-in faction which attempted to establish free and independent trade in Japan and other various foreign countries. However, the Seo-in faction is seen as going too far to obtain its own gains, even at the expense of the national interests and interests of its people. Bujin leads the community to fight off the forced labour and the possible Japanese mercenary invasion of Jeju. With Park Gyu's timely help, Bujin and the entire community are able to repel the Japanese forces. Her active participation and willingness to take responsibility for the unfair treatment is a significant departure from the traditional values of women during the time period.

3 Conclusion

By the seventeenth century, there emerged a new spirit of progressive thinking regarding women and their right to pursue individual happiness. For example, in "Treatise on Virtuous Wives," the famous scholar Chong Yagyong boldly denounced strict social conventions unfairly placed upon women. His philosophy came from a new idea of humanism that valued individuality, instead of a collective social mindset that demanded "sacrifice" upon women for the sake of family and society.

Tamra's seventeenth century portrayal of Bujin as an autonomous human being with her own sense of identity and self-fulfillment, not as a victimized woman who gives up her life to blindly follow social convention, reflects the emerging spirit of a new era, which began to recognize women as virtuous human beings. The drama ends with Bujin's farewell to William who leaves Tamra island to continue his journey to Japan and her marriage to Park Gyu, the well-educated upper class government official. Given the fact that Korean society at the time operated strictly under the class stratification, her marriage across the class system represents the dream of social mobility by many ordinary people, who longed for a new, fairer system. In the end, *Tamra*'s portrayal of Bujin represents a sense of hope and desire for social freedom felt by many ordinary men and women in Korea during the Joseon era.

作者简介：Hiewon Shin, Associate Professor of English at North Greenville University, South Carolina, USA. She received her PhD on Renaissance/Shakespeare from the Pennsylvania State University and has published essays on Shakespeare and presented papers in various conferences. 申惠媛，美国南卡罗来纳州北格林维尔大学英文系副教授。

潮剧《再世皇后》对莎剧《冬天的故事》的改编

谢桂霞

【摘　要】潮剧《再世皇后》是二十世纪八十年代改编自莎剧《冬天的故事》的地方戏曲。本论文拟讨论潮汕地区搬演该剧的时代因素，选择该莎剧的具体原因，考察近代潮汕地区对莎剧的接受背景和方式；同时，通过对比两部戏剧在情节安排、人物设定和语言风格的异同，讨论《冬天的故事》在地方化的过程中整体发生的变化。莎士比亚戏剧从 19 世纪末期被介绍到中国之后，被不断地翻译为中文，改编为地方戏剧。《冬天的故事》从被选择到改编为《再世皇后》，整个过程都记录着潮汕地区的文化、风俗，以及潮剧戏曲特点和这部世界名剧互动的细节，是地方戏曲与世界名剧交流的一个典型案例。

【关键词】潮剧；莎剧；《冬天的故事》；《再世皇后》；改编

【**Abstract**】Shakespeare's *The Winter's Tale* was adapted into Chaozhou opera titled *Rebirth of the Queen in* the 1980s. This article intends to discuss the historical background of this adaptation activity, including the reasons for selecting this Shakespearean play rather than others and the reception of this adaptation in the area. Besides, the article also conducts a textual comparison between the Zhu Shenghao's translation of this play, which is the source text for adaptation in this case, with the adapted version, and find out the differences in the storylines, characterization and language styles between the two versions. Since Shakespeare's works were introduced into China at the end of the 19th century, the plays have been translated and retranslated into different Chinese versions, including some dialectal versions. The adaptation of *The Winter's Tale* into *Rebirth of the Queen* is one of the examples of how this world classic interacts with the local culture, customs, and opera.

【**Key Words**】Chaozhou opera; Shakespeare's play; *The Winter's Tale*; *Rebirth of the Queen*; adaptation

1 引 言

潮剧是使用潮汕方言演唱的地方戏曲剧种，也是国家级非物质文化遗产代表性项目之一。该剧种主要流行于广东东部和福建南部，并随着华侨和华裔的足迹，传播到世界各地。潮剧擅于博采众长，从剧本的语言、音乐曲牌、行当角色分类，以及唱曲和歌舞方式等方面来看，潮剧可能综合了南戏，弋阳腔或民间小戏等各类戏曲歌舞的特点[1]249-250。

根据广东省人民政府文史研究馆的梳理，潮剧的剧目题材主要来源于三类，即宋元南戏、地方题材和 20 世纪 20 年代的文明戏。其中，文明戏的来源主要为国产影片[1]250。文明戏也是潮剧和外国戏剧接触的开端。根据陈韩星的叙述，潮剧搬演莎剧便始于文明戏阶段，而谢吟等改编为《一磅肉》的莎剧《威尼斯商人》，则是第一部搬演到潮剧的莎剧。然而，该剧由于“对话多，曲词少，而且说白多用语体文”[2]439，并没有被当时的观众所接受。1980 年至 1985 年间，由刘管耀和李英群改编自莎剧《冬天的故事》的潮剧《再世皇后》，则是潮剧搬演莎剧的又一次尝试。这部改编古装剧使用潮剧的行当和服饰，将原文中的对白改为唱词，在语言和情节上也做了调整。加上服装的精美和演员的用心，在表演之初就受到观众的喜爱。本文通过探讨《再世皇后》的改编的时代背景和改编方式，以及其与《冬天的故事》在整体呈现和语言风格方面的异同，探讨莎剧《冬天的故事》在潮汕地区的接受方式和情况。

2 《冬天的故事》的汉译和改编

《冬天的故事》被看作莎士比亚四大传奇剧之一。莎氏传奇剧的情节一般古怪离奇，发生的地点既有宫廷也有深山，有荒岛也有海洋，真实和虚幻相互交接，充满着浪漫的色彩。剧情方面，亲人会因妒忌或灾难分离，爱人因为父母或地方法规的反对不能结婚，而随着情节发展到后期，矛盾都会得到化解，有情人也终成眷属。由于传奇剧结合了悲剧和喜剧的元素，也被称为莎翁的“悲喜剧”[3]39。

本研究中的《冬天的故事》大约写于 1609 至 1610 年之间，正式出版于 1623 年[4]869。故事主要讲述西西里国王无端猜忌王后与其挚友波希米亚国王存在奸情，并由此计划毒杀波希米亚国王，并将刚出生的公主抛弃到荒野。这些行为使王子和皇后悲愤离世。十六年后，被抛弃的公主和波希米亚王子相爱。但因身份悬殊，得不到波希米亚国王的允许。两个年轻人逃到西西里王国后，公主的身份得到确认，有情人终于得到了祝福，十六年前的好友也重拾友谊，成为亲家，当时“离世”的皇后也从塑像中复活过来，一家人重获团聚。

早在二十世纪初，该故事便被介绍到中国。1903 年，达文社出版了故事集《澥外奇谭》。其中，《冬天的故事》是第九章“怀妒心李安德弃妻”。1904 年，林纾和魏易翻译了兰姆姐弟整个故事集为《吟边燕语》，《冬天的故事》被命名为“珠还”。这两部译作都是根据兰姆姐弟的《莎士比亚戏剧故事集》(*Tales From Shakespeare*) 的文言文改译。第一部根据莎剧原著的全译本是 1947 年上海世界书局出版的朱生豪译本，译名为《冬天的故事》，收录在《莎士比亚戏剧全集》(三卷本)。其他的全译本还包括1963年台湾文星书店出版的梁实秋译本，2000年河北教育出版社出版的方平和张冲译本,以及2016年外语教学与研究出版社的李华英译本。而潮剧版的《再世皇后》，则是这部戏剧的地方戏曲改编版。

3 《冬天的故事》的潮剧改编

潮剧《再世皇后》是刘管耀和李英群对《冬天的故事》的改编。刘管耀为汕头市南澳县人，从事潮州市剧团的编剧30余年，参与创作、整理和改编的潮剧近百部。代表作有潮剧《金花牧羊》等[5]36-37。李英群为揭阳市揭东县人，潮州市潮剧团二级编剧，中国戏剧家协会成员，广东省作家协会成员，曾担任广东省戏剧家协会理事，潮州市潮剧团副团长等。代表作品包括《七日红》和《两县令》等。

在回忆和分析戏剧改编背景时，李英群认为，潮剧搬演莎翁作品同时有来自时代和潮汕文化的影响。20世纪80年代是中国文艺界最为活跃的时期，许多被压抑多年的文学艺术家创作激情被点燃，群众中也出现对文学艺术的空前诉求，样板戏数量有限的几个剧目，已经无法满足当时观众的需求。而戏剧创作所需时间较长，剧团开始出现“剧荒”。在这种时代背景下，潮州潮剧团尝试整合和搬演舒巧的舞剧和胡小孩的同名越剧《小刀会》，表演受到空前的欢迎，许多唱段成为潮剧的经典。在此启发下，以刘管耀为代表的编剧们开始尝试改编戏剧的路子，并将目标瞄向在国内掀起热潮的莎剧。

除了社会背景之外，李英群认为，他们选择《冬天的故事》这部传奇剧也是基于对潮汕文化审美趣味的分析结果。潮汕文化一般喜欢情节离奇的故事，对纯悲剧并不热衷，潮剧中即使有悲剧，也大多源自忠奸善恶的争斗，最终正义也都能得到伸张。一些数量不多的悲剧剧目，如《莫愁女》和《梁山伯与祝英台》等，结局也都通过“成仙”或“化蝶”等方式，给观众以慰藉。《冬天的故事》上半部分的悲剧源自西西里国王的无端猜疑和妒忌；后半部分又在各种巧合下，有情人终成眷属，朋友解除误会，家人久别团聚。这种源自个人性格所造成悲剧的情节，相比传统中国戏剧，对潮汕观众来说是一种新鲜的视角，同时戏剧先悲后喜，情节曲折，也都符合潮汕文化对曲折离奇和圆满完美的期待。

《再世皇后》改编于1980年和1985年间[6]433，改编底本根据朱生豪的译本①。改编剧采用说唱结合的戏曲形式，服饰也采用潮剧传统的钉金垫浮绣技艺样式(见图1)，虽然有个别演员的扮相有些异域元素的加入，但戏剧呈现方式整体上和传统潮剧无异。1986年国庆期间，该剧在澄海县盐鸿戏院试演两场，几乎满座；1991年潮州市潮剧团出访泰国，该剧也是表演剧目之一[7] 144。根据李英群的回忆，该改编剧虽然不是当时表演场次最多的戏剧，但也属于最受欢迎的几个剧目之一，是讨论那一时期潮剧表演史值得一提的潮剧。表演者郑舜英也借其中的“温后”一角，被称为“潮剧旦后”[7] 133。而从该剧产生的一些唱段也成为经典，常出现在选段演唱表演中。从这些地方可以窥见该剧在当时的接受情况。

① 有关剧本改编的细节，均来自2019年9月对编者陈韩星、作者李英群和作曲者陈鹏的采访。

图 1　《在世皇后》闭幕造型

（资料来源：陈韩星《刘管耀剧作选》彩图页）

4　《冬天的故事》与《再世皇后》的比较分析

在搬演到潮剧过程中，除了形式上从话剧变为戏曲之外，刘管耀和李英群还对《冬天的故事》的情节和内容也做了一些改编。

4.1　角色的调整和姓名的翻译

《冬天的故事》原文共有 21 个角色，朱生豪的译本为全译本，所有角色都在译文中保留。在《再世皇后》中，刘管耀和李英群对角色的调整可以分为三种方法：第一种方法是删除次要角色，如删除了西西里国大臣“克里奥米尼斯”，波希米亚国大臣“阿契达摩斯”以及“时间”等三个角色；第二种方法是将次要角色模糊化，如将王后的侍从“爱米利娅”更换为“宫女甲”，将“毛大姐”和“陶姑儿”两个牧羊女更替为甲、乙、丙、丁 4 位姑娘；第三种方法是更改人物的设定。原剧中西西里国王子是一个小孩，对话语言充满童真，而潮剧中的西王子则设定为青少年，能够体恤母亲和表达对事件的看法。另外，原剧中定位为骗子无赖的“奥托里古斯”在戏剧第二部分是一个插科打诨和推动剧情的角色，在《再世皇后》中，这一角色的功能分别由卖货郎和穆老汉来完成。原来剧中吃掉波利娜丈夫的熊也被换为老虎。

朱生豪对角色姓名的翻译基本使用音译的翻译技巧，因此大部分名字都有四个字以上。唯一的例外是将牧羊女 Mopsa 和 Dorcas 改为“毛大姐”和“陶姑儿”。《再世皇后》则全部按照中文的姓名规范，使用两个或三个汉字来改编姓名，具体如表 1：

表 1　姓名翻译对比表

莎士比亚原文	朱生豪翻译	刘管耀等翻译
Leontes	里昂提斯	西历王
Perdita	潘狄塔	厉壁（穆壁）
Camillo	卡密罗	罗将军
Emilia	爱米利娅	宫女甲
Old Shepherd	牧人	穆老汉

从表 1 中可以看到,《再世皇后》除了“厉璧”之外，其他都采用姓氏加身份的方式，如西历王，温王后和罗将军等。这种把大部分角色名字泛化的做法在潮剧中也比较少见。

4.2 情节的增删和调整

原剧的背景是在意大利的西西里，朱译本保留了这些故事背景。《再世皇后》则将故事设定在西厉国和北燕国之间，与中国历史保持一种若即若离的关系。在具体的情节上，原剧共有五幕，十五个场景；潮剧改编本则共有七幕，十个场景。两个版本的情节对比如表 2：

表 2　莎剧《冬天的故事》和改编潮剧《再世皇后》情节对比

《冬天的故事》	《再世皇后》
第一幕 （1）两大臣讨论两国王友谊 （2）西国王和王后挽留波国王 （3）西王心生妒忌，命卡密罗毒死波国王 （4）卡选择和波国王连夜逃离	第一幕 （1）西厉王迎接北燕王 （2）西厉王和王后挽留北燕王 （3）西厉王心生妒忌，命令罗将军下毒
第二幕 （1）王后命侍从和西王子玩耍 （2）西国王获悉逃亡消息，质问王后 （3）宝丽娜到狱中和侍从商量抱小孩 （4）侍从报告王子生病 （5）宝丽娜抱公主给西国王，西国王命安提哥纳斯丢弃公主 （6）通报求神谕使者回来	第二幕 （1）罗将军不忍下毒，和北燕王逃跑；（2）内侍告知西厉王两人逃跑 （3）西厉王把王后打入冷宫 （4）王后在冷宫，安夫人和西王子到冷宫探望 （5）安夫人抱走公主
第三幕 （1）神谕使者归来 （2）庭审王后，国王不相信公开神谕，后幕报王子去世，王后去世，国王开始后悔 （3）安到边界丢弃公主，老牧人捡到公主，小丑看到安被熊吃掉。	第三幕 （1）狄宰相和卫士拿神谕回来 （2）安夫人送公主来看西国王，国王命令安大夫把公主扔了，通报神谕到来 第四幕 （1）安大夫奉命去抛弃婴儿，遇到老虎 （2）穆老汉捡到婴儿，穆小牛看到安大夫被老虎吃 （3）庭审质问王后，公布神谕，小王子抱病见王后，王后和王子在庭审过程去世
第四幕 （1）时间角色介绍情节 （2）卡密罗向波希米亚国王要求归国 （3）奥遇到小丑，获知剪羊毛喜宴	第五幕 （1）姑娘们调戏彼此，卖货郎卖胭脂 （2）北王子和穆璧谈情说爱，穆老汉带北燕王和罗将军参加宴会 （3）北燕王训子，北王子计划私奔

续表

《冬天的故事》	《再世皇后》
（4）佛罗利泽和潘狄塔谈情说爱，老牧人领波希米亚国王和卡密罗参加喜宴 （5）小丑和陶姑儿毛大姐唱歌，奥扮成货郎买首饰珠宝 （6）波希米亚国王反对王子和牧羊女 （7）卡密罗助王子牧羊女私奔到西西里国，王子出走前和奥更换衣服 （8）老牧人和小丑计划说出女娃非亲生来脱罪，奥恐吓两父子，并带两父子去追弗和潘	（4）罗将军让王子逃到西厉国 （5）穆老汉和穆小牛随着想追回穆璧
第五幕 （1）西国大臣劝国王重娶 （2）弗和潘到达西国 （3）波国王传信要西国王帮忙逮捕儿子 （4）奥从侍从处听到公主身份确认消息，见到小丑和老牧人成为上等人，愿意改过自新成为仆人 （5）全体人瞻仰王后塑像，塑像复活，和所有人团聚。	第六幕 （1）西厉王悔恨 （2）北王子和穆璧到西国 （3）北燕王和罗将军到西国 （4）穆老汉和穆小牛到，说出穆璧身份 （5）穆璧认亲，并想找母亲 （6）安夫人带众人看塑像，王后醒过来，不理睬国王，与穆璧相认。
注：下划横线部分为改编本中被删减的情节；波浪线为改编本增添情节。	

从表 2 的情节对比可以看到，潮剧的改编包括对原剧情节的增删和调整。情节删减部分（详见表 2 中下划横线部分）最明显是删除了流氓奥托里古斯的故事线。奥托里古斯在剧情的下半部分主要起到贯穿和推动情节的作用。例如，原剧第四幕中，通过和他更换衣服，波希米亚王子才能顺利和潘狄塔私奔到西西里国，也借助他的恐吓情节，老牧人和他儿子也才跟着来到西西里国，同时也随着他的行踪，观众才从几个侍从处，侧面听到了潘狄塔公主身份确认的场景。其他删除的情节还包括一些过渡场景，如第一幕开头两大臣讨论国王友谊的部分，以及卡密罗向波希米亚国王要求回国的情节等。可以看到，莎剧原剧的故事推进环环相扣，浑然天成，每一处情节都为后期都故事发展埋下伏笔，如有了卡密罗前期归国的强烈念头，才有他后面主动参与私奔计划的结果。

潮剧改编版除了删减情节，也对情节作了增添和调整。潮剧中增添部分（详见表 2 中下划波浪线部分）包括王后在冷宫的悲怆自叹，以及西王子和王后在冷宫和庭审中相互怜悯。另外，原剧借助侍从之间的讨论，间接呈现公主身份确认的场面，潮剧版则借助穆老汉一句“老汉听得太多，看得也不少。这王侯贵族，还不都是，夫妻无情，父子无义”，从而引出确认公主身份的情节。除了这些比较明显的调整之外，一些小方面的调整还在第一幕添加西王子和西厉王下棋情节，作为北燕王和王后独处的过渡；在最后一幕认亲的时候，添加穆璧拒绝接受西厉王的情节，以及在王后从塑像中“活”过来之后不理睬西厉王的情节等。

上述这些情节的增删和调整，也许可以从中西戏剧的不同，以及潮汕戏曲的特点来阐释。从内容长短来看，莎剧一般表演节奏为一个小时1000行，《冬天的故事》原文共有3362行，表演时间需要在3个小时左右；潮剧的剧目表演时间一般在2小时左右，然而作为戏曲，除了对白之外，潮剧还有许多唱段，对戏剧语言内容的要求需要更为简练，搬演过程的删减便不可避免了。

除了客观表演时间的限制需要做出改动之外，其他的改动可以看作是根据目的语文化的接受分析的调整。从上面的对比上，可以看到在潮剧版中，王子和王后比原剧多了两次互动，在冷宫的片段，增添了下例1的幕内女生伴唱：

例1
咫尺天涯难相亲，
恨压深宫两碎心。
诉不尽胸间无限事，
唯有凝眸对亲人[8]149。

在庭审的环节，又增添了西王子带病进殿，和王后之间的对唱桥段，并唱出了“贵为王子何了益，不如早日见无常。哎，母亲哙，劬劳未报又余憾，只恐孩子命不长”的唱词[8]169。在听到王后晕死之后，王子也在大殿悲伤过度当场暴毙。这些内容不但凸显了王后母子的感情，符合目的文化观众对“忠孝”的期待；同时，通过咏唱，借助音乐来抒发强烈的感情，将这部分悲剧氛围推向高潮。相类似，最后一幕增加穆璧拒绝认父，王后醒后冷落西厉王等情节。根据李英群的回忆，在表演过程中，观众对这两处情节的改动都报以热烈的掌声，反映出这些改动符合观众对“善恶有报”的期待。

潮剧版《再世皇后》是根据潮汕地区观众审美趣味的改编。在这个文化交流的过程中，我们也看到原文一些信息的丢失。如莎剧原文的情节进展根据季节变化展开，剧情发展分别对应秋的毁灭与分离、冬的肃杀、春的新生命磨炼和夏的茂盛[9] 2，形成的“交响曲”式的节奏。而在改编中，秋和冬在第一幕的唱词中有所体现，但由于对羊毛喜宴各种牧场中小人物的互动场面的缩减，改编剧在从冬往春的转折这部分表现得不很明显，“春”的气息没能在改编剧中为观众或读者感受到。

莎剧中对情节的发生都通过台词交代因果，如透过佛罗利泽和潘狄塔谈情说爱的对话，我们了解到两人的认识是因为 “我（佛罗利泽）那好鹰飞过了你父亲的地面上”等。相比之下，改编版情节之间的跳跃性较大，一些情节的发生交代不够清晰。同时，一些桥段也被认为过于潦草，如西厉王在经历妻儿离世之后，没有再度通过戏曲渲染，而是“在四句幕后合唱曲中草草结束”。整个改编被认为“剧本结构不够严谨，有多余的场面，也有戏未做足的地方”[10] 128。

4.3 语言的风格

除了上述对大情节的显性改编之外，潮剧版莎剧在相同的桥段对内容也有较大的改动。如下例2两位西西里国国王挽留朋友的对话：

例 2

朱生豪译：

波力克希尼斯：自从我抛开政务、辞别我的御座之后，牧人日历中如水的明月已经盈亏了九度。再长一倍的时间也会载满了我的感谢，我的王兄；可是现在我必须负着永远不能报答的恩情而告别了。像一个置身在富丽之处的微贱之徒，我再在以前已经说过的千万次道谢之上再加上一句，“谢谢”。

里昂提斯：且慢道谢，等您去的时候再说吧。

刘管耀等改编：

西厉王：（白）王兄，请莫归心似箭吧。

北燕王：（白）王兄呀！

（唱）自从我抛开国事离北疆，
明月九度亏又圆。
来时融融照春日，
欢聚易过，
转眼是冬天。
多蒙主人相厚爱，
钟鼓馔玉各尽觞。
千车载不尽胸中谢意，
明朝一别思绪永绵绵。

（白）王兄，愚弟说过千万次道谢了，再加上一句——

西厉王：（白）什么？

北燕王：（白）谢谢！

西厉王：（白）且慢道谢，临别再说未迟啊！

从朱生豪的译作可以窥看到莎剧的语言特征。莎士比亚常借助语言用语区分人物的特点，如戏剧中的王孙贵族多使用无韵诗和修辞密集的语言；而平民百姓则使用散文体和诙谐双关密集的语言。在朱生豪的翻译中，我们可以看到波希米亚国王使用一系列的意象来表达他对西西里国王热情招待的感激，这些意象包括牧人的日历，月亮的盈亏，微贱之徒①等。这些意象有些对中国观众较为陌生，如“牧人日历”的意象和该剧的田园风格相关，“如水的明月”则是因为月亮在英国文化中是控制潮汐的星球等[11]1527。潮剧的改编将诗剧样式变为对话和咏唱的结合，对内容采取保留大意，重新创作的方法，更换了大部分的意象。在原文中月亮盈亏九次的同时，增加了季节从春天到冬天的转变，以及对“钟鼓馔玉各尽觞”的款待方式的描述。此外，因为这一段为唱词，每行的末尾都按照潮汕方言发音压了江阳韵，句式上采用长短句间七言的处理方式，更适合舞台的咏唱。

同样的方法也用到其他的改编中。可以看到，潮剧的语言整体上以保留原文的大致意思

① 朱生豪的译文有误，译文“像一个置身在富丽之处的微贱之徒”对应原文的“and therefore, like a cipher, yet standing in rich place”，意思应为“我就像是大数末尾的零，份量可并不轻”（张冲译），可以理解为，我就像一个零，虽然本身没有分量，但通过添加在数字后添加零的数量，能够增加整个数字的数量。

为原则，在语言的具体表现上，则采用富有中国文化的意象或方式，在一些通俗一些的内容中，编者甚至使用方言词汇，如下例（3）卖货郎的桥段便是对原文奥托里古斯两段唱词的整合：

例 3：
朱生豪译：
奥托里古斯：
（唱）白布白，像雪花；
黑纱黑，像乌鸦；
一双手套玫瑰香；
假脸罩住俊脸庞；
琥珀项链玻璃镯；
绣闼生香芳郁郁；
金线帽儿绣肚罩，
买回送与姐儿俏；
烙衣铁棒别针尖，
闺房百宝尽完全；
来买来买快来买，
哥儿不买姐儿怪。

刘管耀等改编：
卖货郎：（白）喂！卖杂货呀！
（唱）胭脂水粉共花头，
也有冇纱共縢投。
柴梳鬃匙小铜镜，
玉石手环金耳钩。
（白）欲买哩来呀！
（唱）花朝节处处花，
红花、黄花、紫蓝花，
姑娘个个胜鲜花，
“吥埔”仔看的眼发花，
我这里百样货色百样花，
（白）后生伙呀，
（唱）身上有钱舍得花，
你娶个妻子貌如花，
我赚堆银子白花花。

例 3 原文是用歌唱的方式体现。莎剧虽然是以对话为主的诗剧，但为了吸引观众和增加表演的丰富程度，戏剧中经常添加一些选自当时流行曲调的歌曲，由一些女性角色或小丑的角色唱出来。上文便是丑角奥托里古斯在剪羊毛喜宴上叫卖的唱词，内容主要是货品的种类。

在潮剧的改编中，这些货物的种类却都更换为潮汕文化的物品和称谓，如“水粉”（粉底）、“冇纱”（红头绳）、“膀投”（芦荟汁）、“鬃匙”（发簪）、“耳钩”（耳坠）、“呠埔仔”（男孩子）、“后生伙”（年轻人）等，更有地方色彩。

从上面两个例子可以看到，《再世皇后》的改编策略基本是在保留主要情节基础上，脱离了原文的语言束缚，根据原文语言内容进行改编和简化，并在改编过程中，融入了潮汕文化因素和词汇。因此，该戏剧虽然在宣传中，写上“根据（英国）莎士比亚著《冬天的故事》改编”，但基本还是定位在“古装传奇潮剧”上（见图 2），从内容上、语言上和思想上，没有太偏离潮剧的传统。

图 2　1986 年《再世皇后》[①]剧单

5　结　语

潮剧《再世皇后》是截至目前潮剧对莎剧较为成功的改编作品。值得注意的是，《再世皇后》在保留原剧主要剧情的基础上，从潮汕文化的视角出发，对剧中人物的设定，语言风格和表演样式都做了重新的调整，整体按照潮剧观众期待的人物品质和价值观念来改编戏剧，是一次较为本地化的莎剧移植。原因之一可能是受限于潮剧的戏曲形式，在时间和表现形式上限制了全部搬演莎剧的可能；另一方面也可能源于当时改编的目的为应对“剧荒”，观众的喜闻乐见为主要考虑因素，而不是一次以文化交流为目的的翻译活动。对剧本的移植和改编有一定的“巧合性”，其中包括时代的因素，也有该剧符合潮汕文化审美意趣的因素。然而，

① 该剧单使用的是《再世王后》的剧名。本文根据陈韩星编的《刘管耀剧作选》，使用《再世皇后》的剧名。

该剧的出现，如陈韩星的文章题目所言，犹如“一缕清风入潮来”，代表着中国地方文化和世界文学的一次接触，也是地方戏曲和莎士比亚诗剧的一次对话。

参考文献：

[1] 广东省人民政府文史研究馆（编）. 2016. 广东省民间艺术志. 广州：中山大学出版社.

[2] 陈韩星. 2008. 一缕清风入潮来——潮州市潮剧团搬演莎剧《冬天的故事》感言// 刘管耀剧作选. 北京：中国戏剧出版社.

[3] 张泗洋，徐斌，张晓阳. 2014. 莎士比亚戏剧研究. 长春：东北师范大学出版社.

[4] 苏福忠. 1996. 背景和提要. 莎士比亚全集. 长春：时代文艺出版社.

[5] 汕头市艺术研究室（编）. 1998. 潮剧研究：潮剧人物传略专辑. 北京：中国戏剧出版社.

[6] 陈韩星（编）. 2008. 刘管耀剧作选. 北京：中国戏剧出版社.

[7] 刘管耀. 1994. 巧倩莎翁驾戏桥——话说潮剧《再世皇后》// 潮州市潮剧团（编）. 报刊评介选辑（第二辑）. 潮州潮剧团印.

[8] 刘管耀，李英群. 2008. 再世皇后// 刘管耀剧作选. 北京：中国戏剧出版社.

[9] 张冲. 2016. 前言// 冬天的故事. 上海：上海译文出版社.

[10] 蔡曙鹏. 1994. 莎翁名著变潮剧——评潮州市剧团《再世皇后》// 潮州市潮剧团（编）. 报刊评价选辑（第二辑）. 潮州潮剧团印.

[11] Greenblatt, S. Cohen, W. and Howard, Jean E. (eds). 2009. *The Norton Shakespeare*. New York and London: Norton Company.

作者简介：谢桂霞，女，广东潮汕人，现为中山大学国际翻译学院讲师，翻译研究博士，主要从事莎剧汉译研究。

亮乐月莎剧汉译《剜肉记》中的女性形象重构

朱安博　杨冰玉

【摘　要】把国家图书馆藏音视频文献美国女传教士亮乐月的汉译《剜肉记》与莎士比亚的《威尼斯商人》原文进行对比，发现原文的鲍西娅形象在汉译中有明显的变化。为使译文能得到中国读者的接受，译者对原文进行了诗学和意识形态两方面的充分改写，采用了迎合当时“读者中心”的本土化翻译策略，采用增添、删减、改写等翻译技巧，将鲍西娅重构为符合中国传统文化的女性形象。

【关键词】亮乐月；《剜肉记》；形象重构；翻译策略

【Abstract】The study compares the Chinese translation of *The Merchant of Venice* by Laura M. White, the American female missionary, from the National Library's audio and video documentary, to the source text of William Shakespeare, from the perspective of the change of the western female image in the target text. To make the translation acceptable to Chinese readers, the translator fully rewrote the source text in two aspects: poetology and ideology. By means of the "reader-centered" localization translation strategy and translation techniques like addition, omission and rewriting, Portia is reconstructed as a female image in line with the mainstream ideology of China.

【Key Words】Laura M. White; *The Merchant of Venice*; image reconstruction; translation strategy

1　亮乐月与莎剧译介

近代以来，众多的西方传教士进入中国。其中有许多传教士本身也从事西方文化的译介活动，对近现代中国社会产生了深远的影响。例如李提摩太（Timothy Richard, 1845—1919）、林乐知（Young John Allen, 1836—1907）等译者甚至与中国改革派直接建立了密切的联系（费正清，刘广京，1985：626）。由于早期在中国传教遭到了强烈抵制，传教士们意识到必须采取合适的翻译策略，从而找到与中国文化的契合点。他们知道，在当时的中国，文人士大夫们才有话语权，他们才是中国思想界的真正统治者，需要“高雅”的文化艺术来进行启蒙。因此，传教士们的译介活动逐渐迎合中国读者的阅读期待，从器物层面提升至精神层面，开始从文化艺术的角度来译介和传播西方文化。这时，作为世界经典文学代表的莎剧就引起了传教士们的注意，他们希望莎士比亚的人文主义思想能启迪中国国民。各时期莎剧译介研究都肯定传教士所扮演的重要角色（戈宝权，1964：136；王佐良，1991：12；王青，2006：70；陈历明，2016：87 等），但传教士这一特殊译者群体究竟如何推动莎剧在中国的传播与接受，在相关研究中往往被一笔带过，国内关于传教士莎剧汉译的研究更是少之又少。目前只有朱静（2005）在《中国翻译》中发表《新发现的莎剧〈威尼斯商人〉中译本：〈剜肉记〉》一文，对该版本译者、美国新教女传教士亮乐月（Laura M. White，1867—？）及其译本进行了概括性介绍。李涛、徐芳（2015：59）认为《剜肉记》早于任何中国学者译本，是莎剧的第一个汉译全本①，其他如杨慧林（2017：79）等关于西方传教士译介的研究仅对《剜肉记》的翻译做了简单介绍。如此珍贵译本显然没能引起足够的重视，多年来该译本的专题研究成果比较鲜见。

作为首部由西方来华传教士翻译的莎剧，《剜肉记》连载于上海《女铎》报②，时间是从 1914 年 9 月到 1915 年 11 月，共计 15 期。译者是任该报主编的美国女传教士亮乐月。作为美国新教女传教士，亮乐月不但创办了中国近代第一部女性刊物《女铎》报，更积极投身汉译实践，撰写、翻译了 18 部小说作品。其作品多旨在提升女子修养，将西方女性意识和教育理念传播到中国，也培养了一批优秀的中国女性作者及译者（宋莉华，2012：94）。女性地位的提高是现代化的标志之一，而当时中国女性极为低下的社会地位，最适合来华传教士尤其是女传教士彰显其作用和价值。尽管 19 世纪末的中国社会出现“兴女学”思潮，提出妇女解放的问题，但影响力不大，“此时的西方女性主义新思潮无法渗透进入封建中国”（张卫晴，张政，2010：101）。20 世纪初，来中国的大多数新教传教士本人就是受过教育的女性，教徒中很多人更明确信奉男女平等的思想，决心争取中国妇女的“平等权利”（费正清，刘广京，1985：626-627）。到了五四新文化运动时期，鲁迅等将易卜生戏剧引入中国，在中国知识界引起了极大反响，其中影响最为深远的就是《玩偶之家》。该剧主人公娜拉在长时间的婚姻生活后意识到自己只是丈夫的玩偶和消遣，对自己的从属地位产生强烈质疑，进而愤然离家。1914 年《玩偶之家》于上海春柳社首演，在中国社会产生极大的震动，让中国女性摆脱“玩偶”命运的呼声此起彼伏。上海广学会迎合社会思潮，创办了女性刊物《女铎》报，目的就是“以破除女界积习、增进女界智德为宗旨”（丁宝铨，1912：1），呼吁男女平等，尊重女性受教育的权利，重新思考女性在家庭和社会中的地位并完善女性的社会角色。

考虑到当时目的语社会环境的特殊性以及译者的翻译宗旨，亮乐月在翻译《剜肉记》时，采取了“读者中心”的本土化翻译策略，在文学体裁、故事情节和角色塑造等方面对源语文本进行了较大幅度的改写。勒弗维尔认为：“改写者往往会对原作进行一定程度的调整或操控，使其与当时的主流意识形态和诗学相符。”（Lefevere，2010：8）为使译文能得到中国读者的接受，亮乐月即在翻译过程中采取增添、删减和改写等技巧，将鲍西娅塑造为符合中国主流意识形态的女性形象。

---

①《剜肉记》是否为第一部莎剧汉译全本尚待考证，但其成文年代之早、译本完成度之高是无可置疑的。

② 亮乐月《剜肉记》译本来源于国家图书馆藏音视频文献，由上海档案馆整理，桂林贝贝特电子音像出版社制作。文本亦可见于：四川外国语大学莎士比亚研究所、中国外国文学学会莎士比亚研究会主编：《中国莎士比亚研究》（第 1 辑），成都：西南交通大学出版社 2019 年版，第 102-114 页。

2 形象重构与翻译技巧

The Merchant of Venice（现译为《威尼斯商人》，以下简称“《威》剧”）在莎士比亚戏剧中享有重要的地位，剧中的几位主要人物是新兴资产阶级的代表，而诸如俭朴、敬业、勇敢勤劳等新教的宗教伦理与资本主义精神有着内在联系。西方资产阶级的发展和思潮可以触动19、20世纪之交正发生巨大转型的中国社会，这也正是《女铎》报的发行以及亮乐月译介该剧的目的。剧中的女主角鲍西娅热情洋溢，勇于追求自己的幸福，更拥有独当一面的超凡智慧，是人文主义新女性的典型，被认为是莎剧中塑造最为成功的女性形象之一。但与此同时，传统的中国主流意识形态对女性抱有贤良淑德、知书达理、含蓄守礼的要求，与原作中鲍西娅的部分特质有所冲突；另一方面，即使作为新女性，鲍西娅的人物形象仍有其内在的历史局限性，并不能完全为译者的翻译目的服务。

来华传教士译者的翻译策略往往不是现当代译者大多采取的全译，而是根据译者的翻译目的和读者的需求，在对源语和目的语文化理解的基础上采取一定的变通手段，将各种翻译策略综合运用，对原作进行充分本土化的处理（黄忠廉，2011：148）。这种对原作的处理“体现了译者强烈的主体参与意识”（何绍斌，2008：165）。亮乐月把剧名译为《剜肉记》即是典型的例子，她不但主动改变原文中诗学、意识形态与译入语文化的许多出入之处，还将新教的一些宗教意识适度加入译文。为了既还原莎翁笔下新女性的形象，倡导中国女性的思想觉醒，又考虑到中国读者的接受，亮乐月以女性译者的独特视角和细腻笔触，运用增添、删减、改写等技巧，对鲍西娅这一人文主义新女性形象进行了本土化重构。

2.1 增　添

增添是指在翻译中添加原文中“无其词却有其意”的内容。有译有添是传教士译者常用的一种翻译技巧（黄忠廉，2011：150）。亮译本受到目的语文化的影响首先体现在她对原文文体的改变，把戏剧改编为小说的形式。在中国古代文学中，诗词歌赋各领风骚，小说这种文体的地位是很低的，但是这种状况到了清末开始有所转变。梁启超在《论小说与群治之关系》一文中强调小说具有社会改良的作用，“欲新一国之民，不可不先新一国之小说。故欲新道德，必新小说；欲新宗教，必新小说；欲新政治，必新小说……”在此社会背景下，小说被提升到“文学之最上乘”的社会地位（陈平原，1997：8）。在此背景下，《威》剧刊登在《女铎》杂志的“小说”栏目中（第二幕第三节续后更名为“说部”），将原作的戏剧文体转变为小说文体，迎合当时中国文学的主流体裁，在叙事、描写上较原本都有了较大的改动。这一转变使得译者增添了大量源语文本中没有的动作、和神态描写，或是将原作中原本简单的描写细致化，使之符合小说对人物形象塑造的要求。

第一幕第二节，原文简单的对话被译者增添出体现追求平等思想的细节。

Enter Portia *and* Nerissa

Portia. By my troth, Nerissa, my little body is aweary of this great world.

Nerissa. You would be, sweet madam, if your miseries were in the same abundance as your good fortunes are… (Shakespeare, 1898: 8) [①]

亮译文：(布一闺房，小姐卜细鸦与女婢臬利莎同坐闲谈，卜叹道)“唉！我真讨厌此世界了。”(女婢臬利莎戏答道)“你做了富贵人家的小姐，也要忧愁么？……” [②]

无论是二人“同坐闲谈”的动作，还是尼莉莎“戏答”的态度，抑或是称呼主人鲍西娅为“你”，都体现出两位女性间关系的亲厚和地位的平等。通过增添这几处动作神态上的细节，二人的关系俨然由主仆转化为一对无话不谈的闺中密友，同坐一处、执手谈心的画面跃然纸上。在封建中国等级森严的社会关系中，主仆的地位天差地别，下人对待主人应该谨小慎微、毕恭毕敬，二人同坐一处更是违背礼法。主仆与密友这两对社会关系最大的差别也正是社会地位的巨大不同，鲍、尼二人在亮乐月的译笔之下名为主仆实为密友，侧面体现出鲍西娅对尼莉莎的充分尊重和信任，以及她对于人与人之间平等关系的追求。

另外，鲍西娅对爱情的主动追求也是亮乐月译文中着力刻画的形象。一开篇，鲍西娅尚未出场，读者便可从巴萨尼奥对其评价中感受到她对爱情的积极主动：

“因为柏勒玛地方有一官家小姐，不但貌美，而且有才有德。我虽未曾与他晤谈，但彼此有时遇见，觉他眼睛光线时时射我，好像已告诉我绝不厌弃我的……”

这一部分的原文在意义上与译文有明显差别: “In Belmont is a lady richly left; And she is fair, and, fairer than that word, Of wondrous virtues: sometimes from her eyes I did receive fair speechless messages…” (Shakespeare: 7)

对于“I did receive fair speechless messages”这一表述的翻译，亮乐月将“sometimes”译为“时时”，在频率上大大加快，“receive fair speechless messages”译为“眼睛光线时时射我”，在力度上也大大加强，本身就已很大程度强化了鲍西娅大胆热情的形象；更重要的是，译者增添了“好像已告诉我绝不厌弃我的”这一表述，不但凸显出鲍西娅对爱情的坚定，更消除其在读者心中留下轻浮印象的误译可能性，一个勇敢追求爱情和幸福的女性形象在开场就已初见端倪了。

之后，原文中巴萨尼奥选盒时，鲍西娅自始至终都是被动观察的状态，只暗自期盼心爱之人能选对藏有其小相的铅盒。即使巴萨尼奥独白透露出其有选择铅盒之意，她也只暗暗自语出自己的喜悦，并告诫自己不可将心中狂喜表流出来[③]。

“比那好看的金子银子感动我多些。”(卜在旁微笑点头，巴会意说)“我一定选你!”(卜此时自言道)“我所失的盼望，所积的疑虑，一齐都过去了，我好快乐!”(又自责道)“不可

---

① 由于年代久远、资料缺乏，亮乐月采用的原作版本今已不可考，本文采用译作出版前，时间较近的版本进行对比；另笔者参考 1893、1898、1906 年三个版本的原著，发现内容上没有太大差别。

② 译文中现代标点除“括号”外均为笔者所加，下同。

③ 数篇文献表示，原文中鲍西娅即已向巴萨尼奥作出提示助其选择铅盒，但均未说明理由，笔者仔细研读原作及朱生豪译文相关情节均未找到证据，还请发现者不吝赐教。

显出快乐被人知道。”（即将钥匙递与巴，巴开锁一看哈哈大笑……）

在亮译本中，巴萨尼奥一开始只是表示对铅盒比对金银有更多的好感，亮乐月增添鲍西娅一旁的点头微笑等于直接向其传达了提醒信息，鼓励其选择铅盒，此时，巴萨尼奥这才坚定了选择的决心。虽然只是增添一个细微的神态描写，译者不仅强化了鲍西娅违背父亲遗命，反抗父权的精神，也体现出她对爱情和幸福主动且大胆地追求。

译者虽着力刻画其勇敢追求爱情的特点，但也在多处细节描写上以女译者特有的细腻笔触体现出鲍西娅的含蓄和克制，以迎合中国传统文化中女性的形象。大胆与含蓄这对人物性格上的矛盾和谐统一，是该译本在形象重构过程中凸显的特色。

2.2 删 减

删减是亮乐月对鲍西娅进行人物形象本土化重构所使用的另一主要技巧，“总体上去掉原作中在译者看来读者所不需要的信息内容。有时去掉的是原作的残枝败叶，挤掉的是水分，表现为对原作的取舍”（黄忠廉，2011：150），因此，删减是最简便易行的翻译技巧。

在原作中，当巴萨尼奥前来向鲍西娅求亲，鲍直接向巴表达出强烈的感情：

Portia. I pray you, tarry; pause a day or two Before you hazard; for, in choosing wrong, I lose your company: therefore, forbear awhile…Beshrew your eyes, They have o'erlook'd me and divided me; One half of me is yours, the other half yours, - Mine own, I would say; but if mine, then yours, And so all yours!… (Shakespeare: 41)

对于这一场鲍西娅的表白，译者进行了较大删减：

（巴萨尼奥）“……不知有此天缘否。”（卜说）“但愿你小心选盒就是了。”……

亮乐月在这一场删去大量巴、鲍二人强烈的感情表达。原文鲍西娅的独白在中国读者看来不免太过外放逾距，不符合中国人对女子矜持、守礼的传统要求，也不符合亮乐月对鲍西娅的人物设定，故将鲍西娅情感强烈的独白删去，替换成自然大方、暗含期待之意的一句“但愿你小心选盒就是了”。而在之后的情节中，巴萨尼奥选定铅盒后，鲍西娅的反应也与源语文本有很大的不同：

Portia. How all the other passions fleet to air, As doubtful thoughts, and rash-embraced despair, Andshudd'ring fear, and green-eyed jealousy! O love, be moderate; allay thy ecstasy; In measure rain thy joy; scant this excess! I feel too much thyblessing: make it less, For fear I surfeit! (Shakespeare: 44)

而亮译本中，这段情感强烈的独白几乎被整段删去，只留下两句：

（卜此时自言道）“我所失的盼望，所积的疑虑，一齐都过去了，我好快乐！”（又自责道）“不可显出快乐被人知道。”

可以看出，译文中即使在这样梦想成真、即将开始幸福婚姻生活的时刻，鲍西娅则仍勉力克制自己的情绪，不做出逾矩背礼的举动，亦强化了其作为年轻女性矜持守礼的形象。

译文中，亮乐月对鲍西娅的多段独白均进行了删减，既为了让原文中她对情感的强烈表达有所收束，也是为了体现其渴望跳脱父权、追求平等的思想。源语文本中，巴萨尼奥选中铅盒，二人即将成婚时，鲍西娅对其有如下一番热情洋溢的告白：

“…her gentle spirit Commits itself to yours to be directed, As from her lord, her governor, her king…but now I was the lord Of this fair mansion, master of my servants, Queen o'er myself; and even now, but now, This house, these servants, and this same myself, Are yours, my lord… ” (Shakespeare: 45-46)

这一番告白虽然饱含深情，但不难读出源语文本中鲍西娅脑海里根深蒂固的被统治思想。在男女双方成婚之后，她自身及所有财产都为男方所有，反反复复强调心甘情愿由自己财产的女王变成丈夫的所有物。在亮乐月的译本中，她对鲍西娅这番独白进行了大刀阔斧的删减，只剩短短一句话：

“现在我既认定你为丈夫，我所有父遗财产拢总归你主理。”

这一处理不但将二人间所有含有“主人”“奴隶”，统治与被统治含义的表述完全删除，更将财产由“所有”变成了“主理”，夫妻二人的地位变得平等，暗含了女子即使成婚后也绝不会成为男性附属品的思想，充分体现了鲍西娅独立自主的精神。除此之外，亮乐月也删除了源语文本中类似“If I live to be as old as Sibylla, I will die as chaste As Diana, unless I be obtained by the manner of my Father’s will. ”（Shakespeare: 11）等表达严遵父命的顺从思想的表述。

亮乐月对鲍西娅言行的有意删减，更体现在她对求亲者那不勒斯亲王（亮译“坡里的太子”）的评价中：

Portia. Ay, that’s a colt indeed, for he doth nothing but talk of his horse; and he makes it a great appropriation to his own good parts, that he can shoe him himself; I am much afear'd my lady his mother play’d false with a smith①. (Shakespeare: 9)

译文：“他不过如一匹小马，他所讲的话无非称赞他马的好处就是了，其余学问可想而知。”

在这一部分，亮译本对于鲍西娅对几位求亲者的评价还原度均较高，并未做出太大的删改，但原文中对那不勒斯亲王的两句诋毁却被译者果断删除。“he can shoe him himself”颇具讽刺意味但显得过于刻薄，“my lady his mother play'd false with a smith”更是非常粗俗的侮辱咒骂，在源语语言文化中虽然可以显示鲍西娅的过人智慧，但与译入语文化传统女性的道德规范和礼仪教养严重不符，故亮乐月为在中国读者心中维持鲍西娅良好、正面的人物形象，将这两句删除。

为了人物形象塑造的完整性，便于中国读者接受，亮乐月还对部分不符合中国读者阅读习惯的内容进行了删减，对原作故事情节进行调整，使之更为明了、连贯。在原作中，多个场景、多条主线经常穿插交替进行，使文本富有戏剧性。如第二幕第一场中，前来贝尔蒙特

① 该句1898年版本原文里被删去，但出现在其他诸多版本中，包括古代版及现代版。

求亲的第五位客人，摩洛哥亲王正式出场，向鲍西娅表达爱慕之情，信心满满地准备进行求亲；但在之后的第二至第六场，场景都转换至威尼斯，情节在巴萨尼奥、葛莱西安诺等人之间开展，到第七场才重新回到贝尔蒙特，摩洛哥亲王挑选金盒、铩羽而归的情节。亮乐月考虑到这样的表达使重点不够突出，对鲍西娅人物形象的塑造可能会因情节的混乱遭到削弱，故将第二至第六场删除，使第七场挑选金盒的情节与第一场准备求亲的情节连贯起来重新组合，形成一个完整无干扰、有始有终的场景。这样的删减使得该情节的绝对主角鲍西娅凸显出来，让其形象更加鲜明，也更符合中国读者的阅读习惯，便于理解和接受。

2.3 改写

“改写受制于意识形态，改写活动也受诗学的影响。”（Lefevere，2010：7）在《剜肉记》中，亮乐月对故事情节和人物描写进行大幅度地改写（此节的“改写”为语句层面的狭义改写），使之符合读者的阅读期待视野，迎合主流诗学和意识形态。

虽然亮乐月译笔下的鲍西娅崇尚自由、主动追求爱情，散发着强烈的人文精神，其对感情绝不是肆意放纵的。第一幕第二场末尾，尼莉莎向鲍西娅夸奖巴萨尼奥，鲍西娅则向尼莉莎反馈自己对他的印象：

Nerissa. Do you not remember, lady, in your father's time, a Venetian, a scholar and a soldier, that came hither in company of the Marquis of Montferrat?

Portia. <u>Yes, yes, it was Bassanio:</u> as I think, so was he called.

Nerissa. True, madam: he, of all the men that ever my foolish eyes looked upon, was the best deserving a fair lady.

Portia. <u>I remember him well, and I remember him worthy of thy praise</u>. (Shakespeare: 11)

原文中，当尼向自己提到巴萨尼奥后，鲍马上连说两个“yes”表达自己对他的印象，并准确说出了他的名字；在听到尼对其褒奖，认为其有资格迎娶一位佳人后，又立刻复议，明确表示他应得这样的夸奖，毫不掩饰对巴的好感。对这样直接的感情表达亮乐月做出了以下改写处理：

（尼莉莎语，指巴萨尼奥）“此人品学不是皆很好的么？”（卜说）“是的。我记得那人好像姓巴。”（女婢拍手说）“不错不错！在我看来那个人与你结婚才是尽善尽美哩！”（此时小姐正作微笑，忽然一仆人进来说……）

对于巴萨尼奥其人印象的表述，亮乐月将直说其名改写为“我记得那人好像姓巴”这样似是而非的表述。虽然从前文巴萨尼奥回忆鲍西娅对其热情的眼神，读者便已知道巴萨尼奥其人其名必定早已深深印在鲍西娅心上，但面对女佣向其提起热爱之人，鲍西娅则佯装对其印象不深，只能记住姓氏，让读者感受到她对自己心意的欲盖弥彰，含蓄而甜蜜。同样，当尼莉莎明确表示两人十分匹配，鲍西娅则只是“微笑”，将一切情绪掩藏在一个细微的神态中，而非源语文本中明确表达的本意，更体现出鲍西娅面对爱情的羞怯含蓄，使其形象更接近与中国传统审美相符的年轻女性。

鲍西娅在亮乐月的译笔之下明显散发着理性主义的色彩，不只体现在她面对爱情的含蓄理智，更体现在她强烈的求知好学的精神。

鲍西娅对才学和品行的看重，在亮译本中，着重体现在她的选婿标准，对于这一点译者作了改写，集中表现在第一幕第二节。首先，尼莉莎询问鲍西娅难道没有一个求亲者合她的意吗，鲍西娅的答语为："I pray thee over-name them; and as thou namest them, I will describe them; and according to my description, level at my affection."（Shakespeare: 9）亮乐月的译文为："你可一一提他们的名字，我自能一一按我的识见论定他们的人品。"很明显，源语文本中的description和affection都更偏向主观和感性，但译文给鲍西娅的"description"赋予了她自身"识见"这一更加客观的标准，更将"affection"这一完全由情感操控的概念转为对方的"人品"，首先就为她评价几个求亲者的行为打下了客观、理性的基础。

她对第一位求亲者那不勒斯亲王的评价上文已初步探讨过，通过"其余学问"这一原文并不存在的表述，就已体现鲍西娅对未来夫婿才学的重视。

第三位求亲者是法国贵族勒·滂（亮译法国的公爵）："...he is every man in no man; if a throstle sing he falls straight a-capering; he will fence with his own shadow: if I should marry him, I should marry twenty husbands."（Shakespeare: 10）这一处其他译本基本采取直译的方法，对其稍显怪异的举动并未总结出原因，但亮乐月则将他的举动归结为"玩心很大"："更不如以上两人。这人玩心很大，难听雀子叫，亦要学的；难见一影子，亦要与他玩的。"暗含了对其荒废时间、不学无术的指责，体现鲍西娅对勤学敬业这一特质的重视。

第四位求亲者是英国少年男爵（亮译英国的公子）："You know I say nothing to him, for he understands not me, nor I him...How oddly he is suited! I think he bought his doublet in Italy, his round hose in France, his bonnet in Germany, and his behavior every where."（Shakespeare: 10）

亮译文："我与他彼此言语不通，却不知道他的内才。但是看他外面衣服并不文明，他的裤是意国的，他的袜是法国的，他的帽是德国的，至于他的礼仪各国皆有的，岂非杂乱无章么？"对于二人语言不通这一点，亮乐月将可能导致的问题由原文的"he understands not me, nor I him"转变为"无法知道其内才"；将"oddly he is suited"译为"衣服并不文明"，"his behavior everywhere"译为"礼仪各国皆有的"，突出了对礼仪的重视。

最后一位求亲者是德国萨克逊公爵的侄子（亮译萨克斯里的公子）："Very vilely in the morning, when he is sober, and most vilely in the afternoon, when he is drunk..."（Shakespeare: 10）原文只表达出其嗜酒且卑劣的含义，但译者在此处却以"此人常常醉酒不务正业"总结他的特点，责其不求上进，再次突出译文中鲍西娅对男方勤学敬业的要求。

另外，在第二幕第一节，摩洛哥亲王选盒失败，铩羽而归，鲍西娅对尼莉莎表达庆幸："...Let all of his complexion choose me so."（Shakespeare: 32）亮乐月则将此句译为："我巴不得那些蠢男子都选这金盒。"只通过将"complexion"改译为"蠢"，便将鲍西娅对求亲者鄙夷的原因从外表转移到才智，强调了她对男方的关注重点。在原文中，鲍西娅对求亲者的评价虽都是负面为主，但侧重点各有不同；相反，亮乐月译笔下的鲍西娅对男方评价的出发点极其一致，可见其十分重视男方的才智、礼仪和德行。究其原因，除了她愿与优秀的男子成婚之外，更在于她本身就对知识有着热烈的追求。

在巴萨尼奥选定铅盒后，鲍西娅对他告白："Happy in this, she is not yet so old But she may learn; happier than this, She is not bred so dull but she can learn; Happiest of all is that her gentle spirit Commits itself to yours to be directed, As from her lord, her governor, her king. Myself and what is mine to you and yours Is now converted... "（Shakespeare: 45）原文的三个分句中，鲍西娅先表示自己还来得及学习，有能力学习，但最幸福的却是将自己的心灵交给他指引，自己的财产全部奉献给丈夫，让丈夫成为自己的终身依靠，学习知识则远没有这点重要。但在亮译本中，鲍西娅对巴萨尼奥的告白是："现在我是没有学问，没有阅历的，我所快乐者，第一我年纪尚轻，求学很来得及；第二我非愚蠢人，不难求学；第三得你为师求学更觉容易了……""Her gentle spirit Commits itself to yours to be directed"这一句表达鲍西娅最大快乐的陈述，亮乐月改译为得巴萨尼奥指导为师，将原文的含义做出较大的改动，而这恰恰也解释了为何鲍西娅对丈夫的才智品德如此看重。她不仅毫无臣服、附属于丈夫之意，还希望由巴萨尼奥，这个她千挑万选费尽心机才赢得的、品学兼优的精神伴侣来指引自己对知识的追求，让自己得到更长远的进步。通过对原文进行改写，译者使鲍西娅这一人物形象更加接近译入语文化的要求，以便读者更好地接受该剧的故事情节和人物形象。

3 结 语

从莎剧汉译的百年历史来看，西方传教士对莎剧的传播与译介属于第一阶段，其目的主要是西方文化的本土化，即能融入中国文化之中，逐渐能被读者接受。亮乐月以女性译者的独特视角和细腻笔触，迎合了当时"读者中心"的本土化翻译策略，并适应当时的主流诗学范式和社会意识形态，采用增添、删减和改写等翻译技巧，将鲍西娅重构为符合中国主流意识形态的贤良淑德、含蓄矜持、求知好学并敢于大胆追求爱情的新女性形象。

参考文献：

[1] Lefevere, A. 2010. *Translation, Rewriting and the Manipulation of Literature Fame*. Shanghai: Shanghai Foreign Language Education Press.

[2] Shakespeare, W. 1898. *The Merchant of Venice*. Cambridge: Cambridge University Press.

[3] 陈历明. 2016. 莎剧最早的汉译本：《海外奇谭》. 外国语（1）：87-95.

[4] 陈平原. 1997. 二十世纪中国小说史（第一卷）. 北京：北京大学出版社.

[5] 丁宝铨. 1912. 祝词. 女铎（1）：1.

[6] 费正清，刘广京编. 1985. 剑桥中国晚清史：1800-1911 年. 北京：中国社会科学出版社.

[7] 戈宝权. 1964. 莎士比亚的作品在中国（翻译文学史话）. 世界文学（5）：136-143.

[8] 何绍斌. 2008. 越界与想象：晚清新教传教士译介史论. 上海：上海三联书店.

[9] 黄忠廉. 2011. 明末清初传教士变译特性之考察. 求是学刊（4）：148-153.

[10] 李涛，徐芳. 2015. 莎士比亚戏剧汉译研究新进展. 当代外语研究（1）：59-64.

[11] 亮乐月译. 1914—1915. 剜肉记. 女铎：1914（1）—1915（11）.

[12] 宋莉华. 2012. 美以美会传教士亮乐月的小说创作与翻译. 上海师范大学学报（哲学社会

科学版)(3):94-101.
[13] 王青. 2006. 目的语文化语境对翻译的影响——莎士比亚作品在中国的早期译介. 湖南文理学院学报(社会科学版)(4):70-73.
[14] 王佐良. 1991. 莎士比亚在中国的时辰. 外国文学(2):12-18.
[15] 杨慧林. 2017. "何以译诗"与"诗何以译"——以来华传教士的西诗译介为例. 人文杂志(1):77-80.
[16] 张卫晴,张政. 2010. "巧笑倩兮,美目盼兮"——蠡勺居士译作中女性形象翻译策略探析. 外语教学(4):101-104.
[17] 朱静. 2005. 新发现的莎剧《威尼斯商人》中译本:《剜肉记》. 中国翻译(4):50-54.

基金项目:本文是国家社科基金项目"中国莎剧汉译批评范式之嬗变"(15BWW048)的阶段性成果。

作者简介:朱安博,男,安徽萧县人,华北电力大学教授,博士,主要从事翻译研究。
杨冰玉,女,北京人,首都经济贸易大学硕士研究生,主要从事翻译研究。

莎士比亚戏剧的"新意蕴"

——王元化读莎评莎及其他

何建委

【摘　要】进入 21 世纪以来，西方有不少学者开始重视莎士比亚文学的政治思想。探索莎士比亚戏剧当中的政治学意蕴，也是王元化读莎评莎的一个特点。在王元化看来，莎士比亚之所以永不褪色，是因为其戏剧"永远保存着未被发现未被揭示的新意蕴"，一直"展示着尚未被人认识到的深刻哲理"。对此，本文立足王元化的读莎评莎，参照相关文本，进一步考察莎士比亚戏剧的"新意蕴"。

【关键词】莎士比亚戏剧；"新意蕴"；王元化

【Abstract】Since the beginning of the 21st century, many western scholars have begun to pay attention to the political thought of Shakespeare's literature. To explore the political implications of Shakespeare's plays is also a feature of Wang Yuanhua's reading of Shakespeare. According to Wang Yuanhua, the reason why Shakespeare never fades away is that his plays "always preserve new meanings that have not been discovered or revealed" and always "display profound philosophies that have not been recognized". In this regard, this paper, based on Wang Yuanhua's reading and commenting on Shakespeare, makes a further study of the "new meaning" of Shakespeare's plays by referring to relevant texts.

【Key Words】Shakespeare's plays; new meaning; Wang Yuanhua

萨义德曾经在《东方学》中说过："很显然，关于莎士比亚的知识……不是政治的"。然而，将"莎士比亚戏剧艺术政治化却是中外莎士比亚接受史上存在的事实"，比如奥利弗导演的《亨利五世》，比如焦菊隐导演的《哈姆雷特》；再比如"马克思在其著作中对莎士比亚的旁征博引与政治学解读"（黄诗芸，2017）。进入 21 世纪以来，西方有不少学者开始重视莎士比亚文学的政治思想（肯罗，2007：2）。探索莎士比亚戏剧当中的政治学意蕴。王元化在 1995 年的《莎士比亚塑像揭幕致词》中谈道：莎士比亚之所以永不褪色，是因为其戏剧"永远保存着未被发现未被揭示的新意蕴"，一直"展示着尚未被人认识到的深刻哲理"。何为莎士比亚戏剧的"深刻哲理"，何为莎士比亚戏剧的"新意蕴"？对于这些，王元化在 1997 年的《读莎剧时期的回顾》文章当中有所提及，他提道："《科里奥兰纳斯》虽然写的是古罗马时代，但它所描写的古罗马民主制的弊端，直到今天也还值得我们从中吸取教训”（王元化，2000：281，282）。鉴于《科里奥兰纳斯》是反映了莎士比亚理解的“罗马共和国”，《科里奥兰纳斯》描写的“古罗马民主制的弊端”是莎士比亚戏剧的“深刻哲理”的一部分，其值得吸取的教训当是“新意蕴”。

先从《科里奥兰纳斯》来看“古罗马民主制的弊端”。对于这部莎士比亚晚年书写的关于罗马的历史剧，不同的研究者从不同视角对之进行了解读，马克思嘲笑过其中的“无稽的寓言”（王元化，2000：295，296），艾略特认为其主人公科里奥兰纳斯“由骄傲、不合群而走向败坏”（陆建德，2015：116），有研究者认为其反映了“暴民都具备潜在的毁灭性本能”（尼尔·麦克格雷格，2016：129）。由此可知，研究者主要关注的是《科里奥兰纳斯》当中的“身体器官”意象、主人公的悲剧性格、蕴含的与现实紧密相关的政治隐喻、存在主义视角。对于其中的政治隐喻，当代学者张冲在 2006 的文章《罗马民主制度的政治隐喻——论〈柯利奥兰纳斯〉对罗马民主制度的反思》中从执政官的与民为敌、罗马市民的“群氓形象”、护民官的精致利己主义等角度思考了罗马民主政治，可惜是，对于《科里奥兰纳斯》反映的问题实质以及当代意义，他只是引导大家进行思考，既没有给出明确的答案，也没有对问题实质进行考察（张冲，2006）。

其实，关于《科里奥兰纳斯》反映的“古罗马民主制的弊端”，西方学者早有讨论。坎托认为罗马政制的矛盾在于平民与元老院的互不信任，《科里奥兰纳斯》当中平民与美涅尼斯的对话也充分反映了这一矛盾。这与罗马共和制的设计密切相关，在罗马共和制当中，平民大会拥有选举权、否决权、审判权，然而相对应富裕的元老，他们是贫穷的，甚至时常遭受饥荒的困扰，不得不接受元老院的摆布。在坎托看来，罗马的问题还在于罗马人缺乏“自省”“拒绝智慧”，在这个层面上，富有智慧、充分自省的科里奥兰纳斯、美尼涅斯无法得到罗马人的理解也就在所难免了。而普拉特则认为“愤怒”而非理性在支配（普拉特，2011：319，326）。他们的理论基础分部是“爱欲”理论与“身体”理论。与他们不同，王元化指出《科里奥兰纳斯》反映的“古罗马民主制的弊端”主要是“多数的暴政”（王元化，2000：84）。“多数的暴政”，在托克维尔的论述中，有如下重要特点：“多数人的无限权威”且“权威”可以“无限拓展”“不可抗拒”；“多数暴政和平的精神压制”，即通过舆论或投票的方式使少数屈服；“少数富人的权利被排斥”（王俊拴，2004：26）。

“多数的暴政”的这些重要特点在《科里奥兰纳斯》均有充分的体现。第一，罗马市民作为“大多数”，名义上具有无限权威，且按照罗马的制度，他们的权威可以“无限拓展”，是“不可抗拒”的。哪怕他们的要求是无理的或错误的，只要一经提出，就可以以武断代替法律，以人民的名义而不经过法律手续直接审判。第二，罗马市民的手段是“非物质、和平的精神压制”，即根据需要，通过高喊“同意”或者举手表决随便“污名化”对手，给对手扣上“企图独裁专政”、“敌视人民”“人民的叛徒”“中饱私囊”等罪名，并运用“人民的公意”使对手必须服从。第三，科里奥兰纳斯与美尼涅斯，作为少数富人，由于在投票上具有劣势，尽管他们能充分判断形势，但他们的权利是被排斥的。“多数人暴政”是一种庸俗民主，即罗马市民的选举一方面是走形式的，需要执政官低三下四“乞讨他们”——罗马市民的同意与需要执政官展示自己的荣誉——无数伤疤以博得声望等固定流传，一方面又是可以操控的，少数人通过煽动更多的市民“充数”进行反对或同意。不难看出，罗马民主的“多数人暴政”不仅压制了“少数人”，而且也没有真正保障“多数人”的权利，本质上是“护民官”主导、群众充当“群氓”的专制与奴役。在《裘力斯·恺撒》里面，群众可以转变成拥护恺撒独裁、毁灭共和的强大力量与权力基础，也可佐证。在这个意义，有学者认为护民官与民众通过防止科里奥兰纳斯妄图实现“独裁”而维护民主（刘尚贤，2005：49），可谓一种误读与讽刺。从全剧来看，莎士比亚本身并没有发言，更谈不上所谓的“民主主义的思想光辉”。

不难看出，无论是坎托、普拉特，还是王元化，他们在论述罗马民主制存在问题时，均有一个关键指向——平民（群众）。在坎托看来，平民对元老院不信任，平民缺乏自省、恐惧“真理”，以及普遍政治化了包括少数平民有政治野心。在普拉特看来，他们当中大部分无权无势毫无地位，在乎的只是自己的身体（物质欲望）。在王元化看来，作为“暴政的多数”，《科里奥兰纳斯》当中的群众，确实具有“落后性”，无须为之辩护甚至“理想化”（王元化，2007：20）。的确，罗马市民看似有权利“拒绝”或“同意”，但他们实际上却“没有权力运用”这些权利，即他们的实际行动与真实愿望往往是不一致的，往往是受外界干扰尤其是被某些人误导的。比如他们明明不喜欢科里奥兰纳斯，不想同意后者当选执政官，但后者出现在他们面前，他们却都表示同意；比如他们虽然知道科里奥兰纳斯是英雄，但又受护民官的煽动与误导，而驱逐了科里奥兰纳斯。虽然苏格拉底、耶稣的被处死以及科里奥兰纳斯的“叛国”，是莎士比亚以前的“多数人暴政”导致的悲剧，但在莎士比亚身后这些悲剧仍在不断重演。很大程度上，法国大革命的悲剧，比如许多人，被革命者通过人民的名义冠以“人民的叛徒”而处死，就是“莎士比亚式”的，就充分体现了“多数人暴政”。不仅如此，王元化认为其直到今天“值得我们从中吸取教训”，比如思考“高调民主”与“乌托邦幻想”在现实中的延续与危害。其实不仅仅是“高调民主”的问题，过度的“人肉搜索”等新形式的“多数人的暴政”如何有效得到治理，也令人深思。

关于防止政治领域的“多数人暴政”、建设现代民主政治，在王元化看来，普通人的“公民意识”与政治家的“责任伦理”非常重要。《科里奥兰纳斯》的群众之所以是“暴政”的多数，之所以是暴民，是因为他们缺乏“公民意识”的自觉。“公民意识”主要包括“公民身份意识、权利意识、义务意识和公民参与意识”（程德慧，2015：40）。王元化所论“公民意识”，主要包括了“制度安排上让权益得到法律保护”“维护和尊重个人的正当要求”和“基本道德准则给个人价值以重要意义”三个方面（王元化，2007：380）。而《科里奥兰纳斯》的群众虽然有参与权、审批权、否决权、选举权等权利以及一定的“主人意识”，但他们缺乏清醒的自我认知，对“权利与义务”以及相应的主体责任的认知与体验都非常不足，且也更难把握与执政官、护民官、元老院的关系，更没有保护个人权益、尊重个人正当要求、尊重个人价值的意愿与行动，比如他们的要求都是身体的（欲望）、非理性的，而不是真正维护自己的切实利益、更谈不上对罗马城真正的关心；比如他们仅仅希望执政官讨好他们，向他们展露身上的伤疤，而不在乎其执政能力与水平；比如当护民官煽动他们时，他们只听从护民官的片面之言，而不问其真假，不追究其是非，更不考虑其意图。“公民意识”的缺乏，致使他们充当了“多数暴政”的工具。当然，“公民意识”的缺乏，并不是“劣根性”的问题，不完全是他们自身的问题。在王元化看来，“公民意识”与“文化教育有着密切关联”，既需要从顶层设计上重视与维护公民的“权利”，又要通过文化教育潜移默化使公民形成“公民意识”，只有这样，才能使公民与“一个社会产生休戚相关，荣辱与共，血肉相连的感情”，让公民真正具备公民意识，而不是“成为毫无群体意识的自私自利者”（王元化，2004：56，57）。

“多数人暴政”在罗马得以产生，除了罗马公民缺乏“公民意识”外，还在于罗马的政治家重“意图伦理”轻“责任伦理”。“意图伦理”与“责任伦理”是马克思·韦伯提出的重要观点。“意图伦理”是指“从政者只按照自己的信念、意图和主观愿望行事，不对自己的政治行为负责”，而“责任伦理”指“对自己行为可预计的后果承担责任”，二者虽然“根本上互补相成”，但“政治如果不遵循责任伦理的原则，将不会有人们所期待的希望”（蒋庆，2014：100，101）。

王元化对韦伯的观点是非常赞同的，他认为“政治家更重要的是必须讲责任伦理”，而不是只讲“豪言壮语”、不在乎后果与代价的“意图伦理”（王元化，2007：362，314）。而《科里奥兰纳斯》里面的罗马共和国政治家恰恰只有“意图伦理”，而无“责任伦理”。执政官科里奥兰纳斯不但傲慢自负，而且只听从自己的内心，只愿意遵守自己的判断，而不考虑自己行为的结果与代价，因此他可以在战场上无所不能，却在政治上一败涂地乃至被逼叛国乃至被谋杀。罗马护民官虽然自己平庸无能，既不能对外御敌，又不能对内有效治理，但真正有权力且能运用权力，善于运用群众的力量实施“多数人暴政”，一心想让执政官成为他们的傀儡，一旦执政官不符合他们预期，他们便想方设法通过计谋、煽动市民“多数的暴政”驱逐执政官，骄傲的科里奥兰纳斯正是由于不符合护民官的期望，而被护民官设计、煽动市民驱逐而走的，总之他们考虑都是自身利益、眼前利益，而非罗马的利益、群众的利益。元老院的贵族不但歧视群众，而且只满足他们的欲望与野心，而不问他们元老院贵族的行为可能导致罗马的毁灭。可知，无论是执政官，还是护民官、元老院贵族，只有“意图伦理”，而无“责任伦理”。关于“责任伦理”，相比护民官、元老院贵族，科里奥兰纳斯又有所不同。科里奥兰纳斯尽管在执政官位置上忽视了“责任伦理”，但他在将领位置上却充分尽到了“责任伦理”，为罗马的安危奋不顾身。科里奥兰纳斯的悲剧除了性格原因外，还在于其没有察觉到罗马习俗的变化。在罗马共和初期，罗马习俗重视的是勇气与美德等善的方面，而随着共和发展，人类逐渐变成了“政治的基础”，罗马习俗开始转向个人的荣誉、野心，以及与之相应的对理性的充分利用，《科里奥兰纳斯》当中的护民官是如此，元老院贵族亦是如此，恺撒更是如此。

从莎士比亚文学出发求索政治学“深刻哲理”的王元化，并没有简单停留在政治学层面，而是又回到了莎士比亚文学。王元化认为，公民意识的缺乏，与政治家责任伦理的缺乏，一定程度上，均与“蔑视人文精神，缺乏人文精神”有关，均与忽视“基本人权观念”、忽视“人性中美好的一面”有关（王元化，2007：314-320）。王元化所言的“人文精神”与西方文学与莎士比亚文学的精神内核是一致的。反映“人性中美好的一面”，充满人文精神，在王元化看来，恰恰是莎士比亚文学的重要特征。作为文艺界的知识分子，王元化重视《科里奥兰纳斯》的重要原因在于，其饱含了“新意蕴”，即“多数决定少数的原则反映在艺术领域，也是很有问题的”（王元化，2007：281）。王元化认为，在文化、教育领域，“多数的暴政”实质是“科技和利润的逻辑正在逐渐成为评估一切发展进步与落后的准绳”。在他看来，“多数的暴政”在文化领域主要体现在：文化建设，仅仅考虑招商引资、经济收益与表面热闹，而无视其“内容和规律”，更忽视与其关联的“全民精神素质”与社会影响；对于高雅艺术，将其与大众文化等量齐观，过于强调发行量与社会覆盖面，而忽视了其特性、间接影响与深远影响（王元化，2007：366-368）。无论是唯市场论、唯收视率论、唯票房论，还是新媒体时代的唯点击率论，本质上都是“商品拜物教”，都是“消费主义”，是“资本通过庸俗来控制媒介”，以迎合多数人的口味为导向甚至牺牲少数人的审美追求而实现利润最大化，是典型的在资本操纵下“商品关系日益入侵到人际关系中，人与人之间的交往实践因而变得扭曲”。有人认为：“多数人的暴政对于文化，意味着是资本主义文化的暴政”，多数人依然是暴政的工具与受害者（段一，2007：2）。在王元化看来，艺术领域的“多数的暴政”不断“助长了一元化（如市场至上）的意识形态统治，产生着新的压抑形式”，不仅助使媚俗的文艺产品不断挤压高质量文艺产品的生存空间，而且“消解着真正有深度的精神生活”，使“人文主义者奉为神明的优美事物交织而成的世界，正在走向边缘，破碎，消失”（王元化，2007：58-64），更会使文化建设滑坡与高等教育质量下降，不利于现代化建设。也就是说，“多数的暴政”不仅使人们被“异化”，导致“精神和思想上的空虚”，而且对社会发展与人类未来产生负面影响。

那么王元化的忧思与国内学界的思考有何异同呢？对艺术领域的“多数的暴政”——消费主义的批判与反思，国内主要着眼于从马克思主义、大众神话、生态批判的角度进行切入，比如吴兴明的《反思波德里亚：我们如何理解消费社会》（《四川大学学报（哲学社会科学版）》2006年第1期），刘怀玉的《消费主义批判：从大众神话到景观社会——以巴尔特、列斐伏尔、德波为线索》（《江西社会科学》2009年第7期），张剑的《消费主义批判的生态之维——基于马克思主义视角的一种解读》（《南京社会科学》2010年第4期），周怀红的《消费主义批判与消费伦理之建构》（《学术论坛》2010年第12期），李海鸥的《马克思异化理论视域下的消费主义批判》（《理论学刊》2013年第1期），杜早华的《消费主义的伦理批判》（《道德与文明》2015第6期），等等。而如上文所说，王元化的反思与莎士比亚的阅读体验密不可分。这样，他与国内主要着眼于马克思主义、生态批评、伦理批评等角度有着显著差异。值得注意的是，王元化是站在“传统人文主义和精英文化的立场对当代娱乐文化进行批判”，且“有个前提预设”，史华慈所批评的“物质主义”具有普遍性，并适用于中国。然而，当代学者陶东风却不这样认为。他认为，中国的情形与美国等西方社会不同，其“物质主义”亦不相同（陶东风，2013：37-43）。然而，可以说，尽管在他们看来，导致艺术领域的“多数的暴政”的原因可能不同，但表征与症候是一致的。

不过，对于真正克服艺术领域的“多数的暴政”，王元化还是将目光转向了马克思的人文理想。与此相应，王元化一再强调知识者的责任与公共关怀。对于艺术领域的“多数的暴政”，王元化提出，知识者要“理性分析自己行为所造成的后果”，不能偏于“意图伦理”而忽视“责任伦理”（王元化，2007：362）。在他看来，兼备了“意图伦理”与“责任伦理”的知识者“才是二十一世纪真正有力量的知识人”。王元化心目中的知识者的“责任伦理”在于，知识者有敬业精神而非玩世的态度，有“对学术事业的真诚和勇气”，有“理性的批判精神”，“从对社会的责任感出发”而非自己的立场或喜好出发，“作切实的研究和探讨”，从而“提出自己认真研究过的见解”，发出自己的声音，注重人文精神的建设与培养（王元化，2007：371）。同时，由于高雅文化——“艺术领域的少数”决定了“社会的文化水平和文化素质”，作为知识人，应坚持多元化立场，理性看待大众文化与高雅文化的和谐相处与互相促进，“注意引导和提高”大众文化，不能过分注重“票房”，而是要产生“不媚平庸的多数”，致力于建设“有健康的文化，真正的文化”（王元化，2004：591）。王元化，一方面用自己的行动践行追求真理的热忱，一方面践行知识者的担当。在追求真知精神的支撑下，王元化与张可才得以克服心情的寂寞，得以坚持下去，填补了“文化大革命”时期国内的莎士比亚研究空白。追求真知精神的支撑下，王元化提倡学术研究包括莎剧研究要实事求是，区分了偶像崇拜与崇敬之情。

由于20世纪90年代是其第三次反思时期，王元化对《科里奥兰纳斯》的思考是在第三次反思的背景下进行的，也就是说，王元化对《科里奥兰纳斯》的思考是其第三次反思的一部分，融合了他对“五四”的反思，融合了他对卢梭契约论的反思，融合了他对消费主义蔓延的忧思，较为集中体现了他的“人文理想”。或许这也是王元化阅读《科里奥兰纳斯》的深层次原因，借观察“复活了”的历史人物，从历史人物与历史事件中考察得失与寻找现代启迪。从影响来看，莎士比亚对于王元化，不再局限于文艺，而且是其思想的重要组成部分，意味着“浩瀚的人生”“深刻哲理”以及有着“人文理想”的新意蕴，且指向现在与未来。在此意义上，王元化有机融合了西方文学的“人性”与思想家的“理性”。林毓生认为，克服以科技、物质、利润主导的“排他性物质主义的宗教”对人的“异化”、对人的“幻觉”式欺骗，需要借助“人类经验”当中的有关人类命运的“人文主义”的信息，不能让“物质主义”的信息代替或遮蔽“人文主义”的信息。在他看来，这种“人文主义”的信息包括了“莎士比亚对人类处境极为复杂的叙述”，包括了“承认‘自己使得自己做错’的巨大力量”。而在他看来，王元化忧思的背后资源恰恰是以莎士比亚为代表的西方文学与马克思·韦伯的责任伦理。除此之外，众所周知，王元化的历次反思，恰恰是林毓生所言的“承认‘自己使得自己做错’”，对自己的思想进行检讨和省思。这样，莎士比亚文学不仅体现在王元化文艺批评、文艺理论当中，而且潜移默化到其思想与人生追求当中，更涉及他作为知识分子的责任与使命，使他具有“关怀社会、富于人间情怀的情感特质与精神品格”（吴俊，1999：13）。这既与马克思借助莎士比亚“从政治视角探讨时代及人类社会问题”是一脉相承的，又“饱含着东方人的智慧卓见”（萧乾，1995 ）。

参考文献：

[1] 程德慧. 2015. 德育的自我超越与现代追寻——学校公民意识教育的理论与实践. 杭州：浙江大学出版社.

[2] 段一. 2007. 多数人的暴政对于文化意味着什么. 艺术百家（2）：9-12.

[3] 黄诗芸. 2017. 莎士比亚的中国旅行——从晚清到 21 世纪. 上海：华东师范大学出版社.

[4] 蒋庆. 2014. 政治儒学——当代儒学的转向、特质与发展. 福州：福建教育出版社.

[5] 刘尚贤. 2005. 莎士比亚戏剧中民主特色的回顾与展望//张冲. 同时代的莎士比亚：语境、互文、多种视域. 上海：复旦大学出版社.

[6] 肯罗. 2007. 哈利王子：莎士比亚对马基雅维里的批评//刘小枫、陈少明. 莎士比亚笔下的王者. 北京：华夏出版社.

[7] 陆建德. 2015. 自我的风景. 广州：花城出版社.

[8] 尼尔·麦克格雷格. 2016. 莎士比亚的动荡世界. 郑州：河南大学出版社.

[9] 普拉特. 2011. 死荫幽谷中的福斯塔夫//彭磊. 莎士比亚戏剧与政治哲学. 北京：华夏出版社.

[10] 陶东风. 2013. 理解我们自己的“娱乐至死”——一种西方文化理论在中国的被绑架之旅. 粤海风（5）：37-43.

[11] 吴俊. 1999. 百年思想的一种证明——我对王元化先生的基本理解. 当代作家评论（4）：13-22.

[12] 王俊拴. 2004. 马克思主义视域中的“多数暴政”问题分析. 政治学研究（4）：24-32.

[13] 王元化. 2000. 九十年代反思录. 上海：上海古籍出版社.

[14] 王元化. 2004. 王元化思辨录. 上海：上海古籍出版社.
[15] 王元化. 2007. 王元化集（第 7 卷）. 武汉：湖北教育出版社.
[16] 王元化. 2007. 沉思与反思. 上海：上海辞书出版社.
[17] 萧乾. 1995.《思辨随笔》不可不读. 联合时报 3 月 28 日.
[18] 张冲. 2006. 罗马民主制度的政治隐喻——论《柯利奥兰纳斯》对罗马民主制度的反思. 四川外语学院学报（1）：3-6.

作者简介：何建委，男，河南项城人，华东师范大学文学博士，主要从事比较文学、中国现代文学研究。

重译：如何避免缺乏学术意义的重复性劳动

——论《哈姆雷特》诗体译本

北　塔

【摘　要】名著重译普遍存在重复性问题，学术界不免质疑其缺乏学术价值。本文以笔者修订自译《哈姆雷特》诗体译本为例，力图为重译的学术价值辩护。本文主要从措辞风格、修辞策略和音韵效果三个大方面说明，重译者应该以原著中的重点、难点和疑点尤其是之前译者未能解决或未能比较完善解决的地方作为突破口，以证明自己创造性的解读能力，从而论证重译的学术价值可能性，且这种重译的学术价值可以展现在适当的注解和点评行为中。

【关键词】重译；《哈姆雷特》；诗体译本；学术价值；注解行为

【Abstract】The retranslation often has the problem of repetitiveness, which is easy to be queried to be lack of academic value. The author tries to explain or defend the academic value of retranslation. In the three main aspects of diction style, rhetoric technique and phonological effect, he argues that the retranslator should regard the key, difficult and doubtful points as breakthroughs, especially the ones that haven't been solved or perfectly solved by the former translators. He should prove the possibility of the academic value of retranslation by demonstrating the ability of his creative comprehension. He also believes that such a value can be displayed in the proper behaviors of annotations and comments.

【Key Words】retranslation; *Hamlet*; the poetry translation; academic value; annotation

1　重译之重复性问题普遍存在

名著的阅读市场始终存在，一直规模巨大，很多出版社都想分一杯羹，外国文学名著的重译与出版可以说主要是市场行为。重译的问题当然很多，比如选题“撞车”，比如“饥不择译”，比如译者仓促上阵。有些译者专业素养不够，对文学之所以为文学的基本审美规律不甚清楚，他们的翻译恐怕只能是前人译文的模仿、袭用甚至剪贴，难逃重复劳动的命运，从而为人所诟病。前人译文中的毛病没有被纠正，前人译文中的平庸没有被突破。这样的重译市场，可能还是有读者，但对于译者而言，只是博取一点名利而已，对于翻译事业的发展而言，则谈不上多少进步与价值。

笔者的《哈姆雷特》诗体译本初版于 2003 年 5 月（北京：中国少年儿童出版社）。那时候笔者年轻学浅，虽然得到恩师屠岸先生的首肯和举荐，虽然也在前人译本的基础上有所突破和改进，如尽量用鲜活的口语，以适合现代读者的阅读趣味，揣摩舞台语言效果，以方便演员动口念诵；再如，尽量表达莎翁作为旷世语言大师的杰出处、细微处、独到处，尤其是许多被以前译者吞没的修辞现象，尽力加以还原。但那个译本的突破性成果还是很有限，连笔者自己都不能满意，有时甚至有悔其少作之感。

2　如何解决重译之重复性问题

大概四五年前，笔者就动念想出版修订本，其目的当然不是要全面否定旧译，而是要对旧译进行大幅度的修缮。这倒不是说旧译本如老房子，经过这么多年，出了问题；而是后来因看到更多的有关资料，经过比较透彻的研究之后，发现它一开始就有一些问题，现在需要从头修改。

更重要的是，笔者想向读者老实交代，对许多作为重点、难点和疑点的字句，要明说前人的解释和译文如何不妥，还要说明自己的理解和翻译的过程和理由。笔者一直认为，学术性翻译，尤其是重译，跟撰写学术论文在操作过程和思维方式上有极大的相似性，比如也要尽可能多地先去搜集占有相关的资料，包括别的学者对原文的或总或分的注解和评论。不能一味地接受那些注解和评论，而是要进行研究和判断，看它们是否正确，是否符合原意。无论判断它们是正确还是错误，都要说得出理由。如果是重译，则要找来以前相对良善的译本，认真仔细地研究，看看他们是如何翻译的，为何要那么翻译，从而吸收他们的优点，避免他们的错误，或者在他们的译文的基础上锦上添花。如果发现他们的翻译有问题，或者需要改进，则也要说得出理由，要提出合理的改进的措施和措辞。切忌全盘接受前人的译文，然后要小聪明，做点改头换面的工作。那样依赖别人译文的翻译只是一种懒惰而平庸的改译，往往没有自己的心得和风格，没有创造性，人云亦云，甚至可以说是“准抄袭”。就像差劲的学术论文，没有自己的观点，也没有严密的论证。优质的重译必须在别人的译文的基础上，有许多处新的发现，有突破性的改善；假如没有这样的发现与改善。

3　现有译文的主要问题和具体改善策略

3.1　强调鲜活口语效果的措辞风格

戏剧是演员和观众之间“口耳交接”的一种艺术形式，语言由演员的嘴直接进入观众的耳，让观众当下就基本明白，如果不是用当前的口语，效果就会打折扣。莎士比亚的戏剧也是如此，当年观众的层次也高低不同，有王公贵族，也有市井之徒，据说还有买站票的劳工。他们或者粗通文墨，甚或目不识丁，要让他们懂，语言必须是高度口语化的。为了达到鲜活的口语化效果，笔者在翻译时主要注意了以下几点。

3.1.1 雅言与敬辞问题

《哈姆雷特》故事的发生地是古代丹麦的首都（尽管没有明确说是哥本哈根），甚至主要是宫廷和大臣的府邸，即所谓“首善之区”；人物则主要是王侯及其子弟和侍从。总体上说，他们的用语风格相对比普通民众的要文雅一些，词汇量比较丰富，措辞比较雅致，敬辞比较频繁。比如，在莎士比亚时代，第二人称的普通用词是“thou”和“thee”（你），敬辞是“you”（您）。后来，“you”被去敬化，降格为普通称呼，当所有人都相互用敬辞时，就无敬可言了。当“you”（您）降低为“thou”和“thee”（你）的时候，“you”表敬称的功能则干脆被挤兑出现实生活，只待在历史文献和少数模仿古风的文学作品里。

在古代，中国人写文章，无论是什么样的文章，哪怕是与文学无关的实用性文字，都追求文雅风格。许多人在翻译一般的外国文学作品时，都或多或少有雅化倾向。我们翻译本来就雅化的莎剧则正合适。出生于北京或者在京师长期生活的译者可能更自然地领会并转达这种雅化的风格与敬辞的特质。

在《哈姆雷特》中，好用雅言的是马屁精大臣泼娄聂斯，简直到了“装隆（重）作雅（致）”的程度。莎翁把宠臣泼娄聂斯设计为他自己的对敌“大学才子派”的代表，毕业于牛津或剑桥，说话态度傲慢，花样多以至于弄巧成拙，“滑稽百出”。甚至在自己家里，泼娄聂斯跟儿子和女儿说话，也很做作。如，在第一幕第二场中，他警告女儿奥菲丽娅不要随随便便接受哈姆雷特的爱情表达时，说“你要/让自己留守在感情的后方，躲开/欲望的危险的子弹”。他在催促儿子快点到码头去乘船，跟儿子告别时，说“海风都快要推动帆篷的脊背了”，“借进来则会挫钝节俭的刀口”。此君确实巧舌如簧，颇具口才。他还对儿子说过这样两句告诫的话：“Give thy thoughts no tongue, / Nor any unproportion'd thought his act”。卞之琳译为“你不要想到什么就说什么，/ 也不要想到什么就做什么。”有点平淡枯燥，没有取巧的感觉，不像是莎翁的语言风格，更不像是莎翁为泼娄聂斯这个角色设计的语言。朱生豪的译文也没有出彩的地方：“不要想到什么就说什么，凡事必须三思而行。”梁实秋的译文也差不多：“你有什么思想不要说出口，不合时宜的思想更不可见诸实行。”孙大雨的也是如此。事实上，原文说得挺讨巧的，颇为曲折起伏：“不要把舌头交给念头，不要把手脚交给任何越轨的念头”。笔者尽力把他的“作雅”修辞格调还原性地翻译出来，不能让中文读者误以为他虽惺惺作态却语言乏味。

《哈》剧中的人物喜欢把敬辞（尤其是“您”字）经常挂在嘴边，以符合首都和宫廷的语言礼仪；但许多译者或者因为没有深究这个敬辞在剧中的普遍性和必要性，在译文中很少用“您”，都改译成了“你”。他们是用现代英语中“you”（你）的眼光来看待——低看早期英语中的“you”（您）这个敬辞。在剧本中，莎翁也并非一味用敬辞，有时也用引车卖浆者流的俗语，有时贵族之间也不用敬辞。那么，谁对谁用敬辞？何时用？何时不用？中间为何要转换（从敬到不敬或从不敬到敬）？莎翁都是很小心细致地加以区分的，在翻译时必须留意。

按照上流社会礼仪，哈姆雷特之前对奥菲丽娅说话时一直用的是敬辞。但在第三幕第一场发生了变化。在自己的爱被奥菲丽娅否定之后，哈姆雷特对她的态度由礼貌变为不礼貌进而陡然变为粗鲁，对奥菲丽娅的称呼也由敬辞“您”（you）变为一般性的“你”（thou 和 thee）。具体说，是在这里发生变化的：

哈姆雷特：您不应该相信我；因为美德通过嫁接可以使本性这棵老树发出新芽，但老树不会因为发了新芽就不再是老树。我没爱过您。

奥菲丽娅：那我更觉得是受骗了。

哈姆雷特：你到尼姑庵去吧！你为什么要生育罪人呢？

之前，奥菲丽娅就已经开始在否定哈姆雷特对她的爱，哈姆雷特说“我没爱过您”，是顺着她的否定心理说的气话，没想到奥菲丽娅当了真，说哈姆雷特一直在骗她；哈姆雷特就急了，怒了，遂改了称呼。在此，莎翁以高妙的手法生动描绘了这对贵族少男少女之间的怄气行为。《哈》剧中，有一个本来不该用敬语却用了的地方。敬辞用于地位比自己低的人，一些人是无法理解或接受的。在莎士比亚时代的伦敦，戏剧演员们的地位虽然没有中国古代的戏子那么低微，但肯定没有现在的所谓明星这么高。在英语中，“sir”是敬辞，因为它的本义是“爵士”，比“gentleman”的地位还要尊贵。在《哈姆雷特》中，大臣波伦纽斯称演员们为“sirs”。很多人（尤其是中国的文人们）表示不理解甚或不赞同。他是堂堂朝臣，怎么能用这样的称呼纡尊与“戏子们”平等对话呢？

以前的中文译者们都“吝啬”地没有译为“先生”。梁实秋和孙大雨都译为“诸位”，朱生豪译为“各位朋友”，卞之琳译为“各位”，黄国彬译为“各位兄弟”。似乎都在避开这个尊称，何故？黄国彬解释说：“以波伦纽斯地位之尊，称地位卑微的演员（旧时中国社会轻视演员，称为‘戏子’）为‘先生’，在汉语语境中不太协调。”笔者认为，时移世易，敬辞也平凡化了，无论是英语中的“sir”，还是汉语中的“先生”，都可以用在普通人身上。

更加重要的是：哈姆雷特专门要求甚至告诫泼娄聂斯要善待甚至厚待演员们，这更高的待遇应该包括对他们的称呼的提高。泼娄聂斯擅长或者说习惯见风使舵、溜须拍马、随时领会主子的意思并调整自己的言行。他本来称戏子们为“师傅”，现在立刻改口尊称。因此，笔者按照原意译作了“先生们”。

《哈》剧中，还有一个本来该用敬语却没有用的地方。中国人自古有祖灵崇拜。别说是见到祖先的灵魂了，哪怕是面对祖先的灵牌，都会肃然起敬。哈姆雷特称呼他父王的鬼魂为“boy”（家伙，伙计），第二人称单数也用了普通的“thou”（你），而没有用敬辞“you”（您），还开玩笑给对方取绰号为“true-penny”（真便士，含义类似于前面他说的“老实鬼”）。他似乎对死去的父亲大大不敬。这是为何？

有学者解释说，这是因为哈姆雷特预感到鬼魂所说的事情无比严重，他当机立断，不打算让任何人知道其中的详情，而且他要故意淡化霍雷修他们所认为的那鬼魂就是他父王的亡魂的观念。也有人解释说，此时哈姆雷特还没有完全认可那鬼魂就是他父亲的亡魂，所以没必要加以尊敬。笔者以为，从整个语境来看，哈姆雷特不仅不告诉霍雷修他们实情，还一再要求他们保密，因此，还是前面一种解释比较合理。由于此间极为特殊的原因，在翻译的时候，就不能按照中国传统的祖灵崇拜传统情感，把“你”改译为“您”。

3.1.2 俗语与谦辞问题

《哈》剧反映社会面非常广，其主要场景和人物是上层社会，但也写到了下层民众，莎翁对他们的语言风格模仿得惟妙惟肖。他高超地写到了两种非常有意思的语言行为。一是由于某些特殊原因，上层社会的人有意或无意说了俗语。二是底层百姓偶尔也力图模仿着说雅话。俗语中最庸俗和最粗俗的是所谓“秽语”。莎翁是几乎没有“词禁”的作家，从不避忌“脏话”

和“污言”。除了迎合及吸引众多中下层观众这个“不良”商业动机，他其实还会根据人物性格和情节需要精心设计秽语的应用。但是有些所谓文雅的尤其是自以为高雅的读者却接受不了；他们曲为之讳，做了种种“去俗”的处理（包括翻译和注解），离本义愈行愈远，误导了普通读者。中国的文化环境过早就被“净化”和“雅化”，因此中国读者尤其很难接受那些莎剧中的“污言秽语”。很多译者往往在翻译过程中要么干脆避开不译，要么进行“净化”和“雅化”处理。奥菲丽娅本是千金小姐，极为矜持优雅。但在她发疯之后，言行举止有点像是花痴，居然学唱民间小调，包括黄色小曲。

如第四幕第五场中，国王刚刚说“奥菲丽娅好孩子！”她却唱道：

耶稣基督圣人们
哎呀谁知我羞愧！
小伙就爱占便宜，
牤牤就该受责备！

最后一行的原文为“By cock they are to blame.”原义为“他们因牤牤该受责备”。美丽单纯淑雅的奥菲丽娅本来应该口吐莲花，几乎所有学者都无法忍受莎翁让她吐出“牤牤”这个脏词，有人认为“Cock”由“God”讹变而来，奥菲丽娅唱的歌是对神和上流社会的亵渎。笔者认为这种说法是毫无道理和根据的。

奥菲丽娅所唱的就是一首民间小调，其作者（不是奥菲丽娅）的意思是：男人们因为有性冲动而欺负女人，所以他们仅仅因为有牤牤（性冲动的载体或象征）就要受到谴责，“Cock”也不是“God”的双关语。请注意：上一行中的“Young men”（年轻人）和这一行中“they”用的都是复数。这表明这首歌的抒情主人公所抒发的不仅是个人之间的恩怨，还是女人对所有男人的普遍的感受和看法：是男人都可能难以自抑，成为自身的性冲动的奴隶乃至牺牲。奥菲丽娅只是“演唱”流行于民间的“黄色歌曲”，那些黄色的词不是她想出来的，况且，她之所以唱这样的歌，是因为她发疯了（她的疯病有“花痴”特点），正如哈姆雷特之所以满嘴猥亵语，是为了装疯装得不让人起疑。因此，他俩的“不雅”之词情有可原，无伤大雅，论者和译者不必忌讳。

但是，大部分中文译者都采此牵强附会、弄巧成拙之说，他们的译文亦为了雅化而五花八门、八仙过海。梁实秋译为“嗳，这是他们的错”，选择全都避开，而用一个感叹词来代替。朱生豪在译文上也似乎有洁癖，他把这行译成了“一味无赖纠缠”。这恐怕连意译都算不上，是改译，甚至是想象性的改写。卞之琳译为“可不能怪别人”。“不怪别人”那就怪自己，可是怪自己的什么呢？他也绕开了“牤牤”的不雅！孙大雨译为“天啊，怪他们活现世”。“活现世”则是衍译。况且，“活现世”是吴方言，官话方言读者较难理解。还有，这个词的含义是“丢脸，出丑”。茅盾《霜叶红似二月花》之“十三”：“这当儿，刚巧他的小老虎抹着一张花脸哭哭啼啼到了跟前。祝大不问情由伸手就是一个耳光，喝道：‘还不给我快回家去，在老子面前活现世！’”可见，“活现世”与“to blame”并不同义。

奥菲丽娅是因为发疯而不能自主地说了秽语，哈姆雷特呢，因为要装疯而故意说秽语，堂堂王子说脏话（哪怕委婉的），就容易被别人认为他是真的疯了，而他要的就是这个效果。说脏话是王子成了疯子的标志，而装疯是他保障安全的自卫措施。脏话可以保他的命。哈姆雷特故意说粗话，而且是对奥菲丽娅这个清纯少女说（笔者以为，哈姆雷特倾泻性的语言暴力是导致

奥菲丽娅脆弱的神经崩溃并最终发疯的原因之一)。如第二幕第二场中两人有这样几句对话:

哈姆雷特:姑娘,要我躺在您的两腿之间吗?

[躺倒在奥菲丽娅的脚边。]

奥菲丽娅:不要啊,殿下。

哈姆雷特:我的意思是,把我的头枕在您的大腿上。

奥菲丽娅:那好吧,殿下。

哈姆雷特:你是否以为我这些个念头又粗又野?

原文“country matters”的原义是“乡野之事”或“野事”。有学者指出,此处“country”暗藏与之谐音的另一个词“cunt”(阴道),乃哈姆雷特为自毁形象而故意说的秽语(读者可能读不出来,但观众能听得出来)。莎翁在《哈姆雷特》一剧中确实用了大量跟“性”有关的语言和意象,他一般都会进行艺术化的处理,显现他遣词造句的才华。

卞之琳译为“说野话”,虽然用了“野”字,但 还是显得太“文”了。另外,“matters”本来没有“话”的含义,这里更没有;因为它的前面是“I meant”(我意指),乃心里所想,而非嘴上所言。所以不能译为“话”。

黄国彬译为“卑屄下流话”,恐怕也太直太野了,突现了本来隐晦的“cunt”(阴道),却把“country”这个面上的词的本义“乡野”给隐去了。

我取用比“野事”更加不雅的“粗”“野”这两个字,而且把它们用标点符号分开,以突出“粗” 这个猥亵语。演员在念的时候可以把这个字的声音加重、拖长。

谦辞都是地位相对高的人说的,地位越高,谦辞就越多。地位最高的当然是国王,而讲谦辞的人,他自己心里未必认同,国王的谦辞尤其如此。在《哈》剧中,国王说的谦辞以及心态,还有一些特殊的看头。在公共场合,如果一个普通人口口声声说“我”,或许会被认为带着个人主义的倨傲。于是,为了表示谦虚,很多人会以“我们”代替“我”,尽管他说的只是他自己一个人的情况或观点。朝堂也是公共场合,国王也会这么做。但是,普天之下莫非王臣,国王在用“我们”代替“我”自称的时候,依然是一副“唯我独尊”的做派。也就是说,他用“我们”是为了更加突出“我”。

这种微妙的修辞手法悖论及其效果是很难传达和翻译的,因为在现代语言(包括汉语)里,“我们”这个被用得太泛的词是无法表现这种“独尊”气势的。古今中外的所谓最高统治者都很“自雄”,觉得自己最有资格代表全国人民,所以故意把“我”和“我们”混着用。本剧中国王克罗迭斯自称时,习惯用第一人称复数“我们”(we)来代替第一人称单数“我”(I)。这是既谦虚又傲慢的措辞,谦虚是虚,傲慢是实。

克罗迭斯在第一幕第二场的开头第一句里,称先王老哈姆雷特为“Hamlet our dear brother”。朱生豪几乎直译为“我们亲爱的兄长哈姆雷特王”。原文中有“dear”一词,充分反讽了克罗迭斯的惺惺作态,正是他谋害了他亲爱的王兄。但问题是:整个朝堂之上,只有他一个人是哈姆雷特王的弟弟,照常理他应该用“我的”,而不是“我们的”。朱生豪译成“我们”,不合实情,让观众误以为他们另有兄弟或姐妹。卞之琳的译文是“至亲的先兄哈姆雷特”,孙大雨的译文是“亲爱的王兄”,他俩都没有译出这个人称所有格,似乎有意回避这里的矛盾。梁实秋译为“我的亲兄哈姆雷特”,似乎直接用译文纠正了原文的矛盾,但也牺牲掉了原文的微讽。黄国彬译为“朕的亲爱兄长”。“朕”没有单复数之间的微妙转换关系,也揭示不出最高统治者的虚伪嘴脸。

为了表现国王假谦虚真傲慢的话语姿态，笔者使用了古汉语中的措辞“寡人”。寡人，即为寡德之人，意为“在道德方面做得不足的人”。是中国古代君主、诸侯对自己的谦称，实际上是自大心理在作怪——不让一般人跟他平起平坐、分庭抗礼。笔者以为，“孤”或“寡人”是克罗迭斯口中“we”和“our”的内涵最贴适的译文。但由于“孤”是单音节，听起来不如“寡人”更接近原文“our”的双元音效果，也更符合现代汉语中词语多于单字的特点。因此，在本剧中，当克罗迭斯用第一人称复数自称时，笔者全都译为“寡人”；用第一人称单数自称时，则译为中国古代君主对自己的另一个比较普通的称呼“朕”。

3.1.3 逼真：以“语无伦次”译“口不择言”

剧中人物的用语往往跟当时的心境和情绪吻合，情急之下，会呼天抢地，胡说八道。如第一幕第五场哈姆雷特在听了父王被谋杀的诉告之后，方寸立即就错乱了，于是贵为王子的他，会有这样的“胡言乱语”：

“O all you host of heaven！ O earth！
What else?/And shall I couple hell?
O fie！ Hold, hold, my heart!/
And you, my sinews, grow not instant old, /
But bear me stiffly up. …”

卞之琳译为：
天兵神将啊！天神地祇啊！还有呢？/
加上地狱的凶煞吗？硬起来，我的心！/
全身的筋络不要一下子都松了，/
要把我直挺挺支撑起来！……

译文的语言组织得如此整饬，遣词造句如此讲究，浪漫主义的激情喷发变成应古典主义的细致打磨了！哈姆雷特作为一个年轻人在那种时候能用理性如此控制自己的感情吗？不太可能吧！孙的译法与卞类似：

天兵神将啊！地师土伯们！还有甚？/
加上幽冥的凶煞吗？挺住，我的心；/
我的筋腱啊，莫在顷刻间变衰老，/
绷紧着，把我挺起来。……

除了讲究，还拗口。倒是梁实秋和朱生豪这两位的非诗体译文此处更有优势，“乱”者“散”也，越乱越散，就是这几句的风格。梁实秋作为新人文主义的中国代表，是力反浪漫主义的；但他在这里的翻译却充分把握了浪漫主义的直抒胸臆：“啊一切天上的神祇哟！啊地哟！还有什么？我还要向地狱喊叫吗？啊，呸！镇定，镇定，我的心；我的筋肉，你别立刻老朽，你要坚硬地支持我。”除了没有分行，怎么读都让人觉得梁译比卞译和孙译更具有诗歌的激情。这也说明，并不是分行就是诗。更关键是，梁译在情绪上更接近原作。散文有时一分行就是非常棒的诗，而有的诗假如不分行，就有如一篇味同嚼蜡的散文。诗文之别根本在意不在形。

笔者承认，这里的自译译文更像是拿梁实秋的散文分分行，再进行一下修饰：

哦，你们住在天上的所有神明！/
哦，地哪！还有什么？我还要
/向地狱呼号吗？/哦，呸！/
别乱啊，/别乱，我的心！/
还有你，我的筋骨/不要在片刻间衰老，
你要坚定地/支撑我啊……

3.1.4 当代性：防止过时与歧义

语言总是在发展。在几十年前还挂在人们口头的鲜词活语现在可能已经成了死的词汇，就失去了鲜活性。比如，第一幕第一场中："our state to be disjoint and out of frame"。这是非常平常的一个句子，含有木匠用语。梁实秋和朱生豪都译为"瓦解"，孙大雨译为"散乱不成形"，三家都没有译出这个行业术语（现在城市里的高层建筑基本上不用"瓦"，"瓦解"这个词则早已经被抽象化，已经很难让人联想起"瓦"这种具体的建筑材料）。卞之琳译为"脱了节、脱了榫"，只译出了一半，"节"和"榫"都是部位，都不是对"frame"的译文，即"frame"一词没有被译出。黄国彬译为"脱了榫，破了框"，与卞译类似，不过，补了卞的不足，"破了框"才是对"out of frame"的翻译。但问题是：现在的家具都是机械化大生产的产物，里面已经没有"榫"了，恐怕很少有木匠会打造"榫"，年轻人就无从理解"脱了榫"所指何意。况且"frame"也并不对应汉语中的专门术语"榫"（tenon）。因此，在翻译时应该避用此字。笔者觉得译为"我们的国家脱了节、散了架"，比较合适。

有些词随着社会语境的变化，被赋予了一些以前从未曾有过的微妙含义甚至贬义，在用时要谨慎，以免引起不必要的歧义甚至读者的歧视性联想。如，第一幕第三场中，泼娄聂斯对奥菲丽娅说"You do not understand yourself so clearly/ As it behooves my daughter and your honor. "，卞译为"你太不了解你自己/该怎样当我的女儿，做你的小姐"。"小姐"本来是一个美词，在 20 年过去前的汉语语境里，它意味着"清纯、高贵、贞洁"。卞之琳在 20 世纪 50 年代用的时候，这个词语还未掺杂进贬义。但是，到了当前的社会语境里，众所周知，它已经被赋予了特殊的贬义，"小姐"，尤其是"做小姐"等同于沦落的女子。尽管哈姆雷特在疯癫时曾对奥菲丽娅用过"淫荡"那样的词，但奥菲丽娅的父亲不会称她为"小姐"，或者说要尽量避免让读者把这个词带有的任何一点污秽泼到奥菲丽娅身上。再说原文"honor"，是以前大家闺秀的一种品质，但并不是用来指代闺秀。梁实秋译为"体面的小姐"，其实，原文的意思只是"体面"。朱生豪译为"身份"，不太准确。孙译为"清名"倒是很准确，可惜他把整个句子译得太欧化——"你太不懂得你自己该怎样，才同做我的女儿和你的清名能相称。"而笔者的译文是："你自己还不太清楚如何做我的女儿，/保你的名节。"

3.2 尽力还原修辞策略

莎剧中的修辞现象极为纷繁复杂。所以，笔者在翻译时，进行措辞还原的同时，还做了大量的修辞还原，即尽力恢复被以前翻译所吞没的修辞现象。此番修订，又做了不少还原工作。试举几个方面。

3.2.1　反语，反讽，反话正说

如，第五幕第一场哈姆雷特说："The age is grown so picked that the toe of the peasant comes so near the heel of the courtier he galls his kibe. "卞之琳译为"这年头变得这样精灵古怪，乡下人的脚尖已经逼近朝廷人士的脚跟，擦得破他们后跟上的冻疮了。"这里的关键词是"picked"，卞译为"精灵古怪"孙译为"刁钻古怪"。梁实秋译为"尖利"，也差得远。朱生豪译为"不成样子"，是敏感意识到了这个词的内在含义，但没有注意到这里有修辞。

"picked"的内在含义正好跟原文的字面意思相反。它的字面意思是"refined"（精致的，有教养的）。宫廷被认为是极有教养的地方，是文明礼仪的渊薮。莎士比亚反用这个词，嘲讽了宫廷礼仪的虚伪和自以为是以及俗众的虚荣和趋炎附势——一味追慕宫廷的风尚。笔者翻译为："这年头变得如此文绉绉，连乡巴佬的脚尖都已逼近朝臣的脚跟，快要擦破那脚跟上的冻疮了。"

3.2.2　比喻，语言形象性的一大保障

莎士比亚擅长创造比喻。以前相当多的译文往往把喻体说了出来，却丢掉了喻本，或者把喻体和喻本都丢了，解释性地直接说出了喻义，使莎翁的语言失色不少。笔者力争让这些被罢黜或流放的比喻尽可能地"官复原职"。

如，第一幕第一场贝纳多说："And let us once again assail your ears，/That are so fortified against our story"。卞译为"我们的故事你听来只当是耳边风，/……/偏叫你听进去"。其中，"assail"（攻击）和"fortified"（加强防御）是两个非常强有力的军事术语，犹如"矛"与"盾"，一攻一守，激战正酣。此处莎翁暗地里把耳朵比喻成了"城堡"。卞大概感觉到了这里边有比喻，但他径自捡了一个司空见惯的喻体，即"耳边风"，却没有把原文的真正比喻译出来。朱生豪译为"虽然你一定不肯相信我们的故事，我们还是要把我们这两夜来所看见的情形再向你絮叨一遍。"一点比喻的影子都没有了，那么浓油赤酱的一道菜被译成了一碗清汤。梁实秋更是译成了白开水："你不信我们接连两夜看见的故事，让我们再说一遍给你听罢。"他俩的译法散而至于淡了。卞把原文两行译成一行半，弄了个不相干的比喻；孙则译成两行半，译出了大半个比喻——"……等我们再一回/送进您的耳朵里去，它们好比是/壁垒森严的城堡，拒绝听这故事"。只译了"防"，"攻"则被误译成了"送"，两者的主观意图可是不一样的。笔者翻译为："我们要再度攻击您的耳朵；它们/像顽固的城堡，不信我们的报告。"

有一些本来具有比喻性的词汇由于被用得太平常，钝化了，已经几乎丧失了比喻的功能。这时就要想办法把它们的比喻功能重新焕发出来。如，泼娄聂斯对奥菲丽娅说，哈姆雷特选妃时会"不由自主"："And therefore must his choice be circumscribed/Unto the voice and yielding of that body/Whereof he is the head. "。梁译为"所以他的选择便不能不受他所统治的臣民舆论的限制。"看不出有比喻。卞译为"他是国家的首脑，他的选择/就必须先得到国家的同意和批准。"孙译基本相同："他身居邦国之首，他妃子的征选/自应先得到邦国的赞成和听从。"把领导人说成"头""首""首脑""头头脑脑"本来确实是比喻，但这些字词由于在日常生活中被用滥了，以至于很难感受出其中比喻的性质。那么，如何能把这里的比喻显现出来呢？请注意，原文中还有"身"，指的是国家或全体国民，那么，如果把"身"还原出来，与之相连的"首"的比喻性也就自动跟出来了。请看朱的译文"他是全身的首脑，他的选择必须得到各部分肢体的同意”。读者恐怕要多想想才能感觉到这是个转喻，而台下的听者却没有足够的时间多想。为听众计，笔者把本来的暗喻变成明喻，这样才能让人猛然从关于“首脑”的惯性思维中摆脱出来，想起它的比喻性，译文是：

……这整个国家就像是一个
身体，他是那首脑；因此，他的
选择必须受制于国民的意见
和影响……

有时候，原文中并不明显存在比喻，但通过词语的合理的联想，比喻呼之欲出。为了使译文更加形象生动，在某个机缘巧合的特殊理由的支撑下，笔者会灵机一动，顺水推舟，顺理成章地加上比喻——巧喻，这是翻译中罕遇的“神来之笔”。如，第一幕第一场中，霍雷修说挪威的少年王子“小福丁布拉斯年轻气盛，修养/不够，像一把又烫又满的热水壶”。“热水壶”这个意象是笔者的衍译。这样翻译是有理由的。原文“unimproved mettle hot and full”中“unimproved”指小福丁布拉斯身心俱未完全成熟。梁实秋译为“血气方刚”。卞之琳和黄国彬也用了这个成语，分别译成“血气方刚，不知天高地厚”和“血气方刚，未经过锤炼”。两人均未译出“hot”与“full”。“mettle”可以译为“气”或“血气”；但“血气方刚”形容年轻人精力正旺盛，无论是“hot”还是“full”，均与“刚”不符。朱生豪把整个这部分简译成“一副烈火也似的性格”，没有译出“unimproved”（未成），也没有译出“full”（满）。孙大雨的译文与朱译类似，把“hot and full”译为“年少气盛火性烈”，只译出“hot”（可作“烈”解），而未译出“full”（满）。“火”算是个比喻，但正如“火”在“锅”（mettle）下，这个比喻也是等而下之。笔者译为“小福丁布拉斯年轻气盛，修养/不够，像一把又烫又满的热水壶””。“气盛”主要关乎“身”，“修养”则关乎“心”。小福丁布拉斯的气质（mettle）又热又满（hot and full），自然而然让人联想到水烧开了的壶（kettle，恰好与mettle谐音）。所以笔者在译文中添了“壶”这个意象，化抽象为具象，强化了文字的形象性和比喻的贴切性。

3.2.3 拟人——人文主义的修辞策略

作为人文主义思想的杰出代表，莎士比亚写物则物中有人，写景则景中带情，以人为本，而且将心比物，这使他用了很多拟人手法。我们不能译丢这一带有人文主义标志性的修辞策略。第一幕第三场中，泼娄聂斯催促他儿子雷俄提斯快点启程时，说：“The wind sits in the shoulder of your sail（海风已坐在/帆篷的肩头）”。很明显，莎翁在此处用了极为生动的拟人手法，而且是双重的：海风像人一样“坐”，而帆呢像人一样有肩膀。但很多译文都不完善。

有两者都没有译出的，如：黄国彬译为“惠风已经在后面吹动船帆”，“吹”用于风，可能最初是有拟人手法的，但后来因为用得太多，这种手法渐渐淡失了，“吹”字似乎成了风本身的一个动作，而不是由人的动作借来的。有的译者译出其中之一。如：朱生豪译为“风息在帆顶上”。“顶”不指向“肩膀”甚至不指向“头顶”。

两者都译出但不完美的，如：卞之琳译为“风息在帆篷的肩头上”，孙大雨译为“风守在帆篷肩胛上”。但“息”字和“守”字没有原文“坐”字那么具体生动。这个“坐”字恐怕是莎翁的得意之笔。他的另一部戏剧《理查二世》第二幕第二场第一、二、三行有类似的表达法：“The wind sits fair for news to go to Ireland. ”（惬意的风坐等着消息传向爱尔兰）。“坐”字不可随便改为“守”字。还是较早的梁实秋的译文反而可以说几乎没有瑕疵——“风在船帆的肩头上坐着”。本书之译文在梁译的基础上稍做调整而成。对具体可见或可感的生物或非生物加以拟人化，是译者比较容易发现和表现的。

但是，在英国文学中，有非常多的对抽象概念进行拟人化处理的现象，浪漫主义诗人用得很频繁，尤其以雪莱为最，如《无常》二：

唉，美德！它多么脆弱！
友情多不易看见！
爱情售卖可怜的幸福，
你得拿绝望交换！

因此，笔者认为有必要把它移植在汉语中。但一般译者都采取意译法，回避或遮蔽这一生动的手法。

如卞译为“愿你们沐天恩天惠”，显得太文绉绉了，而且漏掉了内容——“在你们最需要的时候”。孙译得几乎跟卞一样：“愿你们获天赐慈恩”。朱生豪也漏掉了同样的内容，但用语却顺口得多：“上帝的恩惠和慈悲保佑着你们。”原文在“grace and mercy”的前面没有“上帝的”修饰语。朱之所以要加上，可能是因为他还是不认可“grace and mercy”做主语的写法，认为这是上帝的两种品德，保佑人的不是这两种品德本身，而是具有这两种品德的上帝。表面上，这句话的主语还是“恩惠和慈悲”，但其逻辑主语已经被置换成了“上帝”。这些译文的共同缺点是直接或间接抹杀了拟人手法。笔者的译文既补足了内容，又保留抽象名词作主语的拟人手法，还保持口语化的风格：“在你们最需要的时候，/恩惠和慈悲就会来帮助你们。

3.2.4 象征

尽管象征手法在西方被诗人大量运用要到 19 世纪中叶象征主义兴起以后，但自古就有作家使用这一手法，莎士比亚已经用得不少。紧接上面，就有一个同样精妙绝伦的象征手法，同样藏得很深，所以同样被忽视了，小福丁布拉斯啸聚了一帮无法无天的暴徒，他们“For food and diet to some enterprise/That hath a stomach in’t”。卞译为“……管他们吃喝，要他们大举出动/尝一尝冒险的滋味……”朱译很类似：“供给他们衣食，驱策他们去干冒险的勾当”。梁译也基本一致：“每日酬以三餐，鼓动他们大胆妄为。”孙的前半句也无非如此，后半句加了不少信息，但越加让人觉得离谱：“供他们吃喝，要他们去干些行险、/侥幸的横心泼胆事……”前半句没问题，后半句与原文严重不符。其实很简单，就是一个象征。“他们只为混口饭吃，在这类营生里/总是存在着肚子”。马斯洛说，人的最基础的需求就是吃饭，因为有饭吃才能生存，然后才能发展，食物是人所需要的第一基础物质。“肚子”就象征着人类的这一基本需要。那些暴徒之所以愿意跟随小福丁布拉斯冲锋陷阵，出生入死，就是因为他能让他们填饱肚子。因此，“肚子”这一象征性很强很广的符号不能译掉。

3.2.5 双关

双关语是一种非常需要才智的修辞，又非常依赖于对母语的敏感和灵感，所以极难在目的语中翻译出来，需要译者绞尽脑汁，方得其中。

在第五幕第一场中，两个掘墓工有这样的对话：

小丑乙：亚当是绅士吗？
小丑甲：他是第一个臂膀上佩戴臂徽的人。
小丑乙：胡说，他没有臂徽。
小丑甲：没有？你是个异教徒吧？你是怎么读《圣经》的？《圣经》
　　　　上说亚当挖过沟。如果他没有臂膀，那怎么能挖沟呢？

这里小丑乙的第一句话改自英国谚语："When Adam delved and Eve span，/ Who was then the gentleman?"（亚当耕田夏娃织，何来绅士称其时？）小丑甲的第一句中"arms"一词具有"家徽"和"胳膊"两个意思。掘墓工在玩弄双关语游戏。按照西欧中世纪的封建制度，骑士家族都有族徽。（据说，上帝所造的第一个人亚当家族的族徽就是一把铁锹，这可能是因为他吃了伊甸园"知善恶树"上结的禁果之后，被上帝惩罚。不仅他自己，而且他的子孙后代都要靠自己在地里劳作才能养活自己。）可能由于太难，朱生豪没有译出这一"双关谐语"。吴兴华在给朱译校改时，添译为"有两手"和"两手"。卞之琳自己的译文是在"家徽"和"家伙"之间添加了过渡性的"家灰"和"家火"。他英雄相惜地承认吴的改译比自己的要好——"好在简单直接"。（卞之琳，1989：125）相比而言，卞译确实显得拐弯抹角。

笔者认为，两人的译文都有改善的余地。吴兴华"两手"（hands）还算接近"arms"（手、臂不分家嘛），但"有两手"（指有手段或会耍手腕）跟"家徽"或任何徽都没有关系。卞之琳的译文"家伙"则跟"臂"没有关系。也就是说，严格意义上来论，两人都只译出了双关语的一关。笔者译为"臂徽"与"臂膀"。族徽原先就在罩于铁甲外面的短褂上，所以"臂徽"是合理的译法。在汉语里找到一个同样的双关语词或两个发音完全相同的有这两个含义的词，都绝对不可能，笔者退而求其次，找到了这两个谐音词，应该说没有比这一对词更接近原文的了。

3.2.6　典故还原的度

莎翁虽没上过大学，不是学院派，但他熟读诗书，熟悉典故。他在创作中任意驱遣古希腊罗马的典故。《哈姆雷特》一剧就用了 30 多处。对于典故中所涉及的专有名词，有的译者完全按原样把它们译出来，有的则干脆不译，或采取意译法。到底译不译，这里有个"度"的把握。笔者主张都译出来，但如何译，却有讲究。对于中国读者相对熟悉的那些名词，我基本上用音译法，而对于冷僻的名词，则取他们的身份、长相和职责等重要的标志性描述来代替他们的名字或在他们的名字前加上一个修饰语；也就是说，笔者更注重汉语语境中成长起来的读者的理解力和接受力，把出发语中生僻的专有名词径直音译出来，当然是最简便的，但译者必须要加注解，读者只能通过读注解了解其含义；而对于听者而言，根本不知道谁是谁，演员在舞台上读台词时，是不可能让自己或让别人念注解的。

如第一幕第二场中，哈姆雷特把他的父亲比成 Hyperion（希腊神话中的原始太阳神，是美男子的偶像），接着把他的叔父比成 Satyr（神话中的妖怪，长着羊角上身为人，下身为羊，既丑又淫），又把母亲比成 Niobe（希腊神话中的第比斯王后，失去亲人后终日以泪洗面），还说自己一点不像 Hercules（希腊神话中的大力士英雄）。卞之琳把前两个名词都音译了出来"简直是海庇亮比萨徒"，而第三个却屏蔽掉了，第四个又音译为"赫勾列"。孙译前两个为"犹如太阳神比妖仙”，第三个却音译为“那荷琵”，第四个则音译为“赫勾理斯”。梁译前两个为“恰似太阳神和羊怪相比”，第三个却音译为“奈欧璧”，第四个则音译为“赫鸠理斯”。朱译前两个为“简直是天神和丑怪”，第三个则被漏掉了，第四个则音译为“赫拉克勒斯”。关于前两个，除了卞，其余三家都采取了有限的意译法，是有道理的，因为中国普通读者很多不知道那三个是谁的名字，也就无从知道哈姆雷特为何要拿它们来比成父亲和叔父。梁和孙把第三个音译了，四人把第四个则全都音译了。笔者以为，“那荷琵”或“奈欧璧”是中国听者闻所未闻的，应该力避，笔者译成了“第比斯王后”，因为第比斯虽然也是专有名词，但知道的人比较多，而且还有王后帮着大家加深印象。朱译“赫拉克勒斯”已经进入某些词典，所以笔者倾向于保留这个音译，也即是说，这个名字可以音译，但必须译成“赫拉克勒斯”，不过，为了保险起见，斟酌再三还是在它前面加了“盖世英雄”。总之，由于中西语言文化相差太大，典故要还原，但不是照搬，而是要把握程度，讲究方法，让它们处于出发语和目的语之间的中间地带，甚至略微更靠近目的语一些。

3.3　音韵效果，抗译性最强的

莎翁本色是诗人，所谓“戏剧诗人”（dramatic poet）。莎剧是诗剧，译文也应该是诗体。早在 1944 年，曹未风先生就出版了《汉姆莱特》的诗体译本。他这个译本就诗歌艺术而言，不是太成功，有人甚至说，其质量还不如朱生豪初版于 1947 年 4 月的散文体译本。孙大雨说：“曹不谙原作分行是有格律而不押脚韵的韵文行，原文一行译文也是一行，但并无格律。”（孙大雨，1994：18）所以，他认为，曹译在形式上是诗体，但实质上还是散文体，只是散文的分行。不过，1956 年卞之琳的诗体译本的面世，从诗歌翻译专业角度而言，散文体译本不仅被超越了，而且后面再出现散文体译本就只能是等而下之的无聊之作。也就是说，那之后诗体成为《哈》剧汉译的门槛。如果不是诗体译本，就意味着尚未入门。

3.3.1　内在的音韵效果

这是指莎翁用音调表现情调，或用声音的不同质地、效果表现不同的情境、心态。在全剧的最后，当挪威小王子福丁布拉斯赶到丹麦王廷，看到国王、王后和哈姆雷特王子等人的死亡惨状，不禁感慨道：“这一大堆死神的猎物大喊着大难”。这行的原文为“This quarry cries on havoc.”其中“quarry”为狩猎意象，本指一场打猎活动结束时堆在一起的猎物。此处，莎翁把死神比作猎手，把哈姆雷特等在现场死去的人比作猎物；因此，可以理解为他们的尸体。但最好不要简单直接地译为“尸体”，否则就失去了“quarry”所内含的转喻手法。这些人已经死了，但他们似乎是在高声控诉着死神的残酷、自身的苦难。这是高明的夸张的修辞手法。

有注家指出，此处“cries on”的含义不仅仅是“叫喊”，而是“大喊大叫”。莎翁在另外两部剧作中，也用了这个短语，也表达这样的含义。如《奥赛罗》第五幕第一场云“that cries on murder”（大喊杀人啦），《理查三世》第五幕第三场云“cried on victory”（大喊胜利啦）。“havoc”意为“浩劫”，不是一般的杀戮，而是“大开杀戒”。“大屠杀”大概有两个界定：一是死亡人数多，二是死亡人数虽然可能不算多，但死的都是极为重要的人物。福丁布拉斯之所以称这场宫廷灾难为“浩劫”，可能就是因为他考虑到了第二个因素。

另外，“quarry”“cries”和“havoc”都含有[k]音，传达给观众一种“肃杀”“悲怆”甚至“绝望”的感觉。“This”和“cries”则押尾音。笔者以为，这里的夸张手法和谐音策略不能译丢。

梁实秋译为“这一堆尸体必是屠杀的结果”。“尸”与“是”“杀”，“体”与“屠”都押声母，达到了原文的音韵效果。但是，原文中并没有表示因果的逻辑关系，梁没有译出“cries”即夸张手法。用“屠杀”一词译“havoc”，力度被减弱了。

朱生豪译为“好一场惊心动魄的屠杀！”这是一种过于简化的译法，音韵修辞和夸张手法都被译丢了，没有任何两个字词严格押韵。

卞之琳的译文与朱译相似：“好一场惊心动魄的乱杀一气啊！”“乱杀”与“屠杀”差不多，也不能表现出“浩劫”的严重性。“一场”与“一气”倒是谐音，但远远没有表现出原文高度精彩的音韵效果。

孙大雨基本译出了“cries”即夸张手法，可贵；其译文为“这一堆死亡枕藉在叫喊残杀。”“死”与“杀”，“喊”与“残”都押声母。不过，“死亡”是抽象名词，不能代替“死尸”，与后面的动词“枕藉”也不太匹配。

黄国彬译出了“havoc”一词的严重性；其译文为“这堆尸体，见证了大屠杀。”“堆”与“大”，“体”与“屠”都押声母，“大”与“杀”押韵母。译文音韵上是讲究的。惜乎“见证”是视觉，而不是听觉，“cries”即夸张手法被译丢了。

笔者的译文中“大”字出现三次，以模拟原文中的三个[k]音。“喊”与“难”押韵。另，“大喊”比“叫喊”更符合“havoc”的含义，也更富于表现力。

3.3.2 外在的音韵效果

3.3.2.1 押韵

莎翁的作品的音韵特征主要是押头韵，当然有时也押脚韵和（行）内韵，有的押全韵，有的押半韵（Assonance）。笔者在这方面的操作原则是：无论原作有韵抑或无韵，都没有关系；能押的时候就押，不能押的时候不要勉强押。押不押，押多少，怎么押；全凭妙手偶得，浑然天成；哪怕故意修改，也要恰到好处，无斧凿痕。当然还是要凭自己的才华和敏感和经验，尽量多押。英语诗人擅长押头韵，而汉语诗人擅长押尾韵，译文可以（多）用尾韵补头韵之缺。

A. 头韵

押头韵在英语里叫 alliteration，又叫 initial rhyme，或 head rhyme，指两个或两个以上单词的首个字母相同且发音相同，形成悦耳的读音。押头韵大致分两种情况。一是相邻诗行之首音相互押韵，二是同一或相邻诗行之内单词之首音相互押韵。在莎翁笔下，这两种押头韵现象往往联袂出现。如，在第一幕第二场中，国王对雷阿提斯说：

The head is not more native to the heart,
The hand more instrumental to the mouth,
Than is the throne of Denmark to thy father.

此处以脑、心关系和手、口关系比喻君臣关系；这符合欧洲传统观念：国为体，君为首和手，臣为心和嘴。后面第三场雷阿提斯对奥菲丽娅提到哈姆雷特时说，“这整个国家就像是一个/身体，他是那首脑”。这话似乎是说：首脑要听从于心脏，双手要服务于嘴巴；克罗迭斯故意在年轻人面前显得自己谦虚而又大度。其实当然只是客套话而已，实际上正好相反。前两行是非常工整的对句（couplet），简直可以跟中国古诗文中的对偶句（antithesis）媲美。原文三行均押头韵，内部还有不少头韵现象（如“head”与“heart”，“than”与“throne”“thy”），另外还有像“more”、“the”和“to”等重复出现的词产生复沓的类似于内韵的效果，都造成音韵上整饬与规律的美感。卞之琳译为：

丹麦王座对于你的父亲
就像头对于心一样的休戚相关，
就像手对于嘴一样的乐于效劳。

他译出了工整的对句，后两行开头重复用“就像”，是押了头韵，“头”和“手”之间是天成的押韵，押声母现象则相当密集，如“像”“心”“休”和“相”等，造就了这两行之间整齐的对应关系。“对于”和“一样的”等词语的重复加强了这两行诗的旋律感和音韵性。卞的这个译文也有点问题，如没有译出克罗迭斯对于亲信朝臣假惺惺示好的心态。另外，“丹麦王座”是对“the throne of Denmark”的直译，虽然汉语观众也知道这指的是国王；但作为国王，在汉语里是不会这么称呼自己的，尤其是“委座”“局座”和“师座”等尊称都是说话者用于称呼对方，而不会这样称呼自己。黄国彬译为：

脑袋跟心脏的关系虽然密切，
手虽然是口的工具，可是
都比不上丹麦王之于令尊。

这个译文最大的失败是没有译出头韵和对句，连对偶性质的短语都没有，从而失去了工整的视觉和听觉效果。其他音韵方面也没有上佳的表现。另外，也没有译出国王对于奴才波娄聂斯父子故意照顾笼络的作态。笔者不仅翻译出对句，也译出了头韵，行首“如”字重复，“首”与“双”与“手”押了声母。汉语的优势不在押声母（大部分情况下相当于押头韵），而在押韵母（大部分情况下相当于押脚韵）。所以笔者采取“以己之长攻彼之短”的原则，以“押韵母”之译文弥补或者替补“押头韵”之原文。此处，押内韵的有“如”与“腹”，“令”与“心”，“本”与“跟”“尊”（近似韵）等，还算丰富。至于复沓之音亦不少，如“之于”和“一样”。笔者就希望译文在音韵之美感上亦能与原文媲美，甚至是有过之而无不及。莎翁更擅长的是在诗行内部随处播撒押头韵的豆子。如，第三幕第二场中，罗森克冉茨向哈姆雷特描绘他母后看了戏中戏之后的反应“Then thus she says：your behavior hath struck her into amazement and admiration. ”，哈姆雷特的回答是“O wonderful son，that can so astonish a mother!”。这里两句的原文是“Then thus she says：your behavior hath struck her into amazement and admiration. ”，哈姆雷特的回答是“O wonderful son，that can so astonish a mother!”。

这一问一答中“amazement”“admiration”和“astonish”这三个词押了头韵，很难找出三个声母相同的汉字。梁译为：“她是这样解说的：你的行为使得她颇为诧异。”“啊好古怪的儿子，能这样的使一个母亲诧异”。“诧异”重复了一次，而且与“古怪”既不押声母，也不押韵母；显然没有译出头韵。朱译也是如此：“她这样说：您的行为使她非常吃惊。/居然会叫一个母亲吃惊！”只把“吃惊”重复了一次。卞之琳敏感到了头韵的存在，所以译为：“她这样说：你的行为使她又惊又怪。”“噢，惊人的好儿子，居然能惊动母亲！”连用三个“惊”，而且“行”与“惊”，“为”与“怪”押韵。卞译颇有韵感，但略嫌单调。况且，原文三个词的含义虽然相近，但 amazement 侧重于“疑”，astonish 侧重于“惊”，admiration 则兼而有之（基本没有现在的含义即“惊服”）。卞没有译出 amazement 的“疑”的内涵，“怪”也并不对应于 admiration。孙译为“那么，她这样说：‘您的行止使她惊愕诧异。’”“啊，惊人的儿子，居然能那么样使母亲吃惊！”也是拿“惊”字做文章，但是，首先，“疑”的意思没有译出来，其次，wonderful 译为“惊人”，也不妥；事实上，这个词是反语，以“好”说“坏”，其内涵是哈姆雷特是个“不孝之子”。在汉语里，我们也会说这样的反语，因此，笔者以为还是翻译为“好”比较合适，所以采取了稍微变通的办法，既用双声，又用叠韵，还起用了谐音，分别译为：“惊疑”“惊诧”和“惊呆”。“惊”起的就是“头韵”之“头”的作用。

B. 脚韵（尾韵）

莎翁用的是所谓的“blank verse”（汉语译名为“素体诗”或“无韵体诗”），主要指的是他很少用脚韵，即行末不太押韵，尤其没有富于规律性的押韵。其实，他的诗也有押尾韵的。跟押头韵类似，押脚韵也大致分两种情况。一是相邻诗行之尾音相互押韵，二是同一或相邻诗行之内单词之尾音相互押韵。在莎翁笔下，即在素体诗中，第二种情况出现得比较多。如第二幕第二场中，波娄聂斯对国王评论哈姆雷特因被他的女儿奥菲丽娅拒绝而失恋的情形，说：

而殿下，简而言之，由于被拒绝，
跌入了哀伤，先是吃不下饭，
然后是夜不成眠，然后是虚弱
不堪，瘦骨嶙峋；循着这逐渐
恶化的脚韵，他变得疯疯癫癫
疯语疯言；我们都为此而恸哭。

原文为：
And he, repulsed, — a short tale to make, —
Fell into a sadness, then into a fast,
Thence to a watch, thence into a weakness,
Thence to a lightness; and by this declension
Into the madness wherein now he raves,
And all we wail for.

原文第四行最后一个词“declension”为双关语，兼“词尾变化”和“逐次恶化”二义。

在这六行诗中，相邻诗行之尾音几乎没有任何相互押韵之处。但是句子中“sadness”“weakness”“lightness”和“madness”这四个词押了尾韵[nəs]，“sadness”“fast”和“madness”这三个词中的字母“a”的发音相同或相近，“watch”和“weakness”之间押了头韵，“thence”一词重复且与“then”也押了头韵。所以波娄聂斯半带嘲讽地说，他用的韵和哈姆雷特的病一样，在逐渐“变坏”（decline）。笔者的译文中有九个字押了尾韵[an]，即“殿”“简”“饭”“眠”“堪”“渐”“变”“癫”和“言”，比原文多了一倍。“峋”“循”和“韵”和“疯”这四个字相互之间也押了尾韵，其中“饭”“渐”和“癫”还是行末押韵。“不”字和“疯”字则重复出现。笔者相信这些措施都加强了音韵效果。另外，笔者故意用了诗歌中忌讳大量使用的四字格，以戏仿并反讽泼娄聂斯自以为文雅有口才的作态。

当然，莎翁的“无韵体诗”也有相邻诗行之尾音相互押韵的。比如：

我们对它扬威耀武不顶事，
您看它多么威武，像空气，
简直是刀枪不入。我们这几下
徒劳的比划会被恶意嘲骂。

这四行的原文是：

We do it wrong, being so majestical,
To offer it the show of violence;
For it is, as the air, invulnerable,
And our vain blows malicious mockery.

其中行尾押韵的是“majestical”和“invulnerable”（第一行和第三行，只有这两行押韵），“show”和“blow”“violence”和“malicious”是行内押韵。另有多处押头韵，如“majestical”和“malicious”及“mockery”，再如“violence”和“invulnerable”及“vain”等。音韵效果可谓非常丰富。译文不太容易对等实现这种效果。哪怕对音韵非常敏感而拿手的卞之琳在此处的译文也乏善可陈：

它一举一动都这样威严，堂皇，
我们不该对它这样子粗暴；
它就像空气，刀枪都伤它不得，
瞎砍是行不了凶，倒出了丑。

其中，“粗暴”和“出了丑”既押声母，也押韵母（用近似韵押了尾韵）。不过，句式看似整齐，但音韵上却有点凌乱；真正押声母韵母的字词不多，而且似乎靠的是重复“这样”“它”和“不”等小词、副词，效果自然减弱不少。 孙大雨的译文更讲究一些：

它这般庄严威武，我们真不该
这样表示粗暴，那对它有冒犯；
因为它好比是空气，刀枪伤不得，
把我们的空斫化成可笑的伤害。

其中押声母的有“空气”“空斫”和“可笑”等，押韵母的有“真不该”和“伤害”等。

英文诗歌的音韵优势在“声母”（故押头韵的现象比较普遍），汉语的优势在“韵母”（故押尾韵的现象比较常见）；笔者充分利用“韵母”，使此处译文之音韵效果力追原文甚至有胜出之处。如，整个四行的韵式是“aabb”式，即前两行和后两行分别押了尾韵（“事”与“气”，“下”与“骂”），再如“耀武”“错误”“威武”和“不入”之间，还如“几下”“比划”和“嘲骂”之间都押了尾韵，单字之间的押韵点更多。

3.3.2.2　节奏

莎剧用的节奏模式主要是五音步（pentameter），但有时也用四音步（tetrameter）或三音步（trimeter）。就《哈姆雷特》而言，很多段落的最后一行往往用的是三音步。在大部分情况下，笔者会按照原文的音步数来安排译文的节奏，并且会在注解中有所交代。不过，有时，为了显得更加齐整，笔者有时会把三音步或四音步扩展为五音步。中国诗歌文本是句子中心主义的，为了句子的漂亮铿锵，作者会煞费苦心在句子内部把词语做闪转腾挪的调整。英文诗歌是段落中心主义的，在保持段落的完整的前提下，句子之间可以调换伸缩。在翻译时，这么做尤其重要、有用。

3.4　注与评的平衡术

译与释与评三者几乎是三位一体，释与评是为译服务，不仅是帮助译者本人更好地翻译，而且帮助读者更好地理解译文。从翻译内涵的终极程度上说，释与评也是翻译。释与评两者之间则有交叉。注解之后可能会有评论，评论之前则需要做一些注解。不过，为行文方便，我们还是分开来说。

3.4.1　注解

学术性翻译后面是译者所做的大量研究，其成果的展现既在译文中，也在注解中。在众多《哈》剧译本中，注解多的是孙译本和黄译本。尤其是黄译本，注解文字远远超出剧本的篇幅。孙译本是一册并不太厚的书；而黄译本因为容量太大，分成了上下两册，而且都有点厚。他们的注解大部分来自英文学者对原文的注解，少量有他们自己对原文的理解。孙基本上不涉及翻译问题。黄涉及翻译，但很少，而且只涉及他自己的翻译策略，不涉及其他人的翻译。笔者的初译借鉴孙译本比较多，此次修订借鉴黄译本比较多。本书的注解也很多，大致分三类。

有的是知识性的，尤其是博物学知识。莎翁是博物学爱好者，对很多动植物都有丰富深入的知识和生动独特的描绘，赋予它们深刻贴切的寓意。不管是有意还是无意，译者如果漏译乃至讹译，都会窄化乃至丧失莎翁博物学方面的趣味和视野。因此，此次修订，把原先译者没有注意到的博物学名目都原样译了出来，不在中文里随便改换。

第一幕第三场中，波娄聂斯告诫其女儿奥菲丽娅，说哈姆雷特的甜言蜜语“是些捕捉笨山鹬的网兜”。笔者的注解是：原文为“springes to catch woodcocks”中“woodcock”指的是“山鹬”（学名：Scolopax rusticola），体长约 35 厘米，是一种涉禽，体型肥胖，腿短，嘴长且直，是世界上飞得最慢的鸟，而且胆子特别小。所以山鹬象征迟钝、胆怯、头脑简单，被认为是最容易捕捉的鸟类。捕捉它们的网兜可能非常简陋。波娄聂斯认为，奥菲丽娅如同山鹬，单纯、胆怯，缺乏经验，哈姆雷特不用太费劲，就能把她迷惑、俘虏。在本剧第五幕第二场中，雷俄提斯被哈姆雷特用他自己有毒有尖的利剑刺中之后，把自己比作山鹬，说：“嗨，就像一只山鹬，我这是/钻进了自己的罗网，奥斯里克。/杀害我的是我自己的诡计。”在莎翁别的作品中，山鹬这个名称还被提到过 7 次，一般都是和捕鸟的夹子或圈套连一起。因此不能不译出这个鸟名。关于莎翁与博物学的关系，以前中国的译者和学者鲜有专门关注的，笔者写有比较长的文章《博物学视域中的莎士比亚戏剧及其汉语翻译之反思》（载《中国莎士比亚研究通讯》2018 年第 1 期）。

有的是关于原文字词的理解的。第一幕第四场中，哈姆雷特对霍雷修说："Being nature's livery，or fortune's star"，意象简洁而玄秘，句式整洁而有力，结构对称，语调铿锵，但是，这两个暗喻实在太难理解。于是，注家和译者都曾费尽心机，各有各的理解和表达，而译者往往为了使得读者能比较容易地把握他们所理解的内容，一般都采取意译法，乃至蒙混法（模糊其意而译）。

朱生豪译为"不是他们自己的过失——或者生就一种令人侧目的怪癖"，笔者认为相当欠妥。首先，他没有译出原文警句般铿锵的调子和整饬的结构；其次，丧失了丰富的意象；再次，理解过度，以至于成了臆解，根本与原文对不起来，不仅没有译出"livery"和"star"，甚至没有译出相对容易而且确切的"nature"和"fortune"。"nature"指大自然、老天爷；"fortune"指运命。运命像星辰一样，是转动的，可以转变的，所谓"时来运转"也。而命运更像是前定的、固定的。笔者以为，此处"nature"和"fortune"并举，"nature"就有"命运""命定"和"前定"的内涵。此处所谓"天造的制服"象征的是人生下来老天所给予他的宿命般的特定性。livery 这个词与 delivery 同源，来自古法语 livree 一词，含义是"配给""分发"，本意是主子给家里仆人配发衣服，这些衣服通常有统一的样式，所以一般翻译成"制服"。笔者以为，这是很恰切的翻译。"制服"一词的好处在于，它还可以是动词。"服"者"服从"也。仆人穿着主子配给他的衣服，心中就要想着如何为主子提供良好的服务，或者牢记自己的奴仆地位（servitude），老天爷之所以让人类有缺陷，是因为他要以此提醒我们：人是他的仆从。因此，莎翁在此把人的缺陷比喻成仆人的制服。"制"者"制约"也。主子管制仆人，人是老天爷的仆从，所以受制于他。星星跟"运命"一样，都在运转，哪怕恒星也并不恒定。"运命"不同于"命运"的地方可能在于，第一，运命可能具有偶然性，或者说，这种影响的到来和消失，似乎是没有预兆、突如其来的，比如"祸从天降"，而不是完全按照前定模式的；第二，就像星星的运行变化，好运与厄运可能交替出现，所谓"祸福相依"，所谓"六十年风水轮流转"，或者否极泰来，或者急转直下。有的是关于翻译的。这次修订这方面增加了不少处。如，第一幕第三场中，哈姆雷特与霍雷修有这样的对话：

哈姆雷特：如果这番话冒犯了你们，我表明
　　　　　真心的歉意；是的，真诚，真心。
霍 雷 修：谈不上冒犯，殿下。
哈姆雷特：不，让主管炼狱的圣·帕特里克做证，
　　　　　犯了，霍雷修，而且是犯了大罪。

笔者的注解是：动词"offend"的含义是"冒犯"，它的名词形式"offense"兼有"得罪"与"犯罪"两个含义。霍雷修用的是前者，哈姆雷特故意用的是后者，暗指国王之罪行。笔者的译文用"犯"字，将"冒犯"和"犯罪"串联了起来。笔者做翻译喜欢做注解，有的学术性翻译甚至径直就是"译注版"，这样才能使读者全面深入地了解文字表面和内里的含义，

同时也了解译者对文字的具体理解和译法，注解是译者和读者交流的重要载体。这部译著中也有许多注解，其中笔者注意了这样三个问题。第一，正文的译文不能依赖于注解，不能喧宾夺主，要争取独立承载所有的含义，全力表现所有的效果，读者在不读注解的情况下，也能顺利地往下看。第二，注解当然要有学术性，但避免烦琐和长篇大论。第三，多讲翻译中的心得和苦衷，使读者知道译文的来历，帮助读者进行延伸性的思考。

3.4.2 点评

笔者在本书中的评论文字以点评的方式呈现，篇幅不定，行文随意，有较大的自由度。这些点评文字有关于原文的，也有关于译文的（主要是其他译者的译文），还有同时关于原文和译文的。这往往是笔者对原文，中比较难以理解的地方或者说前人解释有误的地方进行讨论，有时甚至是纠正别家的说法。如，第二幕第二场泼娄聂斯对王后说的一番话中，有这样的一个词，单列一行："Perpend"。有的学者认为，这是因为上下诗行都已有五音步，这个词放不下了，莎翁不得不把它单列出来。

笔者以为不是这样的。这应该是莎翁一开始就故意让它"鹤立鸡群"，以引起读者注意。为什么呢？泼娄聂斯喜欢卖弄自己的所谓学问，当然都是一些冬烘知识，类似于孔乙己炫耀自己会"茴香豆"的"茴"字的四种写法，是迂腐而可笑的。在英国的任何时代，掌握一定的拉丁语（哪怕只是一些单词或由拉丁语演变成的词汇），都可以显示自己有学问（连最后一章中的掘墓人居然也炫耀拉丁词汇）。于是，泼娄聂斯憋出了这个来自拉丁语"perpendere"的难词、大词、雅词，而且不能跟其他语词混杂在一起，要单独强调其存在，以使国王和王后充分认识到他在学问上的不同凡响。

莎翁曾经让他的另外三个戏中人物用过这个词，即《皆大欢喜》中的试金石（Touchstone）（第一幕第二场第 59 行）、《第十二夜》中的费斯特（Feste）（第五幕第一场第 289 行）和《温莎的风流娘儿们》中的毕斯托尔（Pistol）（第二幕第一场第 103 行）。前两个都是丑角，第三个则是男主人公约翰·福斯塔夫的走狗，其形象类似小丑。从这个类比来看，泼娄聂斯虽然表面上是朝廷重臣或宠臣，实质上是弄臣，总是想取悦于主子，结果弄得取笑于身边人。他的可爱之处是自取其辱而不自知乃至不知耻甚而不知止。译文必须满足两个要求：一要古雅，二要单列成行。散文译本根本谈不上满足第二个要求。我们来看看梁实秋和朱生豪的译文。前者译为"请注意"，既不古也不雅。我们再来看看几种诗体译本。卞之琳和孙大雨分别译为"请细思细考"和"请考虑"，且单独成行，但他们俩的措辞都不够古雅。黄国彬译为"请权衡"，比较古雅，但他根据另一个原文版本，也没有单独成行，较为遗憾。笔者译文来自儒家经典《中庸》，以示古雅。

再如，第一幕第二场中，国王对哈姆雷特说："Our chiefest courtier，cousin，and our son."这里国王对哈姆雷特的称呼跟前面他第一次跟哈姆雷特说话时的称呼何其相似："But now，my cousin Hamlet，and my son，—"。但细心的读者可以发现，前后两处克罗迭斯对自己的所有格称谓出现了比较大的变化。前面用的是比较亲切的"my"（朕的），后面变成了非常官方、煞有介事的"our"（寡人的）。期间的情形大概是这样的：本来应该由哈姆雷特继承他父亲的王位，克罗迭斯毕竟是暗杀王兄后非法篡位，所以对侄子哈姆雷特心有忌惮或愧疚。一开始见面说话，他尽力讨好哈姆雷特，所以在称呼上竭力套近乎，口口声声希望哈姆雷特把他看作父亲，企图让他俩之间的叔侄关系一下子转变为父子关系，这样哈姆雷特似乎以后就不会厌恶他、仇恨他甚至要杀他报仇了。

但是，哈姆雷特压根不理他这一套，丝毫不领他的情。当然，这时候，哈姆雷特还不知道克罗迭斯是自己的杀父仇人。因此，两人表面上也还是比较客气，并没有撕破脸。所以，克罗迭斯依然力图拉拢哈姆雷特，还痴心想要哈姆雷特承认他俩的父子（至少是继父继子）的关系。但他尝到哈姆雷特的冷漠之后，示好的态度显然已经变得不那么亲热了；这从他转而用“寡人的”这个冠冕堂皇、居高临下的称呼就可以看出来。莎士比亚作为最伟大的戏剧家，于文字精细处之卓越讲究，于此可见一斑。

本次修订这方面的比较评论做得非常多，目的就是让读者了解笔者对前辈的译文的态度和评价，并且给出我的评判的理由，同时交代自己的译文是如何形成的，是来自对前面译文的继承，还是修正，还是否定，然后另起炉灶。如第一幕第三场中，泼娄聂斯催促其儿子说“The air bites shrewdly”。笔者的注解为：原文“The air bites shrewdly”是双重拟人手法，仿佛风是有牙齿似的，而且刁钻敏锐。其实直译就很精彩，尤其是“咬”字不能阙如。偏偏以往译者们似乎怕风长出牙齿，多采用意译，削弱了原文的魅力。朱生豪译为“风吹得人怪痛的”，还原到了“风吹”的习惯语思维，抹掉了拟人手法。梁实秋译为“凉气刺人”。卞之琳译为“风，真是刺人得厉害”。孙大雨译为“这寒气刺得人好凶”。黄国彬译为“空气冷得砭肤”。“砭”是古代用来治病的石针，做动词用时，含义也是“刺”。因此，这四位翻译家都把“咬”译成了“刺”，把“齿”变成了“针”。他们用手中的译笔把风的牙齿全都拔掉了。笔者的译文“风刁钻地咬人”，不仅保留“咬”这个拟人的动作，还保留“刁钻”这个拟人的情态。

在相当多的情况下，我是先对原文做点评；然后，相应地，根据我对原文的研究心得，再来对译文做点评。比如上面所举例中对国王的自我称谓做点评之后，紧接着我对五家译文进行了比较和评论：这样的精细和卓越着实难以翻译。梁实秋分别译为“我的侄子哈姆雷特也是我的儿子”和“做我主要朝臣，亲侄儿，亲儿子”。前一句好像国王不是直接在对哈姆雷特热情地说话（没有直呼“哈姆雷特”），而是跟第 3 个人在冷静地介绍哈姆雷特，与原文中国王用热乎的词跟哈姆雷特套近乎的劲儿不匹配；后一句，国王自己已经降温降调，但两个“亲”字（原文中没有）却反而显得他热情依旧。最大的问题是：前后两句国王的自我称谓都是“我”，见不出区别，也就无法表现莎翁高超的戏剧手法。

朱生豪分别译为“我的侄儿哈姆莱特，我的孩子——”和“做我们最密近的国亲和王子”。前一句的问题跟梁实秋的差不多，也没有直呼哈姆雷特的名字，把原文的“儿子”改成“孩子”，在语气和情调上差得太远，无法表现出国王的热情。要知道，“侄子”也可以是“孩子”，甚至无亲无故的年轻人也可以被长辈叫作“孩子”。后面一句的翻译也有问题。“chiefest”没有“最密近的”含义，“courtier”“cousin”和“son”这三个词里也找不到“国亲和王子”。另外，朱完全用现代汉语中的第一人称代词“我”与“我们”来翻译原文中的“my”和“our”，不能说不对，但不能传神，不能传达莎翁良苦用心的笔法。

卞之琳分别译为“得，哈姆雷特，我的侄儿，我的儿——”和“当我的第一名重臣，不愧为王上的爱侄，王上的宠儿。”前一句是所有人的译文中相对而言最妙的。不过“得”字用得不太合乎原文语境。如果原文这句话的开头是“Now”，而不是“But now”，那么，用“得”字也是不错的选择。但是，国王先是在跟雷阿提斯，此时，他看到哈姆雷特进来，突然中断与雷阿提斯的谈话，转而跟哈姆雷特打招呼、套近乎，“得”一般用于两人话谈得差不多了，其中一个急于要来个总结的时候或者准备要离开的时候。而此处，国王跟哈姆雷特说话是刚刚开始。卞的第二句译得差强人意，国王怎么可能自称“王上”？还说了两遍？最严重的也是前后两句译文中国王用的第一人称代词都是“我”，没有雕出莎翁文心之细致。

孙大雨译为“但现在，我侄儿哈姆雷特，我的儿——”和“当我们的重臣，侄儿，当今的世子。”跟朱译一样，孙也把两处第一人称代词直译为“我”和“我们”，也没有译出对哈姆雷特直呼其名；“世子”这个译名也跟原文不符。正如太子是国王继承人的正式封号，世子是亲王法定继承人的正式封号。克罗迭斯是丹麦的最高统治者，不是诸侯，无论是作为他的侄子还是儿子，哈姆雷特都是太子，而不是世子。

黄国彬译为“好啦，朕的亲人哈姆雷特，吾儿。”和“当朕的首要大臣，贵胄、皇儿。”这个译法有几个问题。首先，两处都用了“朕”，没有区别。其次，“亲人”和“贵胄”都可能是但不等于“侄子”，无法与“儿子”构成既很近又不同的亲疏关系。如果这样译，那么，哈姆雷特紧接着的回答“比侄子要亲些，离儿子还差得远!”就缺乏针对性，显得没有着落。其次，黄多处把丹麦朝廷当作帝国朝廷，称国王为皇帝。这既不符合丹麦君主的头衔，而且全书在这个称谓上也颇为不一致。

笔者想要补充的是，在“Our chiefest courtier，cousin，and our son. ”这一行中，具有丰富的“韵”味。首先，两个“Our”复沓，其次，“courtier”和“cousin”押头韵，还有“ou”这个字母组合重复出现四次，虽然四处发音并不全都相同；但至少是押了眼韵或近韵。朱生豪和黄国彬基本上没有把握到这一点。梁实秋译文中“我的侄子”和“我的儿子”相互间富有“韵”事。韵味最足的还是卞之琳的译文，笔者从善而略加改善，译为“寡人的首席朝臣、侄儿、寡人的儿。”

参考文献：

[1] 卞之琳. 1989. 莎士比亚悲剧论痕. 北京：三联书店.

[2] 孙大雨. 1994. 莎士比亚的戏剧是话剧还是诗剧//中国莎士比亚研究会. 莎士比亚研究. 杭州：浙江文艺出版社.

作者简介：北塔（徐伟锋），男，江苏吴江人，中国现代文学馆研究员，中国外国文学学会莎士比亚研究分会秘书长，主要从事中外诗歌与莎学研究。

第四编

莎学书简（2）

莎学书简（2）

杨林贵　李伟民　曹树钧　鲁跃峰

《莎学书简》的出版在外国文学研究界、莎学学界本身就是一个具有承前启后作用的创举。《莎学书简》的出版已经在莎学界、外国文学、比较文学研究领域引起了很好的反响。从已经出版的《莎学书简》来看，莎学学者之间的通信本身就已经构成了中国莎学史研究的一个不可或缺的有机组成部分。这些莎学学者在通信中满怀激情地讨论、展望、推动着中国莎学研究事业的发展。每当我们打开这些尘封多年的信件，我们就会发现学者们的每一封信都在探讨中国莎学的发展，从这些已经泛黄、发脆的信函里，我们感受到的是莎学研究者跳动着的是一颗颗滚烫的心，流淌着的是热爱祖国、热爱人民、热爱莎学研究、外国文学研究事业的一腔热血。

毫无疑问，这些“莎学书简”在中国莎士比亚研究史上具有极为重要的史料价值，记录了时代脉搏中的中国莎士比亚研究事业在不断克服各种困难中的辉煌成就。我们非常高兴地看到这些“莎学书简”一经刊出，就有外国文学研究学者、莎学研究学者加以引用，因为这些书简恰恰是学者们真性情的流露，是学术史的真实记录。同时，我们也希望学界在利用这些“书简”时能够严格遵守学术规范，注明信件出处。

需要说明的是：这些“书简”表面上看是写给某个人的，但是联系起来全面地审视，我们认为这些“书简”的文学研究价值、莎学研究价值、史料研究价值绝不仅仅局限于此，因为从这些“书简”中我们能够清晰地感受到 20 世纪，特别是 20 世纪 80 年代以来中国莎学顽强有力跳动着的脉搏。

如果说《傅雷家书》只是父亲与儿子之间的心曲的真情吐露的话，那么“莎学书简”则在更为广阔的社会语境中和更多学者之间架设起了学术交流的桥梁，清晰而真实地勾画出中国莎学发展的昨天、今天和明天。在当今电子信息时代，电话、短信、微信联络日益增多，而书信这种古老的通讯方式也就显得日益珍贵了，“莎学书简”理应得到我们的珍爱，出版这些“莎学书简”本身就带有抢救莎学史料的学术意义和价值。由于这些“书简”均为手写体，而且时间已经过去了20多年或10多年，有些字迹已经很难辨认，凡是一时难以辨认的字迹均以“□”代替。少量信件，由于写信者未注明写信年代，只好空缺，一些信件虽未标注年代，但由于当时寄信的信封尚在，故编者仍从模糊的邮戳中辨识出寄信的年代。

感谢“书简”提供者无私地为莎学界提供了这些信函。据本书编者掌握的材料来看，还有大量的“书简”没有来得及录入，相信假以时日，我们还会陆续刊发这些书信，同时也准备将这些“书简”汇编成册予以出版，为21世纪中国莎学的进一步繁荣与发展做出我们应有的贡献。

宪强教授
林贵同志：

您好，谢谢来信及寄来书籍，吉林莎协做了大量工作，对莎剧研究贡献巨大。

书看完了，编得很好：

第一，我很同意你们莎士比亚研究、演出、教学三结合。很赞同你们说的：“莎剧的生命在舞台之上”，莎剧写来为了演出，只有演出实践才能更好认识莎剧，打破莎剧神秘感。演出后进行研究，对莎剧才能有更进一步的研究。一般对莎剧教学论文较少，我国在这方面的研究很不够，你们的莎剧教学研究可以继续深入。

第二，贵刊的文章都很有分量，看出中国人眼中的莎士比亚，不亚于所选外国人的文章。

第三，莎剧戏曲化改编自二人转，也只有民间戏曲才能得出莎剧真谛，国内莎剧表现英国民间的戏剧，我很欣赏京剧，为什么京剧不演出莎剧，参加国际莎剧节展览节目。我倒希望能为京剧尽点力。

第四，你们此项研究很出色，比起研究中的成绩，更举出其缺点就更为完美了。

看到林贵同志为我照的相，非常感谢。可是我们这些人都已老迈，能力已经不足，一切希望都寄托于下一代。林贵同志都那么年轻有为，莎剧研究大有希望。

余不一一，末此即颂！

撰祺　代问

泗洋教授及各同仁好！

张君川

四月二十七日

尊敬的孟先生：

您好！

先生工作忙吧？新春伊始，祝先生健康愉快，取得更大的成就。

我叫杜林，是辽宁师范大学中文系曲本陆老师的学生。1988年度毕业于该校文艺学专业。读研究生前曾经在西北师范大学中文系教外国文学课程，很喜爱莎士比亚研究。学生早已久仰孟先生大名，先生的著作《马克思恩格斯与莎士比亚》也早已研读过，深深敬佩先生的渊博学识和严谨学风，但一直无缘求教，常以为憾。寒假前收到曲老师的来信，知先生主办了全国唯一的莎士比亚研究学刊，为我国莎学研究开辟了一块新天地，又知曲老师向先生推荐了学生的毕业论文《论莎士比亚悲剧气息》，真是喜出望外，为有机会向先生求教而欢欣不已。但因时近寒假，不便打扰。终于盼到开学才向先生写信问安，并寄出此文，敬请先生赐教。

拙文《论莎士比亚悲剧气息》的搜集资料和写作用了近两年时间。业余将国内研究莎氏悲剧的文学著作细细研读了一遍，并阅读了国外的一些著名著作和近期论文，发现从“气息”这个角度研究莎士比亚悲剧的尚属少见，尤其是从戏剧的美感效果去研究莎士比亚的艺术特色更属罕见。经与导师陈周方老师和曲本陆等老师反复研讨，选取了这样一个新的角度，采用较新的文艺学、伦理学和美学理论成果为基础，去寻找莎士比亚悲剧艺术的魅力，它的空间美感效果形成的原因。文字酝酿时间较长，写作时间较短，因此，现在尽心竭力，也还算是急就章，尚存许多不足之处，竭诚敬望先生不吝赐教，使文章严密，完善起来，使学生能有新的进步。文章大约有六万余字，若蒙不弃，能全文或部分在先生主办的刊物上与全国学术界的先辈们和同仁们见面，三年寒窗，也不为枉然了。谢谢先生。

学生杜林

宪强先生：

您好！信收到，我已从国外返北大，一年之内不会出国。关于在北大英语系举办莎士比亚学术研讨会之事，系里确实感兴趣，系主任胡家峦教授也很支持，不久前还问过我有什么具体安排。现您来信说一年内连开两个学术会议，恐怕难以支持。我也表示理解，总之，什么时候开由您决定，我这方面一定大力支持。

又，我的英文专著《莎士比亚研究》上春已在香港出版，现只有样书一册，还难以赠送，等大批书来了以后，定寄上以求得您的批评指正。我译的《老子英译》也已出版。今寄上《毛泽东诗词译注》（英汉新译）一册（由北大出版社出版），还请指正。

专此即颂

教祺

辜正坤

李伟民同志：

你好！

6 月 4 日来信收到。我编的《中国莎士比亚评论》一书去年 6 月出版，出版单位为吉林教育出版社。该社现尚有该书。如欲购买请写信给“吉林省教育出版社书店”（邮编为 130021）联系。《莎士比亚在中国》一书尚未确定出版单位，估计最顺利也得明年年底出版。

仅此专复

孟宪强

一九九二年六月十五日

李伟民同志：

你好！

来信及所撰写的材料收到了，谢谢你！为了收集材料让你跑了那么多的路，实在不好意思。关于台湾、香港方面莎学资料，各个图书馆，北京图书馆、北大图书馆、北师大图书馆、社科院图书馆我们都曾去人查过，没有查到。《中国莎学简史》中只好暂不收“港台莎学概述”；如果以后有条件搞出来，争取《中国莎学简史》能够再版，那时即可补收进去。

现在出版学术著作比前几年更难了，到现在《中国莎学简史》出版问题仍未落实，不过我相信总会出版的。

你对中国莎学的热忱是难能可贵的，以后国内举行有关莎学方面的活动我都会告诉你的。我认为我国 20 世纪 90 年代莎学走向世界的历史使命是艰巨的，应有更多的人研究莎学，以便在国际莎坛为中国莎学争得一个席位。20 世纪 80 年代我国先后有 10 位学者教授参加了国际莎学会议与世界莎士比亚大会，而 1991 年 8 月在日本东京举行的第 5 届世界莎士比亚大会，我国竟无学者出席。此次会议有来自 30 多个国家和地区的 700 多位学者，国际莎协 18 名执行委员中有 5 名亚洲学者的席位，他们分别来自日本、韩国、印度、以色列、格鲁吉亚的。我在今年 5 月武汉举行的“国际莎学研讨会”上讲了这个问题，并提出 1996 年将在洛杉矶举行的第 6 届世界莎士比亚大会上，我国应有很多的学者到会，与会的专家学者对我讲的这个内容很感兴趣。我这些年在莎学方面的工作就是想为中国莎学跻身国际莎坛做些力所能及的事情，由于才力所限，自知难成大器。我在论及 1989—1993 年中国莎学概况时曾谈到这样一个看法：这个时期中国老一代莎学学者做出了重大贡献之后逐渐卸下肩上的重担，而 50 多岁到 60 多岁这一代人中很少有莎学家。这是由我国历史发展的特定历程造成的。因此 90 年代中国莎学走向世界的使命要由中青年一代学者来完成，如北外的何其莘、北大的辜正坤、北京语言学院的张晓阳、南大的张冲、中戏的沈林等都是专攻莎剧的博士，他们决定中国莎学未来的命运。你年轻，如有条件进行深造，是会对中国莎学做出很多贡献的。

谨颂

文祺！

孟宪强

一九九三年八月十二日

李伟民同志：

您好！

8月26日的来信及材料均已收到，谢谢！您希望拙编中能够收入我们所能了解的港台莎学情况，并不惮烦劳地去图书馆查阅资料，这使我很受感动，的确是作为一本中国莎学简史，没有港台莎学部分是严重的缺陷。我也曾想过这个问题，也曾做过一些努力，但觉得要现在解决还实在太困难，如果仅仅收入一些目录，似乎不妥当，和全书的体例不相称。因此，我还是寄希望于以后。尽管现在出版《简史》困难很大，但我想经过几年的时间我们有可能争取出修订版的，那时就可以增加"港台莎学概述"一节，其余部分如港台莎剧、莎诗翻译、批评、莎剧演出等情况都可附之于后。去年朱立民教授到上海时曾向中莎会赠送了一些台湾莎学资料，我们可以参阅，北京、南京等地的图书馆（包括一些大学的图书馆）也可以再去查。同时，以后我们拟加强同台湾莎学界的联系。这样，从现在起我们开始有意识地积累港台莎学的资料，我估计再过三四年的时间，这项工作就差不多可以完成了。

关于1991年第五届世界莎士比亚大会的情况，今年5月在武汉会议上我讲了。这次我们国内竟无一人到会，实在是一件遗憾的事情。我们很早就得到了邀请，我也准备了论文。我想向国际莎坛介绍朱生豪，论文题目就是"朱生豪与莎士比亚"，论文稿曾寄给吴洁敏（《朱生豪传》作者）和宋清如，她们都对我的论文给予很好的评价并提出一些修改意见。我们学校与吉林大学都说没有经费。后来我们向省社联打了报告，向省有关领导反映了情况，他们很重视，帮助解决了我与张泗洋教授的经费及参加会议的费用。这期间所经历的种种困难你是可以想象的，及至手续都办定了，钱也拿到手的时候，已经到了会期，办理签证时会议已经结束，非常遗憾！后来日本莎协继续邀请我们，1991年底我省莎协组成三人代表团去了日本，日本莎协秘书长中央大学英文系金子雄司教授（Prof. Yuji Kaneko）接待了我们，向我们转送了第五届世界莎士比亚大会的会徽图档口和参加会议者名册，并又送了几本日本莎学文集。下月初杭州大学的任明耀教授去日本访问。我把金子雄司的地址告诉了明耀教授，日前他来信说已得到金子雄司的来信，表示乐意接见他。我在武汉会议上说1996年第6届世界莎士比亚大会已决定于洛杉矶召开，希望那时我国能有较多的学者到会以显示中国莎学的存在与成就。

我已向泗洋教授转致尊意。

希望我们能经常交流莎学信息。

谢谢您对拙编出版的关心。现在这边仍未落实，待有了明确的意见之后再予奉告。

谨颂

文祺！

1993年6月11日的《人民日报》报道了武汉国际莎学研讨会《国际莎学研讨会在武汉举行》，《社会科学报》《文艺报》也都做了报道。

孟宪强

一九九三年九月四日

李伟民先生：

你好！

《读书人报》收到了，谢谢！我已拜读了大作。中莎会方面已来信告知，现已正式决定明年9月举行'94上海国际莎剧节，共10台戏，国外及港台地区5台，内地5台，节期共10天，年底发布新闻。

拙编《中国莎学简史》的出版问题现在略有进展，仍未真正落实；如果年底前能有眉目的话，明年献给上海国际莎剧节就很有可能了——如能实现这一愿望的话，那将是一大幸事！

谨颂

撰安！

孟宪强

一九九三年十一月十四日

李伟民先生：

您好！

11月8日大札收悉，评论拙编的大作也已拜读，谢谢！前数日所寄《读书人报》已经收到，拜读大作之后于11月15日写信致谢，谅已收到。

大作《先行者的足迹》对拙编价值所做的肯定是对编者的极大鼓舞，从中我也深深地感到您对中国莎学所倾注的心血与热情。大作中对（20世纪）80年代末90年代初中国莎评所取得的成果进行了具体的概述，向学术界做了介绍，这是很有意义的。大作对拙编选文得失的评价也很客观。特别是文中所说拙编“对青年学子一窥中国早期莎学风貌的同时从总体上对中国莎学的发展做出自己的判断与估价”，从拙编中“可以看到老一辈莎学工作者精辟的见解和为莎评呕心沥血，孜孜不倦的精神”，谈出了拙编的主旨。编选此书不仅仅为了展示中国莎学评论的各家之说，更为了借此弘扬老一辈莎学学者严谨的治学精神，执着的奋斗精神与崇高的奉献精神。我希望像你预见的那样，本世纪最后几年中国莎评出现一个“异常活跃”的局面，这将会进一步形成具有我们自己特色的，具有时代精神的莎学理论体系与思维模式，从而有利于中国莎学走向世界，在国际莎坛上争得一个应有的地位。大作所谈拙编选文不足之处是很中肯的，的确，像林同济、李健吾、吴兴华那样的学者未曾选入拙编，使拙编甚为逊色，编者感到非常遗憾，但愿以后能够有机会补偿这个历史性的疏漏。

关于上海国际莎剧节的情况上封信中已经谈了，不再赘述。

拙编《中国莎学简史》的出版问题正在联系中，尚未有实质性进展，难度很大。但我持乐观态度，我希望能将它献给'94上海国际莎剧节。

谨颂

撰安！

孟宪强

一九九三年十一月十九日

李伟民先生：

您好！

前不久先后两次收到来信及大作，甚谢！回信谅已收到。昨天泗洋教授来电话告诉我他也收到了大作复印件并已回信。他又说您希望加入中国莎士比亚研究会，让我帮助联系，我很乐意做这件事情。您一定会如愿以偿的。请来信告知您的简况（自然情况、学历、职务、职称、著述等），以便我向中莎会写信推荐。他们寄来中莎会会员申请登记表，我即给您寄去。随信寄上《中华莎学》三期，望查收。

谨颂

撰安！

孟宪强

一九九三年十一月二十六日

李伟民先生：

新春伊始，首先祝您新年快乐，万事如意！

来信已经收到。泗洋教授与我在登记表签名之后已将其寄给中莎会，一有消息我就写信告诉您。

'94上海国际莎剧节的事情已经定了下来，到时候我会请中莎会的通知给您发邀请函或通知书。我省莎协现正向省里申请经费，拟出版一本莎学专著（拙编《中国莎学简史》）赴沪展销，排练一台莎剧赴沪参演。省里有关领导对此次高层次中外文化交流活动很重视，估计总能解决部分经费问题。

上次所误寄之照片果然是我大学同学的。

谨颂

撰安！

孟宪强

一九九四年一月一日

李伟民先生：

您好！

3.29 大札收悉。祝贺您笔耕丰收！两封信中所说的《书城》杂志我同泗洋教授均未收到，请不要破费购买杂志，将大作复印件寄来我们就很感谢了！

《文汇报》4 月 6 日已正式发布了 9 月上海国际莎剧节的消息。我们正在筹措推出一台吉林地方戏曲形式的莎剧，时间稍微紧张了一些。我们将千方百计地力争如愿。盼望我们能在国际莎剧节期间晤面。

拙编《中国莎学简史》征订事宜由出版社负责，届时如有征订单我将奉上以求帮助。匆此。

谨颂

撰安！

孟宪强

一九九四年四月七日

李伟民先生：

你好！

4 月 13 日大札收悉，迟复为歉！谢谢你为我及泗洋教授寄来大作复印件。当时我给泗洋教授打电话谈及此事时他说他要给你写信。我说那就代我谢谢吧！昨天收到了《书城》杂志，正好我有事去泗洋教授家，他也收到了，我问他上次收到复印件之后写信没有？他说还没有，我说那就由我写信吧！

现在我们正在联系去上海演出莎士比亚交响乐的事情（今晚在我市首场演出），难度较大。4 月 23 日晚敝校学生演出了 8 个莎剧片段，演得还挺有味，把观众给吸引住了，两个多小时的演出观众始终很投入。张老师我们都去了，最后还与 91 级演莎剧“风流娘儿们”剧组合影留念。省电台、市电台都发了消息。

主编出版的事情进展异常顺利，现书稿已进工厂，由于采用激光照相，5 月中旬即可进行初校，8 月出书绰绰有余。我真心诚意地感谢那些支持我们莎学研究的领导和出版社的同志。

随信寄上一份“内容简介”，供参考。

关于你入会的事，树钧先生 4 月 2 日的来信中说：“李伟民的入会问题本月可望解决，抽空我再写信给他。”

我们开始筹措参加 9 月上海国际莎剧节的经费，估计我们能够得到一定的支持，至少我与泗洋教授赴会的经费不会有什么问题。我与泗洋教授对你的研究精神深为佩服，以后如能取得一些资助就好了。那就能取得更多的成果了！

谨颂

撰安！

孟宪强

一九九四年四月三十日

李伟民先生：

您好！

常听我校孟宪强教授谈起您的大名，知道您对莎学很感兴趣，并写了多篇莎学著作的书评。

我是东北师大外文系杨林贵（吉林省莎协副秘书长），1993 年底被美国著名莎学刊物《莎士比亚季刊》之世界莎学目录卷 *World Shakespeare Yearbook* 任命为其“国际通讯委员会”中国代表，负责向该刊推荐我国莎学重要成果（专著、论文、演出评论、莎学著作书评比较有影响者）。希望能为扩大中国莎学的影响做点贡献，拟向明年的“目录卷”推荐您的书评摘要。您可否将您的书评文章寄来？（可多篇，我从中选一两篇）盼赐教。

此祝

教安！

杨林贵

东北师大外文系（邮编 130024）

一九九四年六月六日

李伟民先生：

您好！

7 月 11 日大札收悉。上个月 8 号收到尊函时正忙于校对书稿，未能及时回信，请鉴宥。拙编出版事宜进展顺利。前两天完成了最后一校，不日即开机印刷。敝校出版社对莎学很重视，拙编印刷 1500 本，皆为精装、套封，并有 20 幅插页（其中几页为著名莎学学者题词，其余皆为彩色照片），共 40 万字，493 页（加上“自序”共 500 页）。定价 15 元。现在先不烦您征订，待上海国际莎剧节后再说，那时如剩余较多时再烦请您帮忙。如果在 8 月 20 号以后能见书的话，我就先寄上一本以求教正；如果太晚了的话就到上海再当面求教。

我已于前几天收到上海寄来的邀请函，估计现在您也能收到了。我们排戏的事正在进行，学生积极性很高。由于要求去上海演出的团体太多，上海方面无力接待，我们学生演出团将以观摩团的名义赴沪。

敝校对我们几年来的莎学研究予以肯定。今年 5 月 15 日下文批准成立“东北师大莎士比亚研究中心”，5 月 27 日举行了成立大会，我任主任（该照片已收入拙编）。敝校校刊和省社科信息报发了消息。现在我正考虑由我们中心筹款出版一本《中国莎学年鉴》的事情，待到上海见面时我们可以共议此事。

谨颂

暑安！

孟宪强

一九九四年七月二十日

李伟民先生：

您好！

很高兴在'94上海国际莎剧节期间与您相见，原想我们可以利用这个机会好好谈谈，没想到此次莎剧节安排得是那样地紧张，住得又那样分散，以致我们竟找不到一个畅谈的机会，实在感到遗憾。

明年在北大举行莎士比亚研究与教学研讨会的事基本上定了下来。我正起草通知，月底可以发出，届时我给您寄去一份。

随信寄上照片两张留念。

谨颂

撰安！

孟宪强

一九九四年十月十二日

李伟民先生：

你好！

大札及照片均收到，谢谢！承蒙为拙编撰写书评，更是不胜感激！大作投寄《世界文学》发表难度较大，不知是否需要给他们寄上拙编一本？如需要的话，望来信告知寄书地点，可由我直接寄去。前此来信早于10月中旬即收到了。因为收到该信时我刚刚寄走给你的信，所以就未及时回信。

明年我校学报拟出一期“增刊”：莎学论文专集，由我省莎协会与东北师大莎研中心共同主办，纪念吉林省莎协成立十周年，东北师大莎研中心成立一周年。出版此刊我们需要筹措四千元钱给学报编辑部。“增刊”将近15万字。希望你能赐稿。过些日子可将征稿信函寄上。明年8月拟在北大举行全国莎学研讨会的事也已定了下来。北大英语系领导很支持。会议通知草稿由我拟出后寄给北大辜正坤先生修改，现已定稿。过几天我将把打印出来的通知盖上东北师大莎士比亚中心的公章寄给辜先生，然后由他负责发出。我估计月底前后你差不多可以得到通知。希望我们明年在北京见面，争取明年的会议安排得好些，以便我们有时间共议有关中国莎学的话题。

顺颂

撰安！

又及：如需要寄书，请把给《世界文学》编辑部的信寄给我，我可将之同拙编一起寄去。

孟宪强

一九九四年十一月十九日

李伟民先生：

您好！

大札、简历及著述目录都已收到。我已将情况和泗洋教授讲了，让他看了您的来函及所附材料。泗洋教授与我对您笔耕不辍、成果累累表示祝贺！现随信寄上中莎会会员登记表一份，请您填好，加盖单位公章后寄我，由我寄往中莎会，然后再由中莎会与您直接联系。

前信中所说照片为马虎误寄，请原谅。前段时间我为大学同学聚会冲印了一些照片，估计是其中的一张。麻烦您将照片与登记表一并寄我。

谨颂

新年快乐！万事如意！

孟宪强

十二月十六日

李伟民先生：

您好！大作收到，谢谢！敝校出版莎学增刊事已经确定下来，欢迎您赐稿。关于明年在北大举行莎士比亚研讨会之事通知尚未发出，辜先生说现正与系里研究，拟升格为国际性的，以便申请经费，希望明年我们能在北京见面。

新年快乐！万事如意！

孟宪强

一九九四年十二月二十九日

李伟民先生：

您好！尊函及大作均收到。拜读大作之后对您思路的开阔，治学的刻苦深表钦佩！

《中国莎学年鉴》(1994)(不知以前我是否告诉您了，我们原拟以敝校学报增刊的方式出一莎学文集，后几经研究，终于下决心出刊《中国莎学年鉴》，由东北师大出版社出版）的编辑准备工作进展顺利，各主要栏目的稿件大部分寄到，其余稿件 3 月寄来。现我们已与台湾莎学界建立联系。“年鉴”中拟收入几篇台湾学者的论文。现在只收到了淡江大学黄美序的《〈罗密欧与朱丽叶〉中的喜剧艺术》，我想通过“年鉴”可以促进与港台莎学的联系与合作。

关于今年举行莎学会议的事情现在尚未定下来。昨天接到辜正坤先生的信和论文。他在信中说，他们拟将会议升格为国际性的，这样可以得到学校的会议经费，如此，则会议将延期。下周我将去北京，届时我要抽时间去北大，再与辜先生商谈研究。

谨颂

撰安！

孟宪强

一九九五年三月二日

李伟民先生：

您好！

大作《引文》于上月 27 日拜读，本月 2 日致函奉告，谅已收到。上月 23 日寄来评拙编的大作《他山之石与东方之玉》今天收悉，谢谢您对拙编的溢美之词。读过大作之后的确感到了您为撰写此文所下的功夫，文章很有特色，《引文》我拟收入“年鉴”(具体情况前函已告了)。“年鉴”中所收之文原则上是未曾发表的。因此大作《引文》以不投他刊为宜。“年鉴”中设有一栏书评，评论 1994 年您出版的莎学专著与文集。大作《他山之石与东方之玉》我很想收入，但您的顾虑有一定道理，因此现在此事暂不最后说定。现在先等《世界文学》与交大的消息。我们的“年鉴”大概要到 5 月份发稿，那时再定。此事这样考虑不知是否合适！

谨颂

撰安！

孟宪强

一九九五年三月六日

李伟民先生：

您好！

3 月 13 日大札及大作复印件均已收到，谢谢！为了参加 1996 年世界莎士比亚大会的事情日前我去了北京（与曹树钧老师一起），拜望了曹禺先生，并请曹禺先生为《中国莎学年鉴》题写了书名。“年鉴”的准备工作进展顺利。关于大作“他山之石”是否收入“年鉴”的问题还是先等一等再定，对于大作我很满意，但考虑到“年鉴”中发表您两篇文章似乎不妥。所以该文最好能在其他刊物发表，先等等吧！

拙编《马克思恩格斯与莎士比亚》只剩下了一本，不能再送人了，请谅解。

谨颂

撰安！

孟宪强

一九九五年三月二十一日

李伟民先生：

您好！

4 月 18 日来函及大作均已收到，现遵嘱将您原本寄去上海的大作寄回，留下新寄来的大作待发。关于评论拙编的大作暂留我这里一段时间，如不能找到合适的地方发表再完璧奉还。

薛迪之先生的著作名《莎剧论纲》由西北大学出版社出版，该书 25 万字，1994 年 9 月出版，印行 1 000 册，定价 8 元。雷成德先生的评论发表在《西北大学学报》1995 年第 1 期上。郑土生先生文中提到的许汝祉和李景尧的两本莎学著作只是作者的目标，此事并未成为现实。所以在我们的“年鉴”中收入郑土生先生的文章时，将删去这段文字。

“年鉴”的编辑工作在正常进行中，只是个别的稿件还要做些处理，需要费些时间的。

昨天上午省外办的同志将我找去，接受了《纽约时报》驻北京分社的首席记者邰语德（Patrick E. Tyler）的采访，他自己带来了中文水平很好的翻译李杰明（Benjamin Read）。林贵陪我去的，还有新华社吉林分社的记者李凤双同志。谈了将近两个小时，他们对中国莎学的发展很感兴趣。

您对树钧老师的研究之作表示的兴趣令我高兴，我给您出的题目，定会让您受累的，谢谢！

谨颂

撰安！

孟宪强

一九九五年四月二十七日

伟民先生：

您好！大函收悉，迟复为歉。

关于译书之事我问了几位教授，他们或表示手头有其他任务或由于想到出版等事宜而不愿承担。有的讲，过去曾干过多次“肯定能”出版的译事并与出版机构签了合同，但等稿子译完了，出版社推说印数上不来或用别的理由不想出版，合同也成了一纸空文。我本人也有过类似遭遇。我与他人合译的 Henry Miller 的一本杂文集至今未出来。

我现在手头工作太多，恐无法再接受新任务。假期刚与孟老师做完《中国莎学年鉴》（我组部分稿件）并完成了两篇为参加第三届世界莎学大会准备的论文（英文），就已开学。本学期教学任务较重，每周仅系内就有 14 节课；另外，我参加一项与英国文化委员会合作的英语教学研究项目，工作量极大，实在无法再分心他事。不能应邀，深感歉意。

此祝

时祺！

杨林贵

一九九五年九月十五日

李伟民先生：

您好！多谢您寄来贺卡。

《年鉴》校样已经出来，现在我们正组织校对，估计一月初开印不成问题。我的《理查三世》注释本已交付印刷厂，将很快在商务印书馆出版。

临近期末，杂事尤甚多起来，每天疲于奔命。

祝新年快乐！

杨林贵

一九九五年十二月二十日

伟民学兄：

大函及所附大作复印件收悉。

从洛杉矶回来后便忙于补课及日常杂务中，许多重要事情也不得不搁置起来，等待稍有空闲再处理。

关于第三届世界莎士比亚大会的情况想必孟老师已告诉学兄了。我这里不再重赘，只提一点感受：中国莎学要想真正跻身世界莎学前沿必须具有自己的特色，国外同行所感兴趣的也是“中国人眼中的莎士比亚”。我的论文已被 *The Shakespeare Newsletter* 收入，其摘要将与精选的其他一些外国学者的论文摘要先行在该刊发表。

据我省社科规划办的同志从北京开会回来讲，我的莎学项目“莎士比亚的跨文化阐释——莎士比亚与中国文化互渐研究”已中标，获国家九五规划“中华基金”青年项目资助。我正等待正式通知，但愿消息属实。匆此即颂

春安！

杨林贵

一九九六年五月七日

李伟民先生：

您好！

6月14日大札收悉。所寄两篇大作（复印件）已经拜读，谢谢！书款也已收到，勿念。

在洛杉矶我结识了台湾大学外文系主任彭镜禧教授。回来后收到了他们夫妇合作出版的英汉对照英美短诗集《好诗大家读》，他与夫人夏燕生皆由美国大学毕业。去年彭获台湾梁实秋翻译奖的两项：散文翻译与诗歌翻译奖。我希望以后我能有机会与台湾学者合作完成我的夙愿：将台湾莎学、香港莎学的成果写入“中国莎学史”。最近泗洋教授给我一份复印材料，我又复印了一张给您寄上，供参考。

谢谢您的问候！我的身体基本上恢复过来了，回来后忙于补课，指导毕业论文，现又临近考试，一直不得休息。关于莎学大会报道一事我给您写信之后就感到很不合适，因为当时心情很躁（因为身体的缘故），所以此事未经思考就给您出了个难题，此事本不该烦您去做。现在您就不必为难了，经树钧兄的努力现已有十几家报纸发了简讯。我给《人民日报》等几家大报发去稿件，均未发表，甚感遗憾！《吉林日报》记者认为发简讯字数太少，让我以个人名义写一较长的文章发在副刊上。该文现已发表，随信寄上，供参考。此外，经我们反复修改形成的一篇较长的以莎学会名义写的报道文章，《外国文学研究》总编王忠祥教授同意在该刊发表。我觉得这样我们的一般的宣传工作似乎也就可以了。

《年鉴》的推销任务不大，此事就不请您劳神了，所寄书款不多八元钱，就不给您退了。

谢谢您的关照。今年夏天我将集中一段时间完成我的《哈》专论，就不想出去了。明年如有机会我是想去四川一趟——四川我还一次没去过呢！

最近一个时期中莎会的几位负责人都忙于宣传和总结第三届世界莎学大会的事情，还没有研究下一步的工作。我个人认为中莎会应该抓住土生兄出版《莎士比亚故事集》的机会搞一次活动。该书由江总书记题写书名，我觉得它体现了中国领导人对莎学的重视与支持，应该在首发式上造成一种声势，以推动中国莎学的发展和引起有关方面对莎学应有的重视，给予应有的支持。我已给树钧兄写信谈了我的这个想法。

谨颂

撰安！

孟宪强

一九九六年六月二十二日

李伟民先生：

您好！

大札收悉。今年春节前后我也闹了一场小病——感冒了一个多月，浑身难受，什么都干不了，吃了不少药，直到 3 月 1 日才算彻底恢复。这次感冒更坚定了我的信念：上了年纪的人有一个健康身体比什么都重要。同时我也想到了您，拼搏的精神是宝贵的，可敬的，但是希望能够做好自我调节，千万不要累过了“度”，有什么小毛病就及时治疗。一定要手术彻底好了之后再工作，以免引起感染和其他麻烦。

关于参加“第六届世界莎士比亚大会”的事进展艰难。虽然文化部组成了代表团，但要“经费自筹”，这就太不容易解决了。原来文化部说给孙、曹二位经费，后由于上戏其他领导的插入致使此事节外生枝。昨晚我与曹老师打电话，他说现在孙院长已出院，正在张罗此事，存在着很大的危险性。国家教委给了两个名额，原来有我们一个，后来教委给了北外、南大的两位教师。郑土生先生说社科院不给钱，他又不好意思打扰李肇星，他恐怕去不成了。辜正坤估计差不多，但跟他没有联系，情况不详。敝校除我与林贵外还有丁冰先生，我们三人将一起赴会，如无意外我们将于 4 月 5 日动身。我们拟带三本宣传中国莎学的书去洛杉矶，具体情况见随信寄去的材料。《年鉴》的封面我没相中，但这也就不错了，出版社将其安排到日历印刷厂印刷，印刷质量能不错。合同规定 3 月 20 日出书，走前事多，时间紧，就不给您寄了，回来后将尽快寄上。

来信谈及英文论文一事，我想送交大会恐怕来不及了。大会学术论文于去年 8 月底以前寄去，我们的论文都是去年 7 月寄出的。大会论文名册一般都在会前印毕，估计现在已经开印，所以我想大作带去大会必要性不大。我想是否可投寄《莎士比亚季刊》(*Shakespeare Quarterly*) 或《莎士比亚通讯》(*Shakespeare Letter*)。下次写信时我让林贵将其通讯处写给您。

评论拙编的大作我很欣赏，但《年鉴》未能收入，令我耿耿于怀。收入《年鉴》的评论是师辈学者撰写的，其中评价过高之处令我不安，但又不便修改，正如编辑们所说，哪本书出版后都会发现些遗憾。大作在我这里压了很长时间我也未能予以推荐，实在抱歉，现完璧奉还，请谅解。得知台湾《社会科学与人文科学学报》拟发大作，非常高兴！谢谢您对拙编的厚爱与鼓励！关于“摘要”翻译的事，林贵这周没时间，他现在做了研究生的辅导员，工作较忙，特别是办手续的事和印刷《中国莎学小史》(*Histuripal* Survey of Shakespeare in China) 的事都由他一个人跑。所以大作要急于寄出的话就不一定等他的译文了，如不忙，我下周让他译出用快件寄上。

春节前《半月谈》杂志社的一位编辑给我打电话，他说叫张修志，他们在北京图书馆看到了《中国莎学简史》，拟参考该书写一篇介绍梁实秋翻译《莎士比亚全集》的文章发表在《北京青年报》上。他说为“尊重知识产权”，文中将提到拙编。他们的这篇文章发在《北京青年报》1996 年 1 月 30 日的“专刊”栏。来信提到《文汇读书周报》上提到拙编的名字，如果方便的话，烦您下次来信时告知该期《文汇读书周报》的时间。

谨颂

撰安！

孟宪强

一九九六年三月七日

李伟民先生：

您好！

现寄上《中国莎学年鉴》一本，请查收。随信寄上“内容简介”一份，供参考。望能帮助推销，每册收书价的 70%，即 12.95 元，再加上邮费 1 元，共 14 元。我们的准备工作已经就绪，4 月 2 日离开长春去北京，4 月 5 日启程赴美。此次我国有 10 位左右去洛杉矶参加第 6 届世界莎士比亚大会，人数为整个（20 世纪）90 年代我国参加国际莎学会的人数的总和（孙、曹皆赴会，刘炳善教授已到了上海，与孙、曹同行）。方平先生提前 3 天，于 4 月 2 日赴美；何其莘、张冲再加上我们三人，这就是 9 人了。估计辜正坤也许能去。此外与我们没有联系的江西大学的罗志野、武汉大学的韩威（音译）也有可能去洛杉矶。此形势令人鼓舞！

《年鉴》的封面欠明朗性，使我感到有些不足，其他诸方面能达到这种样子，应该很满足了。因为《年鉴》不给稿费，且需将 500 本全部买去，所以我们就得努力做些推销工作。此事烦您能够帮忙。我们大约 4 月 18 或 19 日前后回到长春，届时再告知大会盛况。匆此。

谨颂

撰安！

又及：3 月 16 日大札收悉，《文汇读书周报》我已收到，谢谢！

孟宪强

一九九六年三月三十日

李伟民先生：

您好！

大札与大作复印件均收到，谢谢！我们去洛杉矶开会早于上月中旬就回来了。这次“中国莎学代表团”参加第六届世界莎士比亚大会收获很大，对于扩大中国莎学在国际上的影响，对于中国莎学走向世界都很有意义。现将我们在洛杉矶写的一份报道寄上，供参考。如您能在什么报刊上发表那是最好不过了。上海的四五家报纸关于这次中国莎学代表团参加世界莎学大会发了消息，但都特别简单。现附上文化部文件复印件和几张照片供参考，如能发表一张最好。这几张照片就送给您留做纪念了！

回来后感到十分疲倦，心脏、肝脏的老病都有些犯，所以好多该做的事都没有做，该写的信都没有写。关于我们参加会议更详细的情况，曹老师正在写总结，一是三千字的，一是长达万言的，所以关于会议的情况我就不说什么了，待曹老师的文章写出后我复印一份给您。

《中国莎学年鉴》的出版发挥了应有的作用，但印刷质量出了问题，所幸临走前发现了，又从书库中重新挑选了 20 本。问题出在印刷厂，敝校出版社将此书的印刷最初安排在月历印刷厂，我听后就放心了，谁知后改在学院印刷厂，这个厂子也可以，但他们不知此书是参加国际会议用的，以为是一本随随便便的个人自费书，他们不愿印，更将此书转给了电力印刷厂印刷，这个厂子是没有条件印刷正式出版物的，我不知寄给您的那本质量上是否有什么问题？不知书有撕页的、污损的、插页颜色错误的……我回来后还一直没有去出版社交涉，家中所剩十几本书都是“残书”，所以暂不能给您寄书，望鉴宥。

谨颂

撰安！

又及：寄来的大作我还未来得及拜读，待拜读后再谈我的想法。关于“中国莎学代表团”参加第六届世界莎士比亚大会的报道请您想想办法，争取能在四川的报刊上发表；文化部文件复印件和照片可寄给他们，这样发稿的可能性就会大些。

孟宪强

一九九六年五月四日

李伟民先生：

您好！

大札，大作复印件及《辞书研究》已先后收到，谢谢！大作我已一一拜读。对于您的勤奋和多产我深为钦佩！您对中国莎学发展的关注和对中国莎学成果的评论为推动我国莎学的发展做出了不小的贡献。

前数日土生先生寄来了浙江《仙居报》副刊复印件（我估计您也一定收到了），内有郑著《莎士比亚颂歌》。注释中正式披露了江泽民总书记题写书名一事，对此我很重视，我认为这体现了江总书记对莎学事业的支持。因此，我想在《莎士比亚故事全集》出版时应搞一点活动，扩大影响，以提高中国莎学在整个学术领域应有的地位。我已给中莎会写信谈了我的想法，树钧先生来信说福良副院长很同意我的想法，只是苦于没有经费；土生先生来信也说："如能搞到赞助，明春可搞些活动。"此事不知您有何想法？

来信谈及您去《文艺报》参加笔会的情况，说他们可以发表您对《简史》的评论文章。对此我很高兴。一来是长时期以来北京方面的报纸很少发表有关莎学的文章；二来是我对已发表的两篇评论都感到不满足，所以很希望您的文章能在《文艺报》上发表。但这要额外耗费您的时间了。我们都知道压缩文章对作者来说是一件很不情愿的事情。您为介绍宣传拙作《简史》已付出了不少的劳动，对此我是很感激您的，现随信寄上《简史》一本。

假期因为身体仍时有不适，所以关于《哈姆莱特专论》的写作进度很不理想。下周我们开学，新学期我仍开"莎士比亚研究"选修课。我将利用课余时间继续《哈专论》的写作，争取年底完稿。

《文艺报》上刊发的有关中国莎学代表团参加世界莎学大会赠书的照片我已复印下来，现随信寄上拙文一篇，请批评指正。

谨颂

撰安！

孟宪强

一九九六年八月二十五日

李伟民先生：

您好！

首先祝新春快乐，万事如意，事业有成，阖家幸福！

这些年您对我以及我省莎协的工作给予了许多支持、帮助和鼓励，对此我是很感激的。

我想您一定很关心我的职称问题，现在终于解决了，是 12 月 21 日最后通过评审的。从我校、我系的情况及我的条件来看，我的确在三四年前就该晋升教授，但由于我系个别负责人的不公以及其他因素的干扰，以致一拖再拖。我校的领导（包括科研处、教务处等）对我的科研成果都是充分肯定的，并对我的研究工作给予了许多支持。1994 年 5 月校长办公会议一致同意批准成立“东北师大莎士比亚研究中心”，并在中文楼挂牌。这次也是由于学校的关注，我的职称问题才得以通过。我校今年提职称对申报者明确提出了“资格”要求，即申报教授者必须出版过 1 本专著或 4 篇学科级论文，或省部级以上的科研项目。这对我很有利，不然的话，局面亦很难说。再一个原因就是中文系调整了班子，新任主任是研究古典文学的博士生导师，著述较多，人品公正。这就为最后解决我的职称问题首先解决了一个关键性的问题。许多老师打电话来祝贺，并说是“迟到的教授”，我说这也很好，因为这些年我没耽误什么。我想您得知此消息时也一定会很高兴的。

在您给树钧先生写报道文章时曾提及是否给我写写？说心里话，这当然是我很愿意的事情，但我觉得应该在我更具备条件时再写更好些。现在将我十几年的科研成果登记表“莎士比亚教学”情况的材料寄您，以便加深您对我的了解，还寄上一篇采访文件的复印件。该文作者虽也姓孟，但原来与我并不熟悉。他是吉大毕业的。我省报纸报道了我们参加世莎会后他很感兴趣，找我采访了两次。现在我虽提了教授，但我认为时机仍不宜，待我明年（力争）出版《三色堇——〈哈姆莱特〉新论》后，再占用您的时间。因为这本书是我二十年学术研究的代表性著作，理论色彩比较强，我的学术观点在此书中，我自以为体现得比较突出。

12 月 17 日澳大利亚的两位学者，香港莎协的三位负责人同中莎会领导开会决定 1998 年 9 月在上海举行“莎士比亚在中国”研讨会，届时我们又可见面，香港莎协会 1997 年 1 月 5 日举行成立大会，我已发去贺信。今年与台湾莎学学者的联系逐渐增多。争取在 2000 年之前最后完成一部完整的《中国莎学史》。

谨颂

冬安！

孟宪强

一九九六年十二月二十九日

李伟民先生：

您好！

两本贵校校刊与大札先后收到，谢谢！这半年来我的大部分时间用来修改《三色堇——〈哈姆莱特〉解读》书稿，凡是现在能感觉得到的不如意的地方都做了修改。今年年底申请敝校的出版基金，不着能否通过。回想起来前些年竟能出版好几本莎学著作与文集实在是幸运！现在出版这类学术著作太难了。我在香港莎学会议上的发言稿发表在《时代评论》上（1998年3期），关于莎士比亚翻译的发表在《社会科学探索》上（1998年2期），如果您需要的话请告诉我，我给您寄去。

现在我正忙着下月初去澳大利亚布里斯班参加由澳大利亚和新西兰莎协举行的国际莎学会议。我的论文题为《用中国人的眼光接受莎士比亚的审美价值——兼及中国接受莎士比亚的历史过程与若干特点》，其基本内容与在香港莎学会上的发言稿相同，都是关于中国莎学史的，不同的是这次发言重点是评述改革开放20年来中国的莎学成就。该论文已译成英文，原来孙院长也打算参加，因文化部领导于7月中旬召集他们开会，因此他只好放弃了。此次澳洲之行，我校外语系张奎武教授和我一起赴会，我们的发言被安排在7月13日与7月14日，关于会议情况待回来后再写信汇报。

谢谢您推荐关于吴宓先生的书。7月下旬回来后我一定借来一读。

盼望我们九月份在上海见面。

又及：向澳大利亚莎学会议提供的这篇论文的中文稿我拟投寄给《中国比较文学》杂志，说来不怕您笑话，偌大一个东北师范大学图书馆竟未订此杂志。因此烦请您便中将《中国比较文学》杂志社的通讯地址告诉我，谢谢！

谨颂

撰安！

孟宪强

一九九八年六月二十日

李伟民先生：

您好！

我去澳大利亚布里斯班昆士兰大学参加莎学会议，上周四回到长春的。澳大利亚莎学界对我国莎学很重视。他们不仅有一个国家级的重点科研课题“莎士比亚在亚洲”（其中当然重点是“莎士比亚在中国”与“莎士比亚在日本”），而且在这次题为“莎士比亚的物质世界——教学、历史和演出”的学术会议中特别安排了一个“莎士比亚在中国”（Shakespeare in China）的专题，7 月 13 日上午第一个单元，9：30—11：00，我与张奎武教授合作宣读了两篇介绍中国莎学的文章，一篇是全面介绍中国莎学发展历程的，其重点是近 20 年来中国莎学在民族化方面所取得的成就；另一篇是介绍中国的莎氏翻译，重点介绍了朱生豪的成就与精神，反响较大，提出了不少问题，会后与主持这一专题的主席吉列斯（“莎士比亚在亚洲”课题组负责人）合影留念。吉列斯对我们很热情。他在墨尔本工作。他母亲住在布里斯班市郊区。吉氏将我们请到了他母亲家做客，还有汉学家，精通汉语的马克林教授夫妇作陪（吉、马九月都将到上海参加会议），会议期间我向澳大利亚莎协负责人戴维斯转达了中莎会及孙福良副会长对大会的祝贺，简要地介绍了中莎会的情况并邀戴参加 5 月的上海会议。戴很高兴，表示愿意与中莎会建立联系，但因孩子太小不能来上海。我将《中国莎学简史》及英文小册子，几张演出海报赠给了澳大利亚莎协，戴维斯他在 14 日晚上的□□会上特别讲到了这件事。参加此次会议不仅扩大了中国莎学的影响，也增加了我们对澳大利亚莎学的了解。同时也借这个机会观览了几处澳大利亚的著名的风景，如悉尼歌剧院、布里斯班的“黄金海岸”等。详情待九月见面时再续。

《时代评论》上发表的拙文中有多处校对上的错误，其他方面的设计都很好。但这些错误实在令我十分遗憾，小处不说，仅小标题就错了两处，第 5 个小标题漏掉了“批评”二字，印成“接受外国的莎士比亚模式”；第 6 个小标题将“审美”印成了“审判”，真叫我哭笑不得。现遵嘱将《社会科学探索》上所发拙文复印件寄上。

盼望九月在上海相聚！

谨颂

暑安！

孟宪强

一九九八年七月二十八日

李伟民先生：

您好！

我去澳大利亚参加莎学会议，9 月 18 日回到北京。在北京逗留期间与辜正坤先生一起研究了明年在北大举行“海峡两岸莎学研讨会”的有关事宜（前几天台大英语系主任彭镜禧教授来信表示同意，我已将此事告知辜先生，请北大方面与彭镜禧教授再正式联系了）。回来后写出了总结，《城市晚报》发了消息，现将复印材料寄上供参考。

还在我回来之前我省图书馆的一个读书人讲座就打电话联系，要我讲一个题目。我回来后想推辞，但他们再三讲，他们的这个讲座已办到了 96 期，都是请省内各方面有影响的人去讲，而且是公益性的，后来我就答应了。我不想再重复以前已经发表过的论文，所以我就决定从不同民族文化相互影响、相互接受的角度来谈中国对莎士比亚的接受，题目确定为《中国接受莎士比亚的文化价值取向》，准备了将近三周，写出了讲稿，9 月 29 日下午从 1：30 一直讲到 4 点多，效果不错。我自己觉得从这个角度谈莎士比亚的接受问题自己对“莎士比亚在中国”的这种文化现象的认识又深入了一步。

我初步定于 8. 21 晚乘火车去上海。接到信后请不必回信。我们到上海见面时再谈。

谨颂

文安！

孟宪强

一九九八年八月三十一日

李伟民先生：

您好！

首先祝贺您晋升为文秘与档案教研室主任。这次您未能到上海赴会的确是有些损失，同时我们未能晤面也实在感到遗憾。

这次会议安排得紧凑严密，整个会议模式可以说完全与国际学术会议接轨，是一次高质量、高层次的国际莎学研讨会。两天安排了 8 场研讨，全部发言都按计划按规定的时间进行。屠岸先生因您缺席才有机会发言，谈十四行诗的问题。最后一位发言的是方平教授，因时间不够（屠岸先生发言时间过长）只好取消了。24 日晚举行招待酒会，互相见面，自我介绍，25、26 日晚观摩河北石家庄丝弦剧团演出的丝弦剧《李尔王》录像和澳门晓角剧团演出的《麦克白》。会议没有公报、简报类材料，只有日程表，现复印一份寄上供参考。30 位代表提交的论文全部打印出来，每位正式代表发一套（未交会务费者皆不发给）。大会宣布将用中英两种文字出版会议论文集，英文稿 12 月份寄到，如自译英文有困难者可请大会筹委会请人出费翻译。会议之前中莎会发布了方平教授出任国际莎协执委的消息。上海几家主要报纸《文汇报》（1998 年 9 月 24 日）、《解放日报》（9 月 25 日）、《新民晚报》（9 月 28 日）、《劳动报》（9 月 24 日、9 月 26 日）都从不同角度发了报道。

24 日下午 3 点，中莎会召开了常务理事扩大会议，总结了前一段工作，汇报了此次会议准备情况，讨论了下一段工作安排。同时为了更好地开展工作，中莎会经过一年多的酝酿增补了四名副会长：上戏荣广润院长、我、曹老师、辜正坤。

回来后我根据孙院长的意见写了一份会议综述，字数多了些。这个综述实际上包含了 1994 年以来中莎会工作的总结。我已将初稿寄给了孙院长，不知您可否帮助找个刊物将这份“综述”发表出去？

寄来的刊物及信均已收到，谢谢！

我现在正忙于向学校申请《三色堇》的出版基金，因为名额太少（每系每年度只一本），而我 1994 年已获得一次，难度很大，但是如不获基金，此类学术性很强的专著的出版太难了。

谨颂

撰安！

孟宪强

一九九八年十月十九日

李伟民先生：

您好！

10月30日大札在11月10日已收到，因孙院长迟迟没将关于“综述”的修改意见告诉我，所以回信寄稿竟拖了这么长时间！我的初稿是10月中旬寄给孙院长的，因他于10月中下旬第二次去台湾访学，没能回信，回来后因工作忙，又压了一段时间，直到11月末才讲了他的意见。根据他的意见我对拙稿做了些修改，现打印出来随信寄上，请指教。如有不妥之处，请予以改正。所寄一些材料仅供参考。朱尚刚向吉列斯赠送《朱生豪》录像带的那张照片送给您做个纪念。因文中多处谈及我本人，不知署我自己的名字是否合适？如不合适，可改用笔名“解佑仁”，此事麻烦您了，谢谢！

又及：寄来的贵校学报已收到，谢谢！

谨颂

撰安！

孟宪强

一九九八年十二月五日

李伟民先生：

您好！

2 月初的大札早已收悉，未能复函，望鉴宥。3 月 20 日尊函及大作复印件均已收到，谢谢，并祝贺大作获奖。

去年 11 月以来的绝大部分时间我都忙于家务和恢复休整，基本上没写什么东西。去年 11 月去沈阳为外孙女签证，获准后即联系数人帮忙，终于找到了一位去女婿读书的那个大学入学的新生（家住成都，是北航毕业的），他一家人都很好，答应帮忙，并帮我们为孩子买了机票。元旦时我与二女儿将外孙女送到北京，1 月 4 日外孙女被顺利地带到了美国女儿女婿家。春节前后有一段时间，我感到很疲倦，不是牙疼就是头疼，再不就是感冒，最近这两周基本上恢复过来了。我爱人退休后附中分校聘她为顾问，因为她是特级语文教师，分校领导特殊关照，又分给我们一套比较宽敞的住房，且离分校特别近，上下班非常方便。去年年末就给了钥匙，但我们一直没有过去住，待过段时间装修好后，我和我爱人就搬过去住了。估计暑假之后我们的生活就可以进入正轨了。我计划中的对《三色堇》个别部分的修改润色，也只好到下半年再进行了。

《中华读书报》上的一篇文章介绍了美国著名学者出版并产生较大反响的一部莎学专著，作为信息很重要，但作者在文章中却表现了一种对莎学研究的偏见与轻蔑，对作者的挖苦和对其专著的简单否定，而这些又都是以曲解歌德的话，并以之立论行文的。我写了一篇批评文字于 2 月 9 日寄给了该报编辑部，昨天打电话询问，他们说 4 月初发表，我很高兴。现将那篇文章的复印件寄上，请研读，拙文发表后我将立即将复印件寄上。

北京的会议现在没有消息，估计今年怕是难以举行。

谨颂

撰安！

又及：以后来信请按信封上的新地址邮寄。

孟宪强

一九九九年三月二十九日

李伟民先生：

您好！

寄来的两本《四川戏剧》已经收到，谢谢！看到该刊将大作列为首篇，拙文排于其次，很高兴。该刊对莎学如此重视，对我们的莎学研究真是一种激励，更是一种支持。便中请向该刊编辑转述我的谢意。这一两天我将把拙文复印件寄给孙福良副院长和曹老师。

《中华读书报》4 月份向后发了两篇有关莎士比亚的文章：一篇是《莎翁情史》在英美引起的“莎翁热”的报道，一篇是关于梁实秋翻译莎士比亚全集的。拙文尚未发表，不知是不想发了，还是往后推迟了，5 月初我想再问一问。

最近两个月我的身体恢复得不错，已将《三色堇》书稿审读一遍，并对其中的两篇做了较大规模的修改，有一篇近于重写，估计五月底可最后定稿。

这个月中文系学生举行艺术节，排演了不少戏剧片段，其中有《威尼斯商人》——这个片段准备参加省里的比赛。我去做了几次指导。今明两晚学生演出要评比，系里打电话来要请我去当评委，我很高兴地同意了。

长春这里冬天太长，现在才到春天，但还没有脱掉厚毛衣和厚毛裤。

谨颂

撰安！

孟宪强

一九九九年四月二十八日

伟民先生：

您好！

5 月 3 日大札收悉，所寄刊物亦同时受到，谢谢！

得知树钧先生在成都受到您的热情接待，各项活动都很成功，我感到十分高兴，和你们一起分享发展莎学事业的喜悦和友好情谊的温馨。

关于稿费问题，不用挂怀。那篇情况总结性的综述，《四川戏剧》予以发表我就很感谢了。给不给稿费，稿费给多给少都没问题。谢谢您将拙著代我赠给了主编。我已于 7 月初将“综述”复印件分别寄给了孙院长和树钧先生。树钧先生昨天来信，对“综述”比较满意，他说这篇“综述”突出了中莎会的工作与其所发挥的作用。他说又复印了一份寄给了方平会长。

原计划由北大辜先生出面筹备的莎学会议，我估计可能是辜先生太忙，没有时间做这件事了，所以进展不快。过一段时间我想催一催他，此会最好能够召开。树钧先生来信也谈到了这次会议的问题。

拙著《三色堇》的修改工作进展顺利，下周与即可全部定稿。这部书稿从最初构思完成第一篇到最后完成，历时十五六年。这是我付出心血最多，投入情感最多的一步书稿，全书由 16 篇论文构成，每篇都具有相对的独立性，有的已经发表过，但彼此又前后相互衔接，构成一部完整的《哈》专论，下一步的难题就是出版了。

因为这三个月来我忙于修改书稿，又考虑到身体刚刚恢复过来，所以新居装修的事情决定推迟到 9 月进行。这样不影响我冬天搬过去住。现在陈老师上下班坐班车还可以。

谨颂

撰安！

孟宪强

一九九九年五月十七日

伟民先生：

您好！

拙文在《中华读书报》上发表了，编辑对原稿做了处理，将标题《莎士比亚给我们的是银盘装着的》全稿，改为《怎样读懂歌德》，删去了原稿最后部分，现将复印件寄上，请指教。

《三色堇》于上月底全部修订完毕，只待今年秋季申请基金了。我现正在修改去年 8 月在省图书馆的学术报告稿《中国接受莎士比亚的文化价值取向》，对中国莎学从接受的角度重新做了理论上的梳理。这项工作估计要到 7 月中旬完成。李长林教授发表的两篇对《简史》的补遗文章对形成早期中国莎学的理论认知模式很有意义。

有个小问题要麻烦您，就是大作中提到的李肇星、郑土生那篇关于《哈姆莱特》的论文什么时间发表在什么刊物上？我在人大复印资料上没有查到，望便中告知。

谨颂

撰安！

孟宪强

一九九九年六月十日

伟民先生：

您好！

所寄刊物和稿酬先后收到，谢谢！

拙作《中国接受莎士比亚的文化价值取向》修改工作进度较慢，照原先预想的恐怕要至少晚半个月的时间，进入 7 月以来，长春这里连续高温，每天都在 30°C 以上，工作效率不高。

上个月孙院长来电话，说 7 月底河北省将成立莎学分会，但现在仍未得到通知，不知是否能按原计划进行？

泗洋教授去加拿大已 8 个多月，来信说那里生活条件很好，估计他不一定回来了。现在我省莎协活动经费即将告罄，几名重要骨干成员都已远走高飞，协会开展活动十分困难。我校领导对莎学中心还比较重视，希望我们多开展一些学术活动。但外国文学研究室的几位青年教师都志不在莎，所以现在“东北师大莎士比亚研究中心”也近有名无实了。

情况虽然如此，但我仍未失去信心和希望，至少我自己感到关于莎学还有许多工作要做，为形成具有中国特色的莎学，为促进中国莎学跻身国际莎坛，尽其所能地多做一些工作，这就是我以后生活的基本内容了。

谨颂

暑安！

孟宪强

一九九九年七月十三日

伟民先生：

您好！

7 月 19 日大札和所寄三本《中华莎学》均早已收到，谢谢！因这段时间我一直忙于帮助小女儿办理赴美留学的种种手续和购买所带物品，并和陈老师一起去北京送她走，所以一直没能坐下来给您写信，请见谅！我小女儿托福和 GRE 的成绩都不错，获得了南伊利诺伊大学教育管理专业全额奖学金。她是 13 日从北京去美国的，我和陈老师送走她之后就回到了长春。我小女儿已于 15 日顺利到达，现正办理入学报到注册等手续。

您能尽力为中莎会印行了第 7 期《中华莎学》，这对中莎会的工作是一个很大的支持。去年我曾和敝校领导谈过出版《中国莎学年鉴》的事情，他们都说无法解决经费问题。《中华莎学》内部印行，且印数不多，我想我们应该想办法寻求社会支持，争取每年能够印行一期。

拙文《胡适与莎士比亚》已经完稿，现寄上请过目斧正。如您认为需要修改的话请来信示知；如您认为还可以的话就烦请将拙文寄给《四川戏剧》。

我现在身体还可以，新分的房子尚未装修。春天的时候曾想动工，地板都买了回来，可后来考虑到小女儿办理出国的事不仅需要花不少钱，同时也会忙不过来，怕承受不了那种劳累，所以就决定推迟一段时间。现在看来这个决定是太明智了！现在我们还在犹豫，是今秋装修呢，还是明春装修？很可能推迟到明年春天。

以后再来信请寄陈老师的新地址吧。前两年我小女儿联系出国留学往来信件特别多，我们几乎每天都要到附中收发室去取信，现在就没那么多信了，顶多一周去看一次。来信寄到陈老师的新地址更方便。

谨颂

撰安！

孟宪强

一九九九年八月十八日

伟民先生：

您好！

10 月 25 日大札及刊物收到，谢谢！

关于建议增补刘炳善为副会长一事，树钧先生已来信表示不同意，并说即使莎学会议能在河南大学召开也不会有大的影响。对这种看法我不太同意。其实，我对这个问题的考虑不在影响大小，而在于中莎会自身的发展问题。我感到中莎会的“黄金时代”似乎已经过去，目前的处境应当说相当困难，连一本小小的《中华莎学》都无能力印出更不必说举办什么大的活动了。因此我想中莎会要保持活力，能够不断地为促进中国莎学的发展而举行各种类型的莎学活动，应该从中莎会主要领导人员的构成上做些调整和加强。由此我想到了刘炳善教授。现在中莎会的几名副会长中，上戏 3 人，外语系 1 人，中文系 1 人，应该承认力量是比较薄弱的，缺少代表性。目前这种情况再拖延二三年，树钧先生也退休了，孙院长身体又不太好，中莎的工作就有可能出现某种危机。因此我想不仅应该把刘炳善教授补充进来，还应该物色一位比较年轻，担任一定职务，对莎学比较热心的外语系中年骨干，进入中莎会领导。这样，由中莎会就可以在一些地方此起彼伏地开展学术研讨会，这对推动中国莎学的发展是很有利的。此事可以从长计议，不断沟通思想，想方设法地加强中莎会的活力。

我现在写东西的速度不如从前了。《中国接受莎士比亚的价值取向》原想 11 月底完成，现在看来要延至年末了，全部文稿约 8 万字。我想将其印成一本小册子献给 2001 年 4 月在巴伦西亚召开的第七届世界莎士比亚大会。

谢谢您对《三色堇》的关心和对拙作获奖的祝贺。敝校出版基金评审现在尚无消息。

谨颂

撰安！

孟宪强

一九九九年十一月十八日

伟民先生：

您好！

《四川戏剧》2000年第1期今天才收到，我给李远强主任也写信表示谢意。大作我已拜读。我认为对国内卓有贡献的莎学学者的研究是一件很有意义的工作，这也是我们总结回顾20世纪中国莎学的一个重要内容。长时期以来由于种种原因中国莎学不用说在国际上，就是在国内的学术界似乎都没有争取到一个应有的地位。曹禺、杨周翰、王佐良逝世时所发的讣告中都没有提及他们的中莎会会长、副会长的身份，这就是一例。因此我想对他们在中国莎学方面的贡献的研究与总结，对新世纪具有中国特点的莎学的形成和提高莎学在我国学术研究整体格局中的地位都是有意义的。

节前树钧来信说方平先生的《新莎士比亚全集》二月份出版，今年上半年举行发布会。我给他回信建议中莎会届时搞点活动。树钧先生还寄来了云南花灯戏《阿罗与卓梅》的节目单，让我寄给林贵，昨天我已将该节目单和《中华莎学》第7期一并寄给了他。

以前我曾几次建议章淮青老师搞一次莎士比亚展览（他收藏的各种莎学资料很丰富，在国内恐怕是无人能与之相比的），节前他来电话说，他已初步拟定了一个计划，希望我能去一趟。因为这些日子长春天气很冷，经常是−23~−12°C，这两天稍暖和些我就去商量此事，但愿此举能够成功。

去年以来和今年年初，因岳父病重和去世，我和老伴四次去沈阳，两个多月时间基本上没写什么东西。因此计划中1月底完成的《中国接受莎士比亚的价值取向》的稿子至今还没有收尾。该文只剩下了一点了，这个月底无论如何也可以完成初稿了。

谨颂

春安！

孟宪强

二○○○年二月十七日

伟民先生：

您好！

大札收悉。前些日子因为忙于写关于拙文《哈姆莱特》研究的课题申请论证材料没能及时回信，望谅。今年国家社科项目指南中在外国文学栏内有外国作家作品研究一项。系里的朋友建议说我的《三色堇》可以申报，如能成功，现在的项目费一般都在 2~3 万元左右，那出版就没问题了。我对自己长期研究、反复修改的文稿的学术状况还是有信心的，但在□□竞争中缺少优势；和中青年一直处于国家政策倾斜的对象的地位，特别是外国文学专家组的成员基本上都是外文系的教授，他们对中文专业的人搞外国文学研究很难认可，尽管如此，我想申请一下也好。这样就首先对自己的文稿进行了一番评价，表是昨天下午——规定交表的最后期限——交上去的。

对来信所谈之事我完全赞同。此事对中莎会的存在与发展非常重要。现在中莎会似乎已经处于相当困难的局面，如不选一些具有一定社会地位且有相当莎研成果的人担任中莎会的主要领导职务，那么中莎会在莎学研究这个方面就很难起到更大的作用——而在我看来，今后中国莎学的发展重点应该说是在研究方面。因此，我想除刘炳善外，如裘克安先生、阮珅教授、孙法理教授也都应选入中莎会的常委会成为副会长，或为常务理事，应该说他们在新时期的中国莎学发展中都是有贡献的学者，中莎会领导层将他们排除在外，这对中莎会的形象来说也大为不利。对于一个民间学术团体来说，对一些有贡献的老一代学者应给予一些荣誉头衔，这对他们本人来说是一个安慰，对学术团体本身的发展也有好处。上述想法及您的意见我都将在给孙院长的信中作为一项正式的意见提出。

这个月我将对“价值取向”做一遍修改（三月上旬完成初稿），然后再打印出来。这项工作前后用去了我将近两年的时间（当然这两年中还做了些其他的事情）。估计这本 10 几万字的小册子不论以什么方式印行出来都会减少我因为《简史》中的疏漏而感到的不安。

谨颂

撰安！

孟宪强

二〇〇〇年三月九日

伟民先生：

您好！

3 月 8 日大札敬悉。章淮清老师于本月 10 日到我家一起谈了三个多小时（我打电话要去他家，他说他小孩子很淘气，不让他安安静静地说话，执意要到我家来，我就只好从命了）。研究了“莎屋”的有关问题，章老师将此次莎屋名之为“莎翁在神州汇展”，并打印了说明材料，对这个材料我跟章老师商量做了些修改，章老师对此比较满意。此次莎展，吉林莎协为发起单位，章老师为承办人，地点在“莎文书屋”——这个书屋设在离他家很近的义和商场二楼，现在还只存在于“说明书”上，章老师想通过这次展览把书屋办起来，可以办成一个小书店，以后经营全国各出版社出版的莎学书籍为主。章老师希望展览中能展出一些泗洋教授的莎学藏书，我跟泗洋教授的儿子联系，此事已落实。章老师说吉林莎协列一个专柜，让我帮助提供展品，我说没有问题。展览时间由 3 月中旬改为 4 月 23 日。谈话中他谈到给您打电话的事，对您的文章很是称赞，并谈到许国璋对大作的评语，还建议我在“文化取向”中把王元化写进去。他提得非常对，烦请便中将关于王元化莎译莎评大作的复印件寄我，并告我许国璋评语及出处，以便补充写入“文化取向”中。

我 3 月 12 日的信谅已收到。同时我给孙院长也写了一封信，并将尊函附寄给他，陈述了我对中莎会进一步发展的一些想法，并且表示如有必要的话，希望他能和方平会长谈谈。估计这封信孙院长也该收到了。现在中莎会的负责人到一起开个会都成了很难办的事了。湖南方面如能成立莎协是一件值得庆贺的令人高兴的事。

我现在对《三色堇》的个别篇章又做了进一步的修改，拟将书名改为《对一个自在的艺术王国的考察》。“价值取向”基本完稿，下旬开始修改，边修改边打印。

谢谢您的关心。长春这里的气候已经开始变暖，白天的温度已升至 5°~6°C，路上的冰雾已经融化，但我们还都在穿着冬装。这要到 5 月 1 日前后才能脱下去，这里的冬天太长了。

又及：关于我对刘炳善教授的一些想法及设想，可以在河南大学举办莎学会议之事，我从未和刘先生谈过，也从未给他写过信。所以我不知道刘先生现在对举行会议有何想法。

谨颂

撰安！

孟宪强

二〇〇〇年三月十八日

李伟民先生：

您好！

9 月 19 日来函及大作复印件早已收到，谢谢！因为我想等我去过“莎翁在神州”展室之后再给您回信，所以迟复了些日子。“莎翁在神州”在一家大型商场里展出。这个商场的二楼卖玉器、古玩、书画、邮票、钱币等，约有 300~400 平方米。“莎翁在神州”展室有 20 多平方米，有 4 个玻璃柜子和几个摆书的架子，分为“莎士比亚专集”“莎士比亚著作”“莎士比亚传记”“莎士比亚演出”“莎士比亚画册”等几个部分。商场无偿提供场地两个月。章老师希望由展览过渡到售书的“莎文书屋”，那时再向商场付钱。我觉得内容还比较充实，和商场部经理交谈时，他说展品还应更多些（的确，章老师由于展品分类的限制，有些应展出的东西没有放进展室），章老师说可以再增加些。现在《新文化报》发了消息，昨天我已跟林贵联系，让他给英国使馆写信介绍一下“莎翁在神州”的情况，问问他们能否来人看一看，如来则可借此搞搞宣传，扩大影响，不来的话我想帮助联系新华社和省内一些报纸争取多发些报道的文章。

拙文《中国接受莎士比亚的文化价值取向》的初稿已全部完成。因现在接受了两个稿约，所以“价值取向”的修改打印的事情就得往后推迟一下了。我省北方妇女儿童出版社要出版一套名著选读，莎士比亚选两个剧本《哈》和《威》。他们让我写两篇导读和两剧的注释；文史社要出两本“外国文学名著评论”，孟庆枢让我写两篇莎剧评论，同时选出若干段精彩的台词。这两件工作大约得到 6 月中旬才能完成。

谨颂

撰安！

孟宪强

二〇〇〇年五月七日

伟民先生：

您好！

上个月寄来的刊物早已收到，未能及时去信告知，望谅。6 月 13 日大札及大作复印件也已收到，谢谢！大作我已拜读。该文对我国五六十年代莎评的历史特点分析评价得适度、准确。我认为我们的文艺批评，莎学研究都应当采取这种科学的、辩证的方法。

上月中旬我母亲病重，我回老家一趟（辽宁北票）。经住院全面检查我母亲的脏器没什么病，只是发烧，是由肺部感染引起的。打了几天点滴以后恢复正常就出院了。因为我母亲已经 85 岁了，回去一趟尽量多住些日，所以我母亲出院后，我又住了一周左右。因为往返劳累加上上火，回来后就感冒了一周左右，现在还没有完全恢复过来。

来信所谈由中莎会组织编写一些莎学著述的想法，我觉得非常好，只是感到目前比较困难。据曹老师说，方平先生待莎士比亚诗译出版后可能就去美国女儿家常住了。这样中莎会就面临着一个很严重的问题：由谁来担任会长这一重要角色。如能请陆谷孙出山，中莎会的局面会好些。因为中莎会过去一直以开展莎剧舞台演出活动为主，所以不少中文系、外语系的莎学爱好者、研究者未能吸收入会。这就出现了您所说的发莎士比亚论文的人不少都不是中莎会成员。在这种情况下，再加上戏领导对中莎会工作的不太支持，要想组织编写有关莎学著述的活动，我想可能是困难重重的。不过您的这个想法我们可以先“放”在那里，有了好的选题，有了好的机会的时候也是可以运作一下的。

看了贵校学生演出莎剧的节目单，很为你们高兴！

我于 5 月中旬将《对一个自在的艺术王国的科学考察——〈哈姆莱特〉解读》的内容提要以《论〈哈姆莱特〉论纲》为题寄给了《四川戏剧》的李远强主任。关于《〈哈姆莱特〉解读》，今年我仍要申请敝校的出版基金。今年夏天还是不能休息，因为那两篇莎学论文还没有完成，无论如何 7 月底也得交稿。

谨颂

暑安！

孟宪强

二〇〇〇年七月三日

伟民先生：

您好！

现将拙稿《真假杂糅》寄上，请斧正。同时附寄《光明日报》2000 年 5 月 25 日发表的《假不假，假而不假》一文的复印件和 1623 年第一对开本扉页上马丁·德罗肖特的莎士比亚像，供参考。拙文中关于英美一些《莎士比亚全集》收入《两个高贵的亲戚》以及未有任何一种《莎士比亚全集》收入《爱德华三世》的情况，是林贵从美国给我提供的，材料准确可靠。

我们今天收到了国际莎协发来的邀请函和会议材料。我的经费问题不知学校能否解决？科研处长说可以请校长出钱。但现在还难以预料结果。我最关心的还是力争能将拙著《对一个自在的艺术王国的全方位的科学考察——〈哈姆莱特〉解读》出版带去大会，赠给国际莎协和斯特拉福的莎士比亚研究所。即使我因经费问题不能赴会，能完成此举我也就心满意足了。

谨颂

春安！

孟宪强

二〇〇一年二月四日

伟民先生：

您好！

大作复印件已收到并全部都拜读了。我觉得论十四行诗的那篇大作更有深度，突破了西方传统的莎评模式。我认为这正是中国莎学莎评进一步发展的关键所在，形成具有中国特色的莎学理论体系和思维模式应是21世纪中国莎学的历史要求。只有这样，中国莎学才会对国际莎学做出我们的贡献。

您得到了国际莎协的正式邀请函，并有妹妹的帮助，希望能够成行。我这里的情况还是相当不错的，去年年底我向学校领导全面汇报了吉林省莎士比亚协会和东北师大莎士比亚研究中心在莎学研究方面所取得的成绩和所产生的积极影响，建议学校加强莎研中心的建设提高这一学科的学术水平，并在此基础上提出了参加第七次世界莎学大会的问题，主管外事工作的副校长是英语系的教授，对我的汇报很重视，决定派出三人参加会议（一位科研处长、我、一位外语学院刚提副教授的青年教师）。因为我已退休，经费问题特别敏感，鉴于我的情况，外办开始说为我解决一半经费，对此问题我没有向学校提出要求，我想即使这样的话我也要赴会。最后外办从省里办回来的批件上写着由派出单位承担我们三个人赴会的全部费用。我估计他们不会让我自己出钱的。护照已办完，现正办签证。省外办的工作人员说西班牙的签证要10个工作日，如无意外，估计25日前后就能办完。

关于出书的事由于操作上的失误拖到现在仍没有结果，但还有一定的希望，一开始（一个半月前）科研处处长说没问题，由他去跟出版社的领导说，我就等他的联系结果，后来告诉我这事太困难。他手里有经费可以给出版社支付，但怕因此引起反应，对他的顾虑我很理解，上周某日我去找了学校党委书记，他对我的莎学研究很支持，1984年东北师大莎研中心成立就是由他批准的（当时他任副校长），他听了我的汇报后说倒是应该去，但此事确实难度太大。因为师大有不少老教授的终身成果都未出版。所以这件事他说要再研究一下，过几天科研处处长给我打了电话让我再跟书记说一下，肯定有一定的希望。我想如果书记说“不行”那就彻底不行了。所以昨天我给省委宣传部常务副部长打了电话，请他支持一下此事，跟学校领导说一声。他认为吉林省莎学研究是省里的一个优长学科，从此角度请学校领导支持，帮助解决。他说他谈过（后给我打电话，那时就知此事的最终结果了）。

您在信中说：“争取下届莎学大会在中国召开”之事，确是一件关系到中国莎学荣誉的大事，按说第八届世界莎学大会就是按国家轮的话也该轮到中国了。我一定为此努力。但现在的困难是北京、上海方面没有专家赴会，到中国开会肯定不能在东北举行。我想南大张冲如到会的话我将同他商量，争取将南京作为下次世界莎学大会召开地的话是有一定希望的。

由此我想到了中国应该建立一个莎士比亚基金会，不然的话以后连国际莎协中的中国委员参加会议都难以做到。此事待回来后我们可以一起筹划。

泗洋教授主编的《莎士比亚大辞典》已出版，泗洋教授今年夏秋间最晚明年回长春。他今年已83岁，身体还好。林贵因脱离不开，虽已筹到赴会的经费，但也不能参加了。还是一件很遗憾的事。

谨颂

春安！

孟宪强

二○○一年三月十一日

李伟民先生：

您好！

我是4月29日早回到长春的，可直到今天身体还没有完全恢复过来，疲倦，背酸，还头疼了几天。前天、昨天我给你家打了几次电话都没人接，是不是搬家了？河北省莎协于“五一”期间举行了成立大会，我估计您一定收到了曹老师的“通知”。我因忙于出去开会的事情，很长时间没去取信，因此他的“通知”和戴晓彤先生3月中旬给我寄到系里的邀请函都是长假之后5月8日收到的，未能给河北莎协发去贺电，也未能赴会，真感到有些遗憾，当晚我就给戴晓彤先生打了电话。

随信将我写给省社联和学校领导的情况汇报一份及东北师大莎士比亚研究中心简介一份寄上供参考。（关于“内容提要”就不寄了）中国参加此次会议的除我们三人外，还有南大的张冲、中戏的沈林。闭幕式时国际莎协执委都坐到了主席台上，方平先生未到。合肥的侯露未办成手续，赶到北京托我将她创作的庐剧《奇债情缘》的CD盘5盒带给国际莎协及有关代表，我将它送给了国际莎协，美国《莎士比亚季刊》的主编、美国Skidmore College的Murray Levith教授；及澳大利亚的一位学者。会议期间遇到了旅英学者蒋维国、李如茹夫妇。这次大会的主题是“莎士比亚与地中海”。但李如茹与澳大利亚的约翰·吉利斯合作的“1980—1995中国莎剧多媒体演出工程”被列入大会发言名册之中。可见“莎士比亚在中国”这个题目越来越受到国际莎学界的关注。参加这次会议的一切都很好，最遗憾的是《哈》的解读未能出版，时间太紧是一个很重要的原因。

前一段时间太累了，看来真的要休息一段时间了。今年我的一个最重要的任务就是想办法落实拙作出版问题。错过了机会，再办就太难了。我校仅中文系退休教授（包括已去世的）要出的专著就有好几本，像我这样已经获得一次基金的，再争取就很难有希望了。所以今年能否成功也还是很难说。尽管如此，我还是要努力去争取的。

谨颂

文安！

孟宪强

二〇〇一年五月十日

李伟民先生：

您好！

现将拙文《中国学者参加第七届世界莎士比亚大会》寄上，请审阅。其中一份是给《中华莎学》的，另一份及相关资料烦请您帮忙寄给《四川戏剧》。

听树钧教授说湖南拟组织举行一次国际莎士比亚研讨会，很高兴。我在给树钧教授的信中说中莎会老一代领导人和理事都已相继完成了他们的历史使命，中莎会应尽量多发现一些中青年人才补充到中莎会的领导层中。这样才能更好地推动中莎会各项工作的开展。

方平教授此次未能参加第七届世界莎士比亚大会，令人感到遗憾。不知他下届能否继续出任国际莎协的执委？中莎会应与国际莎协保持联系，争取不断有人代表中国出任此职。与此相关的事就是经费问题。国际莎协执委在任职期间至少要参加三次会议，个人是很难承受这笔费用的。而中莎会对此事简直是不敢想象。由此我又想到会刊《莎士比亚研究》难以为继的状况，也是经费问题。我从前也曾和您谈过关于组织一个基金会的问题，争取向社会贤达人士和有关方面募集一部分活动基金。此事我尚未与孙院长提出，我想我们先酝酿一下，探讨一下其是否具有可行性？如有，再跟孙院长长谈；如根本没有可能性，那就作罢。

欣闻大作将结集出版，先致以祝贺，望能早日问世！

谨颂

暑安！

孟宪强

二〇〇一年七月一日

附：吉林省莎士比亚协会代表团参加第七届世界莎士比亚大会的情况汇报

吉林省莎士比亚协会组成了以东北师大社会科学处处长、吉林省文学学会常务副会长刘建军教授为团长的参加第七届世界莎士比亚大会代表团，成员有吉林省莎士比亚协会会长、东北师大莎士比亚研究中心主任孟宪强教授，东北师大外语学院杜维平副教授。吉林省莎士比亚协会是国际莎士比亚协会的团体会员，因此国际莎士比亚协会根据省莎士比亚协会的申请为代表团成员发来了正式邀请函；孟宪强教授还获得了西班牙莎士比亚基金会为第七届世界莎士比亚大会的“积极参与者”（active participants）所提供的资助，经国际莎士比亚协会秘书长苏珊·布瑞克（Susan Brock）付给500英镑。代表团的活动得到了东北师大杨忠副校长以及外事处、社会科学处和外语学院的支持和帮助，为参加会议做了充分的准备工作，除提供会议经费外还印制了比较精美的中英两种文字的“东北师范大学莎士比亚研究中心”（Shakespeare Research Centre of Northeast Normal University）简介和孟宪强教授的书稿，《对一个自在的艺术王国的全方位的科学考察——〈哈姆莱特〉解读》（*A Multifaced Exploration of the Autonomous World of Art*：*Decoding Hamlet*）中英两种文字的“内容提要”（Abstracts）。

第七届世界莎士比亚大会于2001年4月18日—4月23日在西班牙的古城巴伦西亚举行，来自30个国家和地区的250所大学和研究机构的500名专家、学者、教授和导演参加了这次大会，到会的第一天代表团就向国际莎士比亚协会主席、世界著名莎学学者斯坦利·威尔斯（Stanley Wells）和秘书长苏珊·布瑞克赠送了上述两种材料和由吉林省莎士比亚协会名誉会长、吉林大学张泗洋教授主编的，由商务印书馆出版的《莎士比亚大辞典》以及吉林省莎士比亚协会理事、吉林大学章淮青先生于2000年4月23日—6月23日在长春市“莎文书屋”举行的“莎士比亚在神州汇展”中展出的由他个人收藏的一个世纪以来中国莎学的各种成果：翻译、演出、评论、音乐作品和各国的莎翁邮票等的照片与信函，国际莎协负责人对此给予好评和称赞。国际莎士比亚协会副主席、莎士比亚诞生地托管会主席罗杰·普林格（Roger Pringle）与代表团成员合影时将“东北师大莎士比亚研究中心”简介和孟宪强教授书稿“内容提要”放到胸前，并说回斯特拉福之后要将这些材料放到莎士比亚中心图书馆收藏。代表团还向一些与会者赠送“中心简介”和“内容提要”，有的学者对吉林省莎士比亚协会以及东北师大莎士比亚研究中心的活动及成果给予高度评价。美国著名莎学学者，纽约州的斯基德莫尔学院（Skidmore College）的墨莱·莱维斯（Murray Levith）是大会小组（Seminar）讨论的负责人之一，主持“莎士比亚和意大利的浪漫主义理想”（Shakespeare and Romantic Ideal fo Italy）这个小组的讨论。20世纪80年代中期他曾多次来中国讲学，对中国莎学有所了解。他拿到材料之后对代表团说：“中国莎学因为你们的工作而显得富有生气”。

代表团成员听取了大会发言和参加了小组讨论，参观了莎士比亚书展，会议期间代表团成员与两名印度学者、一名法国学者一起接受了巴伦西亚当地最有影响的报纸《东风报》（*Levante*-EMV）记者的采访，我省莎士比亚协会代表团受到特别的重视，刘建军教授的发言被发表在该报2001年4月23日的第38版上，并刊发了照片，此事在与会者中间产生了很大的反响。

总之，这次吉林省莎士比亚协会代表团参加第七届世界莎士比亚大会获得了很大的成功，达到了预期目的：了解国际莎学研究的最新成果，开阔了眼界；参与国际莎学的学术交流活动，扩大了我省莎士比亚协会以及东北师大莎士比亚研究中心在国际莎学领域的影响，为我国莎学跻身国际莎坛做出了一定的贡献。

吉林省莎士比亚协会

二〇〇一年四月二十九日

伟民先生：

你好！

今天终于坐下来给你写信了，上次电话中曾向你提及为杨世彭教授的译著《仲夏夜之梦》撰写书评的事。原想我先起个草，然后由你修改、补充、定稿，由我们两个人合作完成。可是，由于我这里的情况（在电话里都跟你谈了），很难坐下来，思想很难集中，因此我想这件事就由你一个人承担吧。我今天在给杨世彭的信中已经向他讲了这个情况，并希望他能给你寄一本他译的《仲夏夜之梦》（我已将你的地址告诉了他）。杨教授的书给我寄来有两个月的时间了。我现在才给他回信实在太抱歉了。为了不再拖延时间，我先将杨教授寄给我的书寄给你（同时寄上他的出版“译介版本系列”的计划）。可以写完文章时给我寄回来、（复印材料就不用寄来了）。

来信提及增补华泉坤教授为中莎会副会长事恐怕困难。因为华从未参加过中莎会的活动，也不是中莎会会员。我们和他都不熟悉，没办法建议他或介绍他加入中莎会。不过你的这个想法我是很赞成的，中莎会的领导成员中应吸收现在有实权的专家担任。华泉坤发表了一些莎学论文，确是合适人选，此事如何进行，让我们都再想想吧！

关于增补戴晓彤先生和你为中莎会副会长和理事的事我已和树钧教授谈过，并且给孙院长写信提及此事。其实这是应该尽快通过的，不能再等下次《中华莎学》印行时再公布，应以中莎会文件的形式向中莎会会员公布，这样也可以显示出中莎会的活力。中莎会已经三四年没举行什么大的活动了。我觉得戴晓彤那里演出梆子戏《忧郁王子》倒是一个契机，只要河北肯出钱，中莎会就可以和河北莎协共同举办一次莎学活动，戴晓彤任中莎会副会长这件事办起来就方便了。

《人民日报》记者采访我发了一篇专访，现将复印件寄你，请参阅指教。

又及：拙文《中国学者参加第七届世界莎士比亚大会》是否已寄给《四川戏剧》了？此事拜托了。树钧教授将该文推荐给《中国戏剧》，他们只发了个消息；虽然只有一二百字，但其中竟有重大错误，与原文不符，真叫人哭笑不得。

孟宪强

二〇〇一年十月二十九日

伟民先生：

您好！

11 月 20 日大札及大作《人生似萤莎如海》均收到，大作也已拜读。

关于评杨世彭教授的《仲》剧的文章还是由您自己撰稿吧！你我之间在这类问题上不必客气。您评论有关中国莎学的文章已形成了自己的理论系统和个人风格，都很有特点（这点我在给杨世彭的信中已向他做了介绍）用不着我再画蛇。这件事你就不用谦让了。稿子不必寄我，也一定不要署我的名字。该文能够尽快发表出来也就了却了我受朋友之托的一桩心事。

得知湖南方面的会正在商议之中很高兴。中莎会与湖南方面能够共同举行一次国际莎学会议无论从哪个方面角度来说都是非常重要的事情。

估计中莎会常务理事开会决定增补副会长和理事的事情不一定再通知我了。因为在我给树钧先生和孙院长的信中已一再表示了我的意见：完全同意增补戴为副会长，您为理事，并希望此决定能尽快以中莎会文件的形式下达给中莎会会员。

《国际学术动态》杂志至今尚未邮来校样，不知他们能否刊发拙文？他们能发最好，如不能的话还得麻烦您请《四川戏剧》帮忙。

泗洋教授春天来信说秋冬间将回长春。吉林大学分给他一套博导级别的住房，现在他小儿子已搬了过去。他家原来的电话号码已注销，新的电话号还不知道，跟他们还没联系上，不知泗洋先生是否已经回来。最近我正托吉大的老师询问此事。

关于华泉坤的事我已说过，非常同意您的想法，但恐怕孙院长他们那里难以接受这种意见。中莎会在过去十七八年间为中国莎学的发展做出了巨大的具有历史性的贡献。但现在的形式相当严峻，老一代有影响的莎学权威有些已经陆续离去，一些健在的都是八旬高龄的老者，为中莎会的名誉副会长。现在几名副会长中能做事的除孙院长执掌全面工作之外就是树钧先生了。树钧先生可能也快退休了。辜正坤先生开始为中莎会做了一些工作，在洛杉矶推荐方平为国际莎协执委的申请是我起草的，由辜正坤翻译并呈交国际莎协的。后来辜先生就基本上不再关心中莎会的事了。我远在东北，且已退休，吉林莎协的经费已告罄，我也很难再为中莎会做什么工作了。上述情况表明中莎会要进一步发展的确应该充实领导成员。应慎重、稳妥地将华泉坤这样的实力派学者吸纳为中莎会副会长。这对中莎会来说是有百利而无一害的。关于这个问题以为我们可以在适当的时机向孙院长提出建议。

我现在几乎全部时间都用来照料外孙女了。10 月、11 月两个月基本上什么也没写，拙作对《一个自在的艺术王国的全方位的科学考察》中有一部分需要再做一次最后的润色修改，只差那么一点点，可就是不能合拢，争取到年底时完成定稿。

谨颂

文安！

孟宪强

二〇〇一年十一月二日

李伟民先生：

你好！

先后寄来的大作目录及刊物都收到了，谢谢！从大作目录来看，这些年来你对“莎士比亚在中国”这个大题目做出了一系列精彩的文章，深入地探讨和考察了中国莎学各个方面的问题，特别是对新时期中国莎学的重要成果都做出了及时的评介。由此可以视之为新时期中国莎学所取得的成就的一个历史的见证。

《国际学术动态》杂志社前些日子寄来了拙文的校样，将题目改为《莎士比亚与地中海：第七届世界莎士比亚大会》的主题为名，改得很好，我校对之后立即将校样寄回。

估计你已经知道了，孙家琇先生于去年 12 月 22 日逝世。这是中国莎学界的一个重大的损失。我是 12 月下旬才收到中央戏剧学院寄来的“讣告”和“孙家琇同志生平”。“讣告”中说“遵照孙家琇同志的遗愿及家属意见”丧事从简，不举行遗体告别仪式。孙先生这一代学者人品、学品都好，都可视为学术界的楷模，但愿我们的学术界能够继承和发扬老一辈学者所留给我们的良好的学风。

预祝你及全家春节快乐！

孟宪强

二〇〇二年一月十八日

李伟民先生：

您好！

大札和两本刊物都收到了，谢谢您！因为开会回来后的这一个半月一直很忙，所以未能及早写出一份比较能够反映大会全貌的报道，现在总算写了出来。我已将该文以 E-mail 传给了林贵，让他核对一遍译文，将我译错的地方给改正一下，我还让他给做些补充。他传回来之后就可以寄给曹老师或直接寄给您了。我们去开会的情况《吉林日报》和《社科信息报》发了消息，现将复印件寄上供参考。

得知您已为泗洋教授的《莎士比亚大辞典》撰写了书评，很高兴，希望能早日拜读大作。这本《大辞典》的撰稿者除刘周彬外（他是中国戏剧出版社的编辑），其余都是吉林省莎士比亚协会的成员，大部分为吉林大学的教师和泗洋教授的研究生，小部分为东北师大的教师和我的研究生，其中还有泗洋教授的儿子女儿，这是很具特色的。我以为方平教授主译的诗体《新莎士比亚全集》问世（2000 年 1 月）和泗洋教授主编的《大辞典》出版（2001 年 1 月）是中华人民共和国成立 50 年来莎学发展的两个具有里程碑意义的成果。

我校规定学术著作凡能在人民、高教、商务、三联、中国社会科学等国家级出版社出版者学校予以资助，我很想在这方面做些努力。向这些出版社提出出版申请必须将全部书稿打印出来送去审理，为此我将要用两三个月的时间将拙稿做成激光照排的软盘。

我小女儿于本月 14 日返回美国，谢谢您对她的嘉许。现在我已不那么忙碌，不那么紧张了，再好好休整一段时间，身体会很快恢复过来的。谢谢您对我的关心。

谨颂

撰安！

孟宪强

二〇〇一年六月十八日

李伟民先生：

您好！

寄来的稿费已经收到，谢谢！我上次给您写信之后很快又去了北京，去接我女儿，她把小孩送回来让我们照顾，下半年她将开始读博士学位。我二女儿先陪三女儿娘俩回了长春。我在北京又等了几天我小女儿回北京的签证。我是前天（21 日）才回来的。因为这一两个月特别忙，所以一直没去取信。稿费是收发室的通知打电话来告诉我们去取的，当时她说还有我的一封信，但今天上午往信箱中装信的时候不见了，不知道这封信是不是你写的？收发室答应说以后不再将我的信放到信箱里，她给单独保管，有信就打电话通知我们。不知为什么会出现信件丢失的现象！以前从来没有过。发表拙文的贵刊也未收到，不知是尚未寄出，还是也被别人拿走了？如果是这样的话，还得麻烦您再寄一本来。

昨晚我给您打电话（3517459），没人接，今天上午往学校办公室教研室打电话都没找到您，就只好写信了。

本想写一篇关于会议情况的报道，但因为坐不下来，所以至今也未写成，不过我还是想尽快写一篇。曹老师说方平先生资助 1000 元出一期《中华莎学》，以宣传方平主编主译《新莎士比亚全集》和河北莎协为主要内容，他让我写一篇关于会议的报道发在上面。

谨颂

撰安！

孟宪强

二〇〇一年五月二十三日

李伟民先生：

你好！

贺信已经收到了，谢谢你！吉林华侨外院莎士比亚中心的筹备工作已基本就绪，收到国内外贺信共 23 封（其中包括 4 幅题词），泗洋教授也从加拿大发来贺信，令我非常高兴，非常感谢！泗洋教授的学品、人品都可以称为我们的楷模。如果没有他的重要贡献，吉林莎学就不会有今天的这种局面。关于中心的工作纲要也已形成草稿，只待本月中旬外院搬家完之后便可以举行成立仪式了，届时再详告有关情况。

你给林贵赠书的事我已经告诉了他，他很高兴，让我先代他向你祝贺和致谢！这些日子我们将要给林贵他们寄些东西去，那时大作便可一同寄过去，估计十月上旬林贵便可拜读大作了。

谨颂

文安！

又及：泗洋教授夫妇身体都很好，泗洋教授信中说他：正在写一本书，暂定书名为《大难不死》，副标题为“一个普通共产党员的真实的一生”，是传记体的文学创作，现在已经写了一年了……

孟宪强

二〇〇二年九月七日

李伟民同志：

来信拜读后，只悔当年未多留几本拙译，以供远方同志之急需。济市未见哪个书店有《莎士比亚的创作》出售，您给出版社写信问问，看有无保存的。山师大有拙编“莎士比亚名剧创作欣赏”丛书（6 本，8.8 元一套），若愿要，我可代寄一套。很对不起。

握手！

徐克勤

一九九二年六月十五日

伟民先生：

您好！

收到来信并拜读尊作之时，心情极为振奋！您能在繁忙的教学中挤时间写了大量文章，乃是难能可贵之事，特别是这一篇，用诗情洋溢的语句描述了曹树钧的卓越贡献。我对此人也非常钦佩，不讲别的，单是两次莎剧节，缺了他这样的热心人，是根本办不起来的！为他立传是件大功德。可以说，我国不缺有专长的学者，少的是能组织并发挥其作用的帅才！

省考办要求编一本“莎研”教材，其纲要大体如附件，请多提意见。2 月 2—10 日到苏州命题（外国文学），返回就过春节。顺致

春节愉快，全家幸福！

徐克勤

一九九六年一月二十三日

伟民兄：

您好！

来信、大作收到。大作很好，将收入《莎评选集》。由于种种原因，我主编的《全集》不全，在第 2 版时，争取把它搞全，搞好一点。

祝健康快乐！

学友：郑土生

一九九八年二月十六日

李伟民先生：

您好！

我七、八月暑假期间去了英国，八月下旬回校。收到了您 7 月 25 日的来函，十分高兴，十分感谢，希望您能拨冗为《蒋春霖》作书评。记得年前我看到您为拙书写的《朱淑真研究》书评，欣喜非常，尝试将《蒋春霖评传》寄往书报社转呈给您。能够取得联络，实在高兴。

我已开课，加上行政会议的繁杂之务，工作又再忙碌起来。大函说及您对朱淑真有关材料搜集了一些，我课下正为河北一出版社撰写约二十万字的《朱淑真传》，恳切希望您可给我提供宝贵的资料和意见，谢谢！

我除了研究的论文外，也在课余为报纸杂志撰写小品文散文等，我的散文集因手头只有自己的藏本未能寄给您，很抱歉。我已致电出版社，若他们仍有书可给我的（出版社现正计划再版拙书），我收到后当即奉寄。

专此，敬祝

教安！

黄嫣梨　谨上

一九九八年九月十日

李老师：

您好！

首先祝您及家人在新的一年里，健康幸福！

来信及刊物、稿费均已收到了，谢谢您的帮助。我的意思稿费就不用寄了，主要是通过文章，你们当地的同行们能对戈先生有些了解，就此目的。

您的那篇文章我已寄去有关人员，因无回音，有了消息我会及时通知。

望在百忙中，多多保重！

祝全家

健康快乐！

梁培兰

一九九九年一月六日

李伟民老师：

您好！

《戈宝权纪念文集》已出版，寄上三本，请原谅没有稿费。五月二十二日在南京图书馆举行“戈宝权先生铜像安放仪式”“戈先生逝世一周年纪念”。在会上每人可领一本《戈宝权纪念文集》以作纪念（可惜书只印1000册）。能够出版也要感谢出版社了（出版社都没有留书）。

您近来写什么大作？望注意身体！

我正在编“戈宝权画册”及“戈宝权文集”。目前出书很不容易。尽管时间长短，能够出版就很安慰了。

有事来信。祝

夏安！

梁培兰

二〇〇一年五月十八日

李老师：

您好！来信收到，谢谢您的一片深情厚谊！画册近月底出版，出版后我就要去美国看望女儿，但看看“文集”能否在戈先生90诞辰推出。当我和出版社研究了后再订是否需要开一个纪念会。此事我会及时告知，届时能和您见面。

我已请出版社给您校和您发出订“画册”的通知，通知上出版社也未注明何时出版。

再次感谢您的关心。祝颂

夏安！

又：“纪念集”已余不多。

梁培兰　敬上

二〇〇一年七月十二日

李老师：

寄上书三本，一份请留作纪念。（书如能否抽出一本交贵校图书馆）20 日在南图举行会议时发给大家 400 多本。该书只印 1000 本，出版社只留 100 交换本，900 本都在我这里。能印出来要感谢出版社，所以只能送几本书了，请谅。（邮址告知）

祝你全家

安好！

梁培兰

二〇〇一年五月二十二日

李伟民先生：

您好！元月 10 日函悉，谢谢！

从《论文集》中拜读过您的大作——关于两部辞典的比较，先生所论甚为精当！这次又给我寄来了关于司各特的论文，增添了学习资料，很感谢！

如再有机会去成都，当去拜访您。

我完成了一部教材《戏剧艺术概论》，1997 年有可能出版。此外，还写些文章和电视剧本，但尚未见成效。

望多联系！祝您

春节愉快！

洪忠煌

一九九七年一月二十日

李伟民老师：

您好！实在抱歉，没能及时给您复信，失礼之处敬祈谅解！您惠寄的《中华莎学》和贵校学报早已收到，因入夏以来我一直在写一本书稿，信债累累，什么都顾不上。新学期开学后课程又多（校方延长我的工作年限至65岁，现定为最高的“一级”）。今趁放假之机，写信向您致歉，顺致节日的问候！

盼常联系！如阁下有机会来杭，当尽地主之谊，与您欢聚！祝您

万事如意！

洪忠煌

二〇〇一年九月三十日

李伟民同志：

谢谢你寄来在上海莎剧节期间照的相片！在上海见面，结识了新朋友。中莎会会刊上介绍了你热心宣传莎士比亚，做了许多工作，真值得学习！

遵嘱将我七八年前写的一篇文章，（中莎会刊转载了一部分）学报复印件寄你，望指教。

一年一度的职称评定可能你处也开展了吧？

祝你一帆风顺！

朱达

一九九四年十二月四日

李伟民同志：

因我已离休，很少到学校去，所以信收到较晚，未能早复，很对不起！

拙著《莎士比亚引论》一书，因印数有限，早已销售一空。戏剧出版社曾来信说准备今年再版，我已将您的来信转去出版社。来信求购的已不下数百人。

我手中已无多余剩下，否则定会寄赠。如您急用，而又无处借到，可去四川教育学院找冯纲老师，他手中有一部，可暂借一用也。

又另一拙著《莎士比亚戏剧研究》，由长春时代出版社出版，现已上市，但不一定能到四川，您可向该社邮购，如想要的话。匆复。

祝安！

张泗洋

一九九二年三月三日

李伟民同志：

4 月 9 日信早收到，前天又收到北京寄来的《外语教学与研究》，太谢谢你了！

您的文章我看了，我觉得写得很好，对其优点与不足，提的意见也很中肯。当然对一本书尤其是辞典，做全面评论不是容易的事，那要下很多功夫的。当时为了争取早日出书，稍嫌草率些，连我的名字都错了，“洋”写为“阳”，可能受我家乡地名的影响，那是江苏省泗阳县。

你想入中莎会，很好。是有一些资格条件什么的规定，但主要还看这方面的作为和成就，搞莎学研究的当然要看科研成果，也就是发表过的论文多少和质量。等到今年底或明年初开中莎会理事会时，事前我去信告诉你，你可写一份申请书，列一份发表过的论文表，特别是莎学方面，我给你推荐一下，想来不会成问题。

我的莎大辞典（约 200 万字），据商务不久前的通知，审稿得大半年时间，明年能见书。

我本准备去武汉参加五月中旬的国际莎士比亚研讨会（武汉莎中心和武大合办），因身体不适，就不去了。至于成都，今生是否能去上，就看命长短了，重庆去过，在那儿读的中央大学。匆此顺祝

教安！

张泗洋

一九九三年四月三十日

李伟民同志：

先后收到你寄来的大作两篇，至为高兴！您的文章写得很精彩，很有水平，特别是莎评那篇，很有高见卓识，所提不足之处也非常确当。这对编者孟宪强同志是个鼓舞，对我来说，也是难得的启发，开阔了思路，谢谢你了！

中国第二届莎士比亚戏剧节，初步定在明年秋于上海举行，等正式通知到时，我会写信告诉你。明年可能在北京还有莎学研讨会之类的活动。至于你入会事，可能明年要发展一批，我记着是了。

因年老体衰，经常得病，特别是头晕眼花，可能是脑血栓的前兆，因此哪也未去，啥也没干，不得不休闲在家，徒然伏槽而无为也。匆此

祝你获得更大成就！

张泗洋

一九九三年十一月二十四日

伟民同志：

你以前寄来的信及文章，我都看了，很好很好！希你在这条路上走下去。入中莎会的问题，已由孟宪强同志替你联系，问题不大。新年就要来到，特此祝你

新年快乐，万事如意！

张泗洋

一九九三年十二月二十日

伟民同志：

4 月 20 日寄来的信及大作复印件都收到无误，接着 4 月 29 日又收到上海《书城》杂志 1994 年第 2 期，还有，你 3 月 11 日写给我的信也早收到，真不知如何感谢您是好！作为回报，我今天给您邮去一本《河北大学学报》，上有我一篇纪念莎氏诞辰 430 周年文章。由于赶任务，未经深入思考，因此错误和不当之处不少，请你不要客气给以批评指正。

大作对我会刊指出的长处和不足，并提出希望，我们衷心接受和感谢！明年是我协会成立十周年，准备出第 3 期纪念，极希望您能不吝赐稿，为本刊增光，字数长短不限。

入中莎会事，材料早已邮去上海，他们回信说，一有消息，将直接和您联系。希望今年 9 月我们能在上海国际莎剧节上见面。匆此颂祝

撰安！

张泗洋

一九九四年五月三日

李伟民同志：

寄来的参评材料于 24 日收到，因时间不多，对大作未能仔细阅读，评语也未能仔细推敲，可能会使你失望。但根据过去几次评选经验，有关莎士比亚的文章很难上榜，入选的多是与当前热点的政治或经济有关的论文，或关于伟人的功绩。因此“推荐”写得再好，恐怕也无济于事，但我仍衷心祝愿你获得成功！

祝教安！

如可能请将“红与莎”复印一份寄我，谢谢！

张泗洋

一九九四年五月二十五日

伟民同志：

你寄我的 2 月 8 日和 3 月 13 日的信及三篇大作，皆收到无误，只因为不断感冒和杂事缠身，致未能早日作复，深感对不起你，请见谅！

你在“动态”一文中，提到我说的几句话，没有错。我那篇文章，7 万多字，只讲 10 分钟，不仅言不及义，也颇觉滑稽。

看了你的文章，每篇都写得很好，很有见地，希望你在莎学这条道路上走到底，一定会有大的成就的。你还年轻，大有可为，前途无量！孟老师正在策划招莎学研究生，如成，你可以免试入学，毕业后，留在大学搞这方面研究工作，条件会更好些。

中莎会两位秘书长曹树钧和孟宪强，不久前去北京国务院，申请成立中国莎学 20 人代表团，出席明年 4 月在美洛杉矶举办的第六届世界莎士比亚大会，初步得到有关领导同意，只嫌人多了些，要减去一半，如此事成，中国莎学就真正跨出国门，走向世界了。还计划和台湾举办两岸莎学交流和互访。

好了，脑袋老迷昏，就写这点吧。祝你

事业有成，一切顺利！

泗洋

一九九五年四月十三日

伟民同志：

8 月 1 日写给我的信，已于 8 月 10 日收到。在此前，即 6 月 16 日还收到过您一封信，因忙于杂事，未能即时作答，深以为歉！寄来的你的文章，对我都很有用，都即时编入了我的资料库。梁实秋的“莎全集”我也准备买它一部。

关于考莎研究生问题，由于某种原因，孟老师今年未招。不过以你的莎学基础和水平，念不念都无所谓，将来肯定成为这方面的专家。如有时间和条件，可以自修英语，以便能阅读原文和扩大研究视野。

目前我正在最后一次校改“莎大辞典”，商务追得急，只好夜以继日地赶。好不多写。

祝夏安！

泗洋

一九九五年八月十一日

伟民同志：

收到您 10 月 12 日的来信，得知近况很好，至为高兴！我仍在赶修“莎辞典”，工作已完成大半，再有一两个月就可赶完。200 多万字，逐字逐句，尤以查对原始资料费时费力，真把我累得够呛！

看了你的文章，提出“新论”四个特点，对我很有启发，我觉得你的文章写得越来越好，深刻精粹，具有艺术性，使人爱读。我一向主张：文艺论文应具有文艺性，否则枯燥无味，流于教条，令人生厌。

惭愧我这一向写作很少，只在《书城》登出一篇短文，“来而不往非礼也”，特复印寄上，请指正。这是我那篇没有发表的《莎士比亚与人类精神文明》中抽出的一小节，为世妇会应景也。《四川文学》杂志今年 12 期将发表一篇《斯特拉福德观剧杂记》，是我的学生冯刚由美寄回，如你对资料有兴趣，到时可以买它一本。好了，匆此祝你

身体健康，事业有成！

泗洋

一九九五年十月八日

伟民兄：

11 月 18 日信已经收到，勿念！已近期末教学工作一定忙吧？我一切如常，仍在校阅《莎士比亚大辞典》，这是最后一次，可说明年出书。转眼又是一年，特此祝福你新年快乐，事业有成！

张泗洋

一九九五年十二月十九日

伟民同志：

4 月 24 日信早已收到，两篇论文写得很好，但我尚未来得及仔细阅读，等过一阵子再把意见给您寄去吧。

近日来，因心脏不好，再加我的大儿子张晓阳从英国回来探亲，弄得生活很是紧张，身心都感到疲惫，准备养一些时日再恢复工作。

孟宪强同志已从美回来，第六届世莎会开得很成功，规模之大超过以往各届，出席学者达 1200 多人。可见老莎代代不衰，而且越来越风光了。因此你执着这方面的研究，不仅大有可为，也一定会获得极大成功，给人类学术做贡献。我的印象，你的这方面的论文已发表不少了，到一定数量，可以出个莎论专集。由于这次有中国莎学代表团出席大会（史无前例），中国莎学真正走向世界，因此中国莎学研究成果，颇为世人瞩目。你如出文集，也定会流传世界。伯明翰莎士比亚研究院和伯明翰莎士比亚图书馆都不断来信找我要书，我正苦于中国莎学书籍太少，无以为寄也。

我们的“莎大辞典”，据周陵生说，还得一二年左右才能见书，真是你急他不急。

你寄来的关于曹树钧的复印件也早收到，顺告。

教学工作忙吗？身体很健康吧？念念！

祝教安！

泗洋

一九九六年五月十六日

伟民同志：

8 月 9 日寄来论文 3 篇，于 18 日收到，随后又寄来《辞书研究》，于 21 日收到，太谢谢你了！在你教学之余，能写出这多有质量的论文，实在使我钦佩，也感到极大欣慰！在莎士比亚颇受冷落的地方和时候，你能这样孜孜不倦，一往直前，我行我素，执着这方面的追求，实在是中国莎学之幸，莎士比亚之幸，我衷心为你高兴！

我这一向因心脑血管病升级，无所作为，昏迷终日，差不多在等死也，顶多在恍恍惚惚回忆如烟的往事，为着手写部传记文学（或小说）做些准备工作，但愿死神能遂我愿！

看来年内不会再有什么莎学活动，也不会有什么莎剧演出，一切等明年再说了。祝你继续努力，为中国莎学争光！

泗洋

一九九六年九月三日

伟民同志：

3 月 5 日来信及文稿收到，谢谢！这一向我的身体很糟，大小病不断，几乎什么都不能干了。因此对您的文章未能深入研究，只大致阅读了两遍。总体来说我觉得很好，论据充足，论点突出，言之有理有据，不失为一篇上乘之作。孙老师的文章我也早已读过，她的看法和意见和我的不尽相同，有的甚至完全相反，但这是很正常的现象。几百年来，对莎剧研究以及对莎士比亚的评价，真是形形色色，各有千秋，很难达成共识，有的甚至根本否定莎士比亚的存在。

至于对恺撒的认识，我主要是根据作品中的表现写出自己的看法，当然在历史中，我们的现实生活中，这样的统治者并不少见。莎作其所以不朽，超越时空，也就是人们常说的，他不仅反映了一个时代的人类生活，而是千秋万代。

你的稿子要不要给你寄回去？手中还有吗？好了，祝你

工作顺利，身体健康！

泗洋上

一九九七年三月二十七日

伟民同志：

寄来的“生活中不能没有爱”一文，早于 7 月 14 日就已收到。论文很有水平，有独到见解。又给中国莎评增辉添彩。目前在国内，孜孜不倦为莎士比亚写作的人很少，你能执着追求，始终不懈，令我十分敬佩！

兹有一事，如不太麻烦，想请你给我办一下，就是上封信给你说的：我有一篇论文，投寄《河北大学学报》，一直不见发表，两月前我又去信查问，仍无回音。在你寄来的《评〈中国莎学年鉴〉》论文中，才知道此文已发表在该学报 1995 年第 4 期。我到省市图书馆查找，哪儿也没有该校学报。因此只好请你给我复印一份寄来，先谢谢了！

今年气候异常，东北特别热，热得叫人受不了，什么也不能干，再加我的心脑血管病，一天到晚，昏昏沉沉，而又难以入睡，处于醉生梦死的状态。所幸，秋天快到了。暑假你还在校吗？不知此信能否寄到你手，就不多谈了。祝

夏安！

泗洋

一九九七年八月十二日

伟民兄：

寄来贺年明信片及在此之前邮来的数篇大作，均已收到，太谢谢了！

我这一向一切如常，只是老伴滑倒跌伤，卧床休养。我整日在家照顾病人，啥也谈不上了。今年3月北京举行莎士比亚日活动，你是否参加？我可不能去了。谨此祝春节全家快乐，万事如意！

泗洋

一九九八年一月十二日

伟民同志：

先后收到你寄来数封信及文稿，因我这阵特忙，未能及时回信，请谅！

我定于本月中旬携老伴去加拿大温哥华两个女儿家过一阵，然后也许去英看望儿子晓阳一家，因此我们联系只好暂时中断了。估计可能一年后回来，但老朽年迈，也可能就此死在外面了，一切都很难说。再见！

祝你身体健康，前途无量！

泗洋

一九九八年十一月四日

伟民兄：

节日好！

我今年以来诸事繁忙，最近赴北京、绍兴出差一周，回来又患病二周。序文延至今日方才寄出，请见谅。

大著是你多年心血的结晶，我又不肯潦草从事。构思再三，写上两千字，聊表我的敬佩之意。

原稿已经以《简记四川学者李伟民的莎学研究》，寄给《四川戏剧》，希望在那上面发一下，借以扩大此书的影响。

我的莎学专著目录，过 10 天寄上，并附上《莎士比亚的春天在中国——记 1986 年首届中国莎士比亚戏剧节》采访稿。

祝撰安！

树钧

二〇〇二年五月四日

附：1998 年 3 月在北京对外经济贸易大学举办“莎士比亚”活动公告

莎士比亚属于全世界，也属于中国

莎士比亚是人类有史以来最伟大的诗人和戏剧家之一，在过去的四百多年里，他对人性的深刻思考，他对戏剧艺术的创造和贡献，他生动，有力的诗句影响感召了全世界不同民族，不同文化的人群，在人类即将步入第三个千年的今天，莎士比亚仍以他内涵深刻的不朽戏剧和鲜明的人物形象在世界文坛和舞台占有一个不可替代的地位。

1998 年 3 月 6 日至 8 日，英国皇家国立剧院 Royal National Theatre（RNT）将来北京演出著名悲剧《奥赛罗》，我们希望在中国，人们更多读一点莎士比亚的作品，RNT 来访有利于进一步把莎剧带入校园。为此，我们发起举办“莎士比亚日”的活动。英国著名莎剧导演、莎学专家及莎剧台词教练将来参加。

这次活动有英国皇家国立剧院、小维克剧团成员应邀做特别片段演出，英国学者、导演来做有关专题演讲，还包括从世界各地云集而来的由中外莎学专家参与的莎学研讨会，我国莎剧翻译、研究、演出、教学、批评，历代成果展和中国大学生与英国演员同台的朗诵会与工作间，届时将济济一堂，精彩纷呈。

此次活动的组织安排如下：

名誉顾问：方　平、孙家琇、卞之琳、李赋宁

组 委 会：名誉主席：李肇星、高秋福

主　　席：孙建秋

副 主 席：何其莘

秘 书 长：沈　林

副秘书长：郑土生

承办单位：对外经济贸易大学国际交流学院

合办单位和组织：北京外国语大学、中央戏剧学院、人民文学出版社、社科院外文所、北京大学、全国英国文学学会、中国莎士比亚研究会、河北教育出版社

本着集思广益和将莎翁精神发扬光大的宗旨，我们诚邀志同道合之士前来助兴，并请有意参加合办的单位和愿意赞助的团体和个人与王惠同志联系。

电话：64965522-3201

传真：64968036

地址：北京朝阳区和平里惠新东街

对外经济贸易大学 42 信箱

邮编：100029

“莎士比亚日” Shakespeare Day

时间：1998 年 3 月 3—5 日

地点：对外经济贸易大学国际交流学院（北京和平里惠新东街）

3 月 3 日

一、开幕式　　　　　　14：00—14：15

1. A. 由李肇星先生宣布“莎士比亚日”开幕

B. 由对外经济贸易大学副校长黄震华致欢迎词

C. 由国际交流学院院长陈苏东向外国莎学专家赠送纪念品

D. 由英国莎学代表向“莎士比亚日”赠送纪念品

2. 英国演员表演莎剧折子戏　　14：15—15：00

3. 英国专家报告会　　　　　15：16—17：16

A. “Shakespeare’s Language（vividness, images）” by Peter Holland

B. “Directing Shakespeare’s Plays” by Declan Donnallan

地点：对外经贸大学国际会议厅

二、文艺复兴晚餐 Renaissance Dinner 18：30

出席：全国莎学专家、莎剧名角等（50 人）

烛光、大幅莎氏肖像、背景音乐——Sonnet reading and Renaissance music 由北京大学王式仁教授负责，菜单由英国提供

女主人：对外经贸大学王惠（着文艺复兴时期服装）

三、莎剧折子戏演出 Selected scenes from Shakespeare 14：15

《仲夏夜之梦》《罗密欧与朱丽叶》《李尔王》《温莎的风流娘儿们》《错中错》《哈姆雷特》《第十二夜》《威尼斯商人》《奥赛罗》等。

（由一位老师简单介绍剧情，然后演员表演）

英国演员、朗诵教师、导演及中国著名演员李默然、张家声、马永安等

地　　点：对外经贸大学

负 责 人：对外经贸大学孙建秋教授

3 月 4 日

英国专家报告会 Lectures 9：00—12：00

How to recite（pronunciation enunciation etc. ）Shakespeare

Shakespeare's Tragicomedy and Tragicomedy Since Shakespeare

Contemporary British Theatre

总负责人：社科院外国文学所郑土生、黄梅

各小组发言人/召集人可分别邀请发言人

四、研讨会与工作间

1. 研讨会 Seminar　“Shakespeare in China”　14：00—17：00

A. 莎剧出版史　　　　人民文学出版社英国部　苏福忠

B. 莎剧批评史　　　　社科院外国文学所　　郑土生

C. 莎剧在华演出史　　对外经济贸易大学国际交流学院　孙建秋

D. 莎剧教学史　　　　北京外国语大学　何其莘

E. 莎士比亚与其他艺术关系史（电视剧、电影等）电影学院马军骧

2. 英国教练、导演与中国大学生工作间 **Shakespeare Workshop**　3 月 4 日全天

（Pre-session hopefully starting from March1/ 2）

全北京市各高校选代表来参加联谊表演赛，优胜者获纪念奖，每校 3~4 名代表。欢迎外地高校师生参加。

片段朗诵完，由英国朗诵教练、导演辅导、讲评

负责人：北京大学教授王式仁

北京外国语大学教授钱青

莎剧朗诵工作间表演　Workshop for show　18：30—21：00

3 月 5 日

英国专家讲座　Lectures　9：00—12：00

A. “Contemporary British Theatre（Part Ⅱ）”

B. “Directing *Othello*”

C. “Shakespeare’s Language（Part Ⅱ）”

负责人：北京大学　刘意青教授

中央戏剧学院　沈林教授

13：00—17：30

A. Film and Video show *Hamlet*（1994）；*Much Ado About Nothing*（1993）；*Measure for Measure*

B. Video show：Shakespeare’s plays transplanted *Othello*（Beijing Opera）；*Hamlet*（Shanghai Opera. Yue ju）

C. Discussions with British Dramatists

晚餐及联欢　Dinner　18：00—20：00

论文宣读　Paper reading　20：00—22：00

五、莎剧剧照展（Exhibition of stills from China’s Shakespeare’s performances 1937—1996 at International Conference Hall，UIBE）

时间：3 月 3 日—5 日

1. 莎士比亚在华演出剧照展

A. 由上海曹树钧联系南方演出剧照

B. 由孙建秋负责联系北方剧团剧照

C. 由孟爱华负责联系英国及世界各地剧照

2. 莎剧剧照及莎士比亚日活动

激光盘制作：北京金忆相册社

3. 活动录像：电视台、报社、交流学院电教中心

六、莎氏庙会 Shakespeare Fair 3 月 3—5 日全天

摆小摊子，展示印有莎氏头像、诗句的书签等纪念品。将莎剧本剪成小条子，放在纸盒中抽奖，若学生、来宾说出出处，便可获奖。

负责人：人民文学出版社窦冬华编辑

纪念品、奖品由英国文化委员会负责提供

七、闭幕式

北京外国语大学校长何其莘致辞并小结

各出版社向承办/合办单位赠书

八、莎士比亚悲剧《奥赛罗》观摩

纪念品筹集：莎士比亚故乡 Stratford-on-Avon

英国文化委员会，伦敦负责处戏剧部

附：参加“莎日”全部活动的英国戏剧代表团名单

英国莎士比亚研究所所长、莎学教授　彼得·霍兰德

伦敦小维克剧团副团长　芭芭拉·郝思曼女士（原皇家莎剧团台词教练）

英国 Cheek by Jowl 剧团导演　狄克兰·多纳兰先生

媒体宣传：刘欢

联络：李红梅

会务：田洪成、包倩怡、王晓丽、段长城、张慧、吴静华、吴文娴、韩冰、王苹、刘涵、杨玉霞、张春红、程大志、王颖

李伟民教授：

您好！

我对这次莎士比亚学术研讨会进行了总结，请您批评指正。我校于2019年召开了莎士比亚戏剧表演与教学国际学术研讨会，各位专家的发言观点：要点摘要及评论尤为精彩，更难得的是再现了“莎士比亚之夜”演出盛况，并附以各种翔实的演出材料和评论，其中不乏真知灼见。对各高校英语戏剧莎士比亚演出有启发意义。

此次由中国外国文学学会莎士比亚研究会主办、河南师范大学外国语学院承办的“2019年莎士比亚戏剧表演与教学国际学术研讨会”于2019年10月22日至23日在河南省新乡市举办，来自英国、美国、日本、德国等多个国家的著名莎士比亚专家以及国内许多高校、研究所、演艺团体的莎剧研究者于美丽的金秋十月齐聚太行山脚下、牧野大战古战场所在地、美丽的新乡市。会议期间大家畅所欲言，各抒己见，共同研讨新形势下的莎士比亚戏剧表演与教学面对的新问题。会议有幸邀请到了英国伯明翰大学莎士比亚研究院院长、著名莎学专家麦克·道布森(Michael Dobson)教授，美国卡罗来纳海岸大学戏剧学史蒂夫·厄内斯特(Steve Earnest）教授，日本摄南大学外国语学部濑户宏教授，中国外国文学学会莎士比亚研究会会长、北京大学辜正坤教授，中国外国文学学会莎士比亚研究会副会长、四川外国语大学莎士比亚研究中心主任李伟民教授，河南大学高继海教授，河南大学李伟昉教授等专家学者和众多莎学青年专家。

中国外国文学学会莎士比亚研究会会长、北京大学教授辜正坤，中国英国文学学会副会长、河南省外国文学与比较文学学会会长高继海分别致辞，对本次研讨会主题做了充分肯定，一致认为这是莎士比亚学界首次进行的，集教学与表演于一体的会议，填补了中国莎士比亚研究的一项空白。李雪山向会议特邀专家学者颁发了荣誉教授、莎剧社荣誉社长、艺术顾问和学术顾问证书。值得一提的是，河南师范大学外国语学院院长梁晓冬博士为河南师范大学STNT 莎士比亚剧社导演鲁跃峰颁发了院聘荣誉教授及河南师范大学外国语学院莎士比亚剧社社长聘书。

本次会议主题为国际莎士比亚戏剧表演与教学，会议主旨报告9场，分会场14位代表发言。诸多专家分别就此主题展示了他们自己的研究成果、提出许多创新的想法，大家热烈而严谨地研讨了莎士比亚演出与教学方面的前沿问题，以及莎剧创作中隐含的表演空间、戏剧表演、社会政治环境以及戏剧研究之间的关系、不同导演的莎剧特色和莎剧蕴含的爱情伦理道德观等内容进行充分研讨，并围绕“莎剧研究”“莎译研究”“莎剧教学”“莎剧中国化”等话题展开了广泛的交流与探讨。

英国伯明翰大学莎士比亚研究院院长麦克·道布森（Michael Dobson）教授主旨演讲是：“Shakespeare，Performance Spaces and Social Spaces，1599—2019”（《1599—2019莎士比亚戏剧创作中隐含的表演空间探析》）。道布森（Michael Dobson）教授以空间文化地理学的视角分析了1599—2019莎士比亚戏剧文化景观的分布、空间组合、起源、演化规律、发展和传播、与生态环境的关系、环境的文化评价等方面的内容，重点分析了莎士比亚戏剧创作中隐含的表演空间，揭秘400年间的莎士比亚手稿得以保存并广泛流传的深层原因，在经历了从莎士比亚的出生地埃文河畔斯特拉特福到世界各地的传播，莎士比亚的作品是如何穿越古今、跨越地域，一次次被搬上现代舞台和屏幕。

以一个对英国风俗以及戏剧发展史敏感的文化学者特有的眼光，作者以空间为轴心，以研究“空间、时间、莎士比亚手稿保存并广泛流传、英国民族文化中莎士比亚经典地位之间与现代舞台和屏幕的莎士比亚的作品的交集”为突破口，从莎士比亚戏剧创作中隐含的表演空间入手，先是考证了众多剧团的演出状况，然后又以历史学家的详细考据手法，社会学家的思路与统计手段，通过翔实的档案、原始资料，分析了斯特拉特福戏剧活动、表演风格、生存状况，并且以此为案例，让我们了解了当时整个英格兰的戏剧演出状况。

来自卡罗来纳海岸大学的史蒂夫·欧内斯特教授主旨演讲是：“Heiner Müller and HAMLET/MASCHINE：Shakespeare Adapted in a Failed East Germany。”日本摄南大学濑户宏教授主旨演讲是：“日本现代戏剧中的莎士比亚演出—以蜷川幸雄为主”。辜正坤教授主旨演讲是“从莎士比亚作品中的爱情与伦理看中西文化的本质性特色——以《罗密欧与朱丽叶》和《哈姆雷特》为例”，探讨了剧中人物言行展示出来的爱情伦理道德观，并由此上升到一般文化层面上的爱情伦理价值观讨论。河南大学高继海教授的主旨演讲是：“On BBC's Adaptation of Shakespearean History Plays—Taking Richard Ⅱ as an Example。”四川外国语大学李伟民教授的主旨演讲是：“在创新发展中树立文化自信”，提出中国莎学研究应该高举起自己的理论旗帜，中国莎剧应该具有自己的民族文化特色。中国莎剧以自己的民族艺术形式为载体，以自己民族的审美特性为引领，以中华民族艺术精神展现莎剧的“艺术空间”和“心灵空间”，采用“写意”与“写实”表现西方莎剧。河南大学李伟昉教授的主旨演讲是：“在古典与浪漫之间：梁实秋对莎士比亚的接受”，探讨了具有古典主义情结的梁实秋缘何喜爱充满浪漫精神的莎士比亚？到底是什么原因让他对莎士比亚终生挚爱？

奇切斯特大学罗伯特·哈迪教授的主旨演讲是：“*The Shaman* and the Intertext：Shakespeare，T. S Eliot and Iris Murdoch”（《巫师》与互文性：莎士比亚、艾略特和艾丽丝·默多克）。华南师范大学雷托·温克勒教授的主旨演讲是：“From Antic to Mad：Hamlet's Madness in Perspective”。河南师范大学外国语学院鲁跃峰研究了：“辜正坤主编‘皇莎版’《莎士比亚全集》诗体重译集汉译之研究——叙事学、语言文化学、翻译理论视角下的辜译戏剧性研究”。信阳师范学院跨文化语言研究中心柳士军的发言为“如何从莎士比亚化到莎士比亚中国化”，他认为“莎士比亚化”不同于“莎士比亚式”，前者强调的是一种意识形态，后者强调的是一种创作技巧。北京外国语大学中国外语与教育研究中心郭生虎的论文为《从 To be or not to be 的汉译看国家大剧院 2018 年版《哈姆雷特》汉译本的可表演性》。河南理工大学英语系杨洋的论文为《如何打造莎剧教学“金课”？—以河南理工大学英语专业为例》。郑州工业应用技术学院外国语学院王晗的论文为《莎士比亚悲剧中的女性形象与西方文化内涵》。四川外国语大学研究生院李敏的论文为《〈麦克白〉中的主体分裂与暗恐人生》。四川大学文学与新闻学院杨清的论文为《解构与建构：英语世界数字人文莎士比亚研究》。河南大学外语学院姚琳的论文为《焦虑还是愉悦——谈哈罗德·布鲁姆眼中的莎士比亚》。上海大学外国语学院黄亚倩的论文为《人性的堕落：从文学伦理学视角解读〈麦克白〉》。温州肯恩大学徐珂儿的论文为“Lin Zhaohua，a Chinese Director's Reinterpretation of Hamlet”。

10 月 22 日晚，“莎士比亚之夜”戏剧表演在平原艺术中心音乐厅举行，河南师范大学外国语学院 STNT（Shakespeare Theatre New Town）莎士比亚剧社（导演：鲁跃峰）荣誉社长暨学术顾问：迈克尔·道步森（Michael Dobson）（伯明翰大学）、辜正坤（北京大学）、高继海（河南大学）、丛丛（南京大学）；艺术顾问：杨佳（上海戏剧学院）、杨媚（上海戏剧学院）；社长：梁晓冬；副导演：唐新、李琳瑛、王雨晴、李昭宇；舞台监督：李青；剧务主任：刘帅、李成浩）与南京大学-伯明翰大学-凤凰出版传媒集团莎士比亚（中国）中心友邻优课（顾问：从丛、刘洋）、南京雩剧坊（导演：萧雁）、山东农业大学剧社（导演：刘钰；指导教师：代奎华，朱法荣）联袂为与会专家上演了莎翁经典集创新剧目汇报演出。总导演鲁跃峰，舞台艺术顾问上海戏剧学院教授杨佳，舞台监督李青，灯光字幕唐心，主持杨磊、王晶。“莎士比亚之夜”为大家奉上的莎士比亚经典剧目与莎士比亚创新剧目获得与会专家一致好评。演出流程顺畅，节奏分明，格局大气，过渡自然，有限的灯光被杨佳导演发挥到极致，层次分明，重点突出，配合默契，协调一致，分配合理，整体效果极好，小的瑕疵肯定有，但是专业气势已成，圆满表达了戏剧的优势特点。

然后由雩剧坊带来的昆曲《汤显祖，抑或，莎士比亚？》以魔幻手法穿越于中国戏剧与莎士比亚戏剧之间，东西文化相撞，颇有启发性。接下来山东农业大学演出的《麦克白》中，女巫狰狞恐怖，故事情节险象环生，是中规中矩的教育戏剧的典范，符合此次会议主题。结尾剧目《我们如何演莎剧？》由 STNT 与道步森教授共同出演，在短短的一个节目中展现了道步森教授，鲁跃峰教授带领剧社进行日常排练、研究探讨莎士比亚戏剧内容的经典场面。短短的半个小时的表演中，他们呈现了辜正坤版《罗密欧与朱丽叶》中甜蜜的爱情片段、《仲夏夜之梦》中年轻情侣的浪漫情话、《麦克白》夫人的勃勃野心，以及不同理解方式下《哈姆雷特》的舞台表演。里面呈现了许多发人深思的评论和看法。其中，演员王雨晴饰演的奥菲利亚用凄美歌声展现《哈姆雷特》中女主的悲惨境遇，感动了全场观众。

鲁跃峰

二〇一九年十一月二十九日

伟民：

这是我通读了你的《光荣与梦想：莎士比亚在中国》一书之后写的序言。

改革开放以来，中国莎学奋然崛起，莎学队伍迅速扩大。除了老一辈莎学学者、专家仍在奋力笔耕之外，还涌现出一大批崭露头角的中青年学者，来自天府之国的李伟民，就是其中突出的一位。十余年来，他笔耕不辍，发表了大量莎学研究文章，《光荣与梦想——莎士比亚与中国》这本莎学专著，就是他辛勤劳动的一个结晶。

对莎学研究无比执着与勤奋，是伟民同志莎学研究首先一个特点。伟民平时担负着繁重的教学任务，还兼任校刊副主编工作，他的莎学研究完全是他牺牲双休日、节假日休息时间而结出的硕果。出于对莎士比亚无比的热爱、对莎学研究的执着，他节衣缩食，自费购置大量莎学书刊以及有关杂志、报纸，日复一日，年复一年，冒着酷暑严寒，一篇又一篇地写下他的研究心得，积少成多，聚沙成塔，终于诞生出放在我们面前的这本莎学专著。

板凳要坐十年冷，文章不写一句空。扎扎实实地从事资料的搜集和整理，在此基础上进行莎学研究，这是伟民莎学研究的第二个特点。资料工作是研究工作的基础。我国著名历史学家吴晗说得好："资料工作和研究工作实际上是一回事，从来没有做研究工作有成就的人，不搞资料工作的。"伟民在莎学研究过程中发现：我们对世界莎学研究、演出的系统情况、莎学史的了解还存在不少空白。深感中国的莎学研究还缺乏有计划的情报资料工作，因此，需要大力开展莎学情报资料工作。为此，他身体力行，先后撰写了《1993—1994 年中国莎学研究综述》《中国莎士比亚及戏剧研究综述（1995—1996 年）》《中国莎士比亚研究著作与论文的引文分析和评价》《1993—1994 年高等学校学报（人文、社科版）莎士比亚研究论文的引文分析与评价》等系列论文，全面搜集、分析了 1993—1996 年外国文学刊物、高等学校学报、社科院系统刊物、文艺理论与批评刊物、戏剧与文化类刊物上发表的莎学文章，论述了中国莎学新时期发展的轨迹，为今后的中国莎学研究提出了一些思考。这些系列论文在中国莎学研究史上第一次对中国莎学研究文献情报成果从质和量两个方面进行了全面的计量研究，对中国莎学研究的一些外部特征和深层结构进行了文献计量学角度的对比评价，通过对中国莎学文献引文有关数据的分析与比较，论述了中国莎学研究的主要特征、趋势，客观地揭示了中国莎学学术研究的学科动向、进展以及现阶段的学术水平。他的这一系列论文受到《四川戏剧》《外国文学》等刊物负责人的高度重视和大力支持，先后在这些刊物上发表。伟民的这种脚踏实地的严谨的研究学风，在今天学术界浮躁之风盛行之际，尤为难能可贵。

视野开阔，方法多样，富有创见和开拓精神，这是伟民莎学研究的又一特色。这本专著中，读者可以看到伟民的莎学涉及了各个不同的角度和侧面，有文本研究、比较研究、辞书研究，也有莎学传记研究、莎学批评研究和莎学家的研究，还有从文献计量学角度的研究。总之，研究角度丰富多彩，研究方法多种多样，充分显示了改革开放以来，我国富有创见的莎学学者思想的活跃和视野的开阔。

对于莎学批评与莎学家的研究，这历来是我国莎学研究中的一个空白，伟民慧眼独具，在这方面付出了大量艰巨的劳动，提出了不少富有创见的观点。在此书中，他对我国莎学发展史上著名的莎学家，如孙家琇、杨周翰、卞之琳、王佐良、张泗洋、赵澧等人的莎学研究和莎学思想均做了深入具体的剖析，对他们在中国莎学史上做出的卓越贡献做出了充分的肯定。例如对王佐良先生的莎学研究，书中从王佐良对莎士比亚的总体研究、对莎士比亚白体诗的研究与王佐良本人的莎士比亚研究观这三个方面做了详细的论述，指出"这三个方面，既是他莎学研究思想的充分体现，又是他对中国莎学研究最重要的贡献”。

李伟民莎学研究领域的广泛，还给了我们这样一个重要的启迪：中国的莎学研究是一个需要中国众多学者通力耕耘的领域，研究的视角和方法可以应该是丰富多样的。中国的莎学研究队伍包括的范围应该是十分广泛的：既有莎学翻译家、莎学教育工作者，也有莎剧演出的艺术家、莎剧批评家（包括剧本、译本、演出的批评）和莎剧批评史的研究者。研究的角度，可以是生平研究、文本研究、翻译研究，也可以是比较研究、演出研究、批评史研究。任何“只此一家，别无分店”的学霸作风都是不可取的，也是十分不利于我国莎学事业发展的。只有从莎剧剧作客体到剧作家主体，从文本到演出多侧面地寻找莎剧这一人类艺术史的瑰宝能够获得持久艺术生命力的客观规律，才能对 21 世纪精神文明建设和今天的艺术实践有所启迪和借鉴。

仰之弥高，钻之弥坚。莎士比亚剧作是一片大海，她需要我们孜孜以求，不断地探寻她摄人魂魄的真谛。伟民同志年富力强，他的莎学研究也正方兴未艾。我们期待他日后写出更加完备的《中国莎学批评史》，为中国的莎学事业进一步增光添彩。

最后祝

文安！

曹树钧

二〇〇二年一月

莎学书简提供者简介：

杨林贵，男，吉林抚松人，东华大学外语学院教授，中国外国文学学会莎士比亚研究分会副会长，主要从事莎士比亚研究。

李伟民，男，四川成都人，四川外国语大学研究生院教授，中国外国文学学会莎士比亚研究分会副会长，主要从事莎士比亚研究。

曹树钧，男，江苏盐城人，上海戏剧学院教授，主要从事莎士比亚、曹禺研究。

鲁跃峰，男，河南师范大学副教授，主要从事莎士比亚戏剧与导演研究。